文學桂冠 004

終極教父

Omerta

馬里歐・普佐◎著
莊勝雄◎譯

希代書版股份有限公司
希代書版集團

國家圖書館出版品預行編目資料

終極教父：奧默塔／馬里歐·普佐（Mario Puzo）◎著；
莊勝雄◎譯.— 第一版 . — 臺北市：希代,
2000〔民89〕
面；　公分·（文學桂冠系列；4）
譯自：Omerta
ISBN 957-467-068-6（平裝）

874.57　　89012131

文學桂冠 *004*
書　　名：終極教父：奧默塔
作　　者：馬里歐·普佐
譯　　者：莊勝雄
主　　編：張復先
出 版 者：希代書版股份有限公司 *Sitak Publishing & Book Corporation*
地　　址：台北市內湖區新明路174巷15號10F
E-mail：readers@sitak.com.tw （讀者服務部）
pr@sitak.com.tw （公關諮詢部）
電　　話：27911197·27918621
電　　傳：出版部(02) 27955824 行銷部(02) 27955825
郵政劃撥：0017944-1
户　　名：希代書版股份有限公司
法律師問：梁開天律師、張靜律師、李永然律師、蕭雄淋律師

行政院新聞局版台業字0779號
本　　版：2000年10月第1版第1刷

October 2000,First Edition

希代書版集團發行／Printed in Taiwan
香港總經銷：全力圖書有限公司
地址：香港新界葵涌打磚坪街58-76號和豐工業中心1樓8室
電話：(852)2494-7282　傳真：(852)2494-7609

Omerta

a Sicilian code of honor which forbids informing about crimes thought to be the affairs of the persons involved

World Book Dictionary

關於 馬里歐‧普佐

一九二〇年十月十五日誕生於美國紐約曼哈頓西邊的「地獄廚房」〈Hell's Kitchen〉，在參與第二次世界大戰數次戰役之後，在紐約新學校（New York's New School）主修社會研究、並也進入哥倫比亞大學研讀課程。普佐最眾所皆知與獲得最驚人銷售量的小說《教父》（The Godfather,1969年）是在其廣受爭議的兩部小說：《黑色競技場》（The Dark Arena,1955年）及《幸運的朝聖者》（The Fortunate Pilgrim ,1965年）之後所發表的。往後，他又陸續出版了《愚者之死》〈Fools Die,1978年〉、《西西里人》〈The Sicilian,1984年〉、與《第四K》〈The Fourth K,1990年〉，並發表其關於黑手黨三部曲之第二部連載《最後的教父》〈The Last Don,1996年〉，此部小說立刻成為他在國際間最轟動暢銷的作品之一，以及隔年5月哥倫比亞廣播公司〈CBS〉所改編製作的最高收視率電視迷你影集。普佐同時也編寫過許多著名的電影劇本，包括「大地震」〈Earthquake,1975年〉、「超人」〈Superman,1979年〉及三部「教父」〈Godfather movies,1972年,1974年,1990年〉系列電影，這些著作亦使他獲頒兩項影藝學院成就獎。他在一九九九年七月逝世於紐約長島「灣岸」〈Bay Shore〉的家中，享年七十九歲。

★第一次是……**教父**

「一場壓倒性的勝利。馬里歐•普佐完成了一本關於犯罪的陰險深沉之兄弟家族關係的決定性小說。」

——*Saturday Review*

★接下來是……**最後的教父**

「令人沸騰的娛樂效果，囊括了腐敗、背叛與暗殺，如同地震般撼人的羅曼愛戀，以及，理所當然的，家族價值觀。」

——*Time*

★現在，準備好為你的人生宣誓……**終極教父**

「頂尖的娛樂性震撼……普佐轟動注目之黑手黨三部曲的最終回合，在其逝世前精實地完成，以其獨特而急轉的風格，探討違背以黑手黨安全及權力為基礎的西西里人之緘默規碼「奧默塔」的下場與後續發展……出乎意料、交織著陰謀、背叛與謀殺的緊湊情節。」

——*Kirkus Reviews*

★*Amazon.com*

《終極教父：奧默塔》不愧為黑手黨三部曲的完結篇，其內容尤其凌駕於「教父」與史上大多數的電影之上，除了深刻多樣的角色刻劃與精彩絕倫的對白動作外，此書更有錯綜糾結的劇情與如同電影般視覺震撼的場景效果。不但精闢傳神地描繪暴力血腥，同時在情緒感情上的安排也見匠心，如果你竟沒看過普佐的最新著作《終極教父：奧默塔》，那就真的是奇聞異事了。

★*The New York Times Book Review*

《終極教父：奧默塔》無疑是普佐過去所有成名著作所產生每每撩撥人心的最大一次迴響。

在律法裡講文明，從寬容中說歷史？

孫德宜

《終極教父》是馬里歐・普佐（Mario Puzo）的「黑手黨三部曲」（*Mafia Trilogy*）壓軸告終之作。這位出生於美國紐約的義大利裔暢銷作家，年過四十才為了還債開始寫小說，創作了一部黑手黨科里昂（Corleones）家族的興衰史。沒想到竟然一炮而紅，成功地建構出屬於美國文化特有的傳奇神話和心靈印記。雖然普佐終其一生沒有得過諾貝爾或普立茲等文學大獎，但是他的黑手黨系列小說包括《教父》（*The Godfather*, 1969）和《最後的教父》（*The Last Don*, 1996），為他自己帶來了豐碩的盈收，以及兩座奧斯卡最佳改編劇本金像獎。1972年的「教父」（*The Godfather*）和 1974年的「教父續集」〈*The Godfather, Part II*〉，不但各自勇奪當年度最佳影片小金人，後者也為導演法蘭西斯・柯波拉（Francis Ford Coppola） 贏得最佳導演的頭銜。其實是否得到獎項的肯定，並非絕對性的指標。教父系列的電影、小說甚至於影集，之所以成為膾炙人口的永恆經典，在於其富涵原創性的情節、對白和角色。大多是男性的教父迷們，總會念起那時候馬龍・白蘭度（Marlon Brando）、詹姆士・肯恩（James Caan）、艾爾・帕西諾（Al Pacino）或勞勃・

狄尼洛（Robert Dinero）扮帥耍酷的模樣。男人們喜歡如數家珍地絮叨著影片中的口白，見證緬懷共有的春風年少和那個已然不再的舊日種種。像是最近湯姆・漢克（Tom Hanks）在青春賣座片「電子情書」（*You've Got Mail*）中，和其父執輩及男性同儕談到教父電影中的精彩對話時，就自然而然地密結成只有男人與男人之間，才能共鳴共謀的同仇敵愾和兄弟情誼（sinister fraternity of crime），儼然成為第二本男人們可奉為圭臬的地下聖經。

這份能凝聚男人心思的體制外魅惑，正是馬里歐・普佐這本辭世遺作《終極教父》的根本丰采。《終極教父》的英文書名是*Omerta*，中文直譯為《奧默塔》，原意即是誓貞守密的幫會義氣，或泛指政府體制之外的仲裁力量。男人與男人之間，能共鳴共謀的事兒，除了醇酒美人外，不過就是權威與財富而已。然而貫穿這本小說的基調，絕對不只是爭名奪利的老大卡位戰，或是教父迷們所期待的暴力美學和江湖恩仇等等犯罪實錄而已。作者普佐在這本小說中首要著墨琢磨的是，我們現行的「法律制度規定」——來協議減罪的就事量刑，以及相對而言的「非明文規定」——來懲戒背叛「奧默塔」的唯一死罪，孰者才能更符合公理、正義和天道。我們看到在第二章中，艾普萊大爺和他最鍾愛的律師女兒妮可的一段對話：

妮可很尖銳地說：「沒有法律，文明就不存在。」

「沒錯，」大爺說，「但一個人犯下滔天罪行後，卻能免於一死，這似乎很不公平。」

妮可說：「文明社會是不會把人處死的，而且只要合乎情理，或是符合公平原則，也會盡量避免採取刑罰。」……

大爺說：「文明社會只會放縱自己，貪生怕死，還有，他們褻瀆神明。有誰比上帝更無情？祂不會寬恕別人，祂不禁止處罰。不但有天堂，還有地獄，統統由祂掌管。祂不會在祂的世界裡免除悲哀和憂傷。除非必要，祂不會輕易顯示饒恕。因此，你們要向誰施捨這樣大的恩典？你們太自大。你們認為，只要你們夠神聖，就可以創造出更好的世界？……」

這種男長輩與女小輩的律法迷思辯證，可追溯到古遠的希臘時期：典自伊斯克勒斯的悲劇《奧勒斯提亞三部曲》（Aeschylus, *The Oresteia*）。這齣戲除了複述希臘人熟悉的耶楚斯（Atreus）家族三代涉及正義與報復的傳說，也記錄了希臘歷史上正義觀的沿革。話說歐瑞斯提茲之母為報其夫殺女之仇，因而夥同也與耶楚斯家族有親人血債的情夫，亂刀做了剛從特洛依戰爭（The Trojan War）屠城歸來的老公亞格曼儂（Agamemnon）。當他們的兒子歐瑞斯提茲（Orestes）要血債血償，出面伸張以「血緣」為單一基礎的部族正義，來砍死這兩個不共戴天的殺父仇人同時，也冒瀆了最神聖的母子血緣。所以當西方司法史上首任陪審團，在新生代女神雅典娜所設的法庭中，對為父弒母的歐瑞斯提茲（Orestes）作不起訴處分時，即象徵著希臘人的正義觀由部族組織的冤冤相報，過渡到社會制度的法庭仲裁。但是有些雅典娜女神的長輩包括她的爸爸天神宙斯（Zeus），著實不能認同這個「新新神類」悖逆既有傳統的行徑，惱羞成怒之餘，憤而詛咒那些即將盛行法庭仲裁制度的領域。所以西方人因此深信，時至今日，人們仍然在公理、正義和天道的三角習題中，找不到個皆大歡喜的結論。

然而，到底誰有資格寬恕他人的罪愆？還是如同第八章最後說的：「要一個人去原諒另一個人是不敬的，那是上帝的職責，人們自己不該擁有這樣的慈悲？背叛「奧默塔」之盟誓只能是唯一死罪？」我們再看一段作者普佐藉小說中的角色來抒發的思慮辯證：

> 但妮可還未結束她和大爺的辯論。「寬恕呢？」她對父親說，「你知道的，基督教一直要求教徒們要懂得寬恕。」
>
> 大爺毫不遲疑地回答。「寬恕是不道德行為，我們根本沒有這樣的能力，卻假裝自己擁有。寬恕別人的人，是嚴重侵犯了對方，不可原諒。我們沒有責任這樣做。」
>
> 「所以你從來不想得到寬恕？」妮可問。
>
> 「從來不想，」大爺說，「我不尋求寬恕，也不渴望得到。必要的話，我將接受對我罪惡的所有懲罰。」

自制、內斂而無情，艾普萊大爺就是這樣的天生領袖。這樣的意志，這樣的魅力，這樣一心一意的堅忍毅力，都是老式西西里英雄特有的謀略才能。他以他的智慧和毫不留情的作風，建立起自己的黑手黨勢力王國。他也製造出恐怖氣氛——背叛男人歃血為盟的「奧默塔」榮譽守則者必死，卻因而廣受尊敬愛戴，成為傳奇人物。但是在政府一波又一波的掃蕩下，再加上新一輩的幫會份子根本不遵守遊戲規則，艾普萊大爺決定在耳順之年計畫退休，改行做紳士銀行家和社會支柱，成了個大慈善家。可是，他真能遊走法律邊緣，金盆洗手來告別刀口拭血的黑道生涯？還是天道執意要他兌現自己說過的話？就在一個美好的禮拜天中午，在他孫兒堅振禮的儀式結束後，也就在他篤信的天主地盤上，正沉浸於含飴弄孫之樂的艾普萊大爺，頭中兩槍當場斃命，走入他生命中最後的十二月。當然，密謀殺死艾普萊大爺的幕後主謀、中間牽線人、和膽敢在上帝也休息的周日動手的兩兇手兄弟，勢必也要承受來自大爺血親的報復，絕不寬貸。這時，大爺從西西里帶回來的養子艾斯托雷，出面伸張以「血緣」為單一基礎的部族正義。

艾普萊大爺刻意讓他三名親生子女遠離黑手黨，並讓他們都接受良好的教育。現在都已步入中年的這二子一女，各自擁有一份正當職業，而且全都很有成就。相對來說，養尊處優又不夠心狠手辣的他們，也全都沒能耐報仇。然而養子艾斯托雷不一樣，他天生就有黑手黨領袖的特質。也許他的騎馬、唱歌、遮傷疤的俗麗金項圈等等驢樣，簡直讓老教父迷們不能忍受。但是種種缺點都無法改變既定的天命：他是艾普萊大爺欽點的接班人，黑手黨勢力王國的約書亞。到底是誰殺了艾普萊大爺？艾斯托雷得先找到原凶。小說情節的繁複主線，就從艾斯托雷和聯邦調查局及檯面上下的黑白兩道鬥智比狠的過程中展開。暴力血腥的故事加上懸疑緊張的敘述，其中也不乏香豔刺激的男女情事。但女人在陽剛十足的黑手黨系列中，永遠只能是幫襯的小角，是可以被交易操縱的貨物。就像，艾普萊大爺雖然很喜歡常和他鬥嘴的慧黠女兒，卻從不把妮可當一回事兒。他說：「畢竟她只是一名女人，而且是對男人有偏見的女人。」即使是艾斯托雷深深迷戀甚至願執手偕老的女人蘿西，如果有需要，也可以犧牲小我，送出去當西施牌誘餌。有道是朋友似手足，妻子如衣服。男性兄弟情誼（brotherhood）的血盟誓約與同仇敵愾，是絕對遠遠超過兒女私情。在這個小說建構的雄性世界裡，一場又一場權威與財富的爭奪，女人除非為男人所愛，是分不到一杯羹的，紐約警局的愛斯碧妮雅・華盛頓警探就是搞不清楚這個邏輯，才把自己弄得淒慘狼狽。

虛構的小說世界，多少反應了殘酷的現實面：除了權與錢之外，一樣和女人絕緣的是歷史上的定位！只有男人會「留取丹心照汗青」，因為制訂遊戲規則的是男人。我們再來看看第二章中，艾普萊大爺回應他那個「對男人有偏見」的女兒的一段談話：

他以罕見的強烈語氣說：「妳說人命是神聖的，有甚麼證據？歷史上有嗎？

造成幾百萬人死亡的戰爭，全都是由國家和宗教發動的。為了政治衝突或經濟利益，數以千計的敵人遭到屠殺，這種情形在歷史上層出不窮。有多少次是把金錢利益放在神聖的人命之上？……」

至少這個黑手黨大爺很誠實，也忠於他所相信的「真理」。因此從某方面來說，相較於偉人，人命是不值錢的，更不用說女人的命了?!但偉人另有一種定義——罪犯、不道德者或是狡猾之人，都可以乘坐在「人類進步進化」的波浪頂端，而不必做出犧牲。作者馬里歐•普佐滔滔不絕地在《終極教父》的第二章中，思考辯證著這個似非而是又似是而非的觀點：「艾普萊大爺很了解，美國最大的榮耀，就在於出現了一些偉大的『強盜家族』，而美國最初對這個社會犯下嚴重罪行的人，也就是這些人不斷在追求財富，同時建設美國，並把邪惡的罪行，丟進被遺忘的塵土裡。除此之外，他們還能怎麼辦？把北美大草原留給那些無法蓋出三層樓房的印第安人？把加州讓給那些沒有技術能力和遠見的墨西哥人？他們無法，也不會建造溝渠，引水灌溉這片土地，讓幾百萬人口得以享受富裕繁榮的生活。美國有很多天才人物，因此吸引數以百萬計來自全球各地的貧苦勞工，引誘他們從事必要的勞動工作，負責興建鐵路、水壩和摩天大樓。呀，自由女神像就是某位宣傳天才的神奇傑作。結果不是發揮了最佳的宣傳效果嗎？當然，曾經發生一些悲劇，但那是生活的一部分。美國不是全球皆知的最豐饒之地嗎？一點點的不公平，豈不是該付出的小小代價？本來就是這麼回事，個人一定要犧牲自我，才能促進文明和他自己社會的更進一步發展。」誰會記得這弱勢族群的「必要犧牲」？新歷史主義大師傅柯（Michel Foucault）就說道：「歷史本來就是以既得利益強勢者的語言及觀點所記載的主觀認定產物（a product of subjectification）。」所以「在律法裡講文明，從寬容中說歷史」——只是條專為偉人開設的免遁捷運，凡夫俗子是不必太在意的。就像最後與妻兒退隱西西里的艾斯托雷所言：「為什麼還會有人對這種事如此介意。老一代的黑手黨人已經死了。那些偉大的大爺們已經實現他們的目標，並且很優雅地融入現代社會裡，讓人不再覺得他們的存在——最高明的罪犯一向如此。」所以作者普佐語帶無奈及嘲諷地在小說尾聲，安排主角艾斯托雷正預期著，未來自己的兒子也會到美國這個「恩怨分明且充滿無限希望的國度」，將他「西西里人的的熱情和美國人的浪漫」，揮灑在這片曾是掠奪者的迦南美地上。

也許是才氣和天年都是有極限的：對於殷殷期盼的老教父迷們來說，馬里歐・普佐的封箱遺作《終極教父》似乎是薄了些也弱了點兒——比起一九六九年不朽的經典《教父》和一九九六年的《最後的教父》而言，《終極教父》好像少了些塑造深刻的人物和字字珠璣的對白。不用說艾普萊大爺的三名親生子女，就連主角艾斯托雷都沒令人難忘的特質，更別提其他跑龍套的角色了。倒是蘿西和愛斯碧妮雅警探這兩名女角很獨特，可惜篇幅不多，只是串場而已。反而是小說剛開始沒多久就歸天的艾普萊大爺，呈現出作者普佐心平氣和的暮年神采，以及歲月累積的智慧軌跡，十分可貴。雖然彷彿自知時間有限的普佐，急著把許多事件和人物，塞進有限的篇幅裡，讓整本小說看起來就像個電影故事大綱。可是，反正《教父》系列一直都不是以文學性取勝，如果就明快的情節步驟和精準的暴力犯罪記述來講，很少有人能再像馬里歐・普佐那麼會掰黑手黨故事了。《終極教父》一定也會是部大力宣傳且瘋狂大賣的〇〇七型動作片電影，因為不論老少，男人們一定會口耳相傳地去電影院群集報到，品頭論足地欷歔讚嘆一番，再次凝聚那份男人與男人之間的默契。所以《終極教父》仍是本精彩可期的小說，只是更合適作為的看完電影後的情節總複習。

孫德宜　博士

・美國南卡羅萊納大學比較文學博士
・現任中國文化大學英文系及研究所副教授
・開設西洋文學概論、美國文學史、英美小說、比較文學、女性及文化研究等課程

虎鯊社會裡的領導風格與策略轉型

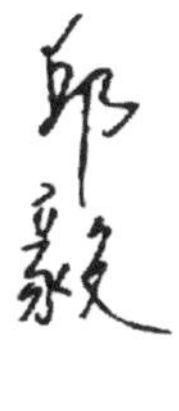

以《教父》一書享譽國際，並得過兩座奧斯卡金像獎的馬里歐（普佐（Mario Puzo），在去年因心臟衰竭而與世長辭，他的最後遺作《終極教父》（原名Omerta），已於今年七月在全美出版，果然造成空前的搶讀熱潮。而且據傳這部精采好看的新作將被拍成電影，並由因演出「鐵達尼號」而紅極一時，號稱「少女殺手」的李奧納多（狄卡皮歐（Lenoardo de Caprio）來飾演主人翁艾斯特雷。

《終極教父》一書仍然維持普佐《教父》系列的一貫風格，內容以描述美國黑手黨的鬥爭為主軸，充滿懸疑、血腥、暴力與色情等暢銷小說的元素，而其節奏明快的特質，更符合賣座電影之需求。馬龍白蘭度、艾爾帕西諾、勞勃杜瓦、勞勃迪尼諾、戴安基頓、詹姆斯肯恩等影帝影后，皆因三集「教父」電影而名利兼收，而這部《終極教父》無疑已為第四集「教父」電影奠定成功的基礎。不過，如果讀者僅以商業角度來欣賞《終極教父》，就大大貶低這本書的真實價值，我認為這部小說最出色之處，在於領導風格與策略轉型的探討。

《終極教父》勾繪出三個世代的教父臉譜—傑諾、艾普萊、艾斯特雷。第一代教父傑諾是傳統的義大利黑手黨大爺，他的勢力範圍集中在西西里島，以傳統的家族經營與突出的領導風格，來維繫其組織之運作。傑諾晚年將他剛滿二歲的獨子托孤給心腹手下艾普萊，這名幼子就是第三代教父艾斯特雷。

第二代教父艾普萊將黑手黨的勢力拓展至美國，他的領導雖仍具備老式西西里領袖風格，但已經吸收了現代企業經營精髓，這使得他的事業體往多角化方向發展，包含了銀行、食品、娛樂事業等，而且以銀行為核心的跨國體系已經形成。雖然艾普萊的觀念依然相當保守，且具強烈家族色彩，但明顯地已向現代經營模式傾斜。相較起來，艾斯特雷則屬完全現代式，他用人唯才，雖重視在人際網路裡的情感面，然而利益交換卻已成為維繫穩定權力結構的重心。

在艾斯特雷的事業體裡，銀行扮演的角色更加重要，並以之成為進行全球化策略的核心，相對於合法事業的高獲利，與黑道糾纏不清的特種娛樂行業漸趨式微，艾斯特雷很技巧地擺脫掉毒梟、黑手黨、警方、聯邦調查局等各方勢力的壓迫，並交棒給表姊妮可（一個極其出色的律師）以後，這個事業體已轉型成合法經營的龐大企業集團。上述的演變過程，就像是阿迪茲所描述的企業體生命週期，由地區品牌走向全國品牌，再邁向全球品牌；由家族經營走向新舊共治，再達成現代經營。

傑諾的領導風格是「神格化領導」，強調領導者的意志貫徹，其指定部屬的角色、任務和責任，並強烈地要求工作，將工作當成是一種使命，領導者親臨指揮，猶如戰場裡的總司令。在指揮過程裡，領導者具有高度自信，工作精神如宗教家般狂熱，凸顯出犧牲奉獻的情操，也要求部屬跟隨他的行為和精神。

艾普萊的領導風格則是「轉變型的神格領導」，他開始授權給管理者，但強調忠誠、責任及犧牲的領導關係，這種領導者基於事業體擴大，多角化策略發展，已非他一人可以完全操控，於是會選擇忠心、順從的幹部，來替他管理事業的一部份。這些管理者在若干時日後，有些也能成熟發展為方面大員，像替艾普萊管理銀行的普萊爾，就是最典型的例子。

艾斯特雷是「權變式的領導者」，也類似「諮商式的民主領導者」，他很重視環境的變化，工作的情境與員工成熟度，並以之決定採取何種型態的領導行為。當工作具急需性及緊迫性時，他會落實告知性或權威性的領導行為；但當工作是屬於研發性、思考性或創新性時，他就以授權式或參與式的領導行為來推動之。艾斯特雷的領導風格，使他與部屬之間能形成「團隊」，共同思考問題、共同擬出決策、共同推動工作，而且在互動型式上，部屬有相當高的自主性，也能相當程度分享領導者的權力。（註：有關領導風格的進一步探討，請參閱邱毅著《現代管理學》第八章）

最後我綜合傑諾、艾普萊、艾斯特雷三個人的領導行為，除上述的差異性外，也具有一些共通的特質，很值得讀者作為參考：一是「以公正無私態度來處理組織行為」。二是

「秉持財聚人散，財散人聚的精神，樂於幫助部屬與顧客解決困難」。三是「對違抗命令或反叛者嚴懲不貸，絕不會留下後患」。四是「有強烈的意志力與忍耐力，具使命感與責任心」。五是「除了追求利潤外，也關懷社會責任，重視社會群體對自己的形象評價」。六是「具有決斷力，在決策時有敢冒險一試的勇氣與賭性」。七是「遵守奧默塔Omerta精神，絕不出賣朋友，並信守承諾，不洩露組織的秘密」。八是「具有足以懾服他人的魅力和高貴氣質，容易讓別人對其滋生信賴感」。九是「擁有吸引人的浪漫情懷，不拘泥於傳統的思考窠臼，常有出人意表的想法出現」。

除了領導風格以外，我也想為讀者探討三位教父的「策略轉型」。從傑諾到艾普萊，他們的經營策略發生極大的變化，艾普萊的事業體是以銀行為核心，並逐步拓展成為全球性的跨國體系，而且也降低涉及黑道與不法的事業比重，使之符合國家的法律規範。這種「策略轉型」可避免與黑社會糾纏不清，以及被公權力制裁的「交易成本（Transaction Cost）」，一直到艾普萊被殺時，這個策略還在持續運作中，然而尚未開花結果，所以他囑咐繼承者艾斯特雷，無論如何都不可以把銀行賣給對手，以免被毒梟們利用來做為販毒洗錢的工具。

艾斯特雷信守養父的遺命，並授權給傑出的銀行家普萊爾，來管理旗下的龐大金融事業。普萊爾把以銀行為核心的策略轉型運作得更加徹底，他說：「…銀行可以賺進更多財富，而其風險比原來從事的行業要低得多（註：指與黑社會有關的行業），那些舊時代的行業已經過時，政府目前的力量太強大，而且正盯緊我們的人，該是退出舊行業的時候了！銀行是最主要的賺錢途徑，只要你有經驗、人才和政商關係，不是我誇口，不必違反法律，不必採取暴力，就可以賺大錢。……我們設計特別的摸彩、各種獎品和獎金，還作出很誇張的承諾，這些都是合法的，目的是要吸引民眾把錢花在我們所有的公司產品上，然後由我們的銀行提供信用卡給他們，使得他們即使沒錢，也可以先行購買我們的產品。所以銀行是最重要的，決定了你的未來，你一定要擁有自己的銀行。……你別看現在的利率那麼高，那些債務反而會迫使人們更努力工作，賺更多的錢來購買我們的產品。」（註：有關策略轉型的進一步說明，可參考邱毅著《現代管理學》第十五章）

普萊爾的一番話，指出企業集團以銀行為經營核心的道理。筆者若干年來專研跨國性企業集團的運作，也得到「以銀行為核心的集團之經營獲利率較高」的結論，相信這也是國內企業對涉足金融業趨之若鶩的主因。

艾斯特雷是授權式的民主領導者，他重用普萊爾，使艾普萊的事業體能成功地進行「策略轉型」，並擺脫掉黑白兩道的野心覬覦。然而在打下江山之後，他卻抱著「成功不必在我」的胸懷，豁達地交棒給表姊妮可，帶著心愛的蘿西到西西里島去，過著安逸舒適的日子。這種「能捨能得」的胸襟，相當值得目前汲汲追逐於紅塵利益的經營者或管理人，視為終身學習之參考。

邱毅　博士

・台灣大學經濟學博士、美國康乃爾大學策略管理博士研究
・現任中華經濟研究院研究員、空中大學商學系教授、政府及多家國公民營企業危機管理顧問
・著有《管理厚黑學》、《職場贏家》、《生活大贏家》、《工作樂翻天》、《小人物發大財》、《經貿大棋局》、《變革——恐龍型企業再造》、《危機管理》、《金融風暴中的台灣》、《宋楚瑜的孫子兵法》等。

一探西西里黑手黨的世界

很榮幸有此機會介紹馬里歐・普佐的這本《終極教父》。此書是作者的最後遺作，他已於去年過世。書的內容是如同以前描述有關黑手黨的作品，此次是關於紐約及西西里兩地區的黑手黨。書的重點則是關於家庭及謙讓手則，所謂謙讓手則就是一種榮譽條律，居民禁止向官方報告，僅屬於當事人之間的犯罪行為。簡單的說就是：所有的問題，包含報復，都應該在家庭中解決。一個真正的黑手黨員，他會先試圖以一己之力來解決問題，而不會向任何人提及，包括自己的家庭。但，如果他需要幫忙，會先向自己四周較親近的人求救，如：父親、兒子或兄弟，但絕不會求助於家中的女成員，因為她們不應該知道男人的事情。且家中所有的成員都應遵守「謙讓手則」。

此書的情節極為豐富生動，其內容隨處皆是戲劇性的轉變與充滿陰謀和出賣，而故事的結尾也依照傳統的美國小說一樣，有一種快樂美滿的結局。我們不應該忘記，馬里歐・普佐同時也是一位極著名的電影劇作家，在他許多的劇本中，最著名的除了《教父》外，還有《超人》這部電影。

《終極教父》此書，詳細描述了一種新的黑手黨。現代的黑手黨，他們把從非法中獲取的利益投資於合法的事業中，如：投資股票、購買銀行或公司等等。用此種方式，使得那些黑手黨老大的社會地位會逐漸提高，在這方面，這本書和《教父》一書是不同的。因為，在《教父》一書中，黑手黨的老大是從販賣魚類和水果發跡的。

此書的情節略述如下：一位黑手黨老大雷蒙得‧艾普萊退休，他用自己的錢財購買了好幾間銀行。有一天，他被暗殺了。因為，他已退休了，且其所擁有的錢財全是合法的，而他的三個孩子也都不是黑手黨成員，所以警察不瞭解其被殺的原因為何，當然，黑手黨也不願向警察透露任何訊息。他的姪子艾斯特雷決定要追查死因及兇手。但是，無論是敵對的黑手黨、銀行的老闆或家庭的成員，沒有任何人願意透露任何消息。他們沈默的原因只是為了想奪取艾普萊大爺巨大的財富。整個過程，於是交雜了忠誠、背叛、愛情及熱愛等等。

小說中透露出最明顯的訊息是：沒有一個人是正直的，每個人都有一個價格，且都是可以被收買的。此書描述的方式及作風是似神話的，而其水準程度是近似到文學水準的。

馬里歐‧普佐本人是成長於義大利家庭中。在書中，他很明顯地表現出他極喜愛義大利的黑手黨。書中每個人物，他們和義大利黑手黨的關係遠比和美國黑手黨的關係來得更為密切。其中也間接的提及，古老幻想中的黑手黨老大他們的正直、榮譽及忠誠。在書的序幕中，有如此的介紹一位黑手黨大爺：

「傑諾大爺是碩果僅存的真正黑手黨大老之一，一輩子謹守古老傳統。他對各行各業收取保護費，但從不插手毒品、賣淫或其他犯罪活動。從來沒有一位到他家裡借錢的窮人，是空手離去的。他改正法律的不公平之處——儘管西西里的最高法官可以做出判決，但只要你有理，傑諾大爺會以他的意志力和力量否決這項判決。沒有一位玩弄女性的年輕人可以遺棄貧窮的農家女，因為傑諾大爺一定會說服他履行神聖的婚約。沒有一家銀行可以沒收無助農民的抵押品，因為傑諾大爺一定會出面干預，要銀行收回成命。沒有一位渴望接受大學教育的年輕小伙子，會因為沒錢或資格不符而失去入學機會。只要他們跟他的『家族』有關係，他們的夢想就會實現。來自羅馬的法律永遠不能左右西西里的傳統，而且也不具任何權威；只要當地老百姓認為某項法律不好，傑諾大爺一定會否定它，不計代價。」

上述的傳奇老大，在西西里的現實生活中有好幾位，我們舉其一例：維多卡修斐洛大爺。他在十九世紀末至二十世紀當上了黑手黨的老大，且把農牧型態的黑手黨改變成了二十世紀現代的黑手黨。他掌控著犯罪集團，其他的黑手黨成員都必須支付保護費給他。當時，西西里的紀律是極為良好的。

有一次，一位重要的羅馬政治人物來到巴勒摩，物品被偷竊了，維多卡修斐洛大爺知道此事後，在一個小時之內，就將失物尋回並且向其致歉。他極厭惡無謂的屠殺與報復，因為這樣一定會犧牲許多無辜的生命。他是一位慷慨的人，誰需要幫忙，一定不會被拒絕。每次當他去西西里的小城鎮時，城鎮的市長一定在城門口盛裝恭迎，且親吻他的手，如同他是國王一般。但，從另一個角度看，他還真是一位國王。因為，在他掌控時期，西西里度過了一段極平和的時期，而此平和絕非是政府提供的，而是靠維多卡修斐洛大爺維繫的。

然而，不管如何，我們都不應忘記，黑手黨仍是一種犯罪的組織，也由於他們而產生了許多的遇難者、寡婦及孤兒。

維多卡修斐洛大爺承認，在他的生活中只殺過一個人。原因不是為了錢財，而是為了黑手黨的榮譽及聲望。被殺的人叫做約瑟貝多西諾，他是在紐約負責義大利移民的警察組長，他極有名望且逮捕了不少美國的黑手黨老大。在一九〇九年，為了研究西西里黑手黨和紐約黑手黨的關係，他到了巴勒摩。因其乃出自於義大利家庭，所以自認極瞭解黑手黨，且除了警察外，沒有人知道他會到巴勒摩。但，當他抵達幾個小時後，在法院前被維多卡修斐洛大爺殺了。維多卡修斐洛大爺在一九二六年被警方逮捕入獄。在監獄中，他的權威如同他在獄外一樣崇高。他管控著囚犯間的互毆，也幫犯囚犯解決問題。他送錢給貧困的家庭，也送賀禮到朋友子女的婚禮。在監獄中，他外面的生意仍持續地進行著。

到今天為止，如果任何一位黑手黨的老大曾和維多卡修斐洛大爺曾關在同一牢房過，那將被視為一種無上的光榮。

身為義大利人的我，在此要試著解釋為何黑手黨會一直永遠的存在。因它一直有著自己的世界、法律及法典。西西里黑手黨的龐大家族，是源於過去、現在或將來相互的婚姻連結，就如同古老的貴族方式一樣。且由於義大利，特別是義大利南部，非常重視家庭，所以此種方式自然而然地成為了他們的產地。

在好幾年前，當美國開始研究黑手黨成員的家庭關係，發現每個黑手黨的團員都是其他黑手黨成員的姊夫、妹夫、祖父、孫子、伯伯、叔叔、表哥、表弟、爸爸或是教父等等。親戚外，另一個團體關係就是朋友。西西里族長制的體系是非常敬重朋友的。在黑手黨的榮譽手則中，不管誰對誰錯：「我的朋友的朋友就是我的朋友；我的朋友的敵人就是我的敵人」。這些朋友和親戚會為保持平和或為戰爭而合作無間。他們戰爭的原因，無非就是為了殲滅敵人或征服新的領域。有時，戰爭是為了保護自已、延續自已的生意及堅守已有的領域。為了達到此一目的，有時，他們也會停戰或和平協定。而為了達到上述的目的，最重要的就是經由「謙讓手則」。

雖然，在義大利各處都有黑手黨的人，但 Mafia 卻是一種西西里的現象，而非義大利的。

我們無法確定「Mafia」這個字從何而來。因西西里有受到拉丁、希臘和阿拉伯三種文化的影響。但，由於在拉丁及希臘文中，並無此字。所以，我們認為它應該是源於阿拉伯文。其意大約是「家庭」，我們認為此種解釋極有可能。因為，在上面我們已提及，在義大利，特別是在南部，家庭是極被重視的。在黑手黨中的結構中，也是以家庭為主（如：

Bonanno，Genovese家族等等）。

在義大利，mafia 有兩種意思：一種是關於某種社會的根基，若為此意，我們會以小寫表示；另一種則是黑手黨，我們則以大寫表示，如Mafia。

在美國，黑手黨亦叫做「Cosa Nostra」，它的意思是「我們的事情」。換言之，即是我們家的事，別人請勿插手。

小寫的 mafia，是一種人生哲學、一種社會的思想及一種道德法規，此種觀念是代代相傳的。一個人自孩童時期，就瞭解他們必須幫助家庭和朋友。無論他們的朋友是對是錯，他們都要保護朋友且對抗他們的敵人。在這種觀念中，每個人要保護自己的尊嚴，且所受的侮辱，沒有一個是可原諒的。任何的侮辱，一定要報復。由此產生了一個黑手黨的字「vendetta」，其意為：「世仇」。世仇並非只是兩人間的恩怨，而是家族與家族間的仇恨，此種仇恨可延續好幾代。

一百多年前，在 Monreale和 Bagheria 此兩個家庭的爭執中，犧牲了一百多人的性命。朋友和家庭要保守自己的秘密，尤其是不應該跟政府有絲毫的牽連。這種不信任政府的事實，我們可以歷史來作見證：義大利此一國家，有一百三十九年歷史，而西西里自古以來，就一直是自食其力，沒有得到國家的任何資助。

世人對於黑手黨的認識，是源於社會的環境。剛開始，黑手黨成立於西西里西部的Palermo 和 Agrigento兩個城市。在西西里東部的城市，如：Messina、Catania 及 Siracusa並無他們的蹤跡。黑手黨本身並無階級組織、法規，或是一位「總統」。他們只是一個普通的組織，且從事於自己的行業中。黑手黨可分為好幾種：建築物的、農業的、經濟的、毒品的、運輸的及政治的黑手黨等等。每一種組織都有其活動區域，且不可跨越其他的組織。一旦跨越，就開始了血腥的謀殺。如，今年，在拿波里，一個和黑手黨相同的組織：卡默拉（Camorra）黨為了控制毒品市場，已有好幾十個人被殺了。此種謀殺會繼續一段時日，然後突然終止。局外人，包括警察，永遠都不會知道此種謀殺或最後談和的原因為何。

黑手黨擴大其領域範圍的方式有好幾種。他們認為他們是國家中的一個國家。一個西西里人知道，在他的城市中，他應該和黑手黨保持良好的關係，也應該保護自己的家庭、工作、財產及行業。比方說，如果一個人要開家商店，在開張之前，他必須先徵求當地黑手黨老大的同意。取得同意後，他每個月還需支付保護費給該組織。如果拒絕支付，他的商店某天一定會突然的爆炸，抑或有更可怕的事情會發生。他沒有選擇的權利，如果他不付給當地的組織，一定要付給其他的組織。如果他向警察告密，一則因無證據，二則因對黑手黨有不名譽的指控，而此種指控常常會遭致死刑。我們不應忘記，黑手黨等於是毀滅、死亡及悲傷

馬里歐•普佐很明顯且深深地對這些黑手黨的人物著迷，特別是對那些傳奇似的神話大爺。因為，在他們年老時，他們變成是智慧的且會返回西西里度過他們的晚年。當此書

的主要人物艾斯特雷解決完家庭的事物，也報復了謀殺他教父的對象後，他回到了西西里，在那兒，他的情人在等著他，他們結婚了，當然，也過著幸福快樂的日子。

康華倫 CASTELLAZZI VALENTINO　博士

- 米蘭大學畢業
- 威尼斯大學中文博士
- 歷任輔仁大學法文系副教授
  文化大學音樂系副教授
- 現任輔仁大學義大利文系主任

★艾斯特雷・傑諾〈維奧拉〉Astorre Zeno〈Viola〉執行「奧默塔」的終極教父
★文森若・傑諾Vincenzo Zeno正統西西里黑手黨教父〈Mafia Don〉，艾斯特雷生父
★雷蒙得・艾普萊Raymonde April出身西西里的美國紐約黑手黨，艾斯特雷養父
★華萊里斯・艾普萊Valerius April雷蒙得的長子，美國西點軍校上校講師
★馬坎托尼歐・艾普萊Marcantonio April雷蒙得的次子，全國電視網高級主管
★妮可・艾普萊Nicole April雷蒙得的女兒，律師、人權主義者，專精公司法
★卡黛莉娜Caterina艾普萊大爺西西里故鄉的情婦
★歐塔維斯・畢安柯Octavius Bianco西西里巴勒摩黑手黨，艾普萊大爺同夥
★班尼托・克拉克西Benito Craxxi美國芝加哥黑手黨，艾普萊大爺同夥
★普萊爾Mr.Pryor資深專業銀行大亨，艾普萊大爺同夥
★法蘭克・維奧拉Frank Viola艾普萊大爺一度將艾斯特雷托養的手下
★史代斯・史周若Stace Sturzo雙胞胎殺手哥哥
★法蘭基・史周若Franky Sturzo雙胞胎殺手弟弟
★約翰・賀斯柯John Heskow花卉買賣商人兼殺手仲介人
★傑柯・賀斯柯Jocko Heskow約翰・賀斯柯之子
★提莫納・波特拉Timmona Portella逃過九〇年紐約大掃蕩的另一黑手黨大爺
★布魯諾・波特拉Bruno Portella提莫納・波特拉之弟
★馬里安諾・魯比歐Marriano Rubio祕魯領事館總領事
★英吉歐・杜利帕Inzio Tulippa哥倫比亞最大販毒集團領袖
★麥可・格拉齊耶拉Michael Grazziella西西里島科里昂家族頭目

人物表

★柯特・希爾克Kurt Cilke聯邦調查局紐約市負責人

★雯妮莎・希爾克Vanessa Cilke柯特・希爾克之女

★嬌姬蒂Georgette柯特・希爾克之妻

★比爾・巴斯頓Bill Boxton柯特・希爾克的副手

★保羅・狄・班尼羅托Paul Di Benedetto紐約警局刑事隊長

★愛絲碧妮雅・華盛頓Aspinella Washington紐約警局刑事副隊長，黑人女性

★皮耶卓・費索里尼Pietro Fissolini西西里隔臨西尼省的黑手黨頭子

★海倫Helene妮可的貼身保鑣

★雷斯利Leslie網球營教練

★蘿西・康勒Rosie Conner艾斯特雷十六歲於倫敦就學時的情人

★奧爾多・蒙撒Aldo Monza皮耶卓・費索里尼之姪，艾斯特雷的近身隨從

★Nello Sparra巴勒摩夜總會的樂團演奏

★布姬Buji尼洛・史巴拉夜總會的一名舞女

★巴勒摩之獅The Lion of Palermo西西里一個公然收賄的法官

★托斯西・里莫納Tosci Limona 科里昂家族於巴勒摩地區的頭目

★塞斯塔克Sestak聯邦調查局特別行動小組指揮

★魯道夫Rudolfo一個領有執照的性按摩治療師

★里歐・迪馬可Leo DiMarco戈爾福拉馬瑞堡的村長

★迪爾・維奇歐Del Vecchio聖西巴斯汀教堂的神父

★雷蒙得・傑諾Raymonde Zeno艾斯特雷之子

義大利黑手黨的故鄉　西西里

MARIO PUZO

OMERTA

PROLOGUE 1967

西西里的戈爾福拉馬瑞堡是個小村莊，面對著蔚藍的地中海，村中礫石遍地。在這村裡，一位很偉大的黑手黨大爺就快死了。

這位黑手黨大爺名叫文森若‧傑諾，品格高貴，一生受人愛戴，他公正無私，樂於助人，對於膽敢違抗他的人，也嚴懲不貸。

守在他身邊的是他以前的三位手下，現在，每位都已經創下屬於他們自己的一片江山：來自紐約的雷蒙得‧艾普萊，來自（西西里）巴勒摩的歐塔維斯‧畢安柯，以及來自芝加哥的班尼托‧克拉克西。他們每個人都還欠他人情。

傑諾大爺是碩果僅存的真正黑手黨大老之一，一輩子謹守古老傳統。他對各行各業收取保護費，但從不插手毒品、賣淫或其他犯罪活動。從來沒有一位到他家裡借錢的窮人，是空手離去的。

他改正法律的不公平之處——儘管西西里的最高法官可以做出判決，但只要你有理，傑諾大爺會以他的意志和力量否決這項判決。

沒有一位玩弄女性的年輕人可以遺棄貧窮的農家女，因為傑諾大爺一定會說服他履行神聖的婚約。沒有一家銀行可以沒收無助農民的抵押品，因為傑諾大爺一定會出面干預，要銀行收回成命。沒有一位渴望接受大學教育的年輕小伙子，會因為沒錢或資格不符而失去入學機會。

只要他們跟他的「家族」有關係，他們的夢想就會實現。來自羅馬的法律永遠不能左右西西里的傳統，而且也不具任何權威；只要當地老百姓認為某項法律不好，傑諾大爺一定會否定它，不計代價。

但大爺現在已八十多歲，在過去幾年當中，他的權力開始衰退。他偏偏又娶了一位很美麗的年輕女郎，替他生了一個很好的兒子。

她在生產時不幸難產去世，小兒子現在已兩歲大。老人很清楚，他的生命已到盡頭，如果沒有了他，他的家族一定會被力量更強大的科里昂和克里庫吉歐兩家族消滅，因此，他開始替他兒子的前途打算。

此刻，他首先感謝這三位朋友在聽到他的請求後，不遠千里而來，表現出對他的禮貌與敬意。

接著，他告訴他們，他希望他的兒子——艾斯特雷——能夠被帶到一處安全的地點，在不同的環境下被撫養長大，但仍要遵守正人君子的傳統，就像他自已。

「只要能夠看到我兒子在安全環境中成長，我就可以死而無憾。」他如此說。但是他的這三位朋友都知道，他這一生當中曾經下令處死好幾百個人。

大爺接著說：「因為，從這個兩歲娃兒身上，我看到了真正黑手黨人的心腸與靈魂，這是很罕見、幾近絕跡的高貴品格。」

他告訴他們，他會從他們當中選出一人保護這個很特殊的小孩子，而負起這個責任的人，將會得到很大的報酬。

傑諾大爺瞇著迷濛的雙眼，向前凝望著。「說來很奇怪。根據傳統，長子才是真正的黑手黨人。但以我來說，一直到了八十歲，才能實現這個夢想。我不迷信，但如果我迷信，我相信這個孩子是從西西里泥土裡長出來的。他的眼睛綠得像是從我最好的樹上長出來的橄欖。他有著西西里人特有的感性——浪漫、喜歡音樂、個性愉悅。然而，如果有人冒犯他，他是永遠不會忘記的，尤其是在他這樣小的時候。但一定要有人指引他。」

「那您要我們做什麼呢，傑諾大爺？」克拉克西問道。「因為我很樂於接受你的孩子，把他當做我自己的孩子撫養長大。」

畢安柯幾乎是怨恨地瞪著克拉克西。他說：「這孩子剛出生時，我就認識他了。他跟我很熟。我會把他當做自己的孩子。」

雷蒙得・艾普萊看著傑諾大爺，但沒說什麼。

「你呢，雷蒙得？」傑諾大爺問道。

艾普萊回答：「如果你選的是我，你的兒子將是我的兒子。」

大爺很慎重地考慮他們三個，三人全都值得信賴。

他認為克拉克西是最聰明的。畢安柯則肯定是最有野心和最強勢的。艾普萊的優點是懂得自制，屬於內斂型。但他也很無情。

即使已經就快死了，傑諾大爺仍然很情楚，最需要這個小孩子的，就是雷蒙得・艾普萊。他可以從孩子的愛得到最大利益，並且一定會讓他的兒子學會如何在他們的叛逆世界裡生存。

傑諾大爺沈默了好長的一段時間。最後，他說道：「雷蒙得，你將是他的父親，我可以安息了。」

* * *

大爺的葬禮隆重得像是皇帝。前來致哀的，有西西里各大家族的首領，有來自羅馬的義大利政府內閣部長，有大莊園的主人，以及從他的家族分散出去的幾百名手下。靈車由黑色駿馬拉著，坐在上面的是兩歲大的艾斯特雷・傑諾，兩眼閃閃發亮，如有熊熊烈火。他身穿黑色長禮服，頭戴無邊帽，莊嚴得像是一位羅馬皇帝。

巴勒摩樞機主教主持葬禮儀式，他意義深長地宣稱：「不管在病中或健康時，不管是幸福或悲傷絕望，傑諾大爺都是我們所有人最真誠的朋友。」

他接著吟誦傑諾大爺的臨終留言：「我把自己奉獻給上帝。他會赦免我的罪，因為我每天都在努力使自己保持公正。」

於是，艾斯特雷・傑諾被雷蒙得・艾普萊帶到美國，成為他的家庭的一份子。

MARIO PUZO

OMERTA

CHAPTER 1

史周若・法蘭基和史周若・史代斯兩位雙胞胎兄弟，把車子開進賀斯柯家的私人車道，他們看到四位很高的小伙子正在小小的院子裡打籃球。

法蘭基和史代斯跨出他們的別克大房車，約翰・賀斯柯上前迎接。賀斯柯身材高大，體型似梨，上窄下寬；稀薄的頭髮修剪得十分整齊，露出光滑的額頭，藍色的小眼睛閃閃發亮。「來得正巧，」他說，「我要你們見見某人。」

小伙子們停止打籃球賽。賀斯柯很驕傲地說：「這是我兒子，傑柯。」小伙子中最高的那一位，向著法蘭基伸出他的大手。

「嗨，」法蘭基說，「我們來打一場如何？」

傑柯看看兩位客人。他們都約有六呎高，體格看來滿不錯。兩人都穿著馬球衫，一藍一綠，卡其褲，橡膠球鞋。這兩人看來很和善、英俊，粗獷的外表下流露出優雅的自信。

他們很明顯是兄弟，但傑柯並不知道他們竟然是雙胞胎。他猜測，他們大約都只有四十歲出頭。

「沒問題。」傑柯說，顯露出孩子式的好脾氣。

史代斯微微一笑。「太好了！我們開了三千哩的車子，正好可以鬆鬆手腳。」

傑柯對著他那幾位身高全在六呎以上的同伴說道：「我和兩位客人一組，和你們三位對打。」他自認球技很好，這樣的安排可以增加他父親朋友贏球的機會。

「不要對他們太兇了，」約翰・賀斯柯對小伙子們如此說道。「他們只是老頭子，好玩而已。」

那是十二月某天的午後，空氣冷得讓血液沸騰。淒冷、淡黃色的長島陽光，照在賀斯柯的溫室花房的玻璃屋頂和牆上，閃閃發光（賀斯柯表面上是從事花卉買賣）。

傑柯的年輕同伴們打得很輕鬆，並且故意放水給這兩位年紀較大的人。但突然間，史代斯和法蘭基卻快速切過他們，竄到籃下，來了幾個籃板球。傑柯站在原地，被他們的快速動作嚇呆了；接著，他們不再投球，而只是把球傳給他。他們從不遠投。他們好像覺得，一定要輕鬆切進籃下投籃板球，才是光榮的。

年輕的那一隊開始利用他們的身高優勢，在兩位老人四周傳球，但他們只搶到很少的幾個籃板球，這令他們大為吃驚。最後，其中一位小伙子發火了，用手肘猛力往法蘭基的臉上一推。突然之間，這位小伙子竟然一下子倒在地上。傑柯雖然看到整個過程，但並不完全知道究竟發生了什麼事。

但接著，史代斯用球猛力打在他弟弟的頭上，並且說道：「算了，打球吧，笨蛋。」法蘭基伸手拉起那位小伙子，拍拍他的屁股，說道：「嗨，抱歉。」他們又打了五分鐘的籃球，但到那時候，兩位「老頭子」很顯然已經筋疲力竭，三位小伙子圍在他們四周繞圈子。最後，他們不打了。

賀斯柯拿了汽水到院子給他們，那些小伙子全圍在法蘭基身旁，因為他很有點領袖魅力，而且剛剛又露了一手像職業籃球手的技巧。法蘭基摟著先前被他打倒在地的那個小伙子。然後，他對著他們露出「大家都是哥兒們」的笑容，使得他那張有稜有角的臉孔，竟然令人看了覺得很愉快。

「讓我這個老鳥給你們這些傢伙一些建議，」他說，「可以傳球時，絕對不要運球。最後一節還落後二十分時，絕對不要放棄，硬撐到底。還有，絕對不要跟養兩頭貓的女生約會。」

這些大男生全都哈哈大笑。

法蘭基和史代斯跟這些大孩子握了握手，感謝大家陪他們打球，然後跟著賀斯柯進入那棟四周有綠樹圍繞的漂亮房子。傑柯在他們身後叫道，「嗨，你兩位真不是蓋的！」

進入屋內，約翰・賀斯柯領著兩兄弟上樓來到他們的房間。房門很厚重，裝著一把好鎖，兩兄弟注意到，賀斯柯帶他們進去後，隨手就把門鎖上。

房間很大，實際上是一間大套房，附有一間浴室。有兩張單人床——賀斯柯知道兩兄弟喜歡睡在同一房間內。

房間角落有一個大箱子，箱子外面套上鐵條，並且配上一把很厚重的掛鎖。賀斯柯拿出一把鑰匙，把鎖打開，然後掀開箱蓋。映入眼簾的是幾把手槍、自動武器和子彈盒，全都排得很整齊。

「這些夠嗎？」賀斯柯問道。

法蘭基說：「少了滅音器。」

「這件事用不到滅音器。」

「很好，」史代斯說，「我恨滅音器。手槍如果裝上滅音器，我什麼也打不到。」

「好了，」賀斯柯說，「你們洗個澡，休息一下，我先去打發那些小鬼，準備晚餐。你們認為我兒子如何？」

「很不錯，」法蘭基說。

「你覺得他籃球打得好不好？」賀斯柯說道，臉上露出驕傲的神情，甚至興奮得有點臉紅，使他看來更像一顆熟透的梨子。

「很棒。」法蘭基說。

「史代斯，你認為呢？」賀斯柯又問。

「相當棒。」史代斯說。

「他已經拿到維拉諾瓦大學的獎學金，」賀斯柯說，「可以一路打進NBA。」

＊　＊　＊

過了一會兒，雙胞胎兄弟下樓來到餐廳，賀斯柯已在那兒等著。他準備了嫩煎小牛肉，配上蘑菇，還有一大盤青菜沙拉。餐桌上擺了三套餐具，還有紅酒。

他們坐下來。大家都是老朋友了，很清楚彼此的生活狀況。賀斯科離婚已經十三年。他的前妻和傑柯住在離此四邊兩哩外的巴比倫鎮。但傑柯經常住在這兒，賀斯科一直是個很疼兒子的好父親。

「你們本來應該在明天早上才到的，」賀斯科說。「如果我知道你們今天就到，我會把我兒子弄走。但在接到你們的電話時，已經來不及叫他們走開。」

「沒關係，」法蘭基說。「不礙事的。」

「兩位方才跟那些小孩子還打得滿不錯的，」賀斯科說。「你們可曾想過打職籃？」

「沒有，」史代斯說，「我們太矮了，只有六呎高。那些黑鬼對我們來說，太高了。」

「不要在我兒子面前使用這樣的字眼，」賀斯科說。他有點被嚇壞了。「他必須跟黑人一起打球。」

「哦，不會的，」史代斯說。「我絕對不幹那種事。」

賀斯柯鬆了一口氣，喝了一口酒。他一向喜歡和史家兄弟合作。他們兩個都很和善——不像他必須去打交道的那些人渣那般討人厭。他們是同一個世界的人，彼此相處得很好。這個小小的世界不但安穩，也令他們覺得心情愉快。

三人吃得很慢，很隨興，不拘束。吃完第一回合後，賀斯柯拿來煎盤，直接替他們把盤子再度裝滿。

「我一直很想問你，」法蘭基對賀斯柯說道。「你為什麼要改姓？」

「那是很久以前的事了，」賀斯柯說。「我並不以身為義大利人為恥。但你們也知道，我看起來實在太像他媽的德國人。我這頭金髮，藍眼睛，還有這個鼻子，卻擁有義大利姓，那實在是太奇怪了。」

雙胞胎哈哈大笑，那是一種輕鬆、諒解的笑聲。他們知道他是在胡說八道，但他們並不介意。

吃完沙拉後，賀斯柯端上雙份的義大利濃縮咖啡和一盤義大利糕餅。他也拿出雪茄，但他們拒絕。他們還是抽他們的萬寶路香菸，這跟他們那充滿皺紋的西部牛仔味道的臉孔倒是滿相配的。

「該談正事了，」史代斯說。「一定是大事，否則為什麼一定要我們開他媽的三千哩的車子？我們本來可以搭飛機的。」

「還不算太壞，」法蘭基說。「我滿喜歡的。我們看到了真正的美國風光，親眼目睹。我們這一路滿愉快的。那些小鎮上的人，十分友善。」

「很棒，」史代斯說。「但話說回來，這段路還是太長了。」

「我不希望你們在機場留下任何痕跡，」賀斯柯說。「他們一定會先到那地方調查。這件事一定會鬧得很熱鬧。兩位不介意太熱鬧吧？」

「我可喜歡得很呢，」史代斯說，「好了，目標究竟是何方神聖？」

「雷蒙得・艾普萊大爺。」賀斯柯說出這姓名的時候，差點被喝下的濃縮咖啡嗆到。

屋內陷入很長時間的沈默，接著，賀斯柯首次看到雙胞胎兄弟臉上散發出來冰冷的死亡氣息。

法蘭基很平靜地說：「你要我們開了三千哩路的車子，來接受這件工作？」

史代斯對著賀斯柯微微一笑說道：「約翰，很高興認識你。現在你只要付點車馬費，我們就會回去了。」兩兄弟對著這句玩笑話哈哈大笑，但賀斯柯卻不知道他們在說什麼。

法蘭基的一位洛杉磯朋友是位自由投稿作家，他有一次向雙胞胎解釋說，雜誌社雖然會向他約稿，但並非一定要採用他的文章。如果雜誌社決定不採用他的稿子，只要付出事先講好的稿酬的一小部份當做車馬費，就可以解除雙方的約定。雙胞胎也採取這種做法。他們在和雇主見過面及談過話後，如果決定不接下案子，他們也會向雇主收點「車馬費」。以這次來說，因為他們開了很久的車子，而且是兩個人同時行動，所以，他們的解約車馬費是兩萬美元。

但賀斯柯的工作就是要說服他們接下這件工作。「這位大爺已經退隱三年，」他說。「他所有的老部下全進了監獄。他不再有力量了。唯一會妨礙工作的是提莫納・波特拉，但他不會插手。你們的報酬是一百萬美元，完事後先付一半，後一半在一年後付清。但在那一年當中，你們必須躲起來。一切都已安排好了。你們只負責開槍。」

「一百萬大洋，」史代斯說。「這可是一大筆錢。」

「我的客戶知道，刺殺艾普萊大爺是件大事，」賀斯柯說。「他要找最好的人。冷靜的殺手，口風緊，頭腦清楚。兩位肯定是最佳人選。」

法蘭基說：「沒有多少人願意冒這個險。」

「沒錯，」史代斯說。「我們下半輩子還必須躲躲藏藏。一定有人緊緊追殺，再加上警察，還有聯邦探員。」

「我向你們發誓，」賀斯柯說，「紐約警局不會全面追查。聯邦調查局也不會插手。」

「大爺的老朋友呢？」史代斯問。

「死人沒有朋友。」賀斯柯停頓了一下。「大爺退隱時，切斷了所有的外界關係。沒有什麼好擔心的。」

法蘭基對史代斯說：「這不是很好笑嗎？我們接工作時，他們總是告訴我們，沒有什麼好擔心的。」

史代斯哈哈大笑。「那是因為他們不是實際開槍的人。約翰，你是我們的老朋友了。我們信任你。但萬一你錯了呢？任何人都可能出錯。萬一大爺還有一些老朋友呢？你知道他以前的作風。一直都是毫不留情的。我們會被逮到，不只是被殺而已。我們會先被折磨得死去活來。我們的家人也有危險。包括你兒子在內。他是無法在墳墓內打NBA的。也許我們應該先弄清楚，是誰出錢要我們幹這件工作的。」

賀斯柯傾身靠近兩兄弟，他原本白皙的皮膚現在變得血紅，好像很羞愧的樣子。「這我不能告訴你們。我只是中間人。所有的那些問題我都考慮過了。你們以為我很笨嗎？誰不知道大爺的為人？但他目前毫無防備。這一點，最高層的人向我保證過了。警方只會進行例行性的調查。聯邦調查局無法接手。黑手黨的那些高層頭頭們也不會干預。絕對不會有問題。」

「我從來不敢夢想艾普萊大爺竟然會成為我們的目標，」法蘭基說。這件工作令他感到很驕傲。竟然有幸去刺殺一位在他的世界中如此被又敬又畏的人。

「法蘭基，這可不是籃球賽，」史代斯警告說，「如果失手了，不是握握手，走出球場就可以的。」

「史代斯，這可是一百萬美元呀，」法蘭基說。「而且約翰從來沒有替我們安排過壞工作。我們幹吧。」

史代斯也覺得越來越興奮了。去他的。他和法蘭基可以自行應付過去的。畢竟，那可是一百萬美元呀。

如果大家說的沒錯的話，史代斯是比法蘭基更唯利是圖，更懂得做生意，一百萬美元真的令他心動。

「好吧，」史代斯說，「我們接受。但萬一你們弄錯了，請上帝原諒我們。」他小時候是教堂的輔祭小童。

「聯邦調查局會不會一直在監視大爺呢？」法蘭基問道。「我們要不要擔心這個？」

「不用，」賀斯柯說。「大爺所有的老朋友都入獄後，他就像一位正當的紳士那樣退休了。聯邦調查局高興得很，不再去打擾他。我可以保證。我現在把行動計畫告訴你們。」

他花了半小時才把行動計畫詳細說明完畢。

最後，史代斯說：「什麼時候動手？」

「周日早晨，」賀斯柯說。「事後頭兩天，你們暫時在這兒待著。然後會用私人噴射機送你們離開紐華克。」

「我們必須有一位很好的司機，」史代斯說。「要最好的。」

「我來開車，」賀斯柯說，接著，他點點頭，幾乎有點道歉似的，「那可是個大日子。」

* * *

在周末那兩天裡，賀斯柯很細心照顧史周若兄弟，替他們準備三餐，處理他們的雜務。他不是容易受到感動的人，但史家兄弟有時候會讓他心裡產生冷意。他們就像計算機，頭腦隨時保持清醒，但他們也很友善，甚至到花房裡幫助他照顧鮮花。

晚餐前，雙胞胎兄弟會一對一打打籃球，他們的身體像蛇一樣地彼此相互交叉穿梭，令賀斯柯看呆了。

法蘭基的動作較快速，投籃也很準。史代斯的球技比不上法蘭基，但比較聰明。法蘭基應該可以打進NBA，賀斯柯如此想。但這不是打籃球。在現實世界的危機中，必須要由史代斯出面處理。

因此，在這次行動中，史代斯將是實際射殺大爺的槍手。

MARIO PUZO

OMERTA

CHAPTER 2

聯邦調查局在一九九〇年代大力掃蕩紐約黑手黨各大家族，結果只有兩個人逃過這波掃蕩。一位是雷蒙得・艾普萊大爺，他的地位依然穩如泰山，他也是勢力最龐大和最受敬畏的。另一位是提莫納・波特拉大爺，勢力也同樣龐大，但聲望差了很多，他能夠逃過這次大掃蕩，看來似乎純是運氣。

但前途未明。美國國會在一九七〇年通過的「犯罪組織掃蕩法案」，條文設計得極不民主，聯邦調查局的特別偵察小組又窮追不捨，而且，美國黑手黨的幫派分子根本不理會西西里固有的「奧默塔」榮譽守則，動輒向執法單位告密。因此，雷蒙得・艾普萊大爺知道，該是他從舞台上優雅引退的時機了。

大爺領導他的家族長達三十年，現在已是傳奇人物。他是在西西里長大的，因此，沒有那些在美國出生的黑手黨大頭目的虛假理念，和自我膨脹的傲慢。事實上，他的作風很像是十九世紀的老式西西里領袖，他們治理各城鎮和村落，主要是靠他們個人的領袖魅力、幽默感，以及他們對可疑敵人的致命與最後的審判。從他身上可以明顯看出，他的確擁有這些老式英雄特有的謀略才能。

現在，他已經六十二歲，並且也已經好好安排了他的生活。他已經除掉他的敵人，並且也盡到身為朋友與父親的責任。他可以很安心地享受他的晚年，擺脫他與這個現實世界比較不和諧的角色，換上一個更合適的身份：紳士銀行家和社會支柱。

他的三位子女全被安排進入正當行業，而且全都很有成就。他的大兒子，華萊理斯，現年三十七歲，已經結婚生子，目前在美國陸軍官拜上校，並且是西點軍校的講師。他是因為在童年時表現得很膽怯害羞，而注定走上這一途；大爺特地安排他進入軍校就讀，矯正他個性上的這項缺點。

他的次子，馬坎托尼歐，現年三十五歲，可能是出於他的遺傳基因出現某種神秘的變化，現在是一家全國性電視網的高級主管。他小時候多愁善感，生活在一個虛假的世界裡，因此大爺認為，他可能無法在任何企業中出人頭地。但現在，他的名字經常出現在報上，被譽為是具有創意與遠見的媒體人，大爺對此感到很高興，但並不能改變他對二兒子的觀感。畢竟，他是父親。有誰比他更了解自己的兒子？

他的女兒，妮可，小時候被親熱地膩稱為妮姬，但在六歲時，她卻很專橫地要求喊她的正名。她是他練習拳擊時最喜歡的練拳對手。她現年二十九歲，是一家法律事務所的律師，女權主義者，同時也是公眾利益支持者，經常替那些無力負擔訴訟費用的窮人或陷於絕境的罪犯免費辯護。她最擅長把殺人犯從電椅上救下來，讓殺死丈夫的婦人免於牢獄之災，以及讓連續強暴犯不致於被判處終身監禁。她堅決反對死刑，相信任何罪犯都應該有改過自新的機會，並且嚴厲批評美國的經濟結構。她認為，像美國這樣富裕的國家，不應該對人置之不理，不管他們是不是有錯。儘管如此，她很專精公司法，是個強悍的談判高手。大爺完全不同意她的任何觀點。

至於艾斯特雷，他是家裡的一份子，名義上是大爺的姪子，跟大爺最親近。但對家裡的其他人來說，他倒很像是他們的兄弟，因為他渾身充滿活力，而且很討人喜歡。從三歲到十六歲，他一直是他們親密、喜愛的最小弟弟。但在十一年前，也就是他十六歲那一年，他卻奉了大爺的命令，突然前往倫敦和西西里。一直到大爺退休後，才把他召回來。

* * *

大爺很謹慎地安排自己的退休計畫。他把他的帝國分散給很多人，一方面安撫可能的敵人，同時也獎賞對他忠誠的友人，因為他知道，感恩圖報是人類最後僅存的美德之一，而且，禮物必須隨時補充。他尤其很小心地安撫提莫納•波特拉。波特拉是危險人物，因為他個性孤癖、凶殘，常常無緣無故發飆。

波特拉如何逃過聯邦調查局在一九九〇年代的大掃蕩，對所有人來說，都是一個謎。因為他是在美國出生的黑手黨頭目，不但不懂應對之道，而且為人粗心大意，個性暴燥，經常大發脾氣。他身材高大，挺著個大肚子，喜歡穿著顏色鮮艷的衣服和絲綢，活像巴勒摩的黑手黨見習殺手。

他的勢力來自販賣非法禁藥。他一直未婚，雖然已經五十歲了，但還是喜歡拈花惹草。他唯一真心喜愛的是他的弟弟，布魯諾。他這位弟弟雖然看來有點智力不足，但卻跟他哥哥同樣凶殘。

艾普萊從來就不信任波特拉，而且很少和他打交道。此人因為個性上的缺陷而顯得極其危險，所以必須安撫他。因此，他才會在這時候找提莫納•波特拉來談談。

波特拉帶著他的弟弟布魯諾前來。艾普萊跟平常一樣慇勤接待，但很快談到正題。

「我親愛的提莫納，」他說。「我就要放棄所有的事業，正式退休，只留下銀行。因此，從現在起，你將成為大家注意的唯一目標，完全暴露在大眾面前，所以，你必須要很小心。如果需要任何建議，儘管來找我。我雖然退休了，但並非完全就沒有辦法。」

布魯諾幾乎是他哥哥的小翻版，對大爺的聲望一向也很敬畏。現在看到大爺對他哥哥如此尊敬，不禁樂得眉開眼笑。但提莫納比較了解大爺的為人。他知道，大爺其實是在警告他。

他很尊敬地向大爺點點頭。「你對我們所有人的判斷，一向是最正確的，」他說，「我尊敬你的所做所為。我會一直是你的朋友。」

「很好，很好，」大爺說。「喏，就當做我送給你的禮物吧，我要請你注意這項警告。聯邦調查局的這傢伙——希爾克——相當不可靠。千萬不可相信他。他只想立功，你將會是他的下一個目標。」

「但你我已經躲過他的毒手，」提莫納說。「雖然他打倒了我們所有的朋友，我並不怕他，但我還是謝謝你。」

他們喝了一杯酒，相互慶祝一番。波特拉兄弟隨後告別離去。回到車上後，布魯諾說，「他真是個大好人。」

「是的，」提莫納說。「他是個大好人。」

大爺也很滿意。他剛才看到提莫納眼中出現警覺的神情，因此確信，此人不會再對他構成任何危險。

*　*　*

艾普萊大爺要求跟聯邦調查局在紐約市的負責人，柯特‧希爾克，私下見個面。大爺很敬佩希爾克，這一點甚至令大爺本人也感到很意外。希爾克已經把美國東海岸大部分的黑手黨頭目都送進監獄，而且也幾乎全面瓦解他們的勢力。

但雷蒙得‧艾普萊大爺卻能夠逃過他的追緝，因為大爺事先知道希爾克秘密線人的身分，而希爾克之所以能夠成功，主要就是靠這個線人。但大爺反而因此更敬佩希爾克，因為此人一向行事公正，從來不搞誣陷的把戲，也不屑進行高壓騷擾，也從不拿大爺的子女做文章。因此，大爺認為，為求公平起見，應該警告他一聲。

*　*　*

兩人會面的地點，就在大爺位於蒙奧克的鄉村別莊。希爾克將隻身前來，這是違反調查局規定的，但聯調局局長本人卻親自批准這項會面，不過他堅持希爾克要使用一套特製的錄音設備。這套設備被植入他體內，並且就植在他的胸腔下面，如此就不會在他的身體外表上顯現出來；一般大眾並不知道有這種設備，它的製造受到嚴格的管制。希爾克很明白，其實，這套設備的真正目的，是要錄下他究竟對大爺說了什麼。

十月，一個金黃色陽光的下午，他們在大爺別莊的前廊裡見面。希爾克過去一直無法在這棟屋子裡安裝竊聽器，而且法官也禁止對它進行持續的監視。這一天，他完全沒有受到大爺手下的任何搜身，這令他有點兒驚訝。很明顯的，雷蒙得•艾普萊大爺今天大概不打算向他提出什麼非法的提議。

跟平常一樣，希爾克對於大爺給他的印象，感到有點困惑，甚至有點兒不安。儘管知道眼前這人曾經下令殺害好幾百人，違反無數次的社會法律，但希爾克卻無法恨他。然而，他心裡面知道，這樣的人是很邪惡的，他應該痛恨他們破壞了人類文明的基礎。

艾普萊大爺身穿深色西裝，深色領帶，白襯衫，表情很嚴肅，但這是可以了解的，他臉上的線條卻很柔和，看來像個善良的老百姓。如此謙卑的一張臉，怎麼會屬於如此冷酷無情的某個人，希爾克覺得很納悶。

大爺沒有和他握手，顯然是不想令希爾克感到為難。他示意客人就坐，並且點頭致意。

「我已經決定把我自己和我的家人置於你的保護下——也就是說，接受這個社會的保護。」他說。

希爾克很驚訝。這老頭究竟是什麼意思？

「過去二十年來，你讓你自己成為我的敵人。你一直想要將我繩之以法。但我一直很感激，因為你公正無私。你從來不會栽贓於我，也不會鼓動別人對我作偽證。你把我的大部分朋友都送進監獄去了，而且你一直很努力也要讓我入獄。」

希爾克露出微笑。「我現在仍然還在努力中。」他說。

大爺很欣賞地點點頭。「我已經放棄所有的可疑事業，只留下幾家銀行，這絕對是很正當的事業。我要讓自己接受你們提供的法律保護。相對的，我會善盡對這個社會的責任。你可以使事情變得更輕鬆，只要你不再追捕我。因為，事實上也不再有此需要。」

希爾克聳聳肩。「這要由局裡決定。我想要逮捕你歸案，已經這麼久了，現在為什麼要停止？我可能會成功的。」

大爺的臉色變得更嚴肅，甚至露出很疲憊的神情。「我有東西跟你交換。過去幾年來，你的工作績效太好，影響了我的決定。但事實上，我知道你最主要的線人是誰，我知道他是什麼人。但我從來沒告訴過任何人。」

希爾克只猶豫了幾秒，然後就不動聲色地說，「我沒有這樣的線人。我再說一遍，一切由局裡決定，不是我能決定的。因此，你是在浪費我的時間。」

「不，不，」大爺說。「我不是想要什麼好處，只是想跟你和解。既然我年紀這麼大了，就請讓我給你一些忠告。不要因為情勢對你有利，就採取高壓手段。當你的智慧告訴你，有一絲一點兒悲劇可能發生時，就不要被小小的勝利沖昏了頭。我現在當你是朋友，不是敵人，請你自己想一想，拒絕這項要求，你會有什麼好處或損失。」

「既然你真的退休了，那麼，你的友誼有什麼用？」希爾克笑著說。

「你將會得到我的善意回報，」大爺說。「即使這樣的回報是來自最渺小的人，也還是會有一些價值。」

* * *

希爾克後來播放這卷帶子給他的副手比爾·巴斯頓聽，後者問道：「這究竟是怎麼回事？」

「這正是你必須學習的，」希爾克說。「他是在告訴我，他並非完全無力還擊，他正盯著我呢。」

「鬼扯，」巴斯頓說。「他們動不了聯邦探員的毫毛。」

「沒錯，」希爾克說。「所以我也要繼續盯住他，不管他是不是真的退休。不過，我們還是應該小心一點。我們不能百分之百確定……。」

* * *

美國一些最著名的家族，都是所謂的「強盜貴族」，他們全是以違反法律和人類社會道德，以及無情剝削勞工，而建立起他們的商業王國。艾普萊大爺仔細研究這些家族的歷史後，跟他們一樣，也成了一位大慈善家。跟這些大家族一樣，他也有他自已的商業王國——他在全世界最大的幾個大城市裡，一共擁有十家私人銀行。於是他很大方捐款，興建一所專門幫助窮人的醫院。他還捐助藝術研究。他在哥倫比亞大學設立一個基金會，專門研究文藝復興時代的藝術。

大爺捐了兩千萬美元，希望把某棟學生宿舍以義大利航海家哥倫布的名字命名。結果，耶魯和哈佛皆拒絕了，因為當時曾發生一些爭論，影響到哥倫布在知識分子圈內的名聲。不過，耶魯倒是表示過要收下這筆捐款，但要把宿舍命名為「薩柯和范澤第大樓」（譯註：這兩人皆出生於義大利，後來在美國從事政治活動，因為涉及一樁謀殺案，而同被處死），但大爺對薩柯和范澤第沒有興趣。他討厭烈士。

換上別人，一定會覺得受到侮辱，而產生怨恨，但艾普萊大爺不會。相反的，他只是把那筆錢改捐給天主教會，請他們每天替他的妻子（她這時已上天堂二十五年）唱唱彌撒曲。

他捐了一百萬美元給紐約警察慈善會，另外又捐一百萬美元給一個專門保護非法移民的社團。在他退休後的那三年當中，他的善心遍布全球。他接受任何捐款的要求，但只有一次例外。他的女兒妮可要求他捐款給「廢除死刑運動」，這是妮可很熱心參與的一個團體，目的在廢止死刑。大爺拒絕了。

令人感到驚訝的是，只不過是三年的善行和慷慨捐款，就可以幾乎完全除去三十年殘酷行為的惡名。但偉大人物雖然會同時爭取別人對他們的同情，並且原諒已經有後悔之意的背叛者，不過，他們也會對一些不肯悔改的背叛者執行致命的裁決。大爺也擁有這個很常見的弱點。

因為，雷蒙得・艾普萊大爺一生都遵守他自己獨特道德觀的嚴格規範。這套規範，在過去三十年來，替他贏得各方對他的尊敬，並且產生對他的無比畏懼，而這一直就是他的權力基礎。這套道德規範的首要規定，就是完全不能心軟。

但這並不是出自殘酷的天性，也不是出自某種很喜歡給人帶來痛苦的病態心理，而是出自一種絕對的信念：人有拒絕服從的天性。例如，撒旦本來是天使，但就是因為違抗上帝，而被逐出天堂。

因此，一個積極爭奪權力的野心人物，別無可以依賴的事物。當然，他可以為了某人的個人利益而進行遊說，或讓步。這是合理的。但如果這些全部失敗了，唯一的處罰，就是處死。其他形式的處罰，都可能引來報復。乾脆讓這人從地球上完全消失，再也不用煩惱要怎麼去對付他。

背叛的傷害最大。叛徒的家人將跟著受苦，他的朋友也一樣；他的整個世界將被摧毀。因為有很多勇敢、驕傲的男子漢，都很願意用生命作賭注，為換取自己的利益一搏，但如果會因此而危及他們心愛家人的生命，他們就會三思而行。艾普萊大爺就以這種恐怖手段統治他的家族成員。他同時很大方地施捨世俗財物，用來贏得他們對他的愛。

但一定要說明的是，他對自己也同樣冷酷無情。他雖然擁有很大的權力，但卻無法阻止他的年輕妻子在替他生下三名子女後去世。她因為罹患癌症，而以一種緩慢、恐怖的方式走向死亡。在她去世前，他一共照顧她六個月，在那段時間內，他開始相信，因為他犯下如此多的重大罪行，他的妻子才會受這樣的苦，於是，他宣布了自己的贖罪方式：他永遠不會再婚。

他將像奉公守法的老百姓一樣，把他的子女送到外地接受教育，讓他們不在他這個充滿怨恨與危險的世界裡成長。他將幫助他們找到他們的前途，但他們絕不會被牽扯到他的犯罪活動中。他很傷心地下定決心，他將永遠無法享受父愛的喜悅。

於是，大爺安排把妮可、華萊理斯和馬坎托尼歐送往私人寄宿學校。他從不讓他們介入他的私人生活。他們會在假日回家，這時，他就會扮演充滿愛心、但仍然保持距離的父親角色，不過，他們從未成為他的世界的一部分。

儘管有這些問題，而且，他的子女們也知道他的名聲，但他們還是愛著他。他們彼此從未談過這件事。這已經是他們家的公開祕密。

大爺不是感情豐富的人。他只有很少數的朋友，不養寵物，並且盡可能避免假日和社交活動。只有一次，那是在很多年前，他竟然有過一次很有同情心的行為，令他的美國同伴們大感驚訝。

艾普萊大爺帶著小嬰兒艾斯特雷從西西里回來後，發現他心愛的妻子因為罹患癌症，快要死了，他自己的三個孩子都很悲傷。大爺不想讓這個容易受到影響的嬰兒在這種環境下長大，因為擔心嬰兒會在某方面受到傷害，於是決定把嬰兒交給他最親近的一名顧問，法蘭克・維奧拉，和他的妻子照顧。後來證明，這是很不明智的選擇。在當時，法蘭克・維奧拉已有取代大爺的野心。

但在大爺的妻子去世後不久，艾斯特雷・維奧拉（當時只有三歲）卻成了大爺個人家族的一份子，因為他的「父親」突然在自己汽車的行李廂裡自殺，死得十分可疑，他的母親則死於腦內出血。大爺把艾斯特雷接到自己家中，成了他名義上的叔叔。

艾斯特雷稍微長大後，開始問起他的父母，雷蒙得大爺告訴他，他是孤兒。但艾斯特雷是很好奇和固執的小孩子，大爺為了不讓他不斷追問下去，於是告訴他，他的父母是西西里一個小村莊的貧苦農民，養不起他，並且已經去世了，沒有人知道他們的姓名。大爺知道，這樣的解釋並不能完全滿足這個小男孩，而且，對於如此欺騙他，大爺覺得有點罪惡感，但他知道，這樣做是很重要的，在這個孩子還小的時候，應該隱瞞他的黑手黨背景——這是為了艾斯特雷自己的安全著想，同時也是為了保護大爺自己的孩子。

＊　＊　＊

雷蒙得大爺有先見之明，知道他的成就無法永遠維持下去——他所處的這個世界太不安全。從一開始，他就計畫轉換方向，加入安全的法治社會裡。他並不很清楚自己的目標是什麼，但大人物擁有一種直覺，知道將來會有什麼變化。而在這件事上，他的行為是出於同情。因為艾斯特雷・維奧拉當時只有三歲，不會有什麼印象，也看不出他將來長大後會成為什麼樣的人，或是他會在家族裡扮演多重要的角色。

大爺很了解，美國最大的榮耀，就在於出現了一些偉大的家族，而美國最優秀的社會階級分子，都是一些最初對這個社會犯下嚴重罪行的人。也就是這些人不斷在追求財富，同時建設美國，並把邪惡的罪行丟進被遺忘的塵土裡。除此之外，他們還能怎麼辨呢？把北美大草原留給那些無法蓋出三層樓房的印第安人？把加州讓給那些沒有技術能力和遠見的墨西哥人？他們無法、也不會建造溝渠，引水灌溉這片土地，讓幾百萬人口得以享受富裕繁榮的生活。美國有很多天才人物，因此吸引了數以百萬計來自全球各地的窮苦勞工，引誘他們從事必要的勞動工作，負責興建鐵路、水壩和摩天大樓。呀，自由女神像就是某位宣傳天才的神奇傑作。結果不是發揮了最佳的宣傳效果嗎？

當然，曾經發生一些悲劇，但那是生活的一部分。美國不是全球皆知的最豐饒之地嗎？一點點的不公平，豈不是該付出的小小代價？本來就是這麼回事，個人一定要犧牲自我，才能促進文明和他自己社會的更進一步發展。

但偉人另有一種定義。他不必接受這樣的負擔。從某些方面來說，罪犯，不道德者或是狡猾之人，都可以乘坐在人類進步的波浪頂端上，而不必做出犧牲。

雷蒙得·艾普萊大爺就是這樣的人。他以他的智慧和毫不留情的作風，建立起自己的勢力。他製造出恐怖氣氛，成為傳奇人物。但他的子女長大後，從來就不相信有關於他們父親的這些殘暴的故事。

他在開始擔任家族領袖時，有個傳奇故事。大爺控制了一家建築公司，交給他的一名手下管理。這名手下名叫湯米・里歐帝，在大爺安排下，接了早期的很多市政府建築合約，使他賺了很多錢。這人長得英俊，談吐幽默有趣，很討人喜歡，大爺一直很欣賞。他只有一個缺點：喜歡多喝幾杯。

湯米娶了大爺妻子的最好朋友，麗莎，一位老式的俊俏婦人，牙尖舌利，認為她的責任就是矯正她丈夫的不良習性。結果這造成了一些不幸的事件。當他清醒時，會接受她的刻薄批評，但當他喝醉時，就會動手用力打她耳光，希望讓她住嘴。

同樣不幸的是，因為年輕時在建築工地裡長期辛苦工作，這位丈夫力氣大得驚人。事實上，他最喜歡穿短袖襯衫，展露出粗壯的前臂和驚人的二頭肌。

可悲的是，這種悲劇持續了兩年之久。有一天晚上，湯米打斷了麗莎的鼻子，並且打落她的幾顆牙齒，傷勢嚴重，必須進行昂貴的整容手術。這位婦人不敢請求艾普萊大爺妻子保護，因為如果提出這樣的要求，可能會使她成為寡婦，但她仍然深愛著她的丈夫。

艾普萊大爺並不想干預手下的家庭糾紛。這種事是永遠解決不了的。就算做丈夫的把妻子殺死了，他也不管。但毆打卻會對他的事業關係構成危險。被激怒的妻子會做出某種不利的證辭，發出具有殺傷力的訊息。因為這位丈夫在家中藏有大筆現鈔，隨時準備用來行賄，這是從事市府建築合約時，不可或缺的。

於是，艾普萊大爺把這位丈夫找來。他極其客氣地指出，他之所以要干預他的家務事，只是因為這會影響到家族事業。他向這人建議說，乾脆把那女人殺死，或是跟她離婚，否則以後絕不可再毆打她。這位丈夫向他保證，這種事絕對不會再發生。但大爺並不相信他的話。

他注意到這人的眼睛露出某種光芒，是那種為所欲為的眼光。大爺認為這是生命中最難理解的事物之一，人們經常會憑著自己的意志，想幹什麼，就幹什麼，完全不管會付出什麼代價。偉大人物情願讓自己做出重大犧牲，以便和天使同列天堂。壞人則情願沈溺於最小的滿足，而讓自己接受在地獄被火煎熬的痛苦。

湯米•里歐帝就是如此。大約又經過了一年時間，麗莎對她丈夫酗酒行為的譏諷越來越尖刻。儘管大爺已經提出警告，儘管還深愛著孩子和妻子，湯米仍然不斷毒打她。最後，她住進了醫院，肋骨被打斷，肺部還被斷裂的肋骨刺穿。

湯米憑著他的財富和政商關係，用大筆賄款收買了一位法官。然後，他說服他的妻子回家。

艾普萊大爺發現此事後，十分生氣，並且著手處理。首先，他要處理財產問題。他設法弄到了這位丈夫的遺囑副本，結果發現，跟所有顧家的好男人一樣，他把所有財產都遺留給他的子女和妻子。她將會是很有錢的寡婦。接著，他派出特別小組，並且對他們做了特別的指示。

不到一個禮拜，那位法官接到一個用絲帶綁著的長木盒，裡面裝的東西，乍看之下，很像是一雙昂貴的絲質長手套，但其實是兩隻粗壯的手臂，其中一隻手臂的手腕上還戴著一隻昂貴的勞力士手錶，是大爺幾年前送給里歐帝的。第二天，少了兩隻手臂的屍體，漂浮在維拉薩諾橋附近的河水中。

另一項傳奇故事，也同樣令人聽了不寒而慄，因為和一些幼稚的鬼故事一樣，它的內容有很多種版本，而且越傳越離譜。大爺的三位子女就讀住宿學校期間，一位以善於揭發名流隱私聞名的新聞記者，設法追蹤到他們，並且誘騙他們進行了看來無傷大雅的訪問談話。這位記者很有趣地報導了他們的純真，他們所穿的樸實校服，以及他們希望如何使這個世界變得更美好的那種青少年理想主義。這位記者把他們的純真，和他們父親的凶狠惡名做了強烈的對比，但他也在報導中承認，艾普萊大爺實際上並未被定過任何罪名。

這篇報導十分轟動，甚至還未被刊出，就在全國各報社內廣為流傳。這是新聞記者夢寐以求的成就。大家都很喜歡這篇報導。

這位記者很愛好大自然，每一年，他都會帶著妻子和兩位子女前往紐約州北部的一棟小木屋渡假，在那兒打獵、釣魚，過著很接近大自然的簡單生活。這一年，他們在感恩節長假的周末抵達。到了星期六，這棟距最近城鎮至少十哩遠的小木屋突然起火。約過了兩個小時後，才有人趕來救火。到那時候，木屋已經燒成灰燼，記者和他的家人也被燒成焦炭。這件意外引起各方極度重視，當局也展開大規模調查，但並未發現什麼疑點或證據。結論是，這一家人在屋子起火後就被濃煙嗆昏，因此無法逃出。

接著，發生了一件怪事。在悲劇發生後的幾個月，開始有謠言和流言傳出。有人匿名向聯邦調查局、警方和報社檢舉。這些人全都指出，這場火災是惡名昭彰的艾普萊大爺的報復行動。各大報認為這是好新聞，於是派出記者再度進行調查。但同樣的，最後還是查不出個結果來。然而，儘管如此，這件事最後還是成了大爺殘暴惡行的另一項傳奇。

但這只是一般大眾的看法，有關當局對於這樣的結果，倒是很滿意。以這件事來說，大爺並無可議之處。每個人都知道，新聞記者是惹不得的。如果想封他們的口，那非把他們全殺死不可，但那又有什麼用？大爺太聰明了，不會冒這種險。但是，這項傳奇並未平息。有些聯調局人員甚至認為，是大爺自己放出這些謠言，用來助長他的傳奇聲勢。因此，這項傳奇越傳越烈。

但大爺也有另外一面：他很大方。只要對他忠誠，你就會發財，在急難時，他會出面保護你。大爺的賞賜很優厚，但懲罰也相對嚴厲。這就是他的傳奇。

* * *

在見過波特拉和希爾克後，艾普萊大爺接著必須處理一些瑣事。他開始著手安排，要讓已經在外流亡十一年的艾斯特雷回家來。

他需要艾斯特雷，事實上，他早就安排好要在這樣的時機裡，使用到他。艾斯特雷是大爺最疼愛的，甚至遠超過他對自己子女的疼愛程度。艾斯特雷從小就是領袖人物，社交能力很早熟。他敬愛大爺，不怕他，不像大爺自己的子女有時候會怕他們的父親。雖然華萊理斯和馬坎托尼歐分別是二十歲和十八歲，而艾斯特雷當時只有十歲，他卻已經能夠不依靠他們而獨立。

事實上，華萊理斯因為是受過嚴格訓練的軍校學生，有時候也想斥責他，但他總是大力反抗。馬坎托尼歐則和他親近得多，並且買了第一把五弦琴送他，鼓勵他唱歌。艾斯特雷接受這份禮物，把它當做是成年人彼此之間互贈禮物。

艾斯特雷只願意聽一個人的命令，那就是妮可。雖然她比他大了二歲，但她卻把他當做是追求者，即使他還只是個小男生。她差遣他、替她跑腿，很感動地聽他為她唱義大利民謠。當他想吻她時，她還打了他的耳光。艾斯特雷即使還很小，就已經對美麗的女人十分著迷。

妮可長得很漂亮，有著又大又黑的眼睛，迷人的笑容；臉上顯露出她感覺到的每一種情緒。她不能接受女性比不上男性重要的這種想法。她十分痛恨她的體力比不上她的哥哥和艾斯特雷的這種事實，以及她不能用力氣貫徹她的意志，而只能憑藉她的美貌。這使得她變得極其勇敢，敢於嘲笑所有人，甚至包括她父親在內，即使他在外是人見人怕的。

* * *

在妻子去世後，孩子還小，艾普萊養成了每年夏天到西西里住一個月的習慣。他喜歡他老家村莊——靠近蒙特勒普鎮——的生活，並在那兒擁有一棟房子，是以前一位伯爵的度假別莊，名叫格拉齊亞別莊。

幾年後，他請了一位管家，是位寡婦，西西里人，名叫卡黛莉娜，是位美麗的婦人，有著強烈的農婦之美，很懂得如何打點別莊事務，並贏得村民的愛戴。她成了他的情婦。這一切他都對外保密，並沒有告訴家人和朋友，雖然他這時候已經是四十歲的人，並且是他所屬這個世界的國王。

艾斯特雷・維奧拉第一次跟著雷蒙得・艾普萊大爺到西西里時，只有十歲。大爺是應邀去調停科里昂和克里庫吉歐家族的一項重大衝突，但他也很高興在格拉齊亞別莊過一個月平靜的生活。

十歲的艾斯特雷，很討人喜歡，這幾乎是大家公認的。他總是神情愉快，俊俏的圓臉和橄欖色的皮膚散發出無比愛意。他老是用他那甜美的男高音唱個不停。當他不唱歌時，就會和別人談得興高采烈。但他同時擁有猛烈的叛逆天性，讓跟他同年齡的其他小男孩嚇壞了。

大爺帶他來西西里，主要是因為，對一名中年男子來說，他是最好的同伴，這對他們兩人都有點奇怪，但同時也顯示出，大爺是如何帶大他自己的三名子女的。

大爺先是處理完自己的事業業務，接著調停兩大家族的衝突，讓紛爭暫平息下來。這時，他回到自己的故鄉，重新回味他的童年生活。他從帶有海水鹹味的桶子裡取出檸檬、橘子和橄欖，吃得津津有味。他和艾斯特雷到戶外散步，頭上頂著炙熱的西西里陽光。這些陽光照在村子裡的石頭屋和數不清的岩石上，反射出令人窒息的熱氣。他向這個小男孩訴說「西西里羅賓漢」的古老故事，他們是如何反抗摩爾人、法國人和西班牙人，以及教皇本人。還有當地著名的英雄人物——偉大的傑諾大爺——的傳奇故事。

到了晚上，他們一起坐在格拉齊亞別莊的陽台上，看著西西里的蔚藍夜空，點綴著成百上千的流星，以及閃電在不遠處的山頭上閃爍跳躍。艾斯特雷馬上就學會西西里方言，並且直接從桶子裡拿出黑橄欖就吃了起來，彷彿那是美味的糖果。

不到幾天時間，艾斯特雷就已經在村裡一群小男孩之間建立起領袖地位。對於艾斯特雷竟然有此能耐，大爺覺得很不可思議，因為西西里小孩是很自傲的，天不怕地不怕。這些才十歲大的小男孩當中，有很多人早已模熟了「魯帕拉」——到處可見的西西里霰彈槍。

在漫長的夏夜裡，艾普萊大爺、艾斯特雷和卡黛莉娜一起在林木繁茂的花園裡吃吃喝喝，享受露天用餐的情趣，空氣中瀰漫著橘子和檸檬樹的果香。有時候，大爺的一些童年老朋友會應邀過來共進晚餐，並且玩玩紙牌。艾斯特雷則幫助卡黛莉娜端上飲料和酒。

卡黛莉娜和大爺從未在大家面前表現出親熱的樣子，但村裡所有的人都知道他們的關係，因為沒有任何一位男士膽敢向卡黛莉娜獻慇勤，大家全都向她表示敬意，把她當作是別莊的女主人。對大爺來說，這一輩子當中，再也沒有比這更愉快的一段時候了。

但在這段假期即將結束的三天前，卻發生了一件難以想像的事：大爺在村莊街上散步時，竟然被綁架。

* * *

在隔壁的西尼省——這是西西里最偏遠和最未被開發的地區之一——當地黑手黨家族的

領袖，是一位凶惡、無所畏懼的土匪頭子，名叫費索里尼。他雖然在當地擁有絕對的權力，但和島上其餘的黑手黨家族並沒有來往。他完全不知道艾普萊大爺的龐大權力，也不認為任何人有能力闖進屬於他自己的這個偏遠、安全的世界裡。他決定綁架大爺，勒索一筆贖金。他當時只知道，他破壞的唯一規矩，就是闖進了隔壁家族的領域，但這位美國人好像很有錢，值得他冒這個險。

所謂的「家族」，就是黑手黨的基本單位，通常由具有血緣關係的家人和親戚組成。一些安分守已的平常老百姓，像是律師和醫師，則會自行加入某個家族，尋求保護他們的利益。每個家族都是獨立組織，但也許會自行依附一個更強大和更有權勢的家族。就是這種相互結合的關係，而組成一般人所謂的「黑手黨（祕密幫會）」。但這個幫會並沒有一位總領袖或幫主。

每一個家族在它的特定領域內，通常都會專門從事某項黑社會活動。例如，某個家族專門控制水價，因此它就會阻止中央政府興建水壩，以防水價降低。因此也間接打破了政府的壟斷行為。另一個家族則控制食品與農產品市場。目前這時候，西西里最有勢力的兩大家族，其中一個就是巴勒摩地區的克里庫吉歐家族，控制整個西西里島的所有新建工程，另一個則是科里昂地區的科里昂家族，控制了羅馬的政客，管理全球的毒品運輸。另外還有一些微不足道的小家族，有的專門向那些對著陽台上的愛人唱歌的浪漫小伙子們收取保護費。所有的家族，都有一套犯罪管理法規。他們向一些守法的老百姓收取保護，因此不能容忍那些懶惰、無所事事的混混竊取這些接受他們保護的老百姓。那些為了搶錢包而將人刺死，或是強暴婦女的流氓，都會受到處死的懲罰。還有，他們不容忍家族內部的通姦行為。通姦的男女雙方都會被處死。這是可以理解的。

費索里尼的家族，生活很窮苦。他的家族控制神像的銷售，農民們會買這些神像來保護他們的牲畜安全。他們有時候也策劃綁架那些疏於防備的有錢人。

因此，當艾普萊大爺和小艾斯特雷在他們村莊的街上散步時，就被無知的費索里尼和他的土匪手下們駕駛的兩輛老舊的美國軍隊卡車攔了下來。

這十個土匪都穿著農夫的衣服，拿著步槍。他們一把抓起大爺，把他丟到第一輛卡車上。艾斯特雷毫不遲疑地跟著跳上卡車，和大爺在一起。這些土匪企圖把他丟出車外，但他緊抓住車上的木條不放。土匪開車行駛了約一小時，一直開到蒙特勒普鎮邊緣的山腳下。接著，所有人下車，改騎馬和騾子，爬上崎嶇的山坡，向著山區前進。在這整個旅程中，小男孩一直瞪大他的綠色大眼睛觀察周遭的一切，但自始至終未說一句話。

接近夕陽西下時分，他們來到山區深處的一處山洞。他們在那兒吃晚餐，有烤羊肉和自製的麵包和酒。營地裡有一尊巨大的聖母瑪莉亞雕像，擺在手雕的深色木製神龕中。費索里尼儘管為人凶惡，但卻十分虔誠。他也擁有農家人的好客天性，並向大爺及小男孩自我介紹。他確實有土匪頭子的架勢。他個子不高，壯得像頭猩猩，拿著一把長槍，腰際皮帶還插著兩把手槍。他的臉孔像西西里島那樣冷漠，但他的眼睛中閃爍著一股愉悅的亮光。他享受生活和生活中的一些樂趣，尤其是他現在又綁架了一位身價非凡的美國富翁。但他並無惡意。

「閣下，」他對大爺說，「我不想讓你擔心這個小孩子。他明天早上就會帶著取贖金的信回到村裡去。」

當時，艾斯特雷正很起勁地吃著東西。他以前從未吃過像烤羊肉這樣美味的東西。但他還是很勇敢地開口說話。「我要留下來陪雷蒙得叔叔。」他說。

費索里尼哈哈大笑。「好吃的食物，賜給人勇氣。為了表示對閣下的敬意，我親自準備這一餐。用的是我母親特製的調味料。」

「我要留下來陪叔叔。」艾斯特雷再說一遍。他的聲音清脆、大膽。

艾普萊大爺嚴厲但和善地對費索里尼說：「今晚滿愉快的——可口的食物，山區空氣，還有你作陪。我期待看到明早鄉間清新晨霧。但我建議你，在那之後，趕快送我回村子裡去。」

費索里尼恭敬地向他鞠躬。「我知道你很有錢。但你也那麼有勢力嗎？我只向你要求十萬美元。」

「那是在侮辱我，你會壞了我的名聲。加倍吧。另外再要求五萬美元贖回小男孩。他們會付錢的。但你後半輩子的生活，將會悲慘無比。」他停頓了一下。「我很驚訝，你竟然如此鹵莽。」

費索里尼嘆了一口氣。「你一定要了解，閣下。我很窮。當然，在我的地盤裡，我要什麼就有什麼，但西西里也是個窮地方，連富人也無法養活像我這樣的人。請你諒解，你是我發財的機會。」

「那麼，你應該來找我，說你願意在我手下服務，」大爺說。「我隨時都用得著有才能的人。」

「你這樣說，是因為你現在很虛弱和無助，」費索里尼說。「弱者總是很慷慨。但我會聽你的建議，把贖金提高一倍。不過，我對這個倒是有點罪惡感。沒有人值這麼多錢。我會放掉這個小男孩。我對小孩子特別照顧——我自己也有四個小孩要養。」

艾普萊大爺看著艾斯特雷。「你要不要回去？」

「不，」艾斯特雷低著頭說。「我要跟你在一起。」他抬起頭來，看著他的叔叔。

「那就讓他留下來吧，」大爺對土匪頭子說。

費索里尼搖搖頭。「他必須回去。我要維護我的名譽。我不想被人說成我綁架小孩子。因為，畢竟，雖然我對閣下十分尊敬，但如果他們不付錢，我還是必須把你切成一塊塊送回去。但如果他們付錢，我以我皮耶卓•費索里尼的名譽擔保，絕對不會動你鬍子的任何一根毛。」

「會付錢的，」大爺平靜地說。「現在，讓我們來享受一下吧。好姪兒，唱首歌給這些紳士們聽聽。」

艾斯特雷唱起歌來，土匪們聽得神魂顛倒，對他十分稱讚，同時很熱情地摸著他的頭髮。對他們所有人來說，這確實是很神奇的時刻，小男孩以甜美聲音唱出的情歌，響徹整個山區。

綁匪們從附近一個山洞裡拿來毯子和睡袋。費索里尼說：「閣下，早餐您想吃什麼呢？來點魚，好嗎？剛從水裡捕上來的。午餐吃點通心麵和小牛肉？全聽您吩咐。」

「謝謝你，」大爺說。「來點乳酪和水果就夠了。」

「好好睡吧，」費索里尼說。他看到小男孩臉上露出不快樂的神情，不禁有點心軟，他拍拍艾斯特雷的頭。「明天你就會睡在自己的床上了。」

艾斯特雷閉上眼睛，很快就在大爺身邊的地上睡著了。「睡在我旁邊吧。」大爺說，他伸手摟住小男孩。

艾斯特雷睡得很熟，直到一陣吵雜聲將他吵醒時，火紅的太陽已經在他頭上。他起身，發現山洞裡擠了五十個持槍的漢子。艾普萊大爺坐在一塊大石頭上，正小口啜飲手中的一杯咖啡，顯得十分溫和、冷靜和莊嚴。

艾普萊大爺看到艾斯特雷，向他招招手。「艾斯特雷，要不要喝點咖啡？」他指著他前面的一名男子說。「這是我的好朋友畢安柯。他救了我們。」

艾斯特雷看到一個體格很高大的男子，雖然很胖，並且穿著西裝，打著領帶，似乎也沒攜帶武器，但看起來卻要比費索里尼可怕得多。他有一頭捲曲的白頭髮，和一雙粉紅色眼睛，渾身散發出某種可怕的力量。但當他用柔和、輕快的聲音說話時，他似乎暫時沒有了那種力量。

歐塔維斯・畢安柯說：「艾普萊大爺，我必須向你道歉，我來得太遲了，害你不得不像農人那樣睡在地上。但我一得到消息後，就馬上趕來。我早就知道費索里尼是個大笨蛋，但沒料到他竟會幹出這種傻事。」

旁邊開始傳來釘木頭的聲音，艾斯特雷看到兩名年輕小伙子正在釘一個大十字架。在山洞的另一頭，費索里尼和他手下的十名土匪全被制伏和繳了械，同時還被用繩子和樹幹綁在一起。他們都被鐵絲和繩子綁得緊緊的，四肢被纏繞在一起。他們看起來就像在一塊肉上的一群蒼蠅。

畢安柯問道：「艾普萊大爺，這幾個人渣當中，你要先審判那一個？」

「費索里尼，」大爺說，「他是頭頭。」

畢安柯把費索里尼拖到大爺面前；他仍然被緊緊綁著，好像一具木乃伊。畢安柯和他的一名手下把費索里尼抬起來，強迫他站著。接著，畢安柯說：「費索里尼，你怎麼這麼蠢？你難道不知道，他是在我的保護之下，否則我自己早就把他綁架了。你以為這就像借一瓶油？一罐醋？我可曾踏進過你的地盤？但你一直很倔強，我知道你一定很悲憤。好吧，既然你要像耶穌那樣被釘死在十字架上，趕快向艾普萊大爺和這個小男孩道歉吧。我會寬待你，先開槍把你打死，再把你釘上十字架。」

「好吧，」大爺對費索里尼說。「說說你為什麼幹出如此無禮的事情。」

費索里尼挺直而驕傲地站著。「我的無禮，並不是針對你的，閣下。我不知道你是如此重要，而且還是我朋友的好朋友。畢安柯，向我告密的那傢伙，並沒有跟我說清楚。閣下，我錯了，我一定要付出代價。」他停頓了一下，然後很憤怒、不屑地對畢安柯大叫，「要那些人不要釘木頭了。我快被吵聾了。你是嚇不死我的，除非把我打死！」

費索里尼又停頓了一下，然後對大爺說：「懲罰我，但請饒了我的手下。他們只是聽我的命令行事。他們都有家人。如果你殺了他們，就等於毀了整個村子。」

「他們都是有責任心的人，」大爺諷刺地說。「如果他們不跟你同樣命運，那我是在侮辱他們。」

在這時候，即使是在艾斯特雷的小小心靈裡，他也知道，這些人談的是生與死的大事。他低聲說：「叔叔，不要傷害他。」大爺並沒有表示他是否已經聽到艾斯特雷的話。

「說下去。」他對費索里尼說。

費索里尼以疑問的眼光看了他一眼，但馬上又變得很驕傲和小心。「我不會懇求你饒我一命。但倒在那邊地上的那十個人，全都是我的親人。如果你殺死他們，就會毀了他們的妻子和他們的子女。其中三個是我的女婿。他們絕對效忠於我。他們信任我的判斷。只要你放他們一條生路，我會在我死前，讓他們宣誓效忠於你。他們會聽我的話。這可是很了不起的，一下子就多了十個忠誠的朋友。這不是完全沒有用的。我再告訴你，你很偉大，但如果不能表現得寬宏大量，就算不上真正偉大。當然，你也不能老是如此，但是，就請你這次破例。」他對著艾斯特雷笑一笑。

對雷蒙得•艾普萊大爺來說，這種場景，他最熟悉不過了，而且，他在做出決定時，心裡是不會有絲毫疑惑的。他一向不相信人有感恩之心，而且他還深信，人是無法對任何人的自由意志產生影響的，除非是以死相逼。他冷冷地觀察著費索里尼，然後搖搖頭。畢安柯向前跨出一步。

艾斯特雷大步走到他叔叔面前，兩眼直視對方。他已經了解這一切。他伸出雙手保護費索里尼。

「他並沒有傷害我們，」艾斯特雷說。「他只是要我們的錢而已。」

大爺微笑著說：「這還不算什麼嗎？」

艾斯特雷說：「但這是很好的理由。他需要錢養他的家人。我喜歡他。求求你，叔叔。」

大爺對他笑了一笑，說道：「好極了。」接著，他沈默了很長的一段時間，不理會艾斯特雷一直用力拉著他的手。這也是這麼多年來，大爺第一次有股衝動，想要展現出慈悲的一面。

畢安柯的幾個手下抽起了小雪茄，味道很濃烈，在山區微風的吹拂下，煙霧飄浮在清晨的空氣中。其中一人走向前，從他的獵裝口袋中取出一根雪茄，獻給大爺。憑著兒童特有的敏銳，艾斯特雷知道，這不只是一種客套，而是在表示敬意。大爺接過雪茄，那人捧著雙手，替他點上火。

大爺慢慢抽著雪茄，若有所思，接著說：「我不會以對你開恩的方式來侮辱你。但我提議和你做筆生意。我知道你並無惡意，而且你對我本人和這小孩十分尊敬。所以，我要做出這樣的安排。你可以免去一死。你的同伴們也一樣。但從今以後，你們全都要聽我命令。」

艾斯特雷大大鬆了一口氣，對著費索里尼露出微笑。他看著費索里尼跪在地上，親吻大爺的手。艾斯特雷注意到，周遭那些持槍的漢子，全都用力吸著他們的雪茄，不斷吞雲吐霧，甚至連穩重如山的畢安柯，也高興得全身發抖。

費索里尼喃喃說道：「上帝保祐你，閣下。」

大爺把雪茄放在身邊的石頭上。「我接受你的祝福，但你必須記住。畢安柯趕來救我，我希望你也盡這樣的責任。我付給他一筆錢，每年我也會同樣付你一筆錢。但只要你稍有背叛我的行為，你的世界就會被毀。你，你的妻子，你的子女，你的姪兒、外甥，你的女婿，都將不再存在。」

費索里尼站起來，摟著大爺，痛哭失聲。

大爺和他的姪兒就這樣正式結合在一起。大爺很欣賞小男孩說服他從寬發落，而艾斯特雷則感謝他的叔叔為他饒了費索里尼和他十名手下的性命。這樣的結合，一直維持到他們生命結束。

＊　　＊　　＊

在格拉齊亞別莊的最後一夜，艾普萊大爺在花園裡享用咖啡，艾斯特雷拿著一桶橄欖吃個不停。艾斯特雷顯得有點鬱鬱寡歡，不像平常那樣高興。

「你不想離開西西里嗎？」大爺問道。

「我希望能夠永遠住在這兒。」艾斯特雷說。他同時把吃完的橄欖種子放進口袋裡。

「哦，我們每年夏天都一起來。」大爺說。

艾斯特雷看著他，神情像個很有智慧的老朋友，他的稚氣臉孔露出困惑的神情。

「卡黛莉娜是你的女朋友嗎？」他問。

大爺笑了。「她是我的好朋友，」他說。

艾斯特雷想了一想。「表哥他們知道她這個人嗎？」

「不。他們並不知道。」大爺再度對這個小男孩的問題感到很有興趣，不知道他接著會提出什麼問題來。

艾斯特雷現在變得很勇敢。「表哥他們知道你有像畢安柯這樣很有勢力的朋友，而且他們還會聽從你的指示去做任何事情？」

「不。」大爺說。

「我不會告訴他們任何事情，」艾斯特雷說。「甚至連被綁架的事也不會說。」

大爺覺得很驕傲。看來，艾斯特雷早就遺傳了西西里黑手黨「奧默塔」的精神。

那一天深夜，艾斯特雷獨自一個人走到花園遠遠的角落裡，用手在地上挖了一個小洞。他把偷偷藏在口袋中的橄欖子放到洞中。他抬頭看著淺藍的西西里夜空，夢想有一天，他自己也長成像他叔叔那樣的老人，在一個相似的夜晚裡，坐在這個花園裡，看著他種下的橄欖子已經長成大樹。

* * *

在那之後，大爺深信，所有一切都是命中注定的。他和艾斯特雷每年都到西西里一趟，直到艾斯特雷十六歲為止。在大爺的腦海裡，某種景像正在逐漸形成，那是有關於這位男孩命運的一種模糊的景像。

是他的女兒製造了一項危機，迫使艾斯特雷向著那個命運跨進一大步。妮可當時十八歲，比艾斯特雷大兩歲，但她卻愛上艾斯特雷，而且，憑著她的火熱脾氣，她完全無意隱瞞這項事實。她被這位多愁善感的大男孩所迷惑，完全無法自拔。他們變得極其親密，像一般年輕人那樣陷入熱戀。

大爺不允許發生這種情況，但他就像一位將軍，懂得隨地形的變化改變他的戰術。他一直沒有透露，他早已發現他們的戀情。

某天晚上，他把艾斯特雷叫到他的房間裡，告訴他，要把他送到英國去唸書，並要他到倫敦的銀行當一名見習生，向一位普萊爾先生學習銀行事務。他沒有再提出更進一步的理由，因為他知道，艾斯特雷會了解，他被送出國，是為了要他結束這段戀情。但他沒有料到他的女兒，正好躲在門外偷聽。她怒氣沖沖地衝進房內，她的憤怒，使她看來更美麗了。

「你不能把他送出國，」她對著父親大叫。「我們會一起私奔。」

大爺微微一笑，安慰她說：「你們兩個都必須完成學業。」

妮可轉身面向艾斯特雷，後者則尷尬得臉紅了。「艾斯特雷，你不會去吧？」她說。「你會去嗎？」

艾斯特雷沒有回答，妮可流下了眼淚。

任何一位父親，很難不被這種情景感動，但大爺只是覺得有趣。他的女兒很優秀，可算得上是真正的老式黑手黨黨人，相當難得。儘管如此，在以後的幾個星期裡，她不願跟她父親說話，並把自己鎖在房間裡。但大爺並不擔心她會一直傷心下去。

看到艾斯特雷像所有早熟的年輕人那樣為情所苦，他甚至覺得更有趣。當然，艾斯特雷深愛著妮可。同時，她的熱情和她的專情，使他覺得自己是這個世界上最重要的人。任何年輕人都會受到這樣的熱情的誘惑。

但同樣肯定的是，大爺很了解，艾斯特雷也需要找個籍口，讓他能夠擺脫任何阻礙，以便自由向著他光輝的生活目標前進。大爺笑了。這個大男孩擁有各種正確的直覺，現在該是讓他接受真正教育的時候了。

* * *

因此，現在，在退休三年之後，雷蒙得・艾普萊大爺終於感受到，一個人在做了人生中正確的選擇之後的那種安全與滿足感。事實上，大爺覺得十分安全，甚至開始和他的子女培養更親近的關係，終於享受到身為人父的果實——至少在某種程度上。

因為華萊理斯過去二十年來大多駐防在國外基地，所以一直未能親近他的父親。現在他被派駐在西點軍校，兩名男士終於能夠多多見面，並且開始能夠更敞開心胸交談。但還是有一點兒困難。

至於馬坎托尼歐，情況就不同了。大爺和他這個二兒子的關係就和諧多了。馬坎托尼歐會向他父親說明他在電視台的工作狀況，他對於一些戲劇節目的興奮情緒，他對觀眾的責任，以及他想要改善這個世界的偉大抱負。這種人的生活，在大爺看來，簡直就像是童話。這一切令他深深著迷。

在家庭聚餐時，馬坎托尼歐和他的父親會針對影視娛樂問題，展開友好的辯論。大爺有一次對馬坎托尼歐說：「我從沒有看過某個人是像你們這些戲劇中那麼好或是那麼壞的。」

馬坎托尼歐說：「觀眾就是這麼認為，所以，我們必須替他們創造出這樣的人物。」

在某次家庭聚會上，華萊理斯試著解釋波斯灣戰爭的合理性，除了保護重要的經濟利益和人權之外，也替馬坎托尼歐服務的電視網帶來很高的收視率。但對於這一切，大爺只是聳聳肩膀。這些衝突只是各國之間的武力對抗，他並不感興趣。

「告訴我，」他對華萊理斯說。「國與國之間如何打贏戰爭？決定勝敗的因素有那些？」

華萊理斯想了一會兒。「受過嚴格訓練的軍隊，和高明的將領。有些偉大的戰役，有人獲勝，有人打敗仗。我在情報部門服務時，我們曾分析過這些，結論是：生產最多鋼鐵的國家，就會打勝仗，就是這麼簡單。」

大爺點點頭，總算滿意了。

他和妮可的關係最親密，也最熱烈。他很驕傲於她的成就，她的美麗外表，她的熱情，以及她的智慧。確實也是如此，她還這麼年輕——只有三十二歲——卻已經是前途看好的知名律師，有著良好的政商關係，打起官司來，勇往直前，無所畏懼。

大爺在這方面祕密幫過她的忙；她的律師事務所受惠於他很多。但她的兩個哥哥很怕她，理由有二：她未婚，以及從事很多公眾利益事務。儘管很敬佩她，但大爺卻從來不會很把她當一回事。畢竟，她只是一名女人。而且是對男人有偏見的女人。

在全家聚餐時，做父親的常和女兒爭吵，就像兩隻大貓危險地相互嬉戲，偶而還會流血。他們有一個嚴重的爭執焦點，也是唯一偶而會讓大爺大發脾氣的。妮可深信人命是神聖的，因此，死刑是可厭的行為。她組織了一個名叫「廢除死刑運動」的團體，並且擔任它的領導人。

「為什麼？」大爺問道。

每次聽到這個問題，妮可就會變得很生氣。因為她相信，死刑最後將會毀掉人性。如果殺人（死刑）可以在任何情況下被寬恕，那麼，也可以在另一種情況和另一種信念下，原諒另外的殺人行為。結果，死刑反而不會對文明的演進有所幫助。她的這種理念，使她經常和大哥華萊理斯發生衝突。畢竟，如果不能用來殺人，軍隊還會有什麼別的用途呢？她才不管什麼理由。殺人就是殺人，會使我們所有人都回到人吃人或更糟的情況。只要有機會，妮可就會在全國各地的法院裡努力辯護，致力挽救被判死刑的殺人犯。雖然大爺認為這是很荒唐的行為，但有一次，在她打贏一場很出名的死刑犯的公益官司後，他還是在家庭聚餐時，邀請大家舉杯慶祝一番。

她成功地替近十年來最惡名昭彰的一名罪犯減除了死刑。這名罪犯殺死他最好的朋友，並且強暴了他朋友的妻子。在逃亡期間，他搶劫一家加油站，殺死兩名加油工人。接著，他又強暴及殺死一名十幾歲的少女。最後，他企圖殺死兩名巡邏警察時，方才被逮捕。妮可打贏了這場官司，讓這名罪犯免於死刑，理由是他精神異常，同時保證會讓他下半輩子都被關在精神病罪犯醫院裡，永遠不會被放出來。

下一次全家聚餐時，他們再度慶祝妮可打贏另一場官司——這一次則是她自己的案子。在最近的一場審判中，她自己冒了很大的危險，努力維護一項艱難的法律原則。事後，律師協會控告她不當執行律師業務，如果被認定如此，她將會被吊銷律師資格。但在她自己的努力辯解下，最後她被裁定無罪。因此，她現在顯得更加興高采烈。

大爺心情很好，並且對這個案子顯示出超乎尋常的興趣。他祝賀女兒未被認定違反律師規範，但他表示（也許是故意裝糊塗），他對這案子並不很清楚。妮可只好向他說明。

她替一名三十歲男子辯護，這人強暴、雞姦並殺害一名十二歲的女孩，然後把她的屍體祕密藏起來，讓警察找不到。對他不利的證據很多，但由於沒有受害者的屍體，陪審團和法官都不願判他死刑。受害者的父母則急於要找到女兒的屍體，因而陷於極度痛苦中。

這位殺人犯向擔任他律師的妮可透露，他把屍體藏在什麼地方，並且授權她和檢方談判——他願意說出藏屍體的地方，以交換判他終身監禁，而不是死刑。但是，當妮可和檢方展開談判時，檢方卻要她立即說出藏屍地點，否則就要起訴她。但她認為，這個社會有義務保護律師與當事人之間的祕密。因此，她拒絕說出藏屍地點，某位知名的法官也認定她有這項權利。

檢察官和受害者的父母商量後，終於同意和這位殺人犯達成減罪協議。

這位殺人犯告訴他們，他把屍體肢解，放進一個裝滿冰塊的盒子，然後把盒子埋在附近一處新澤西州沼澤地裡。屍體很快被找到，這名兇手被判終身監禁。但律師協會馬上控告她和檢方進行不當談判。今天，她打贏了這場官司，被判無罪。

大爺舉杯向三位子女敬酒，然後，他問妮可：「妳覺得這很光榮嗎？」

妮可馬上收起興奮的神情。「這是原則問題。在任何情況下，不管情況有多嚴重，政府都不能破壞律師和當事人之間的祕密協定，否則，這項原則就沒有必要存在。」

「妳不會對受害者的父母感到愧疚？」大爺問道。

「當然會，」妮可有點懊惱地說。「但我怎能讓這影響到法律的基本原則？我為此感到難過，真的；我怎麼不會呢？但不幸的是，為了替未來的法律定下判例，必須做些犧牲。」

「但律師協會卻控告你。」大爺說。

「面子問題，」妮可說。「這是一種政治手段。一般老百姓，並不了解法律制度的複雜性，因此無法接受這些法律原則，所以這件事引起很大的爭論。因此，我被告後，一切都必須攤開來談。一些很著名的法官不得不出面公開說明，根據憲法，我有權不說出藏屍地點。」

「好極了，」大爺很高興地說。「法律經常會讓人感到意外。但是，當然了，只有對律師是這樣子。」

妮可知道，他是在取笑她。她很尖銳地說：「沒有法律，文明就不存在。」

「沒錯，」大爺說。他彷彿是為了讓他女兒感到高興而這樣說。「但一個人犯下滔天罪行後，卻能免於一死，這似乎很不公平。」

「不錯，」妮可說。「但我們的法律制度的基礎，就是建立在協商減罪的協議上。沒錯，每一位罪犯都因此受到較輕的刑罰。但從某一方面來說，這也是好事。寬容可以療傷。長遠來看，那些罪犯將可以更容易重返社會，重新做人。」

因此，大爺幽默並帶點諷刺地舉杯敬酒。「但是，請妳告訴我，」他對妮可說。「妳真的相信，以精神異常做理由，那人就真的沒罪嗎？畢竟，他那時是依照自己的自由意志行事的。」

華萊理斯以冷靜、打量的眼光看著妮可。他個子很高，現年四十歲，留著粗短的鬍子，頭髮已經變成鐵灰色。身為情報官，他自己也曾經做過違背人類道德的決定。因此，對於妮可會做出怎麼樣的解釋，他很感興趣。

馬坎托尼歐很了解他的妹妹，知道她之所以很嚮往正常人的生活，有一部分原因是因為不恥她父親的生活。他比較擔心她會說出一些輕率的話，令她的父親永遠不會原諒他。

至於艾斯特雷，也對妮可感到驚訝——她那閃閃發亮的眼睛，她在回應她父親的刺激時所展現出來的驚人能量。他還記得兩人十幾歲時做愛的情景，並且覺得她仍然深愛著他。但現在他已經改變了，不再是當年兩人相戀時的他。這是可以了解的。他不知道，她的兩個哥哥是否知道很久以前的這段戀情。他也擔心，萬一發生爭吵的話，會不會因此破壞了一家人的團結，這是他深愛的家庭，也是他唯一的避風港。

他希望妮可不要太過分。但他並不同情她的觀點。他在西西里這麼多年，已經讓他學到別的東西。但他感到驚訝的是，這兩個同樣是他在這個世界上最關心的人，在觀念上竟然會如此不同。他在心裡想道，就算妮可的觀點是正確的，他也不會站在妮可那一邊來反對她父親。

妮可勇敢地看著她父親的眼睛。「我不認為他有自由意志，」她說。「他受到他生活環境的逼迫——這包括了他自己的錯誤認知，他的遺傳基因，他的生化結構，和錯誤的醫藥治療——他確實是精神異常。所以，我當然相信他。」

大爺思考了一會兒。「告訴我，」他說。「如果他向妳承認，他提出來的所有理由都是捏造的，妳仍然還會想法子挽救他的生命嗎？」

「會的，」妮可說。「每個生命都是神聖的。政府沒有權力奪走。」

大爺嘲弄地對她微笑。「那是因為妳身上流著義大利人的血。妳知道嗎？現代的義大利從來就沒有死刑。所有的罪犯都能夠免於一死。」對於大爺的挖苦，他的兩個兒子和艾斯特雷都嚇得不敢出聲，但妮可卻不在乎。

她嚴肅地對他說：「國家以司法做掩護而進行預謀殺人，這是野蠻的行為。我認為，你們所有人都會同意這種看法。」這是挑戰，而且是衝著大爺而來。妮可先是笑一笑，然後更嚴肅地說，「我們有一個替代方法。把罪犯關進療養院或監獄，而且是終身監禁，永遠不會釋放或保釋。這樣一來，他就不會再危害社會。」

大爺冷冷地看著她。「我們一次只討論一個問題，」他說。「我是贊成政府處死人犯。至於妳說的終身不得保釋或釋放，那是笑話。二十年過去了，假設發現了新證據，或者，罪名得到平反，而且罪犯本人也已改過自新，這時，人類的好心腸就會盡情發揮。但沒有人會關心死去的人。於是，罪犯得到自由。而這並不是最重要的……」

妮可皺起眉頭。「爹地，我並不是說，受害者就不重要。但奪走某個人的生命，並不能使受害者起死回生。而且，不管是在什麼情況下，我們原諒殺人行為的時間越久，這些殺人行為就會持續得更久。」

大爺停頓了一下，喝了一口酒，看著他的兩個兒子和艾斯特雷。「讓我告訴你們事實真相，」他說，並且轉過頭面對她的女兒。他以罕見的強烈語氣說話。「妳說人命是神聖的？有什麼證據？歷史上有嗎？造成幾百萬人死亡的戰爭，全都是由國家和宗教發動的。為了政治衝突或經濟利益，數以千計的敵人遭到屠殺，這種情形在歷史上層出不窮。有多少次是把金錢利益放在神聖的人命之上？而妳自己卻默許殺人行為，因為妳替妳的客戶脫罪。」

妮可的黑眼睛閃閃發亮。「我沒有默許，」她說。「我也沒有替它找籍口。我只是認為，那是野蠻的做法。我只是不想讓它有更多的存在理由！」

大爺的語氣現在更為平靜，但也更真誠。「最重要的是，」他說。「受害者，很有可能就是你心愛的人，卻已經躺在地下。他永遠從這個世界裡消失。我們將永遠看不到他的臉孔，我們將永遠聽不到他的聲音，我們將永遠碰觸不到他的肌膚。他被黑暗籠罩，和我們及我們的世界隔絕。」

他們全都用心聽著，默不作聲，大爺又喝了一口酒。「哦，妮可。聽我說。妳的客戶，妳那位殺人犯，被判了終身監禁。他下半輩子將被關在監獄或療養院。這是妳說的。但每天早上，他將會看到升起來的太陽，他會吃到熱騰騰的食物，他會聽到好聽的音樂，血液將在他的血管裡流動，讓他對這個世界產生興趣。他心愛的人仍然可以擁抱他。據我了解，他甚至可以讀讀書，學學木工，做張桌子和椅子。簡而言之，他可以繼續活下去，這是不公平的。」

妮可的態度很堅定，毫不退縮。「老爸，在馴養野生動物時，你不會讓它們吃生肉。你不會讓它們嚐到生肉的滋味，否則，它們就會想要吃更多。我們殺的越多，就會變得更容易被人所殺。你難道看不出來嗎？」大爺沒有回答，她馬上追問。「你又怎能評斷什麼是公平，什麼是不公平？標準在那裡？」這似乎是在質問，但其實卻更像是一種請求，希望能夠化解這麼多年來她對他的懷疑。

在座的所有人全都很擔心，擔心她如此無禮，會讓大爺勃然大怒。但大爺卻突然表現出極度幽默。「我也有心軟的時候，」他說，「但我從來不准許孩子批評他們的父母。小孩子本身並無法獨立生存，全賴我們做父母的辛苦撫養他們長大。我認為，做為一名父親，我是不應該被指責的。我養大了三個子女，而且他們都是社會的棟樑，很有才能，很有成就，各在自己的領域裡出人頭地，而且，也不是完全無力對抗命運。你們之中有任何人能夠指責我嗎？」

妮可這時候已經不再生氣。「不，」她說。「以父母的表現來說，沒有人能夠指責你。但你遺漏了一點。被處死的都是一些窮人。富人反而能夠逃過刑罰。」

大爺很嚴肅地看著妮可。「既然如此，那麼，妳為什麼不設法改變法律，讓富人和窮人一起受到刑罰？這樣子更有意義。」

艾斯特雷露出很愉快的笑容，喃喃說道。「那我們大部分都要被吊死了。」這句玩笑話減少了緊張氣氛。

「人性的最大美德就是寬恕，」妮可說。「文明社會是不會把人處死的，而且只要合乎情理，或是符合公平原則，也會盡量避免採取刑罰。」

直到這時候，大爺方才發起脾氣來。「妳是從那兒得到這想法的？」他問道。「文明社會只會放縱自己，貪生怕死——還有，他們褻瀆神明。有誰比上帝更無情？祂不會寬恕別人，祂不禁止處罰。不但有天堂，還有地獄，統統由祂掌管。祂不會在祂的世界裡免除悲哀和憂傷。除非必要，祂不會輕易顯示寬恕。因此，你們要向誰施捨這樣大的恩典？你們太自大。你們認為，只要你們夠神聖，就可以創造出更好的世界？記住，聖徒只能對著上帝耳邊輕聲禱告，而且還必須等到他們奉獻出自己的生命後，才能享有這種權力。盯緊我們的同胞，這是我們的責任，否則他可能會犯下滔天大罪。我們會把我們的世界交到魔鬼手中。」

這使得妮可氣得說不出話來，而華萊理斯和馬坎托尼歐則露出微笑。艾斯特雷卻低下頭，好像在祈禱。

妮可最後說道：「老爸，你就像一個道德家那樣不講道理。你肯定不是我們模仿的榜樣。」

有很長的一段沈默，大家都在回想他們和大爺的奇異關係。妮可從來就不很相信她所聽到的有關於她父親的故事，但另一方面卻又很害怕，這些故事是真的。馬坎托尼歐記得，他的一位電視台的同事曾經很神祕地問他，「你父親待你和其他小孩子如何？」

馬坎托尼歐很仔細地思考這個問題，知道這位同事指的是他父親在黑道上的名聲，因此，他也很嚴肅地回答，「我父親對我們很好。」

華萊理斯則想到，他的父親和他曾經服務過的將領們，實在十分相像。他們只求把任務完成，不考慮任何道德問題，也不會對他們的任務產生任何懷疑。有如射出去的箭，快速而且精確地飛向靶心。

對艾斯特雷來說，情況則不同。大爺對他一向很熱情，而且對他信任有加。但他也是在這餐桌上唯一知道有關大爺的傳聞是真的人。他記得三年前的情形，那時他在海外待了多年之後，剛被召回來。大爺給了他一些指示。

當時，大爺告訴他，「像我這種年紀的人，隨時都有可能去世，可能只是因為腳指頭撞到門，或是背上長了一顆黑痣，或是心跳突然停止。人應該時時想到，自己的生命隨時都有可能結束。一個人可能沒有敵人，但仍然需要事先計畫。我已經指定你擔任我銀行的法定繼承人；你將負責管理，並和我的子女們分享盈餘。有人想收買我的銀行，其中一位是秘魯的總領事。聯邦政府還在繼續調查我，若有我從事不法活動的證據，就會沒收我的銀行。對他們來說，如果能夠達到這目的，那真是太棒了。但他們不會找到任何證據的。聽好，我給你的指示是：絕對不要把銀行賣掉。隨著時間的過去，這些銀行會越來越賺錢，規模也會越來越大。過了一段時間後，人們就會忘了它們原來的黑道背景。

「如果發生了什麼意外，去找普萊爾先生，要他協助你管理銀行。你已經跟他很熟了。他很夠資格，而且一直從銀行得到很大的好處。他欠我人情，所以一定很忠於我。還有，我會介紹你認識芝加哥的班尼托・克拉克西。他擁有無限的資源，也從銀行撈到不少好處。他也很值得信任。同時，我也要給你一家通心麵公司，讓你經營，讓你過過好生活。在給你這麼多好處後，我要求你保護我子女的安全，以及讓他們過好日子。這是個很可怕的世界，而他們都是很單純的人。」

三年後的今天，艾斯特雷再度思考這些話。已經過了那麼久的時間，現在看起來，似乎是用不著他了。大爺的世界十分安穩，是不可能出問題的。

但妮可還未結束她和大爺的辯論。「寬恕呢？」她對父親說。「你知道的，基督教一直要求教徒們要懂得寬恕。」

大爺毫不遲疑地回答。「寬恕是不道德行為，我們根本沒有這樣的能力，卻假裝自己擁有。寬恕別人的人，是嚴重侵犯了對方，不可原諒。我們沒有責任這樣做。」

「所以你不想得到寬恕？」妮可問。

「從來不想，」大爺說。「我不尋求寬恕，也不渴望得到。必要的話，我將接受對我所有罪惡的懲罰。」

就在這次聚餐上，華萊理斯・艾普萊上校邀請他的家人參加他十二歲兒子的堅信禮，地點是在紐約市，時間則在兩個月後。他妻子堅持要在她娘家的老教堂裡盛大慶祝。剛剛改變角色與作風的大爺，很高興地接受了這項邀請。

* * *

因此，十二月一個寒冷的星期日中午，在明亮的檸檬黃的陽光照耀下，艾普萊一家人齊聚第五街的聖巴特里克教堂，明亮的陽光把這座大教堂的影子投射在附近街道上。雷蒙得・艾普萊大爺、華萊理斯和他的妻子、馬坎托尼歐（他急著想要早點脫身），以及穿著一身黑衣服，顯得相當漂亮的妮可，全都坐在教堂位子上，看著頭戴紅帽的大主教，小口啜飲聖酒，分派聖餐，以及進行聖諭禮。

那是一種甜美和神祕的喜悅，看著即將進入青春期的小男孩，和即將進入適婚期的小女孩，身穿白色長袍，披著紅絲巾，依序走下大教堂的通道，石雕的天使和聖徒，在上面守望著他們。堅信禮是要確定，他們這一輩子都會服從上帝。妮可感動得熱淚盈眶，不過，她並不相信大主教所說的一切。想到這兒，她忍不住嘲笑自己。

到了教堂外面的台階，孩子們脫下他們的長袍，露出藏在底下的華麗服裝。女孩們穿著輕薄美麗的白色蕾絲禮服，男孩子則穿著黑西裝，白襯衫，並且在喉頭打上傳統的紅色領帶，希望驅走魔鬼。

艾普萊大爺從教堂走了出來，艾斯特雷在他身邊，馬坎托尼歐在另一邊。孩子們圍成一個圓圈，華萊理斯和他的妻子很驕傲地捧著他們兒子的長袍，攝影師則忙著替他們拍照。艾普萊大爺開始一個人走下台階。他呼吸著新鮮的空氣。那是很美好的一天；他覺得神清氣爽，心情很好。他那位剛完成堅信禮的孫子迎向他，摟著他，他很高興地拍拍孫子的頭，在孫子的手掌裡放進一枚大金幣——這是堅信禮的傳統禮物。接著，他又大方地伸手到口袋裡，拿出一把較小的金幣，分送給其他的男孩和女孩。他很高興地聽著孩子們歡呼大叫，同時也很欣慰置身於這個大城市裡，那些高聳的灰石大建築，跟樹林一樣甜美。他當時獨自一人走在最前面，艾斯特雷走在他後面幾步遠。他低頭看看眼前的台階，接著，停了一會兒。這時，一輛黑色的大轎車開了過來，好像是要來接他的。

* * *

那個星期日早晨，在明水鎮，賀斯柯很早就起床了，拿出烘好的餅乾，並且拿來報紙。他把偷來的車子藏在車庫裡，那是一輛加長型的大轎車，車上已放好槍枝、面罩和幾盒子彈。他檢查了輪胎、汽油、機油和煞車燈。一切沒問題。他回到屋裡，準備叫醒法蘭基和史代斯，但是，當然了，他們都早已起床，史代斯並且還已經煮好咖啡了。

他們默默吃著早餐，並且翻閱周日的報紙。法蘭基還看了一下大學籃球賽的積分表。十點鐘時，史代斯對賀斯柯說：「車子準備好了嗎？」賀斯柯說，「全都準備好了。」他們坐上車，出發了。賀斯柯駕車，法蘭基坐在前座，史代斯坐在後座。到城裡大約要一個小時，因此，他們還要再一個小時才動手。最重要的是要準時到現場。

在車上，法蘭基把槍隻檢查一遍。史代斯試戴了其中一個面罩。面罩綁著鬆緊帶，因此，他們可以把面罩先掛在脖子上，到最後一刻再戴上。

開車前往城裡途中，他們收聽收音機播放的歌劇。賀斯柯的駕駛技術十分高超，車速平穩，不會突然加速或減速。他一直和前車及後車保持著適當的距離。史代斯忍不住低聲稱讚了幾句，這也稍稍緩和了車內的緊張氣氛；他們的情緒緊繃，但不會神經過敏。他們很清楚，一定要做到完美無缺點。他們不能失手。

賀斯柯在城裡緩緩行進，似乎每個紅燈都被他碰上了。接著，他轉進第五街，在距大教堂門口半條街遠的地方等待。教堂鐘聲開始響起，聲音迴響在周遭的鋼筋水泥摩天大樓。賀斯柯再度發動車子。三個人看著孩子們從教堂湧向街上。這令他們有點擔心。

史代斯低聲說道，「法蘭基，目標出現。」這時，他們看到大爺從人群中走出來，獨自走在前頭，並且開始走下台階。他的眼光似乎直接望著他們。

「戴面罩。」賀斯柯說。他稍稍加速，法蘭基伸手握住車門把手。他的左手握住烏茲衝鋒槍，準備衝到人行道上。

車子加速向前，然後停住，大爺剛好下到最後一級台階。史代斯從後座跳到街上，車子正好擋在他和目標之間。他很快速地把槍擺到車頂上。他雙手同時握槍。他只開了兩槍。

第一顆子彈準確擊中大爺的前額。第二顆子彈射穿他的喉嚨。他的鮮血噴灑在人行道上，黃色的陽光映照出飛散在空中的粉紅色血點。

在此同時，法蘭基站在人行道上，舉起烏茲，向著人群上方發射一波子彈。

然後，兩人快速退回車上，賀斯柯加速駛離。幾分鐘後，他們經過地下道，然後駛進一處小機場，一架私人噴射客機正等著載他們離去。

* * *

第一聲槍聲甫一響起，華萊理斯立刻拉著他的兒子和妻子撲倒在地，並用他的身體壓在他們身上。他並沒有看到事情是怎麼發生的。妮可也一樣，但現在她驚訝地看著她的父親。馬坎托尼歐難以置信地看著下面。真實的情況，和他製作的電視劇畫面是如此不同。擊中大爺前額的那顆子彈，使得大爺的腦袋像西瓜一樣裂開來，因此，可以看到裡面一灘腦漿和鮮血。擊中他喉嚨的子彈，則切掉了一大塊肌肉，所以，他看起來好像被一把切肉刀砍中。他身旁四周的人行道上流有大量的血，多得讓人想不到，一個人體竟然能夠流出那麼多的血來。馬坎托尼歐看到兩名男子，臉上戴著面罩；他也看到他們手上拿著槍，但看來似乎不像是真的。他無法說出有關於他們的衣著、頭髮的任何細節。他嚇呆了。他甚至說不出他們是白人或黑人，是赤身裸體或有穿衣服。他們可能有十呎高，也可能只有兩呎。

但艾斯特雷在那輛黑轎車停下來時，就立即保持警覺。他看到史代斯開槍，並認為，扣板機的是左手。他也看到法蘭基發射烏茲衝鋒槍，並確定那人是左撇子。他也瞄了一眼開車者急速離去的身影，是名圓頭短髮男子，體型十分壯碩。兩位開槍者動作優雅，像是默契很好的運動員。艾斯特雷迅速撲向地上，並伸手拉著大爺倒下，但卻遲了那麼幾分之幾秒。現在他渾身沾滿大爺的血。

接著，他看到孩子們向著外圍後退，像一陣恐怖的旋風那般旋轉，而旋風中心是一個紅點。他們尖聲驚叫。他看到大爺手腳攤開，倒在台階上，好像死亡使得大爺全身的骨架關節，在那一瞬間全部脫臼。他感到無比恐懼，擔心所有這一切，將對他及跟他最親近的那些人的生活產生什麼樣的影響。

妮可走下台階，來到大爺的屍體旁。她的兩腿不聽使喚地彎曲，令她不自覺地跪在大爺旁邊。她默默伸出手，觸摸父親那血淋淋的喉嚨。接著，她哭了起來，哭得十分傷心，好像她這輩子從未哭過一般。

MARIO PUZO

OMERTA

CHAPTER 3

雷蒙得・艾普萊大爺遇刺，對他以前世界的成員來說，是很令人震驚的事。有誰膽敢殺害這樣的人，還有，為了什麼目的？他已經讓出他的帝國；所以沒有什麼勢力範圍需要去奪取。而且，一旦死了，他就再也無法施捨優厚的禮物，也無法運用他的影響力去幫助在法律或命運上遭到不幸的那些人。

這是不是本來就該進行、但卻拖延至今的復仇行動？是不是有什麼不為人所知的利益即將出現？當然，可能牽涉到女人，但他當一名鰥夫已將近三十年，而且，從來沒有人看到他身邊出現什麼女人；他也不被認為是會被女人青睞的風流人物。大爺的子女完全沒有嫌疑。還有，這是職業殺手幹的，但沒有人跟他們有過接觸。

因此，大爺遇刺，不僅顯得很神祕，甚至還被視為是一種褻瀆神聖的行為。此人曾經製造出很多的恐懼，在統治一個龐大犯罪帝國長達三十多年的期間，一直能夠躲過法律和豺狼的傷害——他怎會如此慘死？更諷刺的是，他最後終於找到改過自新之道，並把自已置於法治社會的保護之下，但結果卻只活了短短的三個年頭。

更奇怪的是，在大爺死後，並沒有引起長時間的震驚。媒體很快就不再報導此事，警方低調處理，聯邦調查局則袖手不管，認為這是地方性的兇案。看起來，艾普萊大爺所有的名聲和權力，好像已經在他退休的短短三年當中被人全部遺忘。

黑社會也顯得興趣缺缺。沒有發生什麼報復性的兇殺案——大爺所有的朋友和以前那些忠實的手下，似乎已經把他忘了。即使是大爺的子女，也似乎把整件事拋在腦後，並且接受他們父親慘死的命運。

似乎沒有人關心——只有一個人例外，柯特・希爾克。

* * *

柯特・希爾克——聯調局的紐約負責人——決定插手此事，雖然此事純是由紐約警局負責的地方性兇殺案。他決定拜訪艾普萊家人。

大爺葬禮過後一個月，希爾克帶了他的副手——比爾・巴斯頓——去拜訪馬坎托尼歐・艾普萊。對馬坎托尼歐，他們必須十分小心。他是一家大電視網的節目部負責人，在華府擁有很大的影響力。一通禮貌的電話，再透過他的祕書，就安排了這次會面。

馬坎托尼歐在市中心電視台總部他的豪華辦公室裡接待他們。他很親切地跟他們打招呼，問他們要不要喝咖啡？但他們婉拒了。他的個子很高，人長得很英俊，橄欖色的光滑皮膚，服裝精緻得體，身穿黑西服，打著一條很特殊的粉紅與紅色相間的領帶，是一位名家設計的，這種領帶很受電視台新聞主播的喜愛。

希爾克說，「我們是在協助調查令尊遇害的案子。你可知道，是不是有什麼人可能對你父親採取不利的行動？」

「我真的不知道，」馬坎托尼歐說，臉上並露出微笑。「我父親一直和我們保持距離，即使對他的孫子們也一樣。我們完全被排除在他的事業圈子之外。」他比了一個小手勢，表示抱歉之意。

希爾克不喜歡他這種手勢。「你認為他為什麼要這樣做？」他問道。

「你們都知道他過去的歷史，」馬坎托尼歐嚴肅地說。「他不希望他的任何一位子女被牽扯到他的活動中。我們從小就被送到外地上學，讓我們自行在這個世界上謀求出路。他從不到我們家裡用餐。他會參加我們的畢業典禮，僅此而已。當然，我們了解他的苦心，我們很感激。」

希爾克說：「你很快就升到你目前的職位。也許他曾經幫過你？」

這時，馬坎托尼歐第一次沒有表現得那麼溫和。

「從來沒有。在我這一行裡，年輕人升得很快，這並不是什麼了不起的事。父親送我上最好的學校，還給了我很優厚的生活費。我利用那筆錢培養我的戲劇才能，事實證明，我的選擇是正確的。」

「令尊滿意你的表現嗎？」希爾克問道。他很用心觀察眼前這個人，想要看出他的每一種表情。

「我不認為他真正了解我在幹什麼，但他是很滿意我的表現。」馬坎托尼歐帶點諷刺味道地說。

「你知道的，」希爾克說，「我追查令尊二十多年，但一直無法逮捕他。他很聰明。」

「哦，我們也一樣，」馬坎托尼歐說。「我哥哥，我妹妹，還有我。」

希爾克好像開玩笑地笑著說：「你們難道沒有想到進行西西里式的報復？你們會不會幹那樣的事？」

「當然不會，」馬坎托尼歐說。「在我父親的教導下，我們不會有那樣的想法。但我希望你抓到殺他的兇手。」

「他的遺囑呢？」希爾克問。「他死時可是一位大富翁。」

「這一點，你必須去問我妹妹，妮可，」馬坎托尼歐說。「她是遺囑執行人。」

「但你知道遺囑的內容吧？」

「當然。」馬坎托尼歐說。他的聲音很堅定。

巴斯頓插嘴說：「你想不出有誰可能會想要殺害他？」

「想不出來，」馬坎托尼歐說。「如果想到了，我會告訴你們。」

「好吧，」希爾克說。「我給你一張名片，必要時打電話給我。」

＊　＊　＊

在繼續會見大爺的兩位子女之前，希爾克決定先和城裡的刑事隊長保羅・狄・班尼雷托談談。因為不想留下官方記錄，所以他邀請狄・班尼雷托前往東區一家最高級的義大利餐廳用餐。狄・班尼雷托很喜歡享受高級生活——只要不讓他付錢就行。

這幾年來，兩人經常在工作上有往來，希爾克很喜歡和此人合作。現在，他看著保羅津津有味地品嚐著桌上的一切。

「好了，」狄・班尼雷托說，「聯邦政府很難得請人吃這種豪華大餐。你想要什麼？」

希爾克說：「這一餐很不錯吧，是不是？」

狄・班尼雷托聳聳他那厚實的肩膀，看來像一波起伏不定的波浪。接著，他露出不懷好意的微笑。對這麼一位外表粗悍的男子來說，他的微笑倒是滿可愛的，會把他的臉孔變成人人喜愛的迪士尼卡通人物。

「柯特，」他說，「這地方糟透了。這兒的老板是外太空來的外星人。沒錯，他們是把食物弄得像義大利菜，聞起來也像義大利菜，但吃起來卻像火星菜。這些傢伙是外星人，不騙你。」

希爾克哈哈大笑。「嗨，但這兒的酒還不錯。」

「對我來說，除非是拿真正的義大利紅酒加蘇打水，否則我喝起來都像喝藥。」

「你這人很挑剔。」希爾克說。

「不，」狄・班尼雷托說。「我這人其實最不挑剔了。這就是問題所在。」

希爾克嘆了一口氣。「兩百美元的政府公費，這下子白花了。」

「哦，不會的，」狄・班尼雷托回答說。「我還是很謝謝你的好意。說吧，有什麼事？」

希爾克先替兩人點了咖啡。接著，他說：「我在調查艾普萊大爺遇刺的案子。那是你偵辦的案子，保羅。我們監視他好幾年，但一直沒有收穫。後來，他退休了，改邪歸正，手上再也沒有什麼別人想要的東西。為什麼要殺他？任何人這樣做，都是很危險的。」

「是行家幹的，」狄・班尼雷托。「幹得很漂亮。」

希爾克說：「那又怎樣？」

「確實是令人想不通，」狄・班尼雷托說。「你已經除掉黑手黨大部分的大角頭，幹得很漂亮。我向你致敬。也許你甚至因此迫使大爺不得不退休。所以，剩下來的那些聰明人應該沒有幹掉他的理由。」

「他經營的那幾家銀行呢？」希爾克問。

狄・班尼雷托搖搖手中的雪茄。「那是你的管轄範圍。我們只負責抓抓小流氓。」

「他的家人呢？」希爾克說。「毒品，女人，有任何線索嗎？」

「啥也沒有，」狄・班尼雷托說。「正經的社會菁英，在各自的領域裡出人頭地。大爺是如此安排他的子女長大的。他要他們當個絕對正直的人。」他停頓了一會兒，然後很嚴肅地說。「這不是有人挾怨報復。他對每件事、每個人都很公平處理。但這也不是漫無目的殺人。一定有某種原因。有人可能從中得利。這也是我們調查的方向。」

「遺囑呢？」希爾克問。

「他的女兒明天會向法院提出。我問過她了。她要我等一等。」

「你真的等？」希爾克問。

「當然，」狄·班尼雷托說。「她是出名的律師，很有影響力的，她的法律事務所關係很好。我幹嘛去找她麻煩？我巴結她都來不及呢。」

「也許我可以幹得比你好。」希爾克說。

「我確信你可以辦得到。」

* * *

柯特·希爾克認識刑警副隊長愛絲碧妮雅·華盛頓十多年了。她是六呎高的非洲裔美國人，剪了一頭短髮，五官線條分明。對手下的警察以及被她逮捕的壞人來說，她都同樣令他們望而生畏。她天生衝勁十足，做事積極，而且並不很喜歡希爾克或聯邦調查局。

她在辦公室裡接待希爾克，一見面就說：「柯特，你這次來，是要再度讓我的某位黑人同胞成為百萬大富翁嗎？」

希爾克哈哈大笑。「不，愛絲碧妮雅，」他說。「我是來這兒打聽消息的。」

「真的嗎？」她說。「免費的？在你讓市政府損失五百萬美元之後？」

她身穿卡其色外套和紅褐色褲子。他可以看出，她外套下的槍套。她右手有枚鑽戒，看來好像可以像刮鬍刀那般劃破臉皮。

她仍然很痛恨希爾克，因為聯調局曾經控告她手下警探毆打人犯，並且勝訴，而且，根據黑人民權法案，受害者因此獲得鉅額賠償——她手下的兩名警探還因此入獄。那位因此致富的受害者是位皮條客和毒販，愛絲碧妮雅曾經有一次親自把他狠狠打了一頓。雖然她是因為市長想討好黑人選票而被任命為副隊長，但她對黑人罪犯的嚴厲程度更甚於對付白人罪犯。

「不要再毆打無辜的老百姓，」希爾克說，「我就會住手。」

「我從來沒有冤枉過任何好人。」她笑著說。

「我只是來打聽艾普萊大爺遇刺的案子。」希爾克說。

「那干你何事？這只是地方幫派在鬧事。或者，你又在搞另一件民權案子？」

「哦，這件案子可能跟洗錢或毒品有關，」希爾克說。

「你怎麼知道？」愛絲碧妮雅問。

「我們有自己的線民。」

愛絲碧妮雅突然發起脾氣來。「你們這些他媽的聯調局傢伙跑來向我們要線索，但卻不給我們任何消息？你們這些傢伙甚至不向好警察說實話。你們光會抓些白領人渣，從來不去打擊不法。你不知道那是多辛苦的工作。滾出我的辦公室。」

* * *

希爾克對這次會面感到很高興。他已經弄清楚他們的態度。狄・班尼雷托和愛絲碧妮雅都不會再去深入調查艾普萊大爺遇刺的案子。他們也不會和聯調局合作。他們只會表面應付一下。簡而言之，他們已經拿了黑錢。

他會有這樣的判定，是有理由的。他知道，唯有警官已經收下賄款，毒品交易才能順利進行，而他已經得到情報——但這是無法拿到法庭上作證的——狄・班尼雷托和愛絲碧妮雅已經拿了大毒梟的賄款。

* * *

在跟大爺的女兒會面之前，希爾克決定先到大爺的大兒子，華萊理斯・艾普萊那兒碰碰運氣。為了這次會面，他和巴斯頓必須開車前往西點軍校，華萊理斯目前以美國陸軍上校的官階在那兒教授軍事戰術——不知道那究竟是什麼玩意，希爾克在心裡想道。

華萊理斯在一間寬敞的辦公室裡跟他們見面，從那兒正好可以俯視大操場，可以看到一些學生正在列隊操練。他不像他弟弟那般親切，但還算彬彬有禮。希爾克問他是否知道他父親有什麼仇人。

「不知道，」他說。「過去二十年裡，我大部分時間都駐防海外。只有抽得出時間時，我才會參加家庭聚會。我父親只關心我是不是能夠晉升為將軍。他很想看到我肩上掛上將星。即使是一顆星的准將，他也會感到很高興。」

「那麼，他是個愛國者了？」希爾克說。

「他愛他的國家。」華萊理斯簡短地說。

「是他設法讓你進軍校的？」希爾克追問。

「我想，是吧，」華萊理斯說。「但他永遠無法讓我升上將軍。我猜想，他在五角大廈並沒有影響力，或者，我的表現還不夠好吧。但我反正很滿意。我目前幹得還不錯。」

「有關於你父親的仇人，你確信無法提供我們任何線索？」希爾克問。

「不能，他沒有仇人，也沒有敵人，」華萊理斯說。「我父親如果是軍人，他會是一位偉大的將領。當他後退時，他會把一切都做好掩護。當他進攻時，總是奮力一擊。他擁有充足的人手和資源。」

「你似乎並不關心有人殺害你父親。難道你不想報仇？」

「我的關心程度，不會超過對在戰場上陣亡的同僚軍官，」華萊理斯說。「當然，我對此事是有興趣的。沒有人喜歡看到自己的父親遭人殺害。」

「你知道他的遺囑的任何內容嗎？」

「關於這個，你必須去問我妹妹。」華萊理斯說。

*　　*　　*

當天下午，希爾克和巴斯頓來到妮可・艾普萊的辦公室，但他們受到完全不同的接待。想要進入妮可的辦公室，必須先通過三道秘書的審查，接著，還要通過一名女性私人安全助理那一關。在希爾克看來，這名女助理（其實是女保鑣）似乎可以在兩秒內將他和巴斯頓撕成兩半。他還可以從這名女助理走動的樣子看出來，她受過很好的訓練，已經把自已訓練得好像男子那般孔武有力。她的結實肌肉可以從衣服底下顯露出來。她穿了一件毛線衫，把乳房束得緊緊的，並在毛線衫外面套了一件亞麻布小背心，下身穿著一條寬鬆的黑褲子。

妮可打招呼時並不熱情，但她外表看來很迷人。她穿著一套名時裝設計師的暗紫色套裝，耳上吊著大大的圓環型耳環，頭髮閃閃發亮，並且留得很長。她的五官細緻分明，表情嚴肅，但一雙大而柔美的褐色眼睛卻透露出相反的訊息。

「兩位，我只能給你們二十分鐘。」她說。

她在紫色套裝下穿了一件鑲褶邊的襯衫，她伸出一隻手接過希爾克遞出的證件時，袖口幾乎把她的手蓋住了。她很細心地看著他的證件，說道：「主管級特別探員？以這麼高階身份進行例行調查，不嫌大材小用？」

她說話的語氣，希爾克十分熟悉，而且是希爾克一直很痛恨的。那是聯邦律師和接受他們監督的調查單位打交道時，常會使用的一種略帶輕視的語氣。

「令尊大人是很重要的人物。」希爾克說。

「沒錯，在他退休，並把自己交付給法律保護之前。」妮可尖刻地說。

「這使得他的遇害更顯得神祕，」希爾克說。「我們希望妳能提供一些線索，看看是不是有人可能對他不利。」

「並沒有那麼神祕，」妮可說。「你比我們更了解他的生活。他有很多敵人。包括你在內。」

「即使是對我們批評最嚴厲的人，也從來不會指責聯邦調查局會在教堂台階上行刺某人，」希爾克冷冷地說。「而且，我不是他的敵人，我是執法人員。他退休後，就沒有敵人了。他把他們全收買了。」他停頓了一會兒。「我覺得奇怪的是，不管是妳或妳的哥哥，似乎對於是誰可能殺害你們的父親都不怎麼感興趣。」

「因為我們都不是偽君子，」妮可說。「我父親不是聖人。他做了一些事情，因此付出代價。」她停了一下。「你說我不感興趣，你錯了。事實上，我正在根據資訊自由法案提出申請，要求調閱聯調局有關我父親的檔案。希望你不要企圖阻攔，否則，我們就是敵人了。」

「那是妳的權利，」希爾克說。「但是，也許妳可以幫我的忙，告訴我，妳父親遺囑的內容。」

「遺囑不是我寫的。」妮可說。

「但我聽說妳是執行人。妳現在一定知道遺囑的內容了。」

「我們明天才要提出遺囑認證。屆時會公開登錄的。」

「妳現在可否透露一些可能對我有幫助的內容？」希爾克問。

「只能告訴你，我不會提早退休的，因為我沒分到什麼錢。」

「為什麼妳今天就不能透露一點點？」

「因為沒有這個必要。」妮可冷冷地說。

「我很了解令尊大人，」希爾克說。「他比你講理。」

妮可首次以尊敬的眼光看著他。「沒錯，」她說。「好吧。我父親在他死前捐出很多錢。他留給我們的，只有他的銀行。我哥哥和我得到百分之四十九股權，另外的百分之五十一則遺留給我們的表弟，艾斯特雷・維奧拉。」

「可否請妳告訴我，有關這位艾斯特雷・維奧拉先生的任何事情嗎？」希爾克問。

「艾斯特雷比我小幾歲。他從未參與我父親的事業，我們都很喜歡他，因為他很討人喜歡。當然，我現在已經不像以前那樣愛他了。」

希爾克在他的記憶中搜索。他不記得有艾斯特雷・維奧拉這個人。但他又肯定一定有這個人的存在。

「能給我他的地址和電話嗎？」希爾克問。

「當然可以，」妮可說。「但你只會浪費你的時間，請相信我。」

「我必須澄清一些疑點，」希爾克帶點歉意地說。

「調查局為什麼對這件案子產生興趣？」妮可問。「這是地方性的謀殺案。」

希爾克冷靜地說：「妳父親擁有的那十家銀行是跨國銀行。可能會牽扯到一些金融問題。」

「哦，真的嗎？」妮可說。「那麼，我最好馬上申請調閱他的檔案。畢竟，我現在也是這些銀行的老板之一。」她以懷疑的眼光瞄了他一眼。他知道，他必須繼續留意她。

＊　＊　＊

第二天，希爾克和巴斯頓開車前往韋斯特卻斯特郡，和艾斯特雷•維奧拉見面。那處林木茂密的產業包括一棟大房子和三棟穀倉。草地上有三匹馬，四周圍著高及腰部的柵欄，以及幾個大鐵門。有四輛轎車和一輛小貨車停在房子前的空地上。希爾克把其中兩輛車子的車牌號碼默記在心。

一位年約七十的老婦人開門請他們進去，並且領著他們來到一間豪華的起居室，裡面擺滿錄音設備。四位年輕人一面看著眼前的譜架，一面專心演奏，其中有一位坐在鋼琴前——這是很專業的樂隊組合，包括了薩克斯風、貝斯、吉他和鼓。

艾斯特雷站在他們對面的麥克風前，用沙啞的聲音唱著歌。即使希爾克也聽得出來，像這樣的音樂是找不到聽眾的。

艾斯特雷暫時停止唱歌，對著訪客說：「你們能不能等五分鐘，等我們錄完音？然後，我的朋友們就可以收拾好東西離去，你們想跟我談多久都可以。」

「沒問題。」希爾克說。

「替他們弄咖啡來。」艾斯特雷對女傭說。希爾克很高興。艾斯特雷並不是客套而已，他還親自指揮女傭招待他們。

但希爾克和巴斯頓等待的時間，卻遠遠超過五分鐘。艾斯特雷錄的是一首義大利民謠——他同時還彈奏一把五弦琴——他的歌聲沙啞，唱的是希爾克聽不懂的義大利方言。聽他的歌聲倒是還滿愉快的，因為那就好像聽到自己在洗澡時唱歌一樣。

最後終於只剩下他們三個人了。艾斯特雷擦擦臉。「還不壞吧？」他笑著說。「是不是？」

希爾克發現自己馬上喜歡上眼前這個人。他年約三十歲，有著孩子氣的活力，而且似乎並不會苛求自己。他個子很高，身材不錯，有著拳擊手的優雅味道。他是位皮膚略黑的俊男，有著不算完美但尖削的五官，是你可能在十五世紀的人像畫中看到的那種。他看來並不傲慢，但他脖子上掛了一條兩吋寬的金項圈，項圈底下吊著一個刻有聖母瑪莉亞像的大金牌。

「唱得不錯，」希爾克說。「你打算發行唱片嗎？」

艾斯特雷露出微笑，很開朗、善意的笑容。「我希望能夠發行。不過，我唱得沒那麼好。但我很喜歡這些曲子，所以我把它們當做禮物送給朋友。」

希爾克決定導入正題。「這只是例行性的調查，」他說。「你可知道有誰會想要傷害你叔叔嗎？」

「一個也沒有。」艾斯特雷表情嚴肅地說。希爾克已經聽厭了這種回答。每個人都有仇人或敵人的，尤其是雷蒙得・艾普萊。

「你繼承了銀行的最大股份，」希爾克說。「你們有那麼親近嗎？」

「我其實也不明白為什麼會這樣子，」艾斯特雷說。「我還是小孩子時，他就最喜歡我。但後來他安排我經營一項事業，然後就好像把我遺忘了。」

「什麼事業？」希爾克問。

「從義大利進口各種高級粉麵。」

希爾克很疑惑地看著他。「粉麵？」

艾斯特雷微笑著；他已經很習慣這樣的反應。這並不是什麼了不起的事業。「你知道嗎，汽車業大亨艾柯卡從來不說『汽車』，他都是說『車子』？在我這一行裡，我們從來不說『通心粉』或『通心麵』，我們總是說『粉麵』。」

「但是，現在你成了銀行家。」希爾克說。

「對銀行，我是外行，但我會試試看。」艾斯特雷說。

*　　*　　*

兩人離開後，希爾克問巴斯頓，「你認為如何？」他很喜歡巴斯頓。跟他自己一樣，此人也對局裡忠心耿耿，深信聯調局行事公正，不腐化，而且工作效率遠優於任何其他執法機構。這些訪談，有一部分對他有利。

「在我看來，他們全都沒有問題，」巴斯頓說。「但是，不是一直都是這樣子嗎？」

是的，一直都是如此，希爾克在心裡想道。接著，他想到了一件事。掛在艾斯特雷金項圈下的那個大金牌竟然不會隨著主人的動作而移動，而是一直緊貼住他的喉嚨，這倒是有點奇怪。

＊　＊　＊

最後一次訪談，對希爾克最為重要。訪談對象是提莫納・波特拉，他是紐約黑手黨目前勢力最龐大的角頭，除了大爺之外，只有他在歷經希爾克的強力掃蕩後，僥倖未被起訴。

波特拉的「企業」總部，設在西區他名下一棟大樓的頂樓，地方很大。大樓其他樓層則分屬於他所控制的所有子公司。這兒的安全措施相當嚴密，有如聯邦政府用來存放黃金的諾克斯堡。波特拉本人都是乘坐直升機來往於大樓和他位於新澤西州的住家，大樓樓頂設有直升機起降台，他的兩腳很少踏上紐約市的人行道。

波特拉在他的辦公室接見希爾克和巴斯頓。辦公室裡有著極為華麗的扶手椅，和一大片防彈落地玻璃窗，可以看到很壯觀的紐約市空中景像。波特拉個子高大，身穿整潔的黑西裝和閃閃發亮的白襯衫。

希爾克握了握波特拉那雙肥厚多肉的手，對於他厚實脖子上的那條黑領帶十分欣賞。

「柯特，有什麼需要我效勞的嗎？」波特拉的聲音很像男高音，迴響在房間裡。他並不理會比爾・巴斯頓。

「我只是來調查艾普萊的案子，」希爾克說。「我想，你可能有些消息，或許對我的調查有些幫助。」

「多可惜呀，他竟然死了，」波特拉說。「每個人都愛雷蒙得・艾普萊。我覺得很奇怪，不知道什麼人竟然會幹這種事。艾普萊生前最後一年裡，是位很好的好人。他成了一位聖人，真正的聖人。他像大慈善家洛克斐勒，把錢全部捐出去。上帝將他帶走時，他的靈魂是純潔的。」

「不是上帝將他帶走的，」希爾克冷冷地說。「這是十分專業的刺殺行動。一定有動機的。」波特拉兩眼猛然一陣抽搐，但他沒說什麼，希爾克於是繼續說下去。「你跟他共事了好幾年。你一定知道什麼。繼承銀行的他那位姪子，你認識他嗎？」

「好幾年前，艾普萊大爺和我共同經營了一些生意，」波特拉說。「在艾普萊準備退休時，只要他有此意願，他可以很輕易地就殺死我。但我現在仍然活得好好的，這就證明我們不是敵人。關於他的姪子，我什麼也不知道，只知道他是位藝術家，在一些婚禮和小型舞會上唱歌，甚至也在一些小型夜總會駐唱。他是像我這種老頭子都會很喜歡的那種年輕人。他經銷從義大利進口的高品質通心麵。我所有的餐廳都向他訂購。」

「你知道的，我會很感激你幫我忙的。」希爾克說。

「當然知道，」波特拉說。「聯邦調查局一向很公正。我知道，你們會感謝我的幫助的。」

他對著希爾克和巴斯頓露出熱情的微笑，也同時露出潔白、幾近完美的牙齒。

在返回辦公室的路上，巴斯頓對希爾克說：「我看過這傢伙的檔案。他從事色情和販毒，而且還殺人。我們怎麼沒有將他繩之以法？」

「他並不像其他人那般壞，」希爾克說。「但是，不要急，我們總有一天會逮到他的。」

柯特・希爾克下令對妮可・艾普萊和艾斯特雷・維奧拉的房子進行電子監聽。一位聯邦法官簽發了必要的命令。倒不是希爾克真的在懷疑什麼，而只是想要確定一下。妮可天生就是麻煩人物，艾斯特雷則看來好得令人難以相信。想要監聽華萊理斯則是不可能的，因為他的房子就在西點軍校內。

希爾克還打聽到，在艾斯特雷住家草地上的那幾匹馬，是他的最愛。每天早晨，他都會替其中一匹清潔、刷毛，然後騎著它出去。這並沒有什麼奇怪，只不過，他在騎馬時是全套英國皇家騎士打扮：紅色外套和一切裝配，包括戴上一頂黑色麂皮獵帽。

他很難相信，艾斯特雷竟然會在中央公園內遭到三名歹徒搶劫。從警方的報告來看，他似乎安然無事，但報告中並未清楚說明那三名搶匪後來怎麼了。

* * *

兩周後，希爾克和巴斯頓終於能夠聽聽他藏在艾斯特雷・維奧拉屋子裡的錄音帶。錄音帶裡是妮可、馬坎托尼歐、華萊理斯和艾斯特雷的聲音。在這些錄音帶裡，希爾克覺得他們變得比較平凡，他們脫下了面具。

「他們為什麼要殺他？」妮可問，她的聲音充滿哀傷，完全沒有她在和希爾克談話時的那種冷漠。

「一定有原因的，」華萊理斯平靜地說。他在和家人說話時，聲音顯得溫和許多。「我和老頭子的生意從來沒有任何關係，所以我並不擔心我自己。但你們呢？」

馬坎托尼歐說話的語氣露出幾許不屑，顯然他並不怎麼喜歡他這位老哥。「老哥，老頭子把你送進西點，是因為你個性懦弱。他要你學會堅強一點。接著，他又在你從事海外情報工作時幫助你。所以你也跟這件事有關係。他希望你成為一名將軍或指揮官。艾普萊將軍——他很希望聽到這樣的稱呼。誰知道他動用了什麼樣的關係。」在錄音帶裡，他的聲音比本人的真實聲音更有活力、更熱情。

他們陷入長長的沈默，接著，馬坎托尼歐說：「當然，他也幫助我創業。他資助我的製作公司。那些大經紀公司很大方地把他們的明星借給我。聽我說，我們沒有介入他的生活，但他老是介入我們的。妮可，老頭子把妳弄進妳那家法律事務所，讓妳少奮鬥十年。還有，艾斯特雷，你的通心麵能夠在超級市場裡上架，你想是誰幫你的？」

妮可突然生起氣來。「老爸也許真的幫助我踏進事務所的大門，但幫助我在這一行裡獲得成功的唯一一個人，就是我自己。我必須和事務所的那些大白鯊鬥個死去活來，才能得到我現在擁有的每樣東西。每周花八十個小時閱讀各種資料的那個人，就是我自己。」她停頓了一下。她的聲音現在變得很冷漠。接著，她一定是轉身面向艾斯特雷。「我想知道的是，老爸為什麼要你負責銀行業務。為什麼每件事一定都要讓你參一腳？」

艾斯特雷的聲音顯得很無助，並且帶點歉意。「妮可，我完全不知道。我並沒有爭取這樣做。我自己有事業，而且我喜歡唱歌和騎馬。此外，這對你們也有好處。我必須負責銀行所有的工作，而紅利卻是由我們四個人均分。」

「但你是負責人，而你只不過是我們的一名表親，」妮可說。她諷刺地又加了一句，「他一定很喜歡你的歌聲。」

華萊理斯說：「你想自己獨自管理銀行嗎？」

艾斯特雷的聲音充滿虛假的害怕。「哦，不，不，妮可會給我一份名單，找一位專業的執行長來幹吧。」

妮可的聲音好像沮喪得快哭出來了。「我還是不明白，為什麼老爸不指定我。為什麼？」

「因為他不想讓他的子女中有任何一個超越其他人。」馬坎托尼歐說。

艾斯特雷平靜地說：「也許是為了不讓你們所有人置身危險中吧。」

「跑來找我們的聯邦調查局的那傢伙，好像自認是我們最好朋友，你們覺得如何？」妮可說。「他監視爹地好幾年了。現在，他認為，我們會把家裡所有的秘密都告訴他。討厭鬼。」

希爾克不禁臉紅。他覺得自己並沒有這樣想。

華萊理斯說：「他只是盡他的職責，那可不是件輕鬆的工作。這個人一定很聰明。他把老頭子的好多位朋友都送進監獄去了。而且持續了很長的一段時間。」

「叛徒，線民，」妮可不屑地說。「他們執行的掃黑行動，很有選擇性。根據這些法律，他們可以把我們一半的政治領袖都關進牢裡，連列名『財星雜誌五百大』的大公司也可能難逃法網。」

「妮可，妳自己是律師，」馬坎托尼歐說。「少說風涼話了。」

艾斯特雷若有所思地說：「這些調查局探員是從那兒弄來那些時髦的西裝？難道他們有專用的裁縫師？」

「他們一向都是那樣子打扮，」馬坎托尼歐說。「那是秘密。但我們的電視劇一直無法很正確地演出像希爾克那樣子的人物。他們絕對真心，絕對誠實，各方面都表現得正直無私。但你從來都不會信任他們。」

「馬可，少提你那些假兮兮的電視劇了，」華萊理斯說。「我們正處於極不利的情況中，有兩個重要的問題需要找到答案。為什麼，以及誰。爹地為什麼會遇害？接著就是，可能是誰動手的？每個人都說，他沒有敵人，手中也沒有別人想得到的任何東西。」

「我已經申請調閱爹地的聯邦調查局檔案了，」妮可說。「也許可以從裡面得到一些線索。」

「有什麼用？」馬坎托尼歐說。「我們又不能採取什麼行動。爹地會要我們忘了它。這件事應該交給有關當局處理。」

妮可不屑地說：「所以，我們就不去管是誰殺死我們的父親了？你呢，艾斯特雷？你也那樣想嗎？」

艾斯特雷的聲音很溫和、理性。「我們能幹什麼呢？我愛你們的父親。我很感激他在遺囑中對我那麼大方。但是，我們不妨暫且等一等，看看會有什麼事情發生。事實上，我滿喜歡希爾克的。如果這裡面有什麼古怪，他會找出來。我們的生活都過得很不錯，何苦要把它弄得一團糟？」他停頓了一會兒，接著說：「對不起，我必須去打電話給我的供應商，所以，我必須離開一下。但你們可以留在這兒，繼續談下去。」

錄音帶上出現很長的一段沈默。希爾克不得不對艾斯特雷產生好感，同時對其他人產生反感。不過，他還是感到很滿意。他們都不是危險人物，不會替他帶來麻煩。

「我愛艾斯特雷，」現在出現的是妮可的聲音。「他比我們任何一個更親近父親。但他是個大怪人。馬可，他的歌唱事業有任何發展的可能嗎？」

馬坎托尼歐哈哈大笑。「在我們這一行裡，像他這樣的人，我們見得太多了，至少有幾千個。他就像是很小的高中的美式足球明星。他唱得還可以，但還上不了檯面。不過，他有自己的事業，而且他樂在其中，所以，那又有什麼關係呢？」

「他掌管了好幾十億美元資產的銀行——是我們全部的財產，但他真正感興趣的卻是唱歌和騎馬。」妮可說。

華萊理斯有點悲傷、但又帶點幽默地說：「這真是太諷刺了，他可真是坐錯位置了。」

妮可說：「爹地怎能這樣安排呢？」

「他的通心麵生意做得不錯。」華萊理斯說。

「我們必須保護艾斯特雷，」妮可說。「他心地太好，不適合管理銀行，也太相信希爾克了。」

聽完錄音帶，希爾克轉身面向巴斯頓。「你認為如何？」他問道。

「哦，跟艾斯特雷一樣，我認為你是很不錯的傢伙。」巴斯頓說。

希爾克笑了。「不，我是在問你，這些人有可能是這件謀殺案的殺人嫌犯嗎？」

「不可能，」巴斯頓說。「第一，他們都是他的子女，第二，他們沒有這方面的專長。」

「但他們都很聰明，」希爾克說。「他們提出的問題都很正確。為什麼？」

「嗯，這不是我們的問題，」巴斯頓說。「這是地方執法單位的問題，不是聯邦單位的問題。或者，你有什麼線索？」

「可能跟艾普萊這些國際性大銀行有關，」希爾克說。「但沒有必要再浪費局裡的錢了，取消所有電話監聽吧。」

* * *

柯特・希爾克很喜歡狗，因為狗兒不會騙人，牠們不會隱匿對你的敵意，不會要詐。牠們不會半夜裡躺在床上，計畫如何搶奪或謀殺其他狗兒。「背叛」這兩個字永遠不會在牠們腦裡出現。他養了兩頭德國牧羊犬幫他看房子，晚上還會到附近林子裡溜狗，並且對牠們完全信任。

那天晚上，他回到家裡時，覺得十分滿意。眼前的情況沒有危險，至少不會有來自大爺家人的。也不會發生血腥報復。

希爾克住在新澤西州，跟他同住的是他深愛的妻子，和他極其疼愛的十歲女兒。他的房子有很嚴密的安全警報系統，外加那兩頭看門狗。這些都由政府公款支付。他的妻子拒絕接受如何使用手槍的訓練，而他則對自己的身份保密。鄰居們認為他是律師（他本來就是律師），連他的女兒也如此認為。希爾克一回到家裡，就把他的手槍、子彈、連同聯邦調查局的證件收起來。

他每天搭火車前往城裡上班，但從來不開車去火車站搭車。小偷可能會偷走車裡的無線電。他下班回到新澤西時，就用行動電話打電話給他妻子，要她到車站接他。從車站回到家裡只要五分鐘。

今晚，他的妻子嬌姬蒂很高興地在他唇上吻了一下，那是肌膚相碰的一種很溫馨的感覺。他的女兒雯妮莎一向天真活潑，也跳上來摟著他。兩頭狗兒在他四周打轉。他們全部坐進他們家的那輛黑色別克大轎車。

在希爾克的生活中，這是他最珍惜的部分。跟家人在一起時，他覺得很安全，很安祥。他的妻子深愛著他，他知道的。她很欣賞他的個性，知道他在執行公務時，永遠公正無私，不會使用卑劣手段，不管這個社會有多麼腐敗，他仍然對自己的同胞維持著一種正義感。他很看重她的智慧，也很信任她，會向她談起他的工作。但是，他當然不會把所有事情都告訴她。而她也忙著自己的工作，一方面正在撰寫一本有關於歷史上著名女性的專書，一方面在當地一所學院裡教授倫理學，同時還要努力推動她的社會運動。

希爾克現在看著他的妻子準備晚餐。她的美貌總是令他深深著迷。他看著雯妮莎正在擺餐具，她在各方面都模仿她的母親，甚至連走路都要模仿她母親那種好像芭蕾舞式的優雅動作。嬌姬蒂從來不喜歡找人幫忙做家事，她也訓練女兒事事自己動手。雯妮莎六歲時，就已經會自己鋪床，打掃自己的房間，並幫助母親做飯。希爾克老是想不透，他的妻子怎會愛上他，並且覺得那真是他的最大福氣。

稍晚，在送雯妮莎上床後（希爾克順便檢查她床邊的警鈴，她需要他們時，就可以按鈴），他們回到自己的臥房。跟平常一樣，當他的妻子脫下衣服時，希爾克立即感受到幾近宗教狂熱似的興奮情緒。接著，她那如此智慧的灰色大眼睛，因為充滿愛意而變得如此朦朧……。事後，他們倦極而睡時，她還握著他的手，引導他們漫遊她的夢境。

希爾克第一次見到她時，他正在調查被懷疑涉及輕微恐怖活動的一些激進的大學組織。她當時很熱心從事政治活動，並在新澤西州一家小學院裡教歷史。根據他的調查，她只是一位單純的自由派人士，和一個激進的狂熱團體並沒有關聯。希爾克於是在他的報告裡如此寫著。

但是，在他調查期間，他曾經去訪問她，結果令他大為驚訝的是，對於他身為聯調局探員，她竟然完全沒有任何偏見或對他產生敵意。事實上，她似乎對他的工作感到很好奇，並且詢問他對他的工作有何感覺，更奇怪的是，他竟然很坦白地回答她的問題：他覺得自己是這個社會的守護者之一，而一個社會如果沒有法律規範，是無法存在的。他接著半開玩笑地說，他像是一個盾牌，介於像她這樣的人，以及那些為了自己的利益而利用她的人之間。

追求的時間很短。他們很快就結婚了，真的太快了，以致於他們的一些觀念並不會妨礙到他們的愛情，因為他們都很明白，他們幾乎在每一方面都是對立的。他完全不同意她的任何信念，而在他生活的世界裡，她是一張白紙。他對局裡懷有無比的敬意，她則完全沒有這種感覺。但她會傾聽他的抱怨，說他如何痛恨人們抹黑調查局的聖人——胡佛。「他們把他形容成是同性戀者和反動派的老古董。事實上，他把自己的一切都奉獻給局裡，只是他並未具備自由派的思想。」他告訴她，「有些作家嘲笑聯邦調查局是蓋世太保或格別烏。但我們從來不會嚴刑拷打，也從來不誣陷任何人——這跟紐約警察局完全不一樣。我們從不安排假證據。如果不是我們，大學裡的那些大學生將會喪失自由。他們對政治完全不懂，右派人士會毀了他們。」

對於他對局裡的如此熱情，她微笑傾聽，並且深受感動。

「不要期待我會有任何改變，」她笑著告訴他。「既然你說的都是事實，我們就沒有爭吵的必要。」

「我也不期待妳會改變，」希爾克說。「如果聯邦調查局會影響到我們的關係，我會另找工作。」他用不著告訴她，那對他將會是多大的犧牲。

但有多少人看得出來，他們是如此幸福，而且是絕對互相信任呢？他忠心耿耿地守護著她的精神和身體，並且以此為傲。她可以感受得到，為了她的安全和生存，他整天都保持警覺。

希爾克到外地受訓時，會對她萬分思念。他從來不對其他女人存有非份之想，因為他從來就沒有想到要不忠於她。他很珍惜回到她身邊的那種感覺，看到她歡迎他回家的笑容，感受她歡迎他回家的身體，她會在臥室裡等著他，裸著身體，十分誘人，慰勞他的辛勤工作，這是他生活中的最大恩典。

但他的幸福卻也不斷受到一些陰影的籠罩：他必須向她保密的一些機密，他工作上的一些嚴重的複雜性，他介入的充滿邪惡男男女女的醜惡世界，充塞在他腦海中的那些人性的不光明面。沒有她，這個世界就沒有活下去的價值。

在他們結婚之初，由於對於如此幸福的婚姻尚存有一點點恐懼，他做了一件令他真的感到可恥的事。他監聽自己的房子，錄下他妻子的每一句話，然後自己一個人躲在地下室聽錄音帶。他聆聽各種狀況。結果，她通過了測試；她從來沒有表現出任何邪念，從來沒有過卑劣的想法，也從來沒有背叛他的意念。他一共監聽了一年之久。

儘管他有很多缺點，有時凶暴狡猾，而且必須不斷去追緝他的同胞，但她還是深愛著他，這對他來說，幾乎是奇蹟了。但他總是很害怕，擔心她有一天會發現他的真實本性，然後憎恨他。因此，他在工作上變得盡可能地謹慎，因而替他贏得公正無私的美譽。

嬌姬蒂從來沒有懷疑過他。她曾經證明這一點。那是在某一天晚上，他們應邀到局長家裡作客，在場的還有另外二十名客人，那是一次半官方的宴會，能夠獲邀參加是很光榮的。

在那天的宴會裡，局長設法撥出幾分鐘時間單獨接見希爾克和他妻子。局長對嬌姬蒂說：「我知道，妳參加很多自由派運動。當然，我尊重妳有如此選擇的權利。但是，也許妳並不真正了解，妳的行為可能會妨礙柯特在局裡的發展？」

嬌姬蒂面帶微笑，但很嚴肅地對局長說：「我不知道這種情況，但如果是這樣子，這將是局裡的錯誤和不幸。當然，如果這種情況變成很大的問題，那麼，我先生會辭職的。」

局長轉過頭看著希爾克，臉上露出驚訝的表情。「是真的嗎？」他問道。「你會辭職？」

希爾克毫不遲疑地說：「是的，沒錯。如果你希望的話，我明天就提出辭呈。」

局長哈哈大笑，「哦，不必了，」他說。「我們很難找到像你這樣的人才。」接著，他用他那堅毅如貴族般的眼光看著嬌姬蒂。「溺愛妻子，可能是老實人的最後藉口。」他說。

他們全都對這句俏皮話哈哈大笑，以顯示他們的友好態度。

MARIO PUZO

OMERTA

CHAPTER 4

在大爺死後的那五個月當中，艾斯特雷忙於會見大爺幾位已經退休的同行，採取一些措施保護大爺的子女，讓他們不受到傷害，同時，他還著手調查大爺遇害時的狀況。最重要的是，他要找出原因，為什麼會有人採取這樣大膽與不道德的行動。有誰會下令殺害偉大的艾普萊大爺？他知道，他一定要十分小心調查。

艾斯特雷首先前往芝加哥，會晤克拉克西。

早在大爺退休的十年前，克拉克西就已經停止從事所有非法活動。他曾經是黑手黨全國委員會的大執法，很了解美國境內各大家族的組織結構。他也是第一個看出各大家族權力衰退，並預言這些家族將會逐漸凋零。於是他很謹慎地退出所有不法行業，投身股票市場，結果很意外、但很高興地發現，他可以從股市裡大賺其錢，而且不管賺多少，都沒有受到法律懲罰的危險。大爺曾經把克拉克西的姓名告訴艾斯特雷，並且告訴他，如果有必要，克拉克西是他必須前去請教的人物之一。

克拉克西現年七十歲，跟他住在一起的有兩位保鑣，一位司機和一位年輕的義大利女子。這名女子是他的廚子兼管家，同時更有傳言說，她也是他的性伴侶。他的身體極其健康，因為他一直過著很節制的生活；他吃得極為謹慎，只是偶爾會喝喝酒。早餐，他吃一盤水果和乳酪；中餐，只吃煎蛋餅或蔬菜湯；有時候是豆子和生菜；晚餐，吃幾片薄牛肉或羊肉，和一大盤包括洋蔥、蕃茄和萵苣的沙拉。他一天只抽一根雪茄，而且是在晚餐後享用，同時還喝杯咖啡及喝點茴香酒。他花錢很大方，但也用得恰到好處。他在給人建議時，特別小心。因為，他認為，如果對別人提出錯誤的建議，會被當做敵人般痛恨。

但對艾斯特雷，他特別大方，因為跟很多人一樣，克拉克西也欠了艾普萊大爺很多人情。克拉克西退出黑手黨的非法活動後——在他們這一行，這是很危險的舉動——一直由大爺保護著他。

這是一次早餐會。餐桌上有好幾盤水果——表皮光滑、可人的黃色梨子，赤褐色的蘋果，大得幾乎像檸檬的草莓，以及暗紅色的櫻桃。一大塊乳酪放在一塊木板上，好像是一塊包上金子的岩石。女管家端上咖啡和茴香酒後，隨即消失不見。

「好呀，年輕人，」克拉克西說，「原來你就是艾普萊大爺挑選的銀行監護人。」

「是的。」艾斯特雷說。

「我知道他訓練你擔任這項工作，」克拉克西說。「我這位老朋友總是看得很遠。我們討論過此事。我知道你夠資格。問題是，你有這樣的意願嗎？」

艾斯特雷的笑容很吸引人，他的表情很開朗。「大爺收容我，我所有的一切都是他賜給我的，」他說。「他造就了今天的我。我發過誓，一定要保護他的家人。即使妮可未能成為法律事務所的合夥人，即使馬坎托尼歐的電視台倒了，即使華萊理斯出了什麼意外，他們仍然擁有這些銀行。我的生活本來就過得很幸福愉快。但我在大爺遇害後出任這項工作，令我感到很難過。不過，我已經向大爺發過誓，我一定要謹守諾言。如果不這樣做，我下半輩子都會感到良心不安的。」

童年時的生活片段，這時突然在艾斯特雷的腦海中一一閃現，都是一些充滿幸福的畫面，也是令他最為感激和懷念的。畫面中的他還是個小孩子，跟著他的叔叔漫步在西西里山區，聽著大爺說著好聽的故事。他接著回想起故事中那個不同的年代，那時，正義得以伸張，忠誠受到讚揚，有權有勢的大人物完成了很多大善行。就在那一刻，他思念起大爺與西西里。

「很好，」克拉克西說。他打斷艾斯特雷的沈思，把他拉回到現實來。「你當時在案發現場。把所有細節都告訴我。」

艾斯特雷照辦。

「你確定那兩名槍手都是左撇子？」克拉克西問。

「至少其中一個是，另一個也很有可能，」艾斯特雷說。

克拉克西緩緩點頭，好像陷入沈思中。過了好一陣子，他直視著艾斯特雷說道：「我想，我知道這兩位槍手是誰。但不要急。更重要的是，要先弄清楚，是誰花錢找他們，以及是為了什麼原因。你一定要很小心。這件事我已經用心想了好一會兒。最有可能的嫌犯是提莫納‧波特拉。但這是為了什麼原因呢，而且是為了取悅什麼人嗎？提莫納雖然一向行事鹵莽。但殺害艾普萊大爺是很危險的行動。即使是提莫納也很畏懼大爺，不管大爺是不是退休了。

「至於那兩位殺手，我所知道的情形是這樣子。他們是居住在洛杉磯的一對兄弟，可說是國內最頂尖的殺手。他們口風很緊。甚至只有很少人知道他們是孿生兄弟。他們兩人都是左撇子。他們勇氣十足，是天生好手。越是危險的任務，越能吸引他們，他們拿到的酬勞一定很高。還有，他們一定得到一些保證——有關當局不會追查這個案子，也不會緝拿他們定罪。我覺得奇怪的是，竟然沒有警察或聯邦人員監視大教堂的堅信禮儀式。畢竟，即使艾普萊大爺已經宣布退休，但他仍然是聯調局的監視目標。

「請記住，我所說的這一切，都只是理論而已。你必須加以調查和求證。然後，如果我的猜測是正確的，那麼，你一定要全力還擊。」

「還有一件事，」艾斯特雷說。「大爺的子女有危險嗎？」

克拉克西聳聳肩。他很小心地削著一顆金黃色梨子的皮。「我不知道，」他說。「但不要太過自大，而不去找他們幫忙。你自己肯定正處於危險中。我最後再給你一個建議。把你那位普萊爾先生從倫敦請過來，要他幫你管理這些銀行。從各方面來看，他都是最合適的人選。」

「西西里的畢安柯呢？」艾斯特雷問。

「讓他留在那兒吧，」克拉克西說。「等你的調查有了一些結果，我們再見個面。」

克拉克西將茴香酒倒進艾斯特雷的咖啡中。艾斯特雷嘆了一口氣。「真是奇怪，」他說。「我從來沒有夢想到，我竟然必須替大爺報仇，偉大的艾普萊大爺。」

「呀，沒錯，」克拉克西說。「對年輕人來說，生活是殘酷和艱苦的。」

* * *

過去二十年來，華萊理斯一直生活在軍事情報世界裡，不像他弟弟是生活在一個虛構的世界中。他似乎早料到艾斯特雷所說的一切，他的反應像是一點也不覺得意外。

「我需要你的幫忙，」艾斯特雷說。「因此，你也許必須打破你的一些嚴格的行為規範，放下身段來幫我這個忙。」

華萊理斯冷淡地說，「你終於露出你本來的面目了。我一直在納悶，你究竟還要隱瞞多久。」

「我不知道那代表什麼意思，」艾斯特雷說，好像多少有點驚訝。「我認為你父親的死，是有人預謀的，而且牽涉到紐約警察局和聯邦調查局。你也許認為是我的幻想，但這卻是我親耳聽到的。」

「這並非不可能，」華萊理斯說。「但我在這兒的工作，並不能讓我接觸到機密文件。」

「但你一定有些朋友，」艾斯特雷說。「情報單位的朋友。你可以向他們問些問題。」

「我用不著問他們，」華萊理斯笑著說。「他們本來就會像饒舌婦那般說長論短。但他們說的全是胡說八道。你可知道，你想要知道什麼？」

「任何有關你父親兇手的情報。」艾斯特雷說。

華萊理斯身子向後仰，往後靠在椅背上，噴出濃濃的雪茄煙霧——這是他唯一的不良習慣。「不要跟我鬼扯淡，艾斯特雷，」他說，「告訴你吧。我做了一番分析。這可能是幫派的報復或復仇行動。而且，我還思索過你管理銀行的事。老頭子做事一向都有計畫。我猜想是這樣子的：大爺要你當他的家人的尖兵。然後呢？你受過訓練，你是他的代理人，但只在危急時刻，你才會發揮作用。你的生活中有十一年的空白，你的身份掩護得太好了，好得不像是真的——業餘歌手，愛好運動的騎馬者？還有，你老是掛在脖子上的那個金項圈和金牌，究竟是怎麼回事，十分可疑。」他停頓了一下，深深吸一口氣，「我的分析如何？」

「很好，」艾斯特雷說。「我希望你不要說給別人聽。」

「當然，」華萊理斯說。「但由此看來，你可是個危險人物。因此，你將會採取激烈行動。但我給你個忠告：你的身份掩護太過單薄；過不了多久就要洩底的。至於要我幫忙，我的生活過得很舒服，而且，我反對你將要採取的一切行動。因此，我目前的答覆是，不幫。我暫時不會幫你的忙。但如果情況有變，我會通知你。」

* * *

一位女士領著艾斯特雷來到妮可的辦公室。妮可摟著他，給了他一吻。她仍然很喜歡他：他們十幾歲時的愛情，並未留下痛苦的疤痕。

「我必須私下跟妳談談，」艾斯特雷說。

妮可轉身對他的保鑣說：「海倫，妳可以讓我們兩人單獨談談嗎？跟他在一起，我很安全。」

海倫看著艾斯特雷好一會兒。她有意讓他對她留下深刻印象，這一點她成功了。跟希爾克一樣，艾斯特雷注意到她極有信心——能夠顯示出這樣信心的，是手中握有一張王牌的橋牌手，或是身上藏有秘密武器的人。他想要找出，她身上是否真的藏有這樣的武器。她穿著緊身褲和外套，把她那令人印象深刻的結實身材顯露無遺——她身上沒有藏槍。接著，他注意到她的褲管有一道切口。原來，她腳踝上綁著槍套，這顯然不太聰明。當她離去時，他對著她露出微笑，展現他的魅力。她回頭看了他一眼，神情木然。

「是誰把她找來的？」艾斯特雷問。

「我父親，」妮可說。「結果太棒了。她對付那些搶匪和小混混，真的很精彩。」

「我相信，」艾斯特雷說。「妳從聯邦調查局那兒拿到老頭子的檔案了？」

「是的，」妮可說。「那是我看過最可怕的一連串的罪名指控。我完全不相信，而且，他們也無法證明其中任何一條罪名。」

艾斯特雷知道，大爺會要他掩瞞事實真相。「妳可以把這份檔案借我兩天嗎？」他問。

妮可以冷默的律師專業表情望著他。「我不認為你現在適合看這份檔案。我要針對它的內容寫份分析，舉出其中比較重要的部分，然後再交給你。事實上，那裡面沒有什麼東西可以對你有幫助。也許你和我兩位哥哥都不應該看它。」

艾斯特雷若有所思地看著她，然後笑著說：「有那麼糟嗎？」

「先讓我研究一下吧，」妮可說。「聯邦調查局真是大混蛋。」

「我同意妳說的每一句話。但妳要記住，這是很危險的工作，妳自己要小心。」

「我會的，」妮可說。「海倫會保護我。」

「如果妳需要我，我會馬上趕過來。」艾斯特雷抓住妮可的手臂，安慰她，她則用如此渴望的眼神看著他，令他覺得有點不自在。「儘管打電話給我。」

妮可微笑著。「我會的。但我現在很好。真的。」事實上，她當時正盼望著要和一位極有魅力和極其迷人的外交官共進晚餐。

*　　　*　　　*

馬坎托尼歐・艾普萊那間豪華套房辦公室裡，有六個電視螢幕，他正和紐約市規模最大的廣告公司的負責人——理查・哈理森——開會。哈理森個子很高，具有貴族般的氣質，衣著光鮮，很像男模特兒，但又帶點傘兵部隊隊員的神采。

哈理森膝上放著一小盒錄影帶。帶著絕對自信的神情，也沒有請求准許，他就直接起身走到錄影機前，把其中一捲錄影帶放進去。

「看看這個，」他說。「這不是我的客戶，但我認為，同樣精彩。」

錄影帶的內容是美國一家披薩連鎖店的廣告，而廣告主角則是戈巴契夫，蘇聯前總統。戈巴契夫在廣告中表現得很有尊嚴，他沒說半句話，只是拿著披薩餵他的孫子，一旁的群眾則發出讚嘆聲。

馬坎托尼歐對著哈理森露出微笑。「這是自由世界的一大勝利？」他說。「那又怎麼樣？」

「他是蘇聯的前總統，現在卻像小丑一樣，替美國的一家披薩公司打廣告。這不是很奇妙嗎？而且我聽說，他們只付他五十萬美元。」

「好吧，」馬坎托尼歐說。「但是，為什麼呢？」

「為什麼有人會做出這麼屈辱的行為呢？」哈理森說。「他急需要錢。」

馬坎托尼歐這時突然想到他的父親。一個統治這麼大國家的人，竟然無法讓他的家人在金錢上有安全感，大爺一定很看不起這樣的人。艾普萊大爺會認為，他是最愚蠢的人。

「這是歷史和人類心理學的最佳教材，」馬坎托尼歐說。「但是，我再問一遍，那又怎樣？」

哈理森敲敲他那盒錄影帶。「我這兒還有更多，而且，我預期會有人表示反對之意。這些帶子的內容稍微敏感一點。我們已經合作過很長一段時間。我要確定，你會在你的電視台播放這些廣告。其餘的將會繼續推出。」

「我不懂你的意思。」馬坎托尼歐說。

哈理森放進另一捲帶子，並且解釋說：「我們已經買下版權，可以在廣告中使用已經去世的名人。如果死去的名人不再在我們的社會中起作用，那是一種浪費。我們希望改變這種情況，讓他們回復生前的榮耀。」

錄影帶開始播放。先是一連串德瑞莎修女的鏡頭，可以看到她正在照顧加爾各答的窮人和病患，她的修女服覆蓋在垂死的病人身上。接下來是她接受諾貝爾和平獎的鏡頭，她樸實的臉孔露出聖潔的光輝，她那如同聖徒般的人性，如此令人感動。然後又看到她從一個大鍋裡舀湯，分送給街頭遊民。所有這些畫面都是黑白的。

畫面突然出現各種色彩。一位衣著光鮮的男士拿著一個空空的碗，走到一個鍋子前。他對一位年輕漂亮的女孩子說：「可以給我一些湯嗎？我聽說這湯十分美味。」年輕女郎對他露出燦爛的笑容，舀了一些湯到他碗裡。他喝了一口，露出陶醉的神情。

畫面接著轉變成一家超級市場，有整整一個貨架擺滿湯罐頭，而這種罐頭的商標就叫「加爾各答」。旁白的聲音說：「加爾各答美味湯，不論貧富，喝了它，活力十足。二十種美味湯頭，任君選擇。德瑞莎修女的獨家配方。」

「我認為這個廣告的品味很高。」哈理森說。

馬坎托尼歐瞪大了眼睛。

哈理森放進另一捲錄影帶。穿著婚紗禮服的黛安娜王妃佔據了整個電視畫面，接著，是她在白金漢宮的幾個鏡頭。然後，她和查理王子翩翩起舞，四周都是王室隨行人員，全都在熱烈鼓掌。

旁白的聲音說：「每一位王妃都應該配一位王子。但這位王妃有個秘密。」一位模特兒捧著一瓶水晶香水瓶出現，上面的商標名稱清晰可見。旁白繼續說道：「只要輕輕噴一下王妃牌香水，你也可以釣到一位王子——而且再也不必擔心私處發出臭味。」

馬坎托尼歐按下他桌上的一個按鈕，電視銀幕馬上漆黑一片。

哈理森說：「等一下，我還有幾捲。」

馬坎托尼歐搖搖頭。「理查，你真有創意——但感覺太麻木了。這些廣告永遠不會在我的電視頻道裡出現。」

哈理森抗議說：「但這些產品的收入將抽出一部分捐給慈善機構——而且，這些廣告的品味很高。我希望你能夠領導流行。畢竟，我們是多年的好朋友。」

「沒錯，」馬坎托尼歐說。「但是，我的答覆仍然是，不行。」

哈理森搖搖頭，慢慢把錄影帶放回盒子裡。

馬坎托尼歐笑著問：「順便問一下，戈巴契夫那支廣告的效果如何？」

哈理森聳聳肩。「糟透了。那個可憐的傢伙，連推銷披薩也不行。」

* * *

馬坎托尼歐結束手邊的工作，準備晚上的活動。今天晚上，他要出席艾美獎的頒獎典禮。他的電視台訂了三張大桌子，招待電視台的高級主管和明星，以及幾位被提名人。他的女伴是著名的新聞主播，瑪蒂達・詹森。

他的辦公室裡有一間臥室套房，有浴室和淋浴間，還有一個掛滿衣服的大衣櫥。每當他必須熬夜工作時，他就在那兒過夜。

在頒獎典禮上，幾位得獎人提到他的名字，說他們的成就應該歸功於他。這聽起來的確很愉快。但他在鼓掌和親親臉頰的同時，卻忍不住回想起，他在一年當中參加過的各項頒獎典禮和慶祝活動：奧斯卡金像獎、金球獎，以及其他各種針對明星、製片人、和導演舉行的特別頒獎典禮等等。他覺得這很像是老師在小學生的作業簿上畫上星星，讓小孩子們很高興地拿回家向母親炫耀。接著，他對自己的惡意想法感到慚愧——這些人都有資格得到這樣的榮譽，他們渴望得到大家的肯定，跟他們渴望得到金錢補償的心情，同樣熱烈。

頒獎典禮結束後，他輕鬆地看著一些沒有什麼名氣的小演員竭盡所能地找人巴結，希望留給人們好印象，增加成名的機會。這些被巴結的對象包括像他自己這樣有影響力的電視台主管，另外還有一家很成功的雜誌女主編，被一些自由投稿作家團團圍住——他注意到，這位女主編臉上露出謹慎、冷默但又夾雜著幾分熱誠的怪異神情，好像希臘神話中的沈默女編織者潘妮洛普，正在等待更出名的求婚者上門。

接下來就是那些電視主播，重量級的、男的、女的、，聰明伶俐的、具有迷人風采的，他們全都面臨很微妙的左右為難局面，一方面必須努力去巴結他們想要訪問的大明星，另一方面則要婉拒那些還不夠資格受訪的小演員。

那些出名的明星演員則充滿希望和熱情。他們早已經很有成就，夠資格從電視螢光幕跳到電影大銀幕，並且不再回頭——至少，他們是這麼想。

馬坎托尼歐最後真是累壞了，他必須不停地展露出熱情的微笑，必須以愉悅的語氣對落選者說話，對自己公司的勝利者則更要以狂喜的語氣祝賀他們，如此折騰下來，他到最後真是精疲力竭。瑪蒂達低聲對他說：「你今晚會去我住的地方嗎，晚一點？」

「我累壞了，」馬坎托尼歐說。「白天累，晚上更累。」

「沒關係，」她很同情地說。他們兩人的工作都很忙碌，約會排得滿滿的。「我會在城裡待一個星期。」

他們是好朋友，因為他們都不會佔對方的便宜。瑪蒂達的工作很安定。她沒必要找後台或贊助者。馬坎托尼歐也從來不參加徵選新聞專才的面試，這項工作一向由電視台的人事主任負責。他們兩人的生活方式，使他們永遠不可能結婚。瑪蒂達經常到外地出差，他則一天工作十五個小時。但他們是好朋友，有時候一起共度良宵。他們做愛，聊聊這一行的八卦，有時一起出席某些社交活動。但他們心知肚明，他們維持的是一種次要的關係。有幾次，瑪蒂達愛上新的男人，那時，他們就不再共度良宵。馬坎托尼歐則從未墜入愛河，因此，這對他來說，根本不成問題。

今晚，他對自己生活的這個世界突然產生某種倦怠感。因此，當他看到艾斯特雷在他公寓的大廳等他時，他竟然十分高興。

「嗨，很高興見到你，」馬坎托尼歐說。「你這幾天都到那兒去了？」

「很忙，」艾斯特雷說。「我可以上去喝一杯嗎？」

「當然可以，」馬坎托尼歐說。「但為什麼如此神秘兮兮？為什麼不先打電話給我？你很可能會在這大廳裡等上好幾個鐘頭，我本來還要去參加另一個慶功宴。」

「沒問題。」艾斯特雷說。其實，今天整個晚上，他一直都在監視他這個哥哥的行動。回到公寓內，馬坎托尼歐替兩人各調了一杯酒。

艾斯特雷似乎有點不好意思。「你可以在你的電視台裡推出新節目，不是嗎？」

「我一直都在幹這種事。」馬坎托尼歐說。

「我要你推出一個新節目，」艾斯特雷說。「這跟你父親遇害一事有關。」

「不行。」馬坎托尼歐說。在他這一行裡，他的「不行」是很出名的，只要他說出這兩個字，就代表不必再討論下去。但這一次，這兩個字好像並未能嚇住艾斯特雷。

「不要那樣子拒絕我，」艾斯特雷說。「我不是要向你推銷什麼東西。這件事關係到你哥哥和你妹妹的安全。還有你。」接著，他露出燦爛的笑容。「還有我。」

「告訴我吧。」馬坎托尼歐說。他開始以新的角度來看他的表弟。以前那位快樂無邪的小男孩，是不是另有他所不知道的一面？

「我要你製作一個有關於聯邦調查局的記錄性影集。」艾斯特雷說。

「特別是有關於柯特‧希爾克是如何消滅大部分黑手黨家族的。這一定有很多觀眾，對不對？」

馬坎托尼歐點點頭。「你這樣做有什麼目的？」

「我找不到任何有關於希爾克的資料，」艾斯特雷告訴他。「即使只是想要取得這樣的資料，本身就已經夠危險了。但如果你是在製作記錄性的影集，沒有任何一個政府單位膽敢阻止你。你可以找到各種跟他有關的資料：他住在那兒，他的個人履歷，他的行事風格，以及他在聯邦調查局權力結構中的地位。我需要所有這些資料。」

「聯邦調查局和希爾克從來不願跟我們合作，」馬坎托尼歐說。「這使得我們的工作變得很不順利。」他停頓了一下。「現在已經不像胡佛當局長時那樣子。這些調查局新人做事神秘兮兮的。」

「你辦得到的，」艾斯特雷說。「我需要你進行此事。你手下有一大堆製作人和記者。我必須知道他的一切資料。所有的資料。因為我認為，他可能是某項陰謀的一份子，目的是要對付你父親和我們的家族。」

「這是很瘋狂的理論。」馬坎托尼歐說。

「當然，」艾斯特雷說。「也許不是這麼回事。但我知道，這不是單純的幫派仇殺。希爾克的調查很好笑。他幾乎像是在消除線索，而不是挖掘線索。」

「好吧，我幫你收集資料。接著，你打算要怎麼辦呢？」

艾斯特雷攤開雙手，面帶微笑。「我能幹什麼呢，馬可？我只是想知道這些資料。也許我可以跟對方打個交道，讓我們全家人脫離危險。但我必須先看看資料內容。我不會拷背這些資料。所以，你不用擔心。」

馬坎托尼歐凝視著他。他在腦海中調整自己的心態，想要適應艾斯特雷那張愉快、迷人的臉孔。他若有所思地說：「艾斯特雷，我對你很好奇。老頭子把一切交給你管理。為什麼？你只是通心麵進口商。我一直認為你是個可愛的怪人，鮮紅色的騎馬裝和你那個小樂團。但老頭子是不會信任像你表面上這樣的人。」

「我不再唱歌了，」艾斯特雷笑著說。「我也不像以前那樣經常騎馬。大爺眼光很好，他對我有信心。你也應該一樣。」他停頓了一下，接著以最真誠的語氣說道：「他挑選我，如此他的子女才不必承擔危險。他挑選我，並且教導我。他愛我，但我是可以犧牲的。就是這麼簡單。」

「你有反擊的能力嗎？」馬坎托尼歐說。

「哦，有的，」艾斯特雷說，他身子往後一仰，對著表哥露出微笑。那是一種故意裝出來的邪惡微笑，電視演員經常這樣做，用以表示他是很邪惡的，但艾斯特雷的笑容中帶有十分嘲弄的神情，逗得馬坎托尼歐哈哈大笑。

他說：「我只需要這樣做就行了？不需要再進一步嗎？」

「你沒有進一步行動的資格。」艾斯特雷說。

「我可以考慮個幾天嗎？」

「不行，」艾斯特雷說。「如果你拒絕了，那就由我一個人對抗他們。」馬坎托尼歐點點頭。「我喜歡你。艾斯特雷，但我不能這樣做。太危險了。」

* * *

和柯特・希爾克在妮可辦公室的這場會面，結果讓艾斯特雷大感驚訝。希爾克帶了比爾・巴斯頓同行，並且堅持妮可也要在場。他一開始就挑明了直說。

「我得到情報，提莫納・波特拉打算在你的銀行成立十億美元的基金。真的嗎？」

「那是私人資料，」妮可說。「我們為什麼要告訴你？」

「我知道他向妳父親提出相同的要求，」希爾克說。「但妳父親拒絕了。」

「聯邦調查局為什麼對這種事情有興趣？」妮可以她常用的那種「去你媽的」語氣說道。

希爾克忍住不發脾氣。「我們認為他打算洗錢，販毒的黑錢，」他對艾斯特雷說。「我們希望你和他合作，如此我們就可以監控他的行動。我們希望你指派我們的幾位聯邦會計師到你的銀行內任職。」他打開他的公事包。「我有一些文件請你簽名，這可以保護你我兩人。」

妮可一把從他手中搶過文件，很快速地翻閱了兩頁。

「不要簽，」她警告艾斯特雷。「銀行客戶有權保護他們的隱私。如果他們想調查波特拉，他們應該去申請搜索票。」

艾斯特雷接過文件，大略讀了一遍。他對希爾克露出微笑。「我相信你，」他說。他在文件上簽下名字，把它們還給希爾克。

「有什麼交換條件？」妮可問。「我們和你合作，可以得到什麼好處？」

「盡你們的好公民義務，」希爾克說。「總統會頒給你們一張獎狀，我們不再對你們所有的銀行查帳，如果你們不是絕對清白，這可是會讓你們省下很多麻煩。」

「交換有關我叔叔遇害的一些小小情報，如何？」艾斯特雷問。

「可以，」希爾克說。「問吧。」

「堅信禮現場為什麼沒有警察監視？」艾斯特雷問。

「那是刑警隊長保羅・狄・班尼雷托下達的命令，」希爾克說。「還有，他的副隊長。那位女士名叫愛絲碧妮雅・華盛頓。」

「為什麼聯調局也沒派人到場？」艾斯特雷問。

「是我決定不派人去的，」希爾克說。「我覺得沒有這個必要。」

艾斯特雷搖搖頭。「我不認為我可以接受你的提議。我需要幾個星期的時間來考慮。」

「你已經簽了文件，」希爾克說。「這項情報現在已列為機密。如果你洩露這次會談內容，你會遭到起訴。」

「我何必那樣做？」艾斯特雷問。「我只是不想在銀行業務上和調查局或波特拉合作。」

「好好考慮吧。」希爾克說。

兩位聯調局人員離去後，妮可轉身面向艾斯特雷，十分生氣。「你好大膽，竟敢違背我的決定簽下那些文件！你真是笨蛋。」

艾斯特雷瞪著她，這是她第一次看到他眼中出現怒意。「他拿到我簽字的那張紙後，就會覺得十分安心，」艾斯特雷說。「我就是希望他有那種感覺。」

MARIO PUZO

OMERTA

CHAPTER 5

馬里安諾・魯比歐身兼多項要職，而且每一項都有優厚的油水可撈。他是秘魯的總領事，不過大部分時間都待在紐約。他也是南美很多國家和中國大陸一些大企業的國際代表。他也是英吉歐・杜利帕的好朋友。杜利帕則是哥倫比亞最大販毒集團的領袖。

魯比歐的私人生活也跟他的事業同樣順利。他現年四十五歲，單身，是位可敬的花叢老手。他一次只維持一位情婦，而每當這位情婦的地位被更年輕的美女取代時，她會繼續得到他妥當而大方的照顧。他長得英俊瀟灑，是很吸引人的交談高手，舞跳得極好。他擁有一個很好的酒窖，並聘了一位很高明的三星級廚師。

但跟很多幸運者一樣，魯比歐也敢於向命運挑戰。他喜歡結交危險的人物。他需要危險來增添他不平凡生活的更多滋味。他涉及走私精密科技零件到中國大陸；他和全球最高階層的販毒集團頭子建立起一套連絡網；他向美國科學家行賄，說服他們移民到南美洲。他甚至和提莫納・波特拉打交道，而此人和英吉歐・杜利帕同樣危險。

就和所有賭注很大的賭徒一樣，魯比歐以自己手中擁有一張王牌而自傲。由於他具有外交官身份，因此他不害怕任何的法律制裁，但他知道，還有別的危險存在，到了這些危險地區，他得格外小心。

他的收入很豐富，花起錢來毫不吝惜。他幾乎可以買下這世界上他想要的任何東西，包括女人的愛情。他很喜歡照顧他的那些前任情婦，因為她們仍然是他最好的朋友。他是很大方的老板，依賴他維生的屬下，因此對他忠心耿耿。

現在，在他的紐約公寓裡——這是秘魯領事館的一部分——魯比歐正在梳洗打扮，準備和妮可・艾普萊共進晚餐。這次約會跟平常一樣，一部分是談公事，一部分純是享樂。他是在華府的一次晚宴上遇見妮可，而晚宴主人是她的一位大企業客戶。他第一次看到她，就被她特殊的美深深吸引。她臉上的表情沈著、堅定，有著流露出智慧的眼睛和嘴巴，個子不高，但體態豐滿。但吸引他的還有另一個原因：她是黑手黨大頭目雷蒙得・艾普萊大爺的女兒。

魯比歐向她獻慇勤，但她並未立即接受他，他很欣賞她這一點。他喜歡在愛情上會表現出智慧的女人。他必須用行動贏得她的尊敬，而不是用甜言蜜語。於是他馬上展開行動，以特別優厚的條件請她代表他的一位客戶。他並且得知，她從事大量的公益活動，推動廢除死刑，甚至替一些惡名昭彰的死刑犯辯護，希望延緩他們被處死。對他來說，她是最理想的現代女性——美麗，有著極高的專業成就，善於談判。除非在性功能上有某些障礙，否則她將會是最理想的伴侶，而且至少可維持一年左右。

所有這一切都發生在艾普萊大爺去世之前。

現在，魯比歐追求妮可的主要目的，就是想要知道，妮可和她的兩位哥哥是否會把他們的銀行拱手讓給波特拉和杜利帕經營。如果是這樣，那就沒有必要去殺害艾斯特雷・維奧拉了。

* * *

英吉歐・杜利帕等得夠久了。在殺害雷蒙得・艾普萊九個多月後，他仍然還未和大爺銀行的繼承人搭上線。他已經花了一大筆錢；他給了提莫納・波特拉幾百萬美元，讓他去賄賂紐約的聯邦調查局人員和警察，以及找來史周若兄弟當刺客，然而，除此之外，他的計畫並沒有更進一步的進展。

杜利帕不像一般的販毒集團頭子那樣出身低微。他出身於一個很有聲望的富裕家族，甚至還曾經是他的祖國——阿根廷——的馬球國手。他目前住在哥斯大黎加，擁有一本哥斯大黎加外交護照，這使他在任何國家都可以免於被起訴。他和哥倫比亞販毒集團首腦、土耳其的罌粟農民以及義大利的毒品提煉廠都維持很好的關係。他安排販毒所需要的交通工具，以及賄賂從最高階級到最低階級的官員。他策劃把大批毒品走私進入美國。他也引誘美國核子科學家前往拉丁美洲國家，並且提供金錢幫助他們進行研究。從各方面來看，他都是一位慎思遠慮、能力很強的管理高手，並且積聚了大筆個人財富。

但他也是革命家。他為出售毒品激烈辯護。他認為，毒品是人類精神的救星，是那些因為貧窮和心理疾病而陷於絕望者的避風港。它們可以安慰失戀者，以及在我們這個精神匱乏世界中迷失的靈魂。畢竟，既然你已經不再相信上帝、社會以及你自己的價值，你還能怎麼辦呢？自殺？毒品使人們得以生存在夢想與希望的國度裡。唯一必須注意的是要節制。畢竟，因為服用毒品而死亡的人數，難道跟因為喝酒、吸菸、貧窮和絕望而死亡的，一樣多嗎？當然不是。在道德上，杜利帕認為自己很站得住腳。

英吉歐‧杜利帕有一個全球皆知的綽號：「接種員」。外國企業家和投資者在南美洲擁有很多投資——油田、汽車製造廠或農場，他們都必須派遣高級主管前往當地工作，其中很多都是來自美國。他們最大的問題是他們派出的主管會在外國土地上遭到綁架，迫使他們必須付出數百萬美元的贖金。

英吉歐‧杜利帕開了一家公司，專門保證這些高級主管不會遭到綁架，每年他都會親自前往美國，和這些公司談判簽訂新的保險合約。他這樣做，不僅是為了錢，也是因為他需要這些公司的一些工業和科學資源。簡而言之，他提供的是一種類似「接種」疫苗服務，只要經過他接種，就可以免於被綁架的恐懼。這對他來說，是很重要的。

但他還有一項更危險的怪脾氣。他把國際間對毒品業者的起訴，視為是與他為敵的一項聖戰，他下定決心要保護自己的王國。因此，他有一些很怪異的野心。他想要擁有核子武器，準備在萬一情況危急時使用。他不僅打算把它當做最後王牌，也認為，這會是他和當局討價還價的最佳籌碼。這樣的想法，在所有人看來，都會覺得是很荒謬的，但只有一個人例外，那就是聯邦調查局在紐約的負責探員——柯特•希爾克。

*　　*　　*

柯特•希爾克在聯邦調查局服務期間，曾經一度被派到聯調局的反恐怖學校受訓。他之所以會被選去接受這項為期六個月的訓練課程，主要是因為他平常表現優異，很受局長的賞識。受訓期間，他看到最高機密的一些備忘錄和文件，提到一些小國家的恐怖分子可能會使用核子武器。這些機密檔案中，很詳細列出那些國家擁有這樣的武器。大家已經知道的有俄羅斯、法國、和英國，印度和巴基斯坦也有可能。一般也認為，以色列具有核子能力。柯特很有興趣地閱讀這些機密檔案，其中很詳細地預測，如果阿拉伯集團對以色列發動攻擊，並且就快要將它擊潰時，以色列將會被迫使用核子武器。

針對這個問題，美國有兩種解決方式。第一個方式就是，如果以色列遭遇這樣的攻擊，美國將增援以色列，讓以色列不必動用核子武器。或者，如果情況真的很危急，而且已經無法解救以色列了，那麼，美國就必須先下手毀掉以色列的核子能力。

英國和法國看來不成問題；他們絕不會冒險發動核子大戰。印度沒有這種野心，巴基斯坦馬上就可以被消滅掉。中共不敢輕舉妄動，因為它的工業能力不足。

最立即的危險來自一些小國家，像伊拉克、伊朗和利比亞，這些國家的領導人行事魯莽，至少這些機密文件中是如此說的。對付這些國家的方法幾乎是一致的，那就是轟炸這些國家，讓他們隨著核子武器一起被消滅。

在短期內，最大的危險則是，一些受到外國政權秘密資助的恐怖團體，很可能把核子武器偷偷運至美國境內，並在某個大城市裡將它引爆。可能是華府，或是紐約。這是無法阻止的。機密文件中提議的解決方法，就是成立一支特遣小組，從事反間諜活動，接著就是對這些恐怖分子以及他們的幕後支持者（不管他們是誰），採取最嚴厲的制裁行動。這需要動用到必須剝奪美國公民權利的特別法律。這些機密文件也承認，想要通過這樣的特別法是不可能的，除非等到某個恐怖分子終於毀掉美國某個大城市的一大部分。這時，這樣的特別法將會很容易就被通過。但是，到了那時候，誠如其中一份機密文件洋洋得意地宣稱，以後的一切發展「完全要靠運氣了」。

只有少數幾份文件提到，有些罪犯也可能使用核子武器作犯罪工具。但這幾乎馬上就被認為是不可能的，理由包括了技術能力，材料取得，以及牽涉的人數太多，最後一定會有人告密。對於這個問題，解決之道，就是由最高法院對於這樣的罪犯主謀，馬上判處死刑，不必經過任何司法程序。但這只是幻想，柯特・希爾克如此認為。純屬猜測。必須再等很長一陣子，美國才有可能出現這種情況。

但現在，在經過這麼多年之後，希爾克明白，這種情況發生了。英吉歐・杜利帕想要擁有屬於他自己的一顆小小的原子彈。他利誘美國科學家前往南美洲，替他們興建實驗室，並且供應他們經費，讓他們進行研究。杜利帕想進入艾普萊大爺的銀行，建立一個十億美元的戰爭基金，用來購買設備和材料——這是希爾克在獨自進行調查後，所做出的推論。那他現在該怎麼辦呢？

他下次前往華府的聯邦調查局總部時，將和局長討論此事。但他很懷疑，他們是否能夠解決這個問題。而像英吉歐・杜利帕這樣的人，是絕不會放棄的。

*　*　*

英吉歐・杜利帕來到美國，一方面跟提莫納・波特拉見面，一方面著手進行收購艾普萊大爺的銀行。在此同時，西西里島科里昂家族頭目，麥可・格拉齊耶拉，也來到紐約，準備和杜利帕及波特拉共商，如何分配全球的毒品交易。他們的抵達方式有很大的不同。

杜利帕乘坐他的私人噴射客機抵達紐約，同機的還有五十位他的手下及保鑣。這些人全都穿同樣的制服：白西裝，藍襯衫，粉紅色領帶，頭上則戴著鬆垂的黃色巴拿馬草帽。他們這副打扮看來很像是某些南美洲的倫巴樂團。杜利帕和他的隨員全都持哥斯大黎加護照；當然，杜利帕擁有哥斯大黎加外交豁免權。

杜利帕和他的人員住進一家私人小旅館，在名義上，這家旅館的所有人是代表秘魯領事館的秘魯總領事。杜利帕可不像一些小毒梟那樣鬼鬼祟祟的，只敢在城裡偷偷活動。畢竟，他是出名的「接種者」，是很多美國大企業的代表，因此，他在紐約的活動是很公開、愉快的。他參加百老匯劇場的首演，前往林肯中心觀賞芭蕾舞，到大都會歌劇院觀賞歌劇，並且參加著名南美藝人的音樂會。他甚至以「南美洲農場工人同盟」主席的身份參加好幾個電視脫口秀的討論會，並接受訪問，利用這些機會為毒品辯護。其中一次訪問——由公共電視台PBS名主播查理・羅斯主持——特別受到矚目。

在這次訪問中，杜利帕宣稱，美國反對全球使用古柯鹼、海洛因、和大麻，這是一種可恥的殖民主義。南美洲的農場工人全依賴種植這些毒品作物維生。一些貧苦的窮人使用毒品，使他們能夠獲得幾個小時的暫時解脫，忘掉生活中的憂愁，有誰可以責備他們這樣做呢？這是不人道的指責。香菸和酒呢？它們造成的傷害更大。

杜利帕說到這兒時，他的五十名手下——全都坐在公視的攝影棚裡，巴拿馬草帽放在膝上——馬上熱烈鼓掌。查理・羅斯問到毒品造成的不良副作用，杜利帕表現得尤其真誠。他說，他的組織正投下大筆經費研究改良毒品，讓它們不再對人體有害；簡而言之，它們最後都會變成合法的處方藥。這些研究計畫將由一些立場超然的知名醫師主持，而不是借助「美國醫師學會」的會員，因為後者全都非理性地反對使用麻醉品，而且活在美國緝毒署的陰影中。麻醉品將是人類未來最大的福祉。這時，五十頂巴拿馬草帽全都飛到攝影棚的半空中了。

在此同時，科里昂家族頭目，麥可・格拉齊耶拉則以全然不同的方式進入美國。他在別人未注意的情況下，悄悄進入美國，只帶了兩名保鑣。他長得又瘦又小，有顆造型怪異的頭顱，嘴巴上還有一道長長的刀疤。他走路時必須拿著手杖，因為他當年還只是巴勒摩一名黑手黨的年輕小弟時，被一顆子彈擊碎他的腳骨。他以凶暴、狡猾出名——據說，他曾經策劃殺害西西里兩位著名的反黑手黨法官。

格拉齊耶拉住在波特拉的別莊，當一名貴賓。他並不擔心自己的安全，因為波特拉的整個販毒事業都要依賴他。

這次會議的目的，是要研商策略，決定如何取得艾普萊銀行的控制權。這件事極其重要，除了可以用來清洗販毒所得的幾十億美元黑錢，也可以在紐約的金融世界裡取得權力。而對英吉歐·杜利帕來說，這不僅可以洗清他的毒品黑錢，同時也可用來資助他的核子武器計畫。這也可以使得他的「接種者」的角色變得更為安全。

他們全都在秘魯領事館會面。這個會面地點，除了安全，還有外交豁免權的優點。秘魯總領事馬里安諾·魯比歐是很大方的主人。由於他可以從他們三人的收入中抽成，並且代理他們在美國的法定利益，因此，他對這三位貴賓慇勤款待。

他們圍坐在小小的橢圓形會議桌前，形成很有趣的畫面。

格拉齊耶拉看來就像個葬儀社老板，他身穿黑色閃亮的西裝，白色襯衫，打著一條黑色的細領帶，因為他還在替他那位在六個月前去世的母親守孝。他的聲音很低、哀傷，腔調很深，但可以聽得很清楚。他看來像是害羞、彬彬有禮的男士，實在很難看得出來，是他一手策劃殺害上百名西西里執法官員的。

提莫納·波特拉是與會四人當中，母語是英語的唯一一人，他的聲音十分洪量，好像別人都是聾子。他的衣著也同樣誇張：他穿灰色西裝，黃綠色襯衫，打了一條閃亮的藍色絲領帶。剪裁合身的西裝外套遮掩不住他的大肚子，如果他不扣上外套的扣子，除了會露出他的大肚子，還可以看到外套裡面的藍色吊帶。

英吉歐・杜利帕看來就像典型的南美紳士，穿著白色、皺褶的絲襯衫，頸上圍著一條腥紅色絲巾。他手上拿著他那頂巴拿馬黃色草帽，以示敬意。他的英語帶有一點腔調，他的聲音有如夜鶯般好聽。但今天，他那線條分明的印第安人臉孔上卻眉頭緊鎖，表現出對這個世界的不悅。

馬里安諾・魯比歐是看來神情愉快的唯一一人。他的友善、歡樂的態度令所有人都感到愉快。他的聲音和英語，都顯得很有教養的樣子，衣著則很輕便，穿著一件寬鬆的綠色絲質長褲，外套一件顏色更綠的浴袍，腳下套著柔軟、白色羊毛邊的棕色拖鞋。畢竟，這是他的家，他可以穿得輕鬆一點。

杜利帕首先發言，他以禮貌的語氣直接對波特拉說：「提莫納，我的朋友，」他說，「我花了一大筆錢讓大爺不再礙事，但我們現在仍然沒有拿到銀行的控制權。我已經等了將近一年。」

總領事以他一貫的溫和、平靜語氣說：「我親愛的英吉歐，」他說。「我曾經試著要買下那些銀行。波特拉也試過要把它們買下來。但我們全都遭遇事先沒有預期到的一個阻礙。就是這位艾斯特雷・維奧拉，大爺的姪子。他已經繼承這些銀行，並且拒絕出售。」

「是這樣子嗎？」英吉歐說。「那為什麼還讓他活著？」

波特拉哈哈大笑，笑得很大聲。「因為他並不是那麼容易殺掉，」他說。「我派了四個人去監視他的房子，但他們全都失蹤了。我現在甚至不知道他到底在什麼地方，不論什麼時候，他出現時，總有一大堆保鑣跟著。」

「沒有人是很難殺死的。」杜利帕說。他那輕鬆愉快的語調，在說出這些話時，好像是在唱一首流行歌曲。

格拉齊耶拉第一次開口說話。「我們知道，艾斯特雷曾經在幾年前回去西西里。他很幸運，但話說回來，也是最夠資格的。我們在西西里對他開過槍，並且以為已經把他打死了。如果我們要再次出擊，一定要有把握。他是危險人物。」

杜利帕對波特拉說，「你說你收買了一位聯邦調查局人員？那就用他吧，看在老天爺的面上。」

「他沒那麼低級，」波特拉說。「聯邦調查局比紐約警察局高級一點。他們從來不幹這種直接行刺行動。」

「好吧，」杜利帕說。「那我們就去把大爺的某個子女抓來吧，用來和艾斯特雷討價還價。馬里安諾，你認識他的女兒。」他眨眨眼。「你可以把她弄來。」

魯比歐對這項提議不感興趣。他吸著細細的雪茄，然後很不客氣地說。「不，」他停頓了一下。「我喜歡那個女孩子。我不會那樣子對待她。我也不准你們任何人那樣做。」

聽到這些話，另外那三位男士全都皺起眉頭。總領事的實際權力比不上他們之中的任何一個。他看到他們的反應，對他們露出微笑，再度又變得很友善。

「我知道這是我的弱點。我戀愛了。但請縱容我這樣做。不過，我的政治立場是堅定而正確的。英吉歐，我知道綁架是你的專長，但在美國並不真正行得通。尤其是綁架女人。如果你們綁架她的某位哥哥，並且很快和艾斯特雷達成交易，也許還有成功的機會。」

「不能綁架華萊理斯，」波特拉說。「他是陸軍情報官，有一些中情局的朋友。我們可不想惹這麼大的麻煩。」

「那麼，就只能綁架馬坎托尼歐了，」總領事說。「我可以對付艾斯特雷。」

「出大錢收買銀行吧，」格拉齊耶拉輕聲地說。「避免使用暴力。請相信我，這種事我經歷太多了。我曾經用槍而不花錢，結果卻反而使我損失更多。」

他們驚訝地看著他。格拉齊耶拉一向是以暴力聞名。

「麥可，」總領事說，「我們已經喊價到幾十億美元，艾斯特雷還是不願賣。」

格拉齊耶拉聳聳肩。「如果一定要採取暴力，那就幹吧。但要小心點。只要你能把他弄到公開場所談判，我們就可以幹掉他。」

杜利帕對著所有人露出很開心的笑容。「這才是我最喜歡聽到的話。還有，馬里安諾，」他說，「不要老是談情說愛。那是很危險的壞習慣。」

* * *

馬里安諾‧魯比歐最後終於說服妮可和她的哥哥們坐下來，和他的事業夥伴們見個面，大家一起討論出售銀行之事。當然，艾斯特雷・維奧拉也必須在場，但妮可並不能保證這一點。

在這項會面之前，艾斯特雷向妮可及她的哥哥們做了一番簡報，告訴他們應該說什麼，以及應該如何行動。他們了解他的策略：讓對方認定，他們的敵人只有一個，就是他。

這次會議在秘魯領事館的會議室裡舉行。沒有找大廚辦桌，但事先有準備好自助餐點，魯比歐並親自替大家倒酒。由於大家工作上的關係，會議在晚上十點才開始。

魯比歐先作了一番開場白，並且由他主持會議的進行。他遞了一份文件給妮可。「這是我們提出的收購案的詳細內容。但我先簡單說明一下，我們的收購價格比市價多出百分之五十。雖然我們將擁有對銀行百分之百的控制權，但在今後二十年的每一年，艾普萊的股份都可以分到我們百分之十的盈餘。你們全都可以成為大富翁，並且過著安閒的生活，不必忍受因為經營銀行而帶來的生活上的繁忙與緊張。」

大家等待妮可很快把那份文件翻閱一遍。終於，她看完了，抬起頭，說道：「很不錯，但請告訴我，你們為什麼出價如此高？」

魯比歐對她深情一笑。「合作經營，」他說。「各行各業，現在都講求合作經營；像是電腦業和航空業，書店和印刷業，音樂與藥品業，體育活動與電視台。大家都在尋求合作對象。至於艾普萊銀行，我們將和國際金融業合作，我們將控制各大城市的建築業，操縱各國政府的選舉。我們這個集團是全球性的，我們需要你們的銀行，因此，我們才會出這麼高的價錢。」

妮可對集團的其他成員說：「你們幾位都是同等地位的合作夥伴嗎？」

杜利帕對妮可的美貌和嚴肅的言辭印象深刻，因此，他在回答時也展現出最迷人的風範。「在這件收購案上，我們都是平等的法定合作夥伴，但請容我向你們保證，能和艾普萊家人打交道，我認為是極大的光榮。沒有人比我更敬重你們父親。」

華萊理斯板著臉孔，直接對著杜利帕說：「不要誤會我的意思，我是贊成出售的。但我喜歡全部出售，不再保留任何股份。就我個人來說，我希望完全退出此事。」

「你真的願意出售？」杜利帕問。

「當然，」華萊理斯說。「我想洗淨雙手，不再插手此事。」

波特拉開口想要說話，但魯比歐打斷他。

「馬坎托尼歐，」他說，「你對我們出的價錢覺得如何？滿意嗎？」

馬坎托尼歐以順從的聲音說道：「我同意我大哥的意見。我們全部出售，不保留任何股份。然後，我們就可以全都過著幸福快樂的日子。」

「沒錯，你們確實是可以這樣做。」魯比歐說。

妮可冷冷地說：「但這樣子一來，你們就必須增加收購金額。你們辦得到嗎？」

杜利帕說：「沒問題，」並且對她露出一個很燦爛的笑容。

格拉齊耶拉露出關心的表情，聲音很彬彬有禮地問道：「我們這位親愛的朋友艾斯特雷・維奧拉呢？他同意嗎？」

艾斯特雷發出尷尬的笑聲。「你們都知道，我已經喜歡上銀行這一行業了。而且，艾普萊大爺要我保證，絕不出售這些銀行。我很不願在這件事上和所有家人唱反調，但我不得不說不。而且我控制了絕大部分股份。」

「但大爺的子女擁有法定權益，」總領事說。「他們可以向法院控告你。」

艾斯特雷哈哈大笑。

妮可斬釘截鐵地說：「我們永遠不會那樣做。」

華萊理斯露出苦笑，馬坎托尼歐也似乎覺得這種想法很可笑。

波特拉喃喃說道：「見鬼了，」並且站起身來，準備離去。

艾斯特雷以和好的語氣說道：「請各位多點耐心。我可能很快就不想再當銀行家了。幾個月後，我們可以再見面談談。」

「當然，」魯比歐說。「但我們可能無法保留資金那麼久，到時候，我們出的價錢可能會低很多。」

他們沒有相互握手就結束了這場會議。

*　　*　　*

在艾普萊一家人和艾斯特雷離開後，麥可・格拉齊耶拉對他的同夥說：「他是在拖時間，他絕對不會出售的。」

杜利帕嘆了一口氣，「很不錯的一個人。我們本來可以成為好朋友的。也許我應該邀請他到我在哥斯大黎加的農場。我可以讓他享受他這一生最美好的時光。」

其他人都笑了。波特拉粗聲粗氣地說：「他不會跟你去度蜜月的，英吉歐。我必須在這兒幹掉他。」

「希望比前幾次成功。」杜利帕說。

「我以前低估他了，」波特拉說。「我怎麼料想得到呢？在婚禮上唱歌的這麼一個傢伙？我早就幹掉了大爺。沒有人認為我幹得不好。」

總領事英俊的臉孔露出欽佩的神情，說道：「那件事幹得太漂亮了，提莫納。我們對你有充分信心。但這件新任務，應該盡快進行。」

* * *

艾普萊家人和艾斯特雷結束會談離去後，一起前往帕替尼柯餐廳共進遲來的晚餐。這家餐廳有私人用餐包廂，而且是大爺一位老朋友開的。

「各位的表現太好了，」艾斯特雷對他們說。「你們已經讓他們相信，你們全都反對我。」

「我們是反對你。」華萊理斯說。

「我們為什麼要玩這種遊戲？」妮可說。「我不喜歡。」

「這幾個傢伙可能跟你們父親遇害一事有關係，」艾斯特雷說。「我不想他們為了得到某樣東西而傷害你們之中的任何一個。」

「你真的認為，你可以應付他們對你採取的任何行動嗎？」馬坎托尼歐說。

「不，不，」艾斯特雷急著澄清。「但我可以躲起來，而且不會影響到我的生活。說真的，我可以跑到達科他州去，讓他們永遠找不到我。」他的笑容十分開朗，而且有說服力，可以騙過任何人，但騙不了艾普萊大爺的子女。「對了，」他說。「請告訴我，他們是否跟你們任何人直接連絡過。」

「我接到狄・班尼雷托刑警隊長打來的多通電話。」華萊理斯說。

艾斯特雷很驚訝。「他打電話給你幹什麼？」

華萊理斯笑著對他說：「我還在情報界的時候，我們經常接到一些打聽消息的電話。有些人打電話來，表面上是要提供情報給你，或是在某些事情上幫助你。但他們實際上是想知道，你的調查工作進行到何種程度。所以，狄・班尼雷托打電話給我，很有禮貌地告訴我，他在父親遇害案子上的調查進度。然後，他開始打探你的消息，艾斯特雷。他對你很有興趣。」

「我太榮幸了，」艾斯特雷笑著說。「他一定曾經在某個地方聽過我唱歌。」

「少臭美了，」馬坎托尼歐冷冷地說。「狄・班尼雷托也打電話給我。他說，他有些想法可以拍成警探電視影集。警探影集在電視裡一向很受歡迎，所以，我鼓勵他提出來。但他提出來的東西全是鬼扯淡。他並不是真的有這個意思，只是想打聽我們的情況。」

「沒錯。」艾斯特雷說。

「艾斯特雷，你真的要他們以你為目標，而不是我們？」妮可說。「這樣子會不會太危險了？那個格拉齊耶拉讓我覺得渾身不自在。」

「哦，我認識他這個人，」艾斯特雷說。「他是很理智的人。還有，你那位總領事是真正的外交官；他可以控制杜利帕。我現在必須擔心的是波特拉。這傢伙太笨了，會惹出麻煩的。」他這樣說的時候，好像把它當做只是日常生活中的一件生意上的糾紛。

「但這種情況會持續多久呢？」妮可問。

「再給我幾個月時間，」艾斯特雷對她說。「我向妳保證，到那時候，我們都會意見一致了。」

華萊理斯以不屑的眼神看了他一眼。「艾斯特雷，你一直是個樂天派。如果你是我手下的情報官，我會把你調去步兵部隊，讓你清醒過來。」

那不是很愉快的一頓晚餐。妮可不時打量著艾斯特雷，彷彿想要看出他的一些秘密。華萊理斯顯然對艾斯特雷沒有信心，馬坎托尼歐則沈默不語。最後，艾斯特雷舉起酒杯，很愉快地說：「你們都太嚴肅了，但我不管。這一定很有趣的。敬你們的父親。」

「偉大的艾普萊大爺，」妮可譏諷地說。

艾斯特雷笑著對她說：「是的，敬偉大的大爺。」

* * *

艾斯特雷都是在接近傍晚時分騎馬。這可以讓他放鬆心情，也讓他有好的食慾去吃晚餐。如果他當時正在追求某位女性，他會邀請她跟他一起去騎馬。如果這位女性不會騎馬，他會教她騎馬。如果她不喜歡馬，那他就會停止追求她。

他已經在他的產業上建造一條特別的騎馬小徑，可以穿過森林。他喜歡傾聽林中小鳥的吱喳聲，小動物在草叢中沙沙作響，以及偶而看到一頭小鹿出沒。但他最喜歡的，其實是穿得漂漂亮亮地去騎馬。鮮紅色外衣，褐色馬靴，手中握著從來沒用過的馬鞭。黑色的麂皮獵帽。他對著鏡中的自己露出微笑，幻想自己是一位英國貴族。

他來到馬廄，那兒養了六匹馬，並且很高興地發現，他的保鑣兼馴馬師——奧爾多・蒙薩——已經幫他的一匹駿馬打點妥當。他跨上馬，緩緩騎進森林小徑。他加快速度，頭頂的紅色與金黃色樹葉組成一張破爛的天幕，在西沈的陽光照耀下，變成一張蕾絲窗帘。只有細細的金黃陽光透過樹葉間隙照射進來，照亮小徑。馬蹄走過後，揚起地上腐爛樹葉的氣味。接著，他看到眼前有一堆氣味不雅的堆肥，於是驅使他的馬兒繞過它，轉進小徑的一條岔路，這使得他必須從不同的小路轉回家去。小徑上的金黃陽光不見了。

他收緊韁繩，勒住馬。這時，突然有兩名男子出現在他面前。他們穿著鬆垂的的農場工人服裝。但他們臉上都戴著面罩，手中拿著槍。艾斯特雷猛地催馬向前狂奔，同時低下頭，緊靠著馬兒的腰窩。林子裡突然到處都是子彈的火花和爆裂聲。那兩名漢子離他很近，艾斯特雷感覺到子彈擊中他的腰部和背部。馬兒受驚之後，拔足狂奔，艾斯特雷集中精神，不讓自己掉下馬來。他驅使馬兒沿著小徑狂奔，接著，又有兩名男子出現。但他們並沒有戴面罩，也沒有拿武器。他失去知覺，從馬上摔下來，被那兩個人接個正著。

* * *

不到一小時後，柯特・希爾克就接到監視小組的報告，說他們救了艾斯特雷・維奧拉。但真正讓他感到驚訝的是，艾斯特雷在他那些浮華的騎馬裝下面，竟然穿著一件遮住整個上半身的防彈衣。而且不是普通的防彈衣，而是手工特別精製的。像艾斯特雷這樣的傢伙為什麼需要穿上防彈衣？他只不過是一位通心麵進口商，俱樂部歌手，古怪的騎馬者。當然，這些子彈讓他嚇了一跳，但並沒有射穿防彈衣。艾斯特雷已經離開醫院。

希爾克開始撰寫一篇備忘錄，下令調查艾斯特雷的生平，從他的童年開始調查起。這人可能是這一切事件的關鍵。但他很確信一件事：他知道是誰企圖暗殺艾斯特雷・維奧拉。

* * *

艾斯特雷在華萊理斯家裡跟他的表兄與表姊見面。他告訴他們，他遭到攻擊，對方如何向他開槍。「我請求你們幫我，」他說。「但你們拒絕了，這我可以諒解。但現在我認為，你們應該重新考慮。你們所有人都面臨某種威脅。我想我可以解決這個問題，那就是賣掉銀行。那是雙贏的局面。每個人都能得到他想要的。或者，我們也可以追求有贏有輸的局面。我們可以留住銀行，摧毀我們的敵人，不管他們是何方神聖。最後則是全輸的局面，我們應該盡量避免，那就是我們對抗敵人，並且打贏對方，但政府卻要將我們繩之以法。」

「這種選擇太容易了，」華萊理斯說。「只要賣掉銀行就行了。雙贏局面。」

馬坎托尼歐說：「我們不是西西里人；我們不想為了報仇而放棄一切。」

「賣掉銀行，就等於拋棄了我們的前途，」妮可平靜地說。「馬可，總有一天，你會想要擁有完全屬於自己的電視台。華爾，只要捐出一大筆政治捐款，你就可以成為大使，或甚至當上國防部長。艾斯特雷，你可以和滾石樂團同台演唱。」她對他笑笑。「好了，這有點扯得太遠了，」她說。她接著改變音調。「忘了我說的笑話吧。殺害我們的父親，難道對我們一點都沒有關係？我們難道還要獎勵他們幹下謀殺的罪行？我想，我們應該盡可能地幫助艾斯特雷。」

「妳知道妳在說什麼嗎？」華萊理斯說。

「知道。」妮可平靜地說。

艾斯特雷柔聲對他們說：「你們的父親告訴我，你們不能讓別人把他們的意志強加在你們身上，否則，你們的生活就不值得活下去了。華爾，這就是戰爭的意義，對不對？」

「戰爭是雙輸的決定。」妮可尖銳地說道。

華萊理斯顯示出他的怒氣。「不管自由派人士怎麼說，戰爭是有贏有輸的狀況。最好是打贏戰爭。打敗仗是難以想像的可怕。」

「你們的父親有一段過去，」艾斯特雷說。「我們所有人現在都要去處理那段過去。所以，現在我再度請求你們幫忙。記住，我得到你們父親的命令，我的任務就是保護他的家人，也就是保住銀行。」

華萊理斯說：「一個月之內，我會提供一些情報給你。」

艾斯特雷說：「馬可？」

馬坎托尼歐說：「我會馬上進行你說的那個節目計畫。大概兩個月，或三個月吧。」

艾斯特雷看著妮可。「妮可，聯邦調查局有關於你父親的那份檔案，你分析完畢了嗎？」

「沒有，還沒，」她似乎有些煩惱。「這件事，我們是不是應該找希爾克幫忙？」

艾斯特雷露出微笑。「希爾克是我的嫌疑犯之一，」他說。「等我拿到所有資料後，我們就可以決定應該怎麼辦？」

* * *

一個月後，華萊理斯得到了一些情報——是當初預料不到的，也是不好的消息。透過他的中情局朋友，他了解到英吉歐•杜利帕的真面目。他在西西里、土耳其、印度、巴基斯坦、哥倫比亞，以及其他拉丁美洲國家都有同夥。他甚至和西西里島的科里昂家族有關係，勢力甚至超過他們。

根據華萊理斯的調查，杜利帕資助南美洲的一些核子實驗室。杜利帕目前急於要在美國成立一個金額龐大的基金，準備用來購買核子設備和材料。他夢想擁有一種可怕的自衛武器，準備在情況變得對他最不利時，用來反抗政府當局。因此，提莫納•波特拉就成了杜利帕在美國的盟友。對艾斯特雷來說，這是好消息。波特拉是這盤棋賽的另一顆棋子，另一個必須除掉的對手。

「杜利帕的計畫有可能實現嗎？」艾斯特雷問道。

「他當然認為可以，」華萊理斯說。「而且，在他設立實驗室的地方，有當地政府官員保護他。」

「謝謝，華爾。」艾斯特雷說。他很熱情地拍著表哥的肩膀。

「沒什麼，」華萊理斯說。「但是，這就是你能從我這兒得到的所有幫助了。」

＊　＊　＊

馬坎托尼歐花了六個月時間，研究電視台取得的有關於柯特•希爾克的資料。他把收集來的一大疊資料交給艾斯特雷；艾斯特雷把那疊資料保存了二十四小時，然後再交還給馬坎托尼歐。

只有妮可令他擔心。她把聯邦調查局的艾普萊大爺檔案借給他，但裡面有一部分被整個塗黑。他向妮可詢問，她說：「我拿到這份檔案時，就是這樣子。」

艾斯特雷很仔細研究這份文件。被塗黑的那一部分資料的時間，似乎是在他只有兩歲大的時候。「沒關係，」他告訴妮可，「那段時間太遙遠了，大概沒什麼重要的。」

現在，艾斯特雷不能再拖延了。他已經擁有足夠的資訊，可以開始發動戰爭。

＊　＊　＊

妮可對馬里安諾・魯比歐和他的熱烈追求，覺得很興奮。在她年輕時，艾斯特雷聽從她父親命令而背叛她，她一直沒有從這個創傷中恢復過來。雖然她後來也曾和一些有權勢的男士發生短暫戀情，但她知道，這些男人總是在算計女人。

但魯比歐似乎是例外。當她的工作時間與他們的約會計畫發生衝突時，他從不會對她生氣。他了解她是以事業為重。他從來沒有像大多數男人那樣，誤以為嫉妒是真愛的表現。

他送禮很大方，使她對他產生更多好感。更重要的是，她覺得他很風趣，並且很喜歡聽他談論文學和戲劇。但他的最大優點是，他是位很熱情的情人，是床上的專家，而且除了作愛之外，都不會佔去她太多時間。

* * *

某天晚上，魯比歐帶妮可到一家著名的餐廳用餐，同行的還有他的幾位朋友：一位舉世聞名的南美小說家，妮可很欣賞他略帶狡詐的機智，以及故意誇張的鬼故事；一位著名的歌劇歌手，他每吃一道菜，就先唱一段很愉快的詠嘆調，而且吃起來好像他就要坐上電椅似的；還有一位保守派的專欄作家，是目前紐約時報國際新聞的首席評論家，不管自由派或保守派都同樣痛恨他，但他卻以此為傲。

晚餐後，魯比歐帶著妮可回到秘魯領事館內他的豪華公寓。他熱情地對她做愛，不但在體力上很用力，更不停地低聲訴說愛語。事後，他把她整個人裸體的從床上抱起來，和她共舞，同時用西班牙語朗誦詩。妮可十分愉快。尤其是在他們平靜下來後，他替他們兩人倒了香檳，並且真誠地說：「我真的很愛你。」他那漂亮的鼻子和眉毛閃耀著真情。多麼厚顏無恥的男人呀，妮可在心裡這樣想，她並且覺得很滿意，因為她即將就要出賣他。她的父親一定會以她為傲。她表現得像一位真正的黑手黨人。

*　*　*

身為聯邦調查局的紐約負責人，柯特・希爾克手中有更多比雷蒙得・艾普萊大爺遇害更重要的案子。其中一件是全面調查六家大企業陰謀合作，非法運送禁止出口的精密機械——包括電腦科技——前往中國大陸。另一件是幾家大菸草公司涉嫌向國會的調查委員會作偽證。第三件是一些中階的科學家集體移民到一些南美國家，像是巴西、秘魯和哥倫比亞等。局長要他就這些案子向他提出簡報。

在飛往華府途中，巴斯頓說：「我們已經逮到那些菸草公司作偽證的證據，我們也掌握非法走私中國大陸的證據，像是內部文件，線民，等等。我們一定會讓他們吃上官司。唯一還沒查出來的，就是那些科學家。但我猜想，經過這幾個案子後，你就可以升任副局長了。他們不能否定你的辦案成績。」

「那要由局長決定。」希爾克說。他知道那些科學家為什麼到南美去，但他不想糾正巴斯頓。

來到聯調局總部的胡佛大樓後，巴斯頓並未被邀請參加這次的會議，希爾克獨自去見局長。

＊　＊　＊

艾普萊大爺遇害迄今已經十一個月，希爾克把他的資料全部整理好了。艾普萊案子已經結案，但他在一些更重要的案子上有更好的成績表現。這一次，他很有可能被晉升為局裡的多位副局長之一。他不但工作努力，也相當投入。

局長是位高大、優雅的男子，是「五月花」移民的後代。他本人極為富有，並且是以公職身份進入政界服務。他在上任之初就立下極其嚴格的規定。「不准胡搞瞎搞，」他很幽默地以他的家鄉土話說。「一切照規定來。不准侵犯民權法案。聯邦調查局探員隨時都要彬彬有禮，公正無私。私生活一定要正當。」只要稍微傳出醜聞——毆打妻子，酗酒，和某位地方警察走得太近，任何輕微的古怪行為——你就完蛋了，即使你的叔叔是參議員也沒用。這些規定已經實施了十年。還有，如果你太常上報，即使是好事情，你也會被調去阿拉斯加監視愛斯基摩人的圓形冰屋。

局長邀請希爾克，在他那張橡木大辦公桌前的一張極為舒服的椅子上坐下來。

「希爾克探員，」他說，「我找你來，有幾個原因。第一：我已經在你的人事檔案裡，對於你在紐約掃蕩黑手黨的表現，給予特別的讚揚。由於你的努力，我們已經給了他們重大打擊。我恭喜你。」他傾身向前，和希爾克握了握手。「我們現在不公開表揚你，因為所有探員的私人成就都應歸局裡所有。還有，如果公開表揚，可能會使你置身於某種危險中。」

「只有一些瘋子才會那樣做，」希爾克說。「犯罪組織都知道，他們絕不可以傷害聯邦探員。」

「你是在暗示，局裡應該進行私人報復。」局長說。

「哦，不，」希爾克說。「我只是說，我們應該更小心一點。」

局長不再追問下去。有些界線是不能跨越的。合法的行為一定要很謹慎進行。「讓你處於危險中，這是不公平的，」局長說，「我決定不晉升你成為我在華府的副局長之一。至少不是目前。除了以上的原因。還因為你很懂得外頭的情況，外頭還有很多工作要你去完成。黑手黨還在繼續活動。第二：在公事上，你有一位秘密線民，你甚至不願向局裡的長官透露他的姓名。但在私底下，你應該告訴我們，那會被列為非正式機密。第三：你和紐約警局刑警隊長走得太近。」

局長和希爾克接著討論到他們議程中的另一項議題。「我們的『奧默塔』行動進行得怎麼樣了？」局長問道。「我們一定要很小心，所有行動都要合法才行。」

「當然，」希爾克很嚴肅地說。但他心裡很明白，局長很清楚有些地方是不能完全按照規定行事。「我們本來有些障礙。雷蒙得・艾普萊拒絕和我們合作。但是，當然了，那個障礙已經不存在。」

「艾普萊先生那麼容易就被做掉了，」局長略帶諷刺地說，「我不是在侮辱你，但我還是要問，你有沒有找到一些線索。也許是你那位朋友——波特拉——幹的？」

「我們還不知道，」希爾克說。「義大利人從來不跟執法單位打交道。我們只能等死人屍體出現。我跟艾斯特雷•維奧拉接觸過。他在機密文件上簽了字，但拒絕跟我們合作。他不跟波特拉作生意，也不出售銀行。」

「那我們現在怎麼辦？」局長問。「你知道的，這件事很重要。如果我們能夠根據犯罪組織法起訴銀行家，就可以把這些銀行沒收充公。那十億美元就可以拿來做為打擊罪犯的經費。這將是局裡的重大貢獻。那時我們就可以結束你和波特拉的合作關係。他已經沒有利用價值。柯特，我們的處境很微妙。只有我的副局長和我自己知道你和波特拉的合作。你收受他的賄款，他認為你是他的同夥。你的生命可能有危險。」

「他不敢傷害聯邦探員，」希爾克說。「他是很瘋狂，但還沒有瘋到那種程度。」

「好吧，但波特拉必須在這次行動中除掉，」局長說。「你有什麼計畫？」

「艾斯特雷•維奧拉這傢伙，他其實並不像大家所想的那般純潔，」希爾克說。「我正在調查他的過去。同時，我正在請艾普萊的子女不要聽他的話。但我很擔心，我們可以用犯罪組織法追溯十年前他們還不知道的事情嗎？」

「那是司法部長的工作，」局長說。「我們只要把腳踩進門裡，然後就會有一千位聯邦律師一路追查回去。我們一定可以找到法院會採信的一些證據。」

「至於波特拉存錢進去的我那個開曼群島的秘密帳戶，」希爾克說。「我想，你應該提一些錢出來，他才會以為是我花掉了。」

「這件事我會安排，」局長說。「我必須說一句，你那位提莫納•波特拉可真大方。」

「他真的認為，我已經被收買，」布爾克笑著說。

「小心點，」局長說。「不要讓他們抓到把柄，把你打成真正的共犯，或是幫兇。」

「我了解。」希爾克說。但他心裡卻想道，說比做容易得多。

「不要冒不必要的險，」局長說。「記住，南美和西西里的毒梟都和波特拉有關係，他們都是殘酷無情的傢伙。」

「我要不要每天向你做口頭或書面報告？」希爾克問道。

「都不必，」局長說。「我對你的廉潔有絕對信心。此外，我不想向某些國會委員會說謊。想要成為我的副局長，你一定要澄清這些事情。」他期望地等待著。

希爾克在局長面前甚至不敢想他真正的心事，彷彿此人可以看穿他在想什麼。但是，他心裡仍然升起一股反感。他媽的，局長到底把他想成什麼了，美國『公民自由聯盟』的狂熱種族主義者？他在備忘錄中一再強調，黑手黨並非全是義大利人，回教徒並非全是恐怖分子，黑人也不全是犯罪階層。他媽的，既然如此，那他到底認為是誰在從事街頭犯罪？

但希爾克還是很平靜地說：「長官，如果你要我辭職，我的年資已經夠了，隨時可提早退休。」

「不，」局長說，「回答我的問題。你能澄清你的這些關係嗎？」

「我已把我所有線民的姓名都告訴局裡，」希爾克說，「至於有時候不按規定行事，那只是解釋的問題。至於和地方警察走得太近，那是要為局裡做做公關。」

「你的工作績效，說明你的工作很成功，」局長說。「我們再等一年看看。加油吧。」

他停頓了很長一段時間，並且嘆了一口氣。接著，他幾乎有點不耐地問：「對於那些菸草公司高級主管作偽證的案子，你認為我們的證據足夠嗎？」

「當然夠。」希爾克說。他覺得奇怪，局長為什麼要問起這件事。他已經把所有檔案呈上來了。

「但那可能只是他們的個人信念，」局長說。「民意調查結果顯示，半數美國人同意他們的看法。」

「那跟這個案子無關，」希爾克說。「接受民意調查的人，並沒有在向國會作證時說謊。我們有錄音帶和內部文件，可以證明這些菸草公司的高級主管是故意說謊。他們共謀作偽證。」

「你說得沒錯，」局長嘆口氣說。「但司法部長已和他們達成協議。不對他們進行刑事訴訟，不判他們坐牢。他們將付出幾千億美元的罰金。因此，結束調查行動吧。這件案子已經不歸我們管了。」

「好極了，長官，」希爾克說。「我可以把多出來的人手派去調查其他案子。」

「再告訴你一個好消息，」局長說。「讓你覺得更快樂。那件走私高科技到中國大陸的案子，是很重要的案子。」

「沒錯，」希爾克說。「這些公司為了商業利益，故意違犯聯邦法律，並且危害美國安全。這些公司的負責人都是同謀。」

「我們是抓到了他們的一些證據，」局長說，「但你知道的，同謀罪的定義是很廣的。每個人都是同謀。但這件案子，你也可以結案，並節省下人力。」

希爾克無法置信地說，「長官，你是說，這件案子也達成協議了？」

局長身子向後仰，往椅背上靠，並對希爾克的驚訝神態皺起眉頭，但他仍然體諒地說：「希爾克，你是局裡最佳的外勤人手。但你沒有政治頭腦。現在，請你注意聽著，絕對不可忘記：你不能同時把六位億萬富翁送進牢裡。在民主國家裡，這是行不通的。」

「就這樣算了？」希爾克問。

「我們會對他們課以很重的罰金，」局長說。「對了，還有一件事，很機密的。我們即將拿一位聯邦囚犯交換我們的一位線民。這位線民在哥倫比亞被劫持為人質，是我們在掃蕩毒品的戰爭中很重要的人物。這件案子，你很熟的。」他指的是四年前的一個案子；一位毒販劫持五名人質，包括一位婦人和四個小孩子。他把這五名人質全殺了，另外還打死一名調查局探員。他被判終身監禁，不得保釋。「我知道你是很贊成死刑的，」局長說。「現在我們打算將他釋放，我知道你會很不高興。記住，這是機密，但報紙可能會把它挖出來，結果一定會引起一場大風波。你和你手下的人絕對不可發表任何意見。了解嗎？」

希爾克說，「我們不能讓殺害我們的探員的兇手逍遙法外。」

「聯邦官員不容許有這種態度。」局長說。

希爾克拚命忍住怒氣。「如此一來，我們所有的探員都有生命危險，」希爾克說。「街頭就是這麼回事。聯邦探員為了挽救人質而送掉自己的性命。那是冷血屠殺。把這樣的殺人兇手釋放出去，是對那名探員生命的侮辱。」

「局裡不容許私人報復的想法，」局長說。「否則，我們也不比他們好到那兒去。還有，關於那些移民到南美的科學家，你的調查進度如何？」

在那一刻，希爾克突然了解到，他再也不能信任局長了。「沒什麼新進展，」他說謊。他下定決心，從現在起，他不能成為局裡政治妥協的一份子。他必須獨力作戰。

「好吧，你現在有很多人手了，全力調查這件案子吧，」局長說。「等你搞定提莫納‧波特拉後，我會把你調來這兒，升為副局長。」

「謝謝你，」希爾克說。「但我已經決定了，在除掉波特拉後，我就要退休。」

局長深深嘆了一口氣。「重新考慮吧。我知道，這些幕後交易一定令你覺得很不是滋味。但記住這一點：局裡不僅負責打擊違法者和保護社會，我們所採取的行動，必須從長遠觀點來看，是對我們整體社會有利的。」

「我在學校裡就學過了，」希爾克說。「最後的正義，才是正義。」

局長聳聳肩。「有時候雖是如此。不管怎樣，重新考慮你的退休計畫。我會在你的人事檔案裡加進一張表揚狀。不管你是要退休或是留下來，你都會接到美國總統頒贈的一個勳章。」

「謝謝你，長官，」希爾克說。局長和他握了握手，並且送他到門口。但他還有最後一個問題。「那個艾普萊案子是怎麼回事？已經好幾個月了，似乎一點進展也沒有。」

「那是紐約警局的案子，不是我們的，」希爾克說。「當然，我也調查了一下。到目前為止，還找不到動機。沒有線索。我認為，這案子可能破不了。」

* * *

那天晚上，希爾克和比爾・巴斯頓共進晚餐。

「好消息，」希爾克告訴他。「菸草公司和中共走私機械的案子，都結案了。司法部將對他們課處罰金，而不是刑事起訴。這下子可以省出很多人力。」

「他媽的，」巴斯頓說。「我一直以為，局長是很正直的人，一切公事公辦。他會辭職嗎？」

「他是正直的人，但有時候會轉一下彎。」希爾克說。

「還有嗎？」巴斯頓問。

「等我除掉波特拉，我會升任副局長。局長親自保證。但到那時候，我將會退休。」

「是嗎，」巴斯頓說。「替我說幾句好話，我也想當當副局長。」

「想都別想。局長知道你滿嘴髒話。」他哈哈大笑。

「狗屎，」巴斯頓裝得很失望的樣子。「或者，應該說，他媽的。」

* * *

第二天晚上，希爾克從車站走路回家。嬌姬蒂和雯妮莎到佛羅里達探望嬌姬蒂的母親，預定停留一星期。他不想搭計程車。當他走到家門口的車道時，並未聽到他那隻狗兒的叫聲，這令他覺得有點奇怪。他大聲呼叫牠們，但沒有任何回應。他想，牠們一定是跑到鄰居那兒或是附近的林子裡。

他很懷念家人，尤其是在吃晚餐的時間。他經常自己一個人用餐，或是在全美國各城市和其他探員共進晚餐，隨時擔心有什麼危險狀況發生。他根據他妻子教他的方法，替自己弄了一頓簡單的晚餐——一盤蔬菜，一盤綠沙拉，和一小塊牛排。他沒喝咖啡，只喝了一小杯白蘭地。然後，他上樓去，準備洗個澡，再打電話給他太太，然後在睡前看點書。他喜歡讀書，當他讀到一些偵探小說把聯邦調查局描寫成大壞蛋時，他就會大為生氣。這些人懂什麼？

當他打開臥室房門時，馬上聞到一股血腥味，他的整個頭腦陷入混亂；所有隱藏在他內心的恐懼，一下子全湧上心頭。

那兩頭德國牧羊犬躺在他床上。牠們棕、白相間的皮毛全被血染成紅色，牠們的腳被綁在一起，牠們的嘴被用紗布包住。牠們的心被挖出來，擺在它們的腰側。

他努力恢復鎮靜，使思緒清醒過來。他本能地打電話給他妻子，以確定她平安無事。他什麼也沒告訴她。接著，他打電話給調查局的值班探員，要求派來一個特別法醫小組和一個清理小組。他們必須換掉所有的床單、床墊和地毯。他沒有通知當地警局。

六個小時後，聯邦調查局人員離去，他寫了一份報告給局長，並替自己倒了一大杯白蘭地，企圖分析眼前情勢。

有一陣子，他考慮向嬌姬蒂說謊，捏造一個故事，就說狗兒自己走失了。但他還必須解釋，為什麼會少了那些床單和地毯。此外，這樣做對她也不公平。她有權做出她的選擇。更重要的是，如果他說謊，她一輩子都不會原諒他。他必須把真相告訴她。

* * *

第二天，希爾克首先飛往華府，向局長報告，接著飛往佛羅里達。他的妻子和女兒正在她的娘家度假。

到了那兒，和他們吃完午餐後，他帶著嬌姬蒂沿著海邊散步。他們看著閃閃發光的藍色海水，他告訴她，他們的狗兒被殺，而這正是西西里島黑手黨用來威脅敵人的一種手法。

「根據報紙的報導，你已經剷除了這個國家的黑手黨。」嬌姬蒂若有所思地說。

「或多或少吧，」希爾克說。「還有一些販毒組織逃過法網，我很肯定這是誰幹的。」

「可憐的狗兒，」嬌姬蒂說。「怎麼有人那麼殘忍？你和局長談過了？」

她這麼關心狗兒，讓他有點不高興。「局長給我三項選擇，」他說。「第一，我辭去局裡的工作，搬到別處居住。我拒絕了。第二，我把家人安排到別處居住，由局裡派人保護，直到這件案子結束。第三，妳還是回去住，當作什麼也沒發生過。局裡會派一支安全小組二十四小時保護我們。有位女探員會搬到家裡陪妳。妳和雯妮莎不管到什麼地方，都有兩個保鏢陪著。房子四周將設立安全崗哨，配備最新型的警報設備。妳認為如何？六個月後，這一切都會成為過去。」

「你認為這只是嚇嚇你的。」嬌姬蒂說。

「是的。他們不敢傷害聯邦探員或他的家人。他們如果這樣做，等於是自尋死路。」

嬌姬蒂凝視著海灣中的寧靜藍色海水。她更用力抓緊他的手。

「我會回去，就當作什麼也沒發生，」她說。「如果離開你，我會太想你，而且我知道，你不會放棄這個案子。但你怎麼那麼肯定，這件案子會在六個月內結束？」

「我很肯定。」希爾克說。

嬌姬蒂搖搖頭。「我不喜歡你這麼肯定。請不要採取任何輕率的行動。而且，我要你答應我一件事。這個案子結束後，你必須從局裡退休。開始你自己的律師業務，或是去教書。我不能整個下半輩子都過這樣的生活。」她的語氣很熱切。

讓希爾克感到感動的是，她說，她會很想他。他經常在想，像她那樣的女人，怎會愛上像他這樣的男人。但他一直都知道，總有一天，她會提出這個要求。他嘆了一口氣，說道：「我答應。」

他們繼續沿著海邊走下去，然後在一處小公園裡坐下來，那兒的樹木替他們遮住陽光。一陣清涼的微風從海灣吹來，拂動她的頭髮，使她看來顯得年輕和快樂。希爾克知道，他永遠都不會違背對她的承諾。他甚至對她的精明感到一絲驕傲，因為她竟然能夠在最正確的時刻裡，引導他做出承諾，但她也冒著生命危險選擇留在他身邊。畢竟，有誰會喜歡被一名沒有智慧的女人深深愛戀？但在這同時，希爾克探員也知道，如果他的妻子知道他心裡正在想什麼，一定會嚇壞了，並且覺得很羞恥。她雖然很精明，但談不上奸詐，而且是很純潔的精明。他憑什麼去評判她？她從來就沒有評判過他，也從來沒有懷疑過他自己那種已經不怎麼純潔的精明。

MARIO PUZO

OMERTA

CHAPTER 6

史周若兩兄弟，法蘭基和史代斯，在洛杉磯開設一家規模很大的運動用品店，並在聖塔莫尼卡擁有一棟房子，距著名的馬里布海灘只有五分鐘路程。他們兩人都曾經各結過一次婚，但婚姻並不持久，所以，他們兩人現在住在一起。

他們從未告訴過任何一位朋友，說他們是雙胞胎兄弟，甚至從外表上也無法明顯看出他們是兄弟，只是在個性上，兩人都同樣隨和、自信，並且在體態上都具有極佳的運動員式的柔軟度。法蘭基比較討人喜歡，但也比較神經質。史代斯比較冷靜，而且有點古板，但兩人都以待人親切而聞名。

他們是一家大型高級健身中心的會員，像這樣的健身中心，在洛杉磯地區有好幾家，裡面有很多數位化健身器材，還有大型電視機，可以讓你一面運動，一面觀看。這家健身中心還有一座籃球場，游泳池，甚至還有一座拳擊台。它的健身教練，都是一些英俊、體格壯碩的男士和具有魔鬼身材的年輕女郎。史周若兄弟除了利用健身中心鍛鍊身體，也趁機結識在那兒健身的一些女性。對像他們這樣的男士來說，那是一處很好的獵艷地點，有很多渴望成名並努力保持美麗身材的女演員，還有很多被冷落、生活枯燥的電影大亨的妻子。

但法蘭基和史代斯最喜歡的，是在那兒找人打打籃球。很多好的籃球選手也到這家健身中心健身，其中有一位是洛杉磯湖人隊的後備球員。法蘭基和史代斯分別跟他對打過，並且把他打得很慘。這使他們回憶起當年他們還是高中明星隊球員的快樂日子。但他們並不因此就幻想他們在實際比賽時還會如此幸運。他們玩得很盡興，那位湖人隊球員也覺得很高興。

在健身中心的健康食品餐廳裡，兩兄弟結交了一些女性會員和健身中心的工作人員，甚至認識了一些名流。他們在健身中心裡總能玩得很開心，但這只是他們生活中的一小部分。法蘭基是當地小學籃球校隊的教練，他很重視這項工作，一直希望能夠發掘出一位未來的籃球超級巨星，他表現得既嚴格又和靄，因而贏得小孩子們對他的愛戴。他有一套他最喜歡的訓練戰術。「好了，」他會這樣說，「你們落後二十分，並且已經是最後一節。於是你們進行一番搶攻，先得十分。現在，你們已經追上來了——你們一定會贏的。雖然很緊張，但這只信心問題。一定可以打贏對方的。你們先是落後十分，接著，追成只落後五分，然後打成平手。最後，終於贏過對方！」

當然，這一套戰術一直沒有奏效過。孩子們還未發展出足夠的體力，或是意志還不夠堅定。他們只是小孩子。但法蘭基知道，真正有天份的籃球好手永遠不會忘記他的教誨，將來，他的這一套教誨一定會對他們有所幫助。

史代斯則專心經營他們的運動用品店，並由他針對是否要接受某項行刺任務做出最後決定。他們的條件是，一定是要危險性最低，報酬最高。史代斯凡事向錢看，個性也較謹慎。事實上，兩兄弟很少意見不一致。他們品味相同，在體力上也相當。他們有時候在練拳時對打，或在籃球場上一對一。

他們現在已經四十三歲，對目前的生活很滿意，但他們經常談到要再度結婚，成立家庭。法蘭基有個情婦在舊金山，史代斯有個女朋友在賭城拉斯維加斯，是位歌舞女郎。這兩位女士都沒有結婚的意思，兩兄弟覺得她們只是在逢場作戲，希望有意中人早日出現。

由於兩兄弟待人親切，因此，他們結交了很多朋友，社交生活很忙碌。然而，在大爺遇害後的那一年當中，他們仍然過得有點提心吊膽。刺殺像大爺那樣的人，不可能沒有危險的。

十一月左右，史代斯打電話給賀斯柯，安排收取第二筆五十萬美元的款項。電話交談的時間很短，內容也故意含糊不清。

「嗨，」史代斯說。「我們大約在一個月後過去。一切沒問題？」

賀斯柯似乎很高興接到他打來的電話。「一切都很好，」他說。「一切都準備好了。你能敲定更準確的時間嗎？我不希望你們來時，我正好出城去了。」

史代斯哈哈大笑，輕鬆地說：「我們總會找到你的。好嗎？大約一個月後。」說完就掛斷了電話。

在像這樣的交易中，取款一直帶有危險的成分。有時候，對於已經完成的交易，有些人會反悔，不想付錢。每一種行業都有這種情況發生。還有，有時候，有些人會有一些錯覺，自認為他們自己也像專業人士那般行。但和賀斯柯打交道，這種危險性就會降到最低——他一直是很可靠的仲介人。但大爺這個案子比較特別，交款也一樣。因此，他們不想讓賀斯柯知道他們的確切計畫。

兩兄弟去年開始打網球，但他們卻被這種運動打敗了。他們覺得自己太有運動才能了，因此不能接受這樣的挫敗。但教練向他們解釋說，網球這種運動是必須在年輕時接受指導，才能打得好，並且必須依賴某種機能，跟學習語言一樣。於是他們安排在亞利桑納州史考特代爾市的一處網球訓練營停留三周，接受初級訓練課程。然後，他們再從那兒前往紐約，和賀斯柯見面。當然，在網球訓練營的那三個星期裡，他們可以找幾個晚上前往賭城拉斯維加斯玩玩。從史考特代爾搭飛機到賭城，花不了一個小時的時間。

* * *

網球訓練營的設備超級豪華。法蘭基和史代斯被分配到一棟有兩間臥房的泥磚小屋，有空調冷氣，一間印第安風味的餐廳，一間帶有陽台的客廳，以及一間小小的廚房。屋前可以看到極美的山景。屋內還有一座小酒吧，一個大冰箱，和一台大電視機。

但為期三周的訓練課程，一開始卻很不愉快。訓練營中的一位教練對法蘭基特別嚴厲。

在同一期的初學者當中，法蘭基很輕易就成為表現最好的一個，他尤其對自己的發球感到驕傲，即使他的發球方式完全不按照規矩，而且十分猛力。但這位名叫雷斯利教練，卻對法蘭基的這種表現，特別感到生氣。

有天早晨，法蘭基向對手發球，對手無法靠近接球，他很驕傲地對雷斯利說：「這算一次發球得分吧，對嗎？」

「不，」雷斯利冷冷地說。「這算踩線犯規。你的腳指頭超過發球線。再來一遍，要正確發球。你發的球大部分都在界外，不在界內。」

法蘭基又發了一次球，又快又正確。「這是發球得分了?對吧？」他說。

「這還是踩線犯規，」雷斯利慢慢地說。「你發的那球，根本就是亂七八糟。把球發在線內。你不是在發球，是在劈球。好好發球吧。」

法蘭基很生氣，但他忍住怒氣。「找一個不會劈球的人和我對打，」他說。「讓你看看我是怎麼發球的。」他停頓了一下。「你可以嗎？」

雷斯利不屑地看著他。「我不和劈球的人對打。」他說。他指著一位二十多歲或三十初頭的年輕女郎。「蘿西？」他說，「跟史周若先生打一盤吧。」

那女郎剛到球場來。她穿著白短褲，露出漂亮的古銅色玉腿，上身穿一件粉紅色襯衫，上面有網球訓練營的標記。她有一張漂亮的臉孔，頭髮往後梳，綁成馬尾。

「妳必須讓讓我，」法蘭基怒氣全消。他說。「妳看來很行的樣子，妳是教練？」

「不是，」蘿西說。「我只是來這兒上課，學發球的。雷斯利是教授發球的最佳教練。」

「讓一讓他，」雷斯利說。「他的程度差妳一大截。」

法蘭基很快說道：「每四局裡讓我兩局，如何？」他不想再要求更多。

蘿西給了他一個甜甜的笑。「不，」她說，「那對你沒好處。你應該要求我每局讓你兩分，那你還有打贏的機會。如果我們打成平手，我必須贏你四局而不是贏兩局，才算贏。」

法蘭基和她握了握手。「來吧，」他說。他們站得很近，他可以聞到她身上發出來的淡淡香味。她低聲說，「你要不要我放水？」

法蘭基很激動。「不必，」他說，「妳那樣子讓我，準輸無疑。」

他們下場比賽，雷斯利在場邊觀戰，而且不再喊踩線犯規。法蘭基贏了前兩局，但蘿西接著就贏過他。她的底線抽球相當厲害，也可以很輕鬆地反擊他的發球。她總是能夠及時接住法蘭基打來的球，雖然他們有幾次平手，但她最後還是以六比二贏了他。

「嗨，以初學者來說，你算很不錯的，」蘿西說。「但你一定是過了二十歲，才開始打網球，對不對？」

「對。」法蘭基很討厭聽到「初學者」這三個字。

「你必須從小就開始學發球和擊球。」她說。

「是嗎？」法蘭基自我解嘲地說。「但在我們離開這兒之前，我會打敗你的。」

蘿西露出微笑。她的臉孔很小，但卻有一張豐滿的大嘴。「那要在你一生當中運氣最好，而我則是運氣最差的那一天才有可能。」法蘭基哈哈大笑。

史代斯走上前來，自我介紹一番。然後，他說：「今晚，妳何不跟我們共進晚餐？法蘭基不會邀請你，因為他是你的手下敗將，但他會來。」

「呀，你說的不對，」蘿西說。「他正要邀請我呢。八點可以嗎？」

「好極了。」史代斯說。他舉起網球拍，拍拍法蘭基的肩。

「我會到的。」法蘭基說。

他們在訓練營的餐廳裡共進晚餐，那是一間很大的拱形房間，有著玻璃帷幕，坐在裡面，可以看到沙漠及遠山。法蘭基和史代斯很快就發現，蘿西是個可人兒。她不斷向兩兄弟賣弄風情，談到她熟悉的各種運動，以及她所知道的一切，包括過去和現在的──著名的錦標賽，偉大的球員，個人的光榮時刻。她也是很好的聆聽者；吸引他們說出心裡的話。法蘭基甚至告訴她，他如何訓練那些小孩子打籃球，以及他的體育用品店如何提供最好的設備給這些小孩子，蘿西很溫馨地說：「嗨，這太棒了，真的太棒。」接著，他們告訴她，他們年輕時曾經是高中明星隊球員。

蘿西的胃口也很好，這正是他們最欣賞的女孩子的優點之一。她吃得又慢又優雅，當她談到有關自己的事情時，她總會低著頭，並且稍微傾向一邊，好像有點故意裝得害羞的模樣。她正在紐約大學修心理學的哲學博士學位。她出身一個還算富裕的家庭，已經遊歷過歐洲。她在高中時是網球明星。但她說這些事情時，略微帶點自我嘲笑的味道，更讓他們覺得她很迷人，她在說話時，不斷碰觸他們的手，和他們保持接觸。

「我仍然不知道，當我畢業後應該去幹什麼，」她說。「憑我從書本上學到的知識，我是無法在真實生活中猜出人們的一切。就像你們兩位。你們已經告訴我你們的生平，你們是很可愛的傢伙，但我仍然不知道你們是幹什麼的。」

「不要擔心那個，」史代斯說。「妳看到什麼，就是什麼。」

「不要問我，」法蘭基對她說。「現在，我整個生活中的最大目標，就是如何在網球場上打敗你。」

吃完晚餐，兩兄弟陪蘿西沿著紅泥土路走向她的小屋。她很快在他們兩人臉頰上各吻了一下，然後留下他們兩人站在沙漠的微風中。他們印象中最後的一個影像，就是她那張美麗的臉龐在月光中閃閃發亮。

「我認為她太棒了。」史代斯說。

「比那更棒。」法蘭基說。

* * *

蘿西在網球訓練營的最後兩個星期裡，她成了他們的好朋友。下午，上完網球課後，他們會一起去打高爾夫球。她打得不錯，但還是比不上兩兄弟。他們可以把球打得又遠又準，在果嶺上推桿也得心應手。訓練營的一位中年男士也跟他們去打高爾夫球，湊成四人，並且堅持要和蘿西一組，而且打賭一個洞十元，雖然他打得不錯，但他最後還是輸了。接著，他又想在那天晚上跟他們一起到訓練營的餐廳用餐。蘿西拒絕了他，讓兩兄弟感到很高興。「我正在設法讓他們其中一個向我求婚呢。」她向那位中年男士說。

第一個星期結束時，把蘿西弄上床的是史代斯。法蘭基那天晚上跑到拉斯維加斯賭博，讓史代斯可以放手進攻。當他在半夜裡回來時，史代斯並不在他的房間裡。第二天早上，他出現時，法蘭基問他，「她如何？」

「太棒了。」史代斯說。

「你介意我接手嗎？」法蘭基問。

這是很不尋常的。他們從來沒有共同擁有一位女人；這是他們兩人品味不同的一個領域。史代斯認真想了一會兒。蘿西跟他們兩人都很合得來。但如果史代斯把上蘿西，而法蘭基卻沒有，那三人行就無法再繼續下去。除非法蘭基帶另一個女人加入——但那樣子會破壞眼前的一切。

「沒關係。」史代斯說。

因此，第二天晚上，換成史代斯到拉斯維加斯去，由法蘭基向蘿西進攻。蘿西完全沒有拒絕，並且在床上表現得很快樂——不造作，玩得很盡興。她對這種情況似乎一點兒也不覺得不舒服。

但在第二天，當三人一起共進早餐時，法蘭基和史代斯卻不知道該如何表現。他們變得有點太正式和有禮貌。畢恭畢敬。他們原來的完美默契不見了。蘿西吃完她的早餐，然後往後一靠，有點好笑地說：「我和你們兩位是不是有什麼問題？我以為我們都是好朋友。」

史代斯很真誠地說：「這只是因為我們兩人都對你很著迷，我們真的不知道該如何處理這種情況。」

蘿西笑著說：「我會處理。我很喜歡你們兩位。我們玩得很開心。我們又沒有準備要結婚，而且，在我們離開這處網球訓練營後，可能永遠再也不會見面了。我會回去紐約，你們則回去洛杉磯。所以，最好不要破壞眼前的這種狀況，除非你們之中的某位會吃醋。那麼，我們就省掉性這一部分吧。」

兩兄弟突然對她覺得自在許多。「不可能的。」史代斯說。

法蘭基說，「我們不會吃醋的，在我們離開這兒之前，我會在網球場上打敗妳一次。」

「你還不行呢。」蘿西很堅定地說，但她還是伸出手，握住他們兩人的手。

「我們今天就來比個高下。」法蘭基說。

蘿西羞怯地歪著頭。「我每局讓你三分，」她說，「如果你輸了，以後就不能再向我擺你那套大男人的架子。」

史代斯說：「我拿一百元賭蘿西贏。」

法蘭基對他們兩人露出不懷好意的笑容。在每局讓三分的情況下，他絕不會輸給蘿西的。他對史代斯說：「如果我輸了，賠你五倍。」

蘿西臉上露出淘氣的微笑。「如果我贏了，今晚我就是史代斯的。」

兩兄弟哈哈大笑。這讓他們覺得很高興，因為這個蘿西顯然並不是極其完美的，她帶點邪氣。

到了網球場，什麼也救不了法蘭基——他的旋風式發球，他的特技式還擊，或是每局讓三分都沒用。蘿西展露了以前未曾施展過的一手極其厲害的上切球，讓法蘭基完全傻了眼。她以六比〇，直落六的成績大敗法蘭基。

比賽結束時，蘿西在法蘭基的臉頰上吻了一下，並且低聲說：「我明晚補償你。」如同她事先答應的，在他們三人共進晚餐後，她和史代斯上床。在那星期剩下的日子裡，她輪流與他們兩人睡覺。

她離開當天，兩兄弟開車送她去機場。「記住，如果你們到了紐約，一定要打電話給我。」她說。他們先前已經邀請她，不管任何時候，只要她到洛杉磯，就可以跟他們同住。接著，她突然讓他們吃了一驚。她拿出兩個包得很美麗的小小禮品盒。「禮物，」她說，並且笑得很開心。兩兄弟各自打開盒子，發現裡面都是一枚鑲著藍寶石的戒指。「希望你們記得我。」

後來，兩兄弟到城裡購物時，發現那種戒指每枚的售價是三百美元。

「她本來可以送給我們每人一條領帶，或是每人一頂那種很好笑的牛仔皮帶，只要五十元就買到了。」法蘭基說。他們覺得十分高興。

他們在網球訓練營裡還要再一個星期，但在那星期裡，他們很少打網球。他們常打高爾夫球，並在晚上搭飛機到賭城。但他們規定自己不在那兒過夜，因為這會讓你大輸特輸——特別是在清晨時，你的體力已經很差，判斷力因此受到影響，就會輸得更慘。

兩人吃晚餐時都會談到蘿西。他們都不會說她的壞話，但在他們內心深處，卻並不很尊重她，因為她和他們兩個都上過床。

「她真的很喜歡做愛，」法蘭基說。「事後，她也從不會覺得後悔或不高興。」

「是的，」史代斯說。「她很棒。我想，我們找到了最合適的妞兒。」

「但這種女人老是會變心。」法蘭基說。

「我們到紐約後，要不要打電話給她？」史代斯問。

「我會打，」法蘭基說。

* * *

在離開史考特代爾的一星期後，他們來到紐約，住進曼哈坦的雪莉—荷蘭飯店。第二天早上，他們租了一輛車，開到長島，來到約翰•賀斯柯的家。當車子滑進賀斯柯家的車道時，他們看到賀斯柯正在清除籃球場上的薄薄一層雪。賀斯柯舉手表示歡迎。接著，他示意他們把車子開進跟房子連在一起的車庫。他自己的車子則停在外面。在史代斯把車開進車庫前，法蘭基先跳下車，表面上是要和賀斯柯握手，但實際上是要讓他自己接近對方，以防萬一發生什麼狀況。

賀斯柯打開車庫門，要他們進去。

「全都準備好了。」他說。他領著他們從車庫上樓來到臥室，那兒有一個大箱子，他把它打開。裡面有好幾疊鈔票，全用橡皮筋綁著，每一疊有六吋厚，另外有個褶起來的皮袋，幾乎跟公事包一樣大。史代斯把那些錢丟到床上。然後，兩兄弟檢查每一疊錢，確定它們都是百元大鈔，而且沒有假鈔。他們只數了其中一疊有多少張，然後把它乘以一百。接著，他們把錢裝進皮袋裡。裝完後，他們抬起頭看著賀斯柯。他正露出微笑。「喝杯咖啡再走，」他說，「或者，上個廁所，或什麼的。」

「謝了，」史代斯說。「有什麼是我們應該知道的？有麻煩嗎？」

「什麼也沒有，」賀斯柯說。「一切都很好。唯一要注意的是，不要拿著這筆錢到處張揚。」

「這是我們的養老金。」法蘭基說，兩兄弟一起笑了起來。

「他的那些朋友呢？」史代斯問。

「死人是沒有朋友的。」賀斯柯說。

「他的子女呢？」法蘭基問。「他們沒有表示任何疑問嗎？」

「他們都是規規矩矩的人，」賀斯柯說。「他們不是西西里人。他們都是很有成就的專業人士。他們相信法律。他們覺得很慶幸，因為他們沒有被當成嫌疑犯。」

兩兄弟哈哈大笑，賀斯柯則露出微笑。這是很不錯的笑話。

「呀，我只是有點兒好奇，」史代斯說。「這樣的大人物，竟然沒有造成太大的風波。」

「沒錯，到現在已經過了一年，居然連個屁也沒有。」賀斯柯說。

兩兄弟喝完咖啡，和賀斯柯握了握手。「保重，」賀斯柯說。「我可能會再打電話找你們。」

「歡迎。」法蘭基說。

*　　*　　*

回到城裡後，兩兄弟把錢放進安全儲物箱內。事實上，是兩個。他們甚至沒拿出一些錢來零花。然後，他們回到旅館，打電話給蘿西。

這麼快就再度聽到他們的聲音，她感到很驚訝，但也很高興。她的聲音很急切，一再催促他們馬上到她的公寓去。她表示要帶他們看看紐約，由她招待。因此，那天晚上，他們來到她的公寓，她先請他們喝了幾杯，然後一起出去共進晚餐，再到戲院。

蘿西帶他們到「冰斗餐廳」用餐，並告訴他們，這是紐約最好的餐廳。那兒的餐點真的很棒，而且即使菜單上沒有，他們還是應法蘭基的要求，替他弄了一盤通心麵，是他嚐過最好吃的通心麵。兩兄弟真的沒有料到，像這樣花俏的餐廳，竟然也能做出讓他們如此喜歡的料理。

他們也注意到，那兒的服務生領班對待蘿西很特別，這令他們印象深刻。他們三人跟之前一樣玩得很高興，她不斷催促他們說說別後的狀況。她看來特別美麗。這也是他們第一次看到她穿得如此正式。

喝咖啡的時候，兩兄弟送禮物給蘿西。是他們當天下午在第凡內買的，並且把它放在一個褐紅色的天鵝絨盒子裡。一共花了五千大洋，那是一條式樣簡單的項鍊，有一個白金鑲邊的鑽石墜子。

「這是史代斯和我的一點心意。」法蘭基說。「我們合買的。」

蘿西大為感動。她的眼睛變得水汪汪的，閃著淚光。她套上這條項鍊，墜子正好在她的兩乳之間。接著，她傾身向前，吻了他們兩個。那是在唇上的簡單的甜甜一吻，如蜂蜜般甜美。

* * *

兩兄弟曾經告訴過蘿西，他們從未看過百老匯音樂劇，於是，第二天晚上，她帶他們去看「悲慘世界」。她向他們保證，他們一定會很喜歡。他們果然看得很高興，但仍然有所保留。後來，回到她的公寓裡，法蘭基說：「我不認為男主角不會殺了警探賈佛特，如果他有機會的話。」

「這是音樂劇，」史代斯說。「即使是拍成電影的音樂劇，劇情也不怎麼合理。他們不必理會劇情是否合理。」

但蘿西表示不同的意見。「這表示金・華爾金變成一個真正的好人，」她說。「這齣戲說的是贖罪。男主角犯了罪，偷東西，然後改邪歸正，回饋社會。」

這讓史代斯更生氣了。「等一等，」他說。「這傢伙一開始就是個賊。一旦是賊，終生是賊。對不對，法蘭基？」

現在輪到蘿西發火了。「對於像華爾金這樣的人，你們兩個傢伙到底知道些什麼呢？」這讓兩兄弟住了口。蘿西露出她的和善笑容。「今天晚上，你們之中那一個留下來？」她問。

她等待他們回答，最後說道：「我不搞三人同床。你們必須輪流。」

「妳希望我們哪一個留下來？」法蘭基問。

「不要來這一套，」蘿西警告說。「否則，我們的關係就會變得像電影那樣美好。不再上床。我可不喜歡那樣子，」她說。她笑了，希望讓氣氛和緩一點。「我愛你們兩個。」

「今晚我回去好了。」法蘭基說。他要她明白，她不能控制他。

蘿西吻了法蘭基，向他道晚安，並陪他來到門口。她低聲說：「明晚，我會很特別。」

* * *

他們在一起過了六天。蘿西白天必須撰寫她的博士學術論文，但晚上有空。

有天晚上，湖人隊正好來到紐約，兩兄弟帶她去看湖人隊和尼克隊打球。她看得津津有味，讓兩兄弟也覺得很高興。看完球賽後，他們前往一家時髦的餐廳，蘿西告訴他們，第二天，也就是耶誕夜的前夕，她必須離開城裡一個星期。兩兄弟本來以為她會跟他們一起過耶誕節，但現在，他們注意到，自從他們認識她以來，她第一次顯得有點鬱鬱不樂。

「不，我家在紐約州北部有一棟房子，我要獨自一人到那兒過耶誕節。我只想避開耶誕節所有這些虛假的東西，到那兒讀讀書，休息一下。」

「那就取消計畫，和我們過完耶誕節，」法蘭基說。「我們可以更改回去洛杉磯的班機。」

「不行，」蘿西說。「我必須讀書和寫論文，那地方最適合不過了。」

「獨自一個人？」史代斯問。

蘿西低下頭。「我是個可憐蟲。」她說。

「可以讓我們去陪妳幾天嗎？」法蘭基問。「過完耶誕節的第二天，我們就走。」

「是呀，」史代斯說，「我們也可以享受一下安詳、平靜的時刻。」

蘿西的臉孔馬上開朗起來。「你們真的願意這樣做？」她高興地說。「太好了，我們可以在耶誕節當天去滑雪。那兒有個滑雪場，離我的房子只有三十分鐘。我還可以準備一頓耶誕大餐。」她停頓了一下，接著有點不相信地說：「但你們要答應，耶誕節後就離開；我真的必須好好讀書。」

「我們必須回去洛杉磯，」史代斯說。「我們有些事情要處理。」

「上帝，我好愛你們兩個。」蘿西說。

史代斯有點漫不經心地說，「法蘭基和我討論過了。妳知道的，我們從未去過歐洲，我們在想，當妳今年夏天完成學業後，我們可以一起去。妳來當我們的導遊。旅行中的一切都是最高級的享受。只玩兩個星期。如果妳陪我們去，我們可以玩得很盡興。」

「是呀，」法蘭基說。「要我們兩個自己去，那可不行。」他們全都笑了。

「這個主意真不錯，」蘿西說。「我會帶你們看看倫敦、巴黎和羅馬。你們一定會喜歡上威尼斯，可能再也不想離開那兒。但是，管他的，夏天還遠得很哩，你們兩位。我很了解你們，到那時候，你已經在追別的女人了。」

「我們只要妳。」法蘭基幾乎有點生氣地說。

「我一接到電話，馬上就可以準備動身。」蘿西說。

* * *

十二月二十三日早晨，蘿西來到他們的旅館，接雙胞胎兩兄弟。她開的是一輛很大的凱迪拉克轎車，後行李廂裡裝著她的幾隻大皮箱，和幾個包得很精美的禮物，仍然還有位置放下他們兩人比較簡單的行李。

史代斯坐到後座，讓法蘭基和蘿西坐在前座。收音機裡播放著音樂，他們之中沒有人說話將近一個小時。蘿西就是這一點討人喜歡。

在等待蘿西來接他們之前，兩兄弟曾經在吃早餐時討論過她。史代斯看得出來，法蘭基好像有什麼話要對他說，但卻不說出來，這在兩兄弟之間是很少見的。

「說出來。」史代斯說。

「不要誤會我的意思，」法蘭基說。「我不是在嫉妒或什麼的。但我們在那兒的那幾天，你可不可以不要碰蘿西？」

「當然可以，」史代斯說。「我會告訴她，我在賭城得了性病。」

法蘭基笑了，他說：「你不必做得那麼絕。我只是想試試自己單獨跟她在一起。或者，我也可以退出，讓你跟她在一起。」

「你這個笨蛋，」史代斯說。「你會破壞了所有好玩的事。聽著，我們既不強迫她，也不騙她。這是她想要的。而且，我想，這種情況對我們兩人也很不錯。」

「我只是想自己試一試，」法蘭基再度說了一遍。「只是想在這一兩天當中試試看。」

「當然可以，」史代斯說。「我是大哥，必須照顧你。」這是他們最喜歡說的笑話，事實上，史代斯雖然看起來好像比法蘭基大了好幾歲，但其實只早生十分鐘而已。

「但你要明白，她在兩秒鐘內就可以看穿你在想什麼，」史代斯說。「蘿西很聰明。她會知道，你愛上她了。」

法蘭基吃驚地看著他哥哥。「我愛上她了？」，他說。「是這樣子嗎？耶穌操基督。」他們兩人全哈哈大笑。

*　　*　　*

車子現在已經出了城，在西契斯特郡的農地裡，沿著山路往上蜿蜒前進。法蘭基打破沈默。「我這輩子從沒看過這麼多的雪，」他說。「人們怎會住到這地方來？」

「因為這兒便宜。」蘿西說。

史代斯問：「還要多久？」

「大約一個半小時，」蘿西說。「你們要不要停一下？」

「不必，」法蘭基說，「我們直接到那兒去吧。」

「或者，妳想停一下。」史代斯對蘿西說。

蘿西搖搖頭。她看來很專心，兩手緊緊扶住方向盤，用心看著車子前方飄落的雪花。

約一個小時後，他們經過一個小鎮，蘿西說：「再十五分鐘就到了。」

車子轉進一處很陡的山腰，在一處小山頭上有一棟灰色的房子，像頭灰色的大象，四周是被大雪覆蓋的田地，積雪純淨潔白，沒有任何痕跡，上面沒有足跡，也沒有車子駛過的痕跡。

蘿西把車子停在房子門口的前廊前，他們下了車。她要他們從車上搬下行李和耶誕禮盒。「進去吧，」她說，「大門是開著的。我們這兒從不鎖門。」

法蘭基和史代斯踏上前廊的台階，打開大門。他們置身在一間很大的客廳裡，牆上裝飾著一些動物的頭部標本，有個壁爐大得像山洞，正燒著熊熊大火。

突然，他們聽到外面傳來凱迪拉克引擎的怒吼聲，同一時候，六名男子從房子的兩處入口出現。他們手中全拿著槍，帶頭的那一位，個子高大，留著一把大鬍子，用略帶外國土腔的聲音說道：「不要動，不要放下手中的東西。」接著，那幾把槍全抵住他們的身體。

史代斯馬上就明白這是怎麼回事，但史代斯還在擔心蘿西。大約過了三十秒，他才明白過來——剛才傳來引擎的怒吼聲，表示蘿西已經不在了。接著，他心頭湧起他這輩子最不愉快的一種感覺，他終於明白了事實真相。蘿西是釣餌。

MARIO PUZO

OMERTA

CHAPTER 7

聖誕夜前一晚，艾斯特雷參加妮可在她公寓內舉行的宴會。她邀請了一些同行及同事，以及她支持的一些公益團體的人員，包括「廢除死刑運動」這個團體在內。

艾斯特雷喜歡參加宴會。在宴會上，他喜歡和可能這輩子再也不會見面的人，或是背景跟他完全不同的人聊天。有時候，他會碰到一些有趣的女性，並因此和她們發展出一段短暫的戀情。他一直渴望墜入愛河；他很想談個戀愛。今晚，妮可再度向他提及他們年輕時的那段愛情，她既不含蓄，也不是在向他調情，而是以幽默的口吻提醒他。

「你那時服從我父親的命令，逕自前往歐洲，真是傷透了我的心。」她說。

「沒錯，」艾斯特雷說。「但那並未阻止妳後來和別的男生談戀愛。」

為了某種原因，妮可今晚十分喜歡他。她表現出小女生的嬌態，親密地握著他的手，吻他的唇，並且緊緊依偎著他，好像知道他又要再度從她身邊溜走。

這令他很困惑，因為他往日的溫柔情緒全部再度被挑起，但他明白，如果在他生命的這當兒再和妮可重續前緣，將是嚴重的錯誤，尤其是他正要做出重大的決定。最後，她領他來到一群人那兒，向大家介紹他。

今晚，現場有一個樂團在演奏，妮可於是請艾斯特雷上台演唱，這是他一向喜歡的。他的聲音現在有點沙啞，但聽起來反而溫馨、輕快。他和樂團合唱了一首義大利老情歌。

當他向著妮可唱起這首小夜曲式的情歌時，她摟著他的脖子，看著他的眼睛，搜索他的靈魂深處。接著，在獻上悲傷的最後一吻後，她放開了他。

唱完歌後，妮可帶給他一個驚喜。她領著他來到一位客人面前，那是一位文靜的美麗婦人，有著一對充滿智慧的綠色大眼睛。「艾斯特雷，」她說，「這位是嬌姬蒂‧希爾克，她是『廢除死刑運動』的義工，我們經常在一起工作。」

嬌姬蒂和他握了握手，並且稱讚他的歌聲。「你讓我想起年輕時代的法蘭克辛納屈。」她說。

艾斯特雷很高興。「謝謝妳，」他說。「他是我的偶像，我把他唱過的所有曲子都背下來了。」

「我丈夫也是他的大歌迷，」嬌姬蒂說。「我喜歡他的音樂，但我不喜歡他待人的方式。」

艾斯特雷嘆了一口氣，知道他在這一點辯不過對方，但卻又不得不替他的偶像說幾句。

「是的，但我們一定要把他的藝術成就和他的為人分開來。」

嬌姬蒂對艾斯特雷的英勇辯護，覺得很有趣。「我們一定要這樣嗎？」她問道，眼中閃爍著嘲弄的亮光。「我不認為我們應該寬恕他那種冷酷、粗魯的行為，更別提暴力行為了。」

艾斯特雷看得出來，嬌姬蒂是不會在這方面讓步的，因此，他所能做的，就只有唱出他的偶像最著名情歌的幾小節。他深情地望著她的綠色眼睛，身體隨著音樂搖擺，接著，他看到她開始露出笑容。

「好吧，好吧，」她說。「我承認，這些曲子真的很好聽。但我仍然不放棄批評他。」她輕輕拍了拍他的肩膀，然後轉身離去。在那天晚上接下來的時間裡，艾斯特雷一直在觀察她。像她這樣的女人，不必採取任何行動來加強她的美麗，她具有一種天生的優雅氣質與極度的溫柔，可以化解美貌帶來的任何威脅。而艾斯特雷就像房間裡所有的男人，都有點愛上她了。然而，她似乎真的完全不知道她對別人產生的影響。她完全沒有一絲一毫在賣弄風情。

在此之前，艾斯特雷已經看過馬坎托尼歐有關希爾克的文件，知道他是一個嫉惡如仇的人，一直在追蹤人類的缺點，冷酷、但有效地執行著他的工作。他也在文件中讀到，他的妻子真心愛著他。這是很神祕的一件事。

宴會進行到一半時，妮可來到他身邊，低聲對他說，奧爾多・蒙薩到了，就在接待室裡。

「很抱歉，妮可，」艾斯特雷說。「我必須走了。」

「好吧，」妮可說。「我本來希望你多了解一下嬌姬蒂。她肯定是我認識的女人當中，最聰明和最優秀的。」

「是的，她也很漂亮，」艾斯特雷說，他同時在自己心裡想道，他為什麼還對女人如此有興趣，真是太傻了——只不過是第一次見面，竟然就產生這麼多的遐想。

艾斯特雷來到接待室，發現艾爾多・蒙薩很不舒服地坐在妮可收藏的其中一張看來很不牢靠、但很美的古董椅子上。蒙薩站起來，低聲對艾斯特雷說：「我們抓到雙胞胎兄弟了，正等你處置。」

艾斯特雷心一沈。一切就要開始了，現在他要再度接受考驗。「開車到那兒要多久時間？」他問。

「最少要三個小時。有暴風雪。」

艾斯特雷看看手錶，晚上十點三十分。「我們動身吧，」他說。

他們離開大樓時，外面正下著大雪，白茫茫一片，停在路邊的車子都被積雪掩埋了一大半。蒙薩準備了一輛別克大轎車。

蒙薩開車，艾斯特雷坐在他旁邊。很冷，蒙薩開了暖氣。車內慢慢出現混和著香菸和酒的氣味。

「睡一覺吧，」蒙薩對艾斯特雷說。「這段路程很遠，而且你已經忙了一個晚上。」

艾斯特雷讓他的身體放鬆下來，思緒慢慢進入夢中。雪花模糊了道路。他回憶起西西里的炙熱感覺，以及那十一年的訓練期，在那段期間內，大爺訓練他，要他準備應付今天的這項終極任務。他知道，他是無法逃避命運的安排的。

* * *

艾斯特雷・維奧拉十六歲那一年，艾普萊大爺命令他前往倫敦求學。艾斯特雷並不覺得意外。大爺從小就把他所有的子女送往私人學校，並且讓他們在大學中長大；這不僅僅只是因為他認為教育對孩子很重要，也是因為他要讓他們不去接觸到他自己的事業和生活方式。

到了倫敦後，艾斯特雷住在一對富裕夫婦的家裡，他們是在很多年前從西西里移民到英國，並在英國過著很寬裕、舒適的生活。他們都是中年年紀，沒有子女，並把他們的姓從原來的普里歐拉改成普萊爾。他們的外表看來已經很英國化，他們的皮膚已經被英國氣候漂白，他們的衣著和舉止動作已經完全沒有西西里人的味道。普萊爾先生每天上班時都要戴上英國紳士帽，手拿一把收得好好的傘；普萊爾太太則穿著碎花洋裝，頭戴英國婦女特有的無邊軟帽。

但回到家裡後，他們就會回復原來的面目。普萊爾先生會換上寬鬆的褲子和無領黑襯衫，普萊爾太太則穿著很寬大的黑色洋裝，以傳統的義大利方式烹調食物。他喊她瑪莉莎，她喊他祖。

普萊爾先生是一家私人銀行的總經理，而這家銀行則是巴勒摩一家大銀行的附屬銀行。他把艾斯特雷當做是心愛的姪子，但保持一點距離。普萊爾太太則讓他享受美食，同時像對待孫子一樣地寵愛他。

普萊爾先生送給艾斯特雷一輛汽車，並給他很豐富的零用錢。上學的學校已經安排好，是倫敦郊外一所不很起眼的大學，以商業和銀行課程聞名，但在藝術課程方面也有不錯的名聲。艾斯特雷選了所有必修的課程，但他真正的興趣在戲劇和歌唱課程。他選了好多音樂和歷史課程。就在停留倫敦的這段期間內，他愛上了獵狐這項運動，但他喜歡的並不是真正的獵殺和追逐行動，而是整套壯觀的行頭——紅色外套的獵裝，褐色獵犬，以及黑色駿馬。

在一次戲劇課上，艾斯特雷遇到了跟他同年齡的一位女孩子，蘿西・康勒。她長得極其美麗，帶有一種天真無邪的味道，對年輕男子具有致命的吸引力，對年紀較大的人則很具挑逗性。她也很有才能，在班上演出的多齣戲劇中擔任多次女主角。相反的，艾斯特雷卻被分派一些小角色。他是長得夠英俊，但他的個性卻使他無法和觀眾打成一片。蘿西則沒有這個問題。看來反而好像是，她在邀請每一位觀眾來引誘她。

他們也一起上聲樂課，蘿西很欣賞艾斯特雷的歌聲，但老師顯然不同意她的觀點；事實上，他甚至建議艾斯特雷放棄他的音樂課。他認為艾斯特雷不僅沒有真正美妙的歌喉，更糟的是，他對樂理也懂得不多。

只不過兩周時間，艾斯特雷和蘿西就成了情人。這主要是她採取主動，而不是艾斯特雷，不過，在這時候，他已經瘋狂愛上她——達到十六歲青年所能戀愛的最瘋狂程度。他幾乎完全忘掉了妮可。蘿西看來似乎是玩心多過熱情。但她活力充沛，當她跟他在一起時，他很崇拜他；她在床上很熱情，而且在各方面都很大方。在他們成為情人的一個星期後，她買了一套很昂貴的禮物送給他：一件紅色的獵裝上衣，配黑色麂皮獵帽，以及一根很好的皮鞭。雖然是昂貴的禮物，但她把它們當做是開玩笑般。

跟一般的年輕情侶一樣，他們也彼此訴說著自己的生平。蘿西告訴他，她的父母在美國南達科他州擁有一處大農場，她的童年是在一個很枯燥的小鎮度過。她後來堅持要到英國修習戲劇，才總算逃了出來。但她的童年也並非完全一無可取。她學會了騎馬、打獵和滑雪，高中時，她還是學校戲劇社和網球場上的明星。

艾斯特雷也把心裡的話全部向她坦白。他告訴她，他如何渴望成為一名歌手，他是多麼喜歡中古時代的英國生活方式，像是王室的隆重排場，馬球賽和獵狐等。但他從沒有向她提及他的叔叔，雷蒙得·艾普萊大爺，以及他小時候在西西里的經歷。

她要他穿上整套獵裝行頭，然後又替他脫下來。「你太英俊了，」她說。「也許你前生是英國貴族，是某個領地的主人。」

這是她唯一令艾斯特雷覺得不舒服的一點。她真的很相信輪迴。但接著她跟他做愛，很快讓他忘了所有的一切。他似乎從未如此快樂過，除了在西西里之外。

但在一年結束後，普萊爾先生把他拉到他的書房裡，告訴他一些壞消息。普萊爾先生當時穿著緊身馬褲和一件農人式的針織外套，頭上戴了一頂方格布的鴨嘴帽，帽緣遮住了他的眼睛。

他對艾斯特雷說：「我們很高興你住在我們家裡。我妻子很喜歡聽你唱歌。但現在我們必須很遺憾的說再見了。雷蒙得大爺已經下達命令，要你前往西西里，和他的好朋友畢安柯同住。你必須在那兒學點東西。他要你成長為一個真正的西西里人。你知道那是什麼意思。」

艾斯特雷對這個消息感到萬分震驚，但他沒有表示懷疑，因為他知道他必須服從。雖然他也很想再度前往西西里，但他無法忍受再也見不到蘿西。他對普萊爾先生說：「如果我每個月回來倫敦一次，我可以住你家嗎？」

「如果你不住我家，我會認為是對我的侮辱，」普萊爾先生說。「但是，有什麼特別的原因嗎？」

艾斯特雷向他說明，他正和蘿西談戀愛，並承認他深深愛著她。

「呀，」普萊爾先生愉快地嘆了一口氣。「真是不幸，你必須和心愛的女人分手。真傷心。還有，那個可憐的女孩子，她一定也會很痛苦。但放心去吧，不要擔心。把她的姓名和地址告訴我，如此，我才能幫你照顧她。」

艾斯特雷和蘿西淚流滿面地道別。他向她發誓，每個月一定會飛回倫敦看她，她也向他發誓，絕不會再看別的男人一眼。那是甜美的分離。艾斯特雷很擔心她。她的美麗外貌，她的愉悅態度，她的笑容，總是會引人遐思。他喜歡的她的這些優點，卻也是最危險的。他已經看過好多次，就如一般的情侶一樣，他深信，世界上所有的男人一定都渴望得到他所愛的這個女人，他們一定也會被她的美麗、聰明和愉悅的個性所吸引。

艾斯特雷第二天就搭飛機前往巴勒摩。他見到畢安柯，但卻是一個已經改變很多的畢安柯。這位體格碩大的漢子現在改穿起很合身的絲質西裝，並且戴著一頂白色的寬邊帽。他這種穿著是為了配合他目前的身份，因為畢安柯的家族現在控制著飽受戰火蹂躪的巴勒摩大部分的建設公司。他的生活十分富裕，但卻遠比以前複雜得多。現在他必須買通城裡所有官員，以及羅馬所有部會的高級官員，並且還要保護他家族的勢力範圍，以免被勢力龐大的競爭對手侵入，例如，像是科里昂家族。

歐塔維斯‧畢安柯熱烈擁抱艾斯特雷，並且談起很久以前的那次綁架事件，接著把雷蒙得大爺的指示告訴他。他要把艾斯特雷訓練成畢安柯的保鑣，以及向畢安柯學習做生意。這大概要花五年的時間，但在訓練結束後，艾斯特雷將成為真正的西西里人，也將是他叔叔最信任的人。他一開始就有一個很有利的條件：由於他小時候曾經多次來到西西里，因此，他可以說西西里的方言，而且流利得好像本地人。

畢安柯住在巴勒摩郊外一處佔地很廣的別莊裡，僕役如雲，還有一大票守衛二十四小時保護。因為他現在有錢又有勢，所以和巴勒摩上流社會有很密切的交往。白天，艾斯特雷要接受射擊和炸藥的訓練，並且由專家詳細講解。晚上，畢安柯會帶他去見他的朋友，有時候是在朋友家中，有時在咖啡館。有時候，他們會去參加社交舞會，在這樣的場合裡，畢安柯是一些有錢、保守的寡婦的最理想對象，而艾斯特雷則對著她們的女兒輕輕唱著情歌。

最讓艾斯特雷感到驚訝的是，從羅馬來的高級官員竟然公開收賄。某個星期天，義大利中央政府的建設部長前來拜訪，並且很愉快、而且毫不覺得羞恥地收下一大皮箱的現鈔，同時熱烈地感謝畢安柯。他幾乎有點抱歉地解釋說，其中一半的錢將會送給義大利總理本人。後來，當艾斯特雷和畢安柯回到家裡後，艾斯特雷問說，這是否有可能。

畢安柯聳聳肩。「不會是一半，但我希望至少有一部分。送點零用錢給總理閣下花花，是很榮幸的事。」

在接下來的一年當中，艾斯特雷經常飛到倫敦探望蘿西，每次只停留一天一夜。這些夜晚對他來說，真是幸福無比。

還有，在那一年當中，他也首次體驗到幫派火併的情況。畢安柯和科里昂家族在第三者安排下，達成停火。科里昂家族在巴勒摩地區的頭目，名叫托斯西・里莫納。里莫納個子小小的，但咳起嗽來，聲音十分驚人，他有著像老鷹式的深刻輪廓，兩眼深陷。即使畢安柯也對他畏懼三分。

這兩大家族頭目的會面地點，是在一處中立的場所，參加的還有西西里一位最高階級的法官。

這位法官綽號是「巴勒摩之獅」，他對自己的公然收賄覺得相當自傲。他會替因為殺人而被定罪的黑手黨成員減刑，並且拒絕檢察官繼續追查下去。他毫不隱瞞，他和科里昂家族及畢安柯的家族都是好朋友。他有一棟大別莊，座落於距巴勒摩十哩遠處，兩大家族頭目的會面地點就在他的別莊內，以確保不會發生暴力衝突。

兩位頭目被允許可以各帶四名保鑣。他們也一起出錢付給「巴勒摩之獅」，感謝他安排這次停火，以及親自主持會議，當然，也包括租用他的房子的租金。

法官有一頭如獅子般濃密的頭髮，幾乎遮住了他的臉孔，也使得這頭「獅子」看來威嚴十足，真的好像是一位受人敬重的法官。

艾斯特雷率領畢安柯的保鑣參加會議，對兩位頭目表現的熱烈情緒印象深刻。里莫納和畢安柯熱烈擁抱，親吻對方臉頰，用力握著手。在獅子做東的精美晚餐上，他們開心大笑，相互親熱地低聲交談。

因此，他很驚訝的是，在晚宴一結束，他和畢安柯再度獨處時，畢安柯竟然對他說，「我們必須很小心。里莫納那王八蛋打算把我們全殺死。」

事後證明，畢安柯的話是正確的。

一個星期後，被畢安柯收買的一位警察督察，在離開他情婦的家時被人槍殺。再兩個星期後，巴勒摩的一位社會名流，也是畢安柯營建業的合夥人之一，被闖進他家中的一群蒙面槍手亂槍打死。

畢安柯的反應就是增加他的保鑣人數，並且對他乘坐的汽車特別嚴加檢查。科里昂家族最擅長的就是使用炸藥。畢安柯也減少外出次數，盡量待在自己的別莊中。

但有一天，他必須進入巴勒摩城內，前去向兩位市府高級官員行賄，事後，他決定到最喜歡的一家餐廳用餐。他選了一輛賓士轎車，和一位最好的司機兼保鑣。艾斯特雷陪他坐在後座。一輛車子在賓士車前面保護，後面又跟另一輛，這兩輛車子上，除了司機，還有兩名持槍的保鑣。

他們正行駛在一條寬廣的大馬路上時，突然有輛摩托車從一條巷子裡衝出，車上有兩個人。坐在機車後座的那人，手中拿著一把俄製卡拉希尼科夫衝鋒槍，對著賓士車一陣掃射。但艾斯特雷早已把畢安柯推倒在車內地上，並對著疾馳而過的機車殺手開槍射擊。那輛機車快速駛向街道另一頭，很快消失不見。

三個星期後，在夜色掩護下，五名男子被俘虜後，被帶到畢安柯的別莊來，他們被結結實實綁著，然後被丟到地窖裡。「他們都是科里昂家族的人，」畢安柯對艾斯特雷說。「跟我到地窖去。」

那五個人被綁得牢牢的，是畢安柯以前在鄉下時的農人綁法，手腳全被綁在一起。武裝警衛守在他們身旁。畢安柯拿起一位警衛的步槍，不發一語，一一對著五個人的腦背各開一槍，將五人全部打死。

「把他們丟到巴勒摩大街上，」他下令。然後他轉身對艾斯特雷說。「在你決定殺死某人後，絕對不要和他說話。這會使你們兩人都感到尷尬。」

「他們就是機車殺手？」艾斯特雷問道。

「不是，」畢安柯說。「但這樣做會有效的。」

果然如此。從那時候起，巴勒摩家族和科里昂家族開始停火。

*　*　*

有將近兩個月的時間，艾斯特雷沒有回到倫敦看望蘿西。某天清晨，他接到她打來的電話。他曾經給她電話號碼，但囑咐她，只能在緊急狀況時使用。

「艾斯特雷，」她以很平靜的口氣說。「你可以馬上飛回來嗎？我遇上大麻煩了。」

「告訴我，什麼事？」艾斯特雷說。

「我不能在電話上告訴你，」蘿西說。「但如果你是真心愛我，你應該回來。」

當艾斯特雷請求畢安柯准許他離開時，畢安柯說，「帶錢去。」他給他一大筆英鎊。

艾斯特雷來到蘿西的公寓，她很快開門讓他進去，然後很小心地鎖上門。她的臉孔死白，穿著一件寬大的浴袍，是他以前從未見過的。她給了他一個短而感激的吻。「你一定會生我的氣。」她悲傷地說。

在那一刻，艾斯特雷以為是她懷孕了，於是他很快地說：「親愛的，我絕對不會生妳的氣。」

她緊緊抱著他。「你已經離開一年多，你知道的。我一直很努力要保持對你的忠實。但時間太長了。」

艾斯特雷一下子弄清楚了，但心頭也一陣冰冷。這又是一次背叛。但不僅如此而已。她為什麼如此著急的要他趕過來？「好吧，」他說，「為什麼要我來這兒？」

「你必須幫我。」蘿西說，並且領著他走進臥室。

床上有東西。艾斯特雷掀開床單，發現一名中年男子仰躺在床上，全身赤裸，但臉上卻呈現出一種莊嚴的神情。這有一部分原因是因為他留著一撮銀白色的山羊鬍，更有可能是他的臉孔線條很細緻，有如雕像一般。他的身體結實而瘦，胸部有一大片毛髮；最怪異的是，他的眼睛張得大大的，還戴著金邊眼鏡。雖然就他的身體比例來說，他的頭太大，但他其實是一名英俊的男士。在艾斯特雷看來，這人是百分之百已經死了，即使他身上並無外傷。眼鏡有點歪，艾斯特雷伸手把它扶正。

蘿西低聲說：「我們當時正在做愛，他突然出現這種可怕的痙攣。他一定是心臟病發作。」

「這是什麼時候發生的？」艾斯特雷問。他並不覺得太驚訝。

「昨晚。」蘿西說。

「你何不乾脆打電話找救護車來？」艾斯特雷說，「這又不是妳的錯。」

「他已經結婚了，而且這可能是我的錯。我們服用了亞硝酸。因為他無法高潮。」她說。沒有絲毫覺得不好意思。

艾斯特雷對她的如此泰然自若，反倒感到真正驚訝。看著床上的屍體，他突然有種奇怪的感覺，覺得應該替這個男子穿上衣服，並且拿掉眼鏡。他年紀太大，至少有五十歲了，不應該讓他赤身裸體——這是不對的。他問了蘿西一個問題。他並沒有惡意，只是像一般年輕人那樣子覺得很不可思議。「妳怎會喜歡這傢伙？」

「他是我的歷史教授，」蘿西說。「嘴巴真的很甜，很溫柔。但這只是一時的衝動。這也是我們的第二次做愛。我很寂寞。」她停頓了一會兒，然後直接望著他的眼睛說，「你必須幫助我。」

「有任何人知道他和妳約會嗎？」艾斯特雷問。

「沒有。」

「我還是覺得應該叫警察來。」

「不行，」蘿西說。「如果你害怕，我自己來處理。」

「去穿好衣服。」艾斯特雷以很嚴厲的眼神說。他把床單拉回去，蓋住屍體。

一個小時後，他們來到普萊爾先生家裡；他親自應門。他一句話也沒說，帶著他們來到他的書房，聽他們說完他們的故事。他很同情蘿西，拍拍她的手，安慰她，到了這時候，蘿西方才忍不住淚流滿面。普萊爾先生脫下他的小帽，喃喃說了幾句表示同情的話。

「把你公寓的鑰匙給我，」他對蘿西說。「今晚就在這兒住下來。明天妳就可以回去，一切都會處理得好好的。妳的朋友將會失蹤。然後妳再到這兒住一個星期，接著，就可以回美國去了。」

普萊爾先生領他們來到他們的臥室，他彷彿知道，他們兩人的愛情並不會受到影響。接著，他留下他們兩個，出門去處理事情。

艾斯特雷一直記得那晚的情景。他和蘿西躺在床上，安慰她，擦掉她的眼淚。「這只是我們的第二次，」她低聲告訴他。「這不表示什麼，我們是這麼好的好朋友，我想念你。我只是欣賞他的智慧，接著，某天晚上，就這麼發生了。他無法高潮，我很不想這麼說他，但他甚至無法維持勃起。於是他要求服用亞硝酸。」

她看來是如此脆弱，如此傷心，這件悲劇似乎使她心碎不已，艾斯特雷所能做的，就是不停地安慰她。但突然有個想法出現在他腦中。在他趕到之前，她和一具死屍在她的家裡共同相處了超過二十四小時。這是一個謎，既然有這麼一個謎，可能還有其他的謎。但他還是擦掉她的眼淚，吻她的臉頰，安慰她。

「你還會再跟我見面嗎？」她問他，同時把臉孔埋進他的肩膀，使他感受到她柔軟的身體。

「當然會的。」艾斯特雷說。但他的內心並不很肯定。

第二天早上，普萊爾先生再度出現，並且告訴蘿西，她可以回去她的公寓了。蘿西很感激地摟著他，他則很溫馨地接受。他安排了一輛車子在屋外等她。

在她離去後，普萊爾先生換回正式的服裝，戴上紳士帽，拿著雨傘，送艾斯特雷到機場。

「不要擔心她，」普萊爾先生說。「我們會照顧她的一切。」

「隨時通知我。」艾斯特雷說。

「當然。她是很不錯的女孩子，是真正的黑手黨女性。你一定要原諒她小小的錯誤。」

MARIO PUZO

OMERTA

CHAPTER 8

在西西里的那幾年，艾斯特雷已經被訓練成一位合格的黑手黨人才。他甚至率領畢安柯家族的六名成員衝進科里昂家族的地盤，處死他們最主要的炸彈專家，此人曾經炸死一名義大利陸軍將領和西西里最有能力的兩位反對黑手黨的法官。那是一次很大膽的突擊行動，使他在畢安柯領導的巴勒摩家族的上層階級裡，建立起很響亮的名氣。

艾斯特雷也過著很活躍的社交生活，經常流連巴勒摩的餐廳、俱樂部和夜總會——大部分都是為了想見見那裡的漂亮女人。巴勒摩到處都是不同家族的黑手黨打手，全都刻意要展現他們的男性風采，也全都很謹慎地要表現出他們的風流外表：剪裁合身的西服，修剪得整整齊齊的指甲，光滑的頭髮往後梳。所有的人都想表現出他們的風格——一定要讓人又怕又愛。他們之中最年輕的只有十幾歲，也學著跟人留起梳理得很整齊的髭子，嘴唇紅得像珊瑚。他們從來不向另一位男性讓步，艾斯特雷則盡量避免和他們接觸。他們做事魯莽，不計後果，甚至敢於殺害他們自己家族中的高級人員，即使因此幾乎立即招來殺身之禍。因為殺害黑手黨同伴，就像引誘對方的妻子，是要處死的。為了滿足這些人的自傲，艾斯特雷總是隨時對這些打手表現出親切的敬意。因此，他很受他們歡迎。這有助於他半真半假地愛上一位名叫布姬的俱樂部舞者，免除了這些人跟他爭風吃醋。

*　　*　　*

一連好幾年，艾斯特雷都是充當畢安柯的左右手，幫他對抗科里昂家族。他會不時收到艾普萊大爺的指示，因為大爺這時候已經不再每年到西西里一次。

科里昂家族和畢安柯的家族爭執的焦點，在於黑手黨的長期經營策略。科里昂家族決定以恐怖手段對抗當局。他們刺殺法官，炸死被派來鎮壓西西里黑手黨的陸軍將領。畢安柯則認為，這樣做即使可以馬上得到些好處，但從長遠觀點來看，卻是有百害無一利。但他的反對卻反而造成他自己的朋友被殺。畢安柯於是展開報復，這樣的大屠殺變得越來越烈，於是雙方再度尋求停火。

*　　*　　*

在西西里這幾年，艾斯特雷結交了一位好朋友，尼洛•史巴拉。他比艾斯特雷大五歲，在巴勒摩一家夜總會的樂團裡演奏，那家夜總會的女侍者都很漂亮，其中有幾位還是高級妓女。

尼洛似乎並不缺錢——他好像有很多收入來源。他的穿著很漂亮，完全是標準的巴勒摩黑手黨風格。他一直都是精神奕奕的，隨時準備採取行動，夜總會裡的女孩子都很喜歡他，因為他會在她們生日或假日時，送點小禮物給她們。這也是因為她們懷疑，他是這家俱樂部的秘密合夥人之一。而這家夜總會則是很安全的工作場所，這要感謝控制省內所有娛樂事業的巴勒摩家族的嚴密保護。這些女孩子都很高興陪尼洛和艾斯特雷參加私人宴會，以及開車到鄉下遊玩。

布姬是位高挑、豐滿的紅髮美女，在尼洛・史巴拉的夜總會裡跳舞。她以壞脾氣和自由選擇愛人而聞名。她從不和黑手黨的那些小打手來往。想要追求她的人，一定要有錢有勢。她一切以錢為目的，而且是公開明講，很像是黑手黨的作風。她要求最昂貴的禮物，但她的美貌和熱情，使得巴勒摩的有錢人都渴望滿足她的需求。

在那幾年裡，布姬和艾斯特雷建立起某種親密關係，處於真實愛情的危險邊緣。艾斯特雷是布姬的最愛，但她會毫不猶豫地拋棄他，和某位巴勒摩富商共度報酬特別豐富的周末。當她第一次這樣做的時候，艾斯特雷曾經想要指責她，但被她以一番大道理反駁回去。

「我現在二十一歲，」她說。「美貌是我的資本。當我三十歲時，我就可以當一名家庭主婦，養一大群孩子，或是擁有自己的一店小店，既獨立又有錢。當然，我們現在很快樂，但你會回去美國，而我不想去——你也不會帶我去。且讓我們現在好好享受這一切，做個自由自在的人。而且，不管怎樣，你將會得到我最好的一切，直到我厭倦了你。所以，不要再說這種無聊的話了，我還要照顧自己的生活呢。」接著，她又狡猾地加了一句，「此外，要我一切都指望你，那真是太危險了。」

尼洛擁有一棟大別莊，就在巴勒摩郊外的海邊，共有十間臥房，因此可以用來招待他的各種親朋好友。一樓有一座游泳池，造型就像西西里島，另外有兩處泥地網球場，但很少使用。

每到周末，這處別莊就住滿尼洛的親戚，他們都是從鄉下來的。不去游泳的那些小孩子就跑到網球場遊玩，有的玩玩具，有的拿起球拍嬉戲，或者把黃色的小網球當足球踢來踢去，玩到後來，他們自己身上全沾滿泥土，活像一些黃色的小鳥。

艾斯特雷也被邀請參加這樣的家庭聚會，被當成是這一家庭的一份子，很受歡迎。尼洛變得好像是他的哥哥。晚上在夜總會時，尼洛甚至邀請他上台，對著台下的觀眾，和樂團一起唱著義大利情歌，令大家聽得如醉如癡，連女侍們也聽得十分高興。

*　　*　　*

巴勒摩之獅——那位公然收賄的法官——再度提議畢安柯和里莫納在他的房子裡會面，並由他主持會談。同樣的，他們被允許各帶四名保鑣。畢安柯甚至願意放棄他的巴勒摩營建王國的一小部分，以換取雙方和平共處。

艾斯特雷不敢大意。他和他的三名保鑣全副武裝去參加這場會談。

畢安柯、艾斯特雷和保鑣到達法官的房子時，里莫納已經在那兒等著。主人已經準備好一頓有好幾道菜的晚餐。雙方的保鑣都沒有坐下來吃晚餐，只有法官本人——他那一頭如獅鬃的濃密白髮，用一條粉紅絲帶套住——和畢安柯及里莫納坐在餐桌前。里莫納吃得很少，但態度很和善，對畢安柯的熱情發言，頻頻表示同意。他保證今後不再刺殺政府官員，尤其是跟畢安柯有往來的那些官員。

晚餐結束後，他們正準備到客廳裡再進行最後的討論時，法官突然請他們等一下，說他五分鐘後就回來。他說這些話時，臉上露出哀求的微笑，這使得他們明白，他一定是內急，急著要上大號。

里莫納打開另一瓶酒，倒滿畢安柯的酒杯。艾斯特雷走到窗邊，看著下面寬大的車道。一輛車子在那兒等著，在他觀看的時候，巴勒摩之獅的那頭大白髮出現在車道。法官坐上車，車子很快加速駛離。

艾斯特雷毫不遲疑。他馬上猜出這是怎麼回事。他甚至連想都不想，就把手槍拿在手中。里莫納和畢安柯手臂交叉，正在喝交杯酒。艾斯特雷靠近他們，舉起槍，對著里莫納的臉孔開槍。子彈先擊中酒杯，然後再進入里莫納的嘴裡，玻璃碎片像鑽石般散落在餐桌上。艾斯特雷立即把他的槍口轉向里莫納的四名保鑣，並且開始開槍。他手下的三名保鑣也開槍射擊。屍體紛紛倒下。

畢安柯呆呆望著他。

艾斯特雷說：「獅子已經離開別莊。」畢安柯立即明白，這是陷阱。

「你一定要特別小心。」畢安柯指著里莫納的屍體，對艾斯特雷說。「他的朋友將會追殺你。」

* * *

要一個脾氣倔強的人效忠某人，這是有可能的，但要他不替自己招惹麻煩，則並不容易。皮耶卓・費索里尼就是最好的例子。在雷蒙得大爺很難得地免他一死之後，費索里尼從來沒有背叛過大爺，但他卻背叛了自己的家族。他引誘他的姪子奧爾多・蒙薩的妻子。這是在他向大爺宣誓效忠的很多年後發生的。這時，大爺已經六十歲了。

這是極其魯莽的行為。費索里尼引誘自己姪子的妻子，等於破壞了他在自己家族中的領袖地位。因為在黑手黨這個特異的族群裡，想要維持家族的勢力，一定要把家族利益置於最高地位。使這種情勢變得更危險的是，這位被引誘的妻子是畢安柯的姪女。畢安柯不容許做丈夫的對他的姪女採取任何報復行動。而這位丈夫卻不得不殺死費索里尼，費索里尼既是他最敬愛的叔叔，也是他自己家族的領袖。兩省的黑手黨將因此發生血腥火併，使得鄉下血流遍地。艾斯特雷派人傳話給大爺，請求指示。

大爺指示是：「你救過他一次，現在必須再作一次決定。」

奧爾多・蒙薩是家族中最有價值的一分子。他也是大爺在多年前免去一死的其中一人。因此，當艾斯特雷召他前往大爺的別莊時，他很情願地來了。艾斯特雷不准畢安柯參加這次會面，但向他保證，他會保護他的姪女。

以西西里人的標準來說，蒙薩的個子算是很高了，將近六呎。他的體格相當壯碩，是他從小做苦工鍛鍊出來的。但他的兩眼深陷，臉孔的肌肉拉得緊緊的，好像臉上只覆蓋一層皮，使得他的頭部看起來好像骷髏頭一般。這也使得他看起來特別不討人喜歡和危險——而且，就某種感覺來說，是有點悲劇性。蒙薩是費索里尼家族中最聰明和受過最多教育的成員。他曾在巴勒摩上學，修習獸醫學科，後來他隨身總帶著獸醫的工具袋。他天生就很喜歡動物，找他替動物看病的人也很多。但他也跟任何農民一樣，全心全意奉獻給西西里的黑手黨家族。在他的家族中，他是僅次於費索里尼最有權力的人物。

艾斯特雷已經做出他的決定。「我不是來這兒乞求你免去費索里尼一死。我知道，你的家族已經同意讓你報仇。我了解你的哀痛。但我今天是來替你的孩子的母親求命的。」

蒙薩瞪著他。「她是叛徒，背叛了我和我的孩子。我不能讓她活命。」

「聽我說，」艾斯特雷說。「沒有人會想要替費索里尼報仇。但你的妻子是畢安柯的姪女。他會為了她的死而找你報仇。他的家族比你的強大。這將會是一場血腥戰爭。替你的子女想一想。」

蒙薩輕蔑地揮揮手。「誰曉得他們甚至是不是我的子女？她是婊子。」他停頓了一下。「她會像婊子那樣死去。」他的臉孔閃爍著死亡的亮光。他已經不只是憤怒而已。他決心毀掉這個世界。

艾斯特雷試著去想像這個人在村子裡的生活，他失去了妻子，他的尊嚴被他的叔叔和妻子所背叛。

「仔細聽我說，」艾斯特雷說。「多年以前，艾普萊大爺曾經饒你一命。現在他要你幫他這個忙。儘管去報復費索里尼，我們知道你必須這樣做。但請免掉你妻子一死，畢安柯會安排她帶著孩子去巴西投靠親戚。至於你個人，我這項提議已經得到大爺批准。跟著我，當我的私人助理，我的朋友。你將會過著富裕又有趣的生活。你不用再在自己的村子忍辱偷生。你也不必害怕費索里尼的朋友找你報仇。」

艾斯特雷感到很高興，因為蒙薩並未做出憤怒或驚訝的表示。他沈默了五分鐘，很仔細思考著。接著，蒙薩問道：「你們會繼續付錢給我的家族嗎？我哥哥將領導它。」

「當然會，」艾斯特雷說。「他們對我們很有用處。」

「那麼，在我殺死費索里尼後，我就會跟在你身邊。你或畢安柯都不能干預我。一定要讓我妻子看到我叔叔的屍體後，才能讓她走。」

「同意，」艾斯特雷說。想起費索里尼那張愉快、幽默的臉孔和調皮的笑聲，他感到有點遺憾。「什麼時候動手？」

「星期天，」蒙薩說。「我星期一就會趕去與你會合。願上帝在一千個地獄裡焚燒西西里和我的妻子。」

「我陪你回去村子裡，」艾斯特雷說。「我會保護你的妻子。我擔心你會殺過了頭。」

蒙薩聳聳肩。「我不能讓一個婊子決定我的命運。」

*　*　*

費索里尼家族在那個星期日早上集會。家族的姪子和姻親們必須決定，是否也要殺死費索里尼的弟弟，以避免他以後找機會報復。當然，這位做弟弟的一定知道引誘的事，但是，他並未向大家報告此事，因此研判他並未反對。艾斯特雷並未參與任何討論。他只是明白表示，蒙薩的妻子和子女不能受到傷害。但他看到，對於在他看來並不是如何嚴重的一種背叛行為，這些人的反應竟是如此激烈，令他覺得渾身冰冷。他現在終於明白，大爺對他是多麼慈悲。

他了解，這不僅僅是性醜聞。當一個妻子背叛他的丈夫，投入情人懷中時，她可能在家族的政治結構中埋下危險的種子。她可能洩露秘密，削弱家族的防衛力量；她會把情人的利益置於她丈夫家族的利益上。她等於是戰爭中的間諜。像這樣的背叛行為，愛情不能被拿來當做藉口。

於是，在那個星期日早上，家族成員在奧爾多・蒙薩家中集會共進早餐，然後，女人們帶著孩子到教堂望彌撒。家族的三名男子帶著費索里尼的弟弟到屋外田裡——結束他的生命。其他人則聆聽費索里尼和圍在他身邊的家族成員進行討論。當他說笑話時，只有奧爾多・蒙薩沒有笑。艾斯特雷是貴賓，所以坐在費索里尼身邊。

「奧爾多，」費索里尼面帶放蕩的笑容，對他的姪兒說：「你已經變得跟你的外表同樣嚴肅。」

蒙薩瞪著他的叔叔。「我無法像你那樣高興，叔叔。畢竟，我並沒有和你共享你的妻子，不是嗎？」

在此同時，家族的三名男子抓住費索里尼，把他按在他的椅子上。蒙薩走進廚房，回來時帶著他的獸醫工具袋。「叔叔，」他說，「我要教教你，你到底忘了什麼。」

艾斯特雷把他的頭轉開。

* * *

在明亮的周日陽光照耀下，在通往著名的聖母瑪莉亞教堂的泥土路上，一匹高大的白馬正在慢慢走著。坐在馬上的是費索里尼。他被用鐵絲綁在馬鞍上，背後則用一個木頭大十字架支撐著。他看來好像還活生生的。但在他的頭頂上，有一個用樹枝做成的像鳥巢的東西，裡面裝滿青草，形成一個座子，而放在這個鳥巢式座子上的，則是他的陰莖和睪丸。從這兩樣東西那兒，有一些細細的血絲向下流到他的額頭上。

奧爾多・蒙薩和他那年輕美麗的妻子站在教堂台階上看著。她伸手想在胸口上畫十字，但蒙薩把她的手臂往下按住，並且扶住她的頭，逼迫她觀看。然後，他把她推到泥土路上，跟著屍體前進。

艾斯特雷跟在她後面，指引她坐上他的車子，準備帶她安全逃往巴勒摩。

蒙薩向著他和女人走過來，他的臉孔充滿恨意。艾斯特雷平靜地望著他，舉起一根手指表示警告。蒙薩讓他們平安離去。

* * *

在里莫納被殺死的六個月後，尼洛邀請艾斯特雷到他的別莊度周末。他們準備打網球，在海裡游泳。他們將享用當地鮮美的海鮮，並找來夜總會最美麗的兩位美女——布姬和史黛拉——作伴。到時候，別莊裡不會有尼洛的任何親戚，因為他們全到鄉下參加一場盛大的家族婚禮。

那天的天氣很好，是難得的西西里好天氣，天空陰陰的，遮住部份陽光，不會讓人熱得受不了，也使得頭頂的天空變成一張令人驚艷的畫布。艾斯特雷和尼洛陪著女孩子打網球，她們先前不曾看過網球拍，但還是打得很高興，用力擊球，把球打得飛過圍牆去。最後，尼洛建議，他們到海灘走走，並且去游游泳。

艾斯特雷的四名保鑣站在前廊的陰影裡，僕人端來酒和食物，供他們享用。但這並未使他們的警戒鬆懈下來。但在另一方面，他們很高興地看著兩位美女穿著泳裝的柔軟胴體，猜測哪一個在床上比較風騷，結果一致同意，應該是布姬，她言談輕鬆活潑，笑聲可人，證明她很容易就可以讓男人達到高潮。現在，他們準備隨著艾斯特雷等人到海灘上走走，他們甚至開始捲起褲腳。

但艾斯特雷阻止他們。「我們不會走出你們的視線範圍，」他對他們說。「你們繼續喝酒吧。」

他們四個人走下海灘，一直走到海浪裡，艾斯特雷和尼洛走在前面，兩位美女跟在後面。她們走了約五十碼後，開始脫下身上的泳裝。布姬卸下肩帶，露出乳房，並且用手罩住它們，擋住陽光。

他們全都跳進海浪裡，海浪不大，浪花陣陣。尼洛是游泳好手，他潛進水中，然後從史黛拉兩腿之間浮出水面，因此，當他站起身時，史黛拉正好騎在他肩上。他對艾斯特雷大叫：「游過來！！」艾斯特雷向尼洛游過去，布姬從後面抓住他。他把她推到水下，讓她沈到水面下，但布姬不但不害怕，反而扯下他的泳褲，露出他的屁股。

他也跟著潛入水中，這時卻突然覺得耳中傳來一陣震動聲。在此同時，他看到布姬裸露的蒼白乳房漂浮在海面下的藍藍海水中，她那笑嘻嘻的臉孔緊貼著他。這時，他耳中的那陣震動聲變成怒吼聲，他浮出水面，布姬緊緊抱住他裸露的臀部。

他看到的第一樣東西，是一艘快艇怒吼著向他快速駛來，艇後的馬達像是一場暴雷雨，捲起半天高的空氣和海水。尼洛和史黛拉已經在海灘上。他們怎會那麼快就回到那兒？遠處，他的保鑣們捲起袖子，開始從別莊那兒向著海中快速跑來。他把布姬推到水面下，讓她離開他身邊，然後涉水向著海灘走去。但他遲了一步。快艇已經很接近，他看到船上有一名男子手持步槍，很謹慎地瞄準著。槍聲被馬達的怒吼聲掩蓋了。

第一顆子彈擊中艾斯特雷，強大的力量讓他的身體旋轉一圈，使他成為槍手的最佳目標。他的身體似乎從水中跳出，然後掉落到海面下。他可以聽到快艇降低了速度，接著感覺到布姬抱起他，拉著他，想把他拖到海灘去。

保鑣們趕到時，發現艾斯特雷面朝下倒在海水中，一顆子彈擊中他的喉嚨，布姬跪在他身邊哭泣。

艾斯特雷花了四個月時間療傷復原。畢安柯把他藏在巴勒摩一家私人醫院裡，不但可以得到安全保護，也可以獲得最好的醫療。畢安柯每天都去看他，布姬則在夜總會休假的日子裡前往醫院。

* * *

到了快要出院的時候，布姬買了一條兩吋寬的金項圈送他，項圈中央吊著一塊金牌，上面刻著聖母瑪莉亞的聖像。她把項圈掛在他的頸子上，好像領圈一樣，並且調整金牌的位置，讓金牌正好覆蓋住他的傷口。這塊金牌用黏劑處理過，所以會貼住皮膚。金牌並不比一塊銀元大，但正好足夠蓋住艾斯特雷喉嚨的傷口，看起來就好像是裝飾品，而且，這並不會讓艾斯特雷顯得娘娘腔。

「這樣子可以了，」布姬深情地說。「看到那道傷痕，我會受不了。」她溫柔地吻他。

「你每天只須清洗一次那些黏劑就行了。」畢安柯說。

「很有可能在某一天，會有人為了想搶走這塊金牌，而把我的喉嚨切開。」艾斯特雷不高興地說。「這真的有必要嗎？」

「是的，」畢安柯說。「受人尊敬的人，不可以炫耀被敵人造成的傷痕。還有，布姬說得對。沒有人喜歡看到這樣的傷口。」

艾斯特雷唯一記得的是，畢安柯稱他是一個受人尊敬的人。歐塔維斯・畢安柯，西西里黑手黨頭目，竟然給他這樣的榮耀。他覺得既驚訝，又驕傲。

在布姬離開後——她準備和巴勒摩最有錢的一位酒商共度周末——畢安柯拿了一面鏡子舉在艾斯特雷面前。那面金牌，打造得很精美。金牌上的聖母像，在西西里各地都可以看得到，像是路邊的祠堂，車子上和家裡，連小孩子的玩具也有。

他對畢安柯說：「西西里人為什麼特別崇拜聖母瑪莉亞，而不是耶穌？」

畢安柯聳聳肩。「畢竟，耶穌是男人，所以是我們無法完全信任的。不管如何，忘了這件事吧。事情已經過去。在回美國之前，你必須再到倫敦住一年，和普萊爾先生學習銀行業務。這是你叔叔的命令。還有一件事，必須把尼洛幹掉。」

艾斯特雷在腦海裡已經把整件事的經過，從頭到尾很仔細想過好幾次，他知道尼洛和這件事脫不了關係。但為了什麼原因呢？他們已經是這麼久的好朋友了，而且是真正的友情。但接著，他想到了他殺害科里昂家族頭目的事情。尼洛一定在某方面和科里昂家族扯上關係，所以，他是被逼得一定要這樣做，別無選擇。

還有，尼洛也從沒有到醫院探望過他。事實上，尼洛已經從巴勒摩消失不見。他不再在夜總會裡演奏。但艾斯特雷還是希望，他的推測是錯的。

「你確定是尼洛？」艾斯特雷說。「他是我最好的朋友。」

「他們還能利用誰呢？」畢安柯說。「你最痛恨的敵人？當然，一定是你最好的朋友了。不管如何，身為一個受人尊敬的人，你一定要親手懲罰他。所以，趕快好起來吧。」

畢安柯下一次到醫院來探望時，艾斯特雷對他說：「我們並沒有掌握對尼洛不利的證據。就讓這件事結束吧，你自己也要和科里昂家族講和。傳話出去，說我因為傷重死了。」

畢安柯起初激烈反對這樣做，但後來還是接受了艾斯特雷這個明智的建議，並且認為艾斯特雷真的十分聰明。他可以和科里昂家族講和，如此一來，雙方就扯平了。至於尼洛，他只是一顆小卒，不值得殺他。且等一陣子再說吧。

* * *

費了一個星期的時間，才做好一切必要的安排。艾斯特雷回美國之前，先到倫敦，接受普萊爾先生的指導。畢安柯告訴艾斯特雷，奧爾多•蒙薩將被直接被送往美國紐約，暫時和艾普萊大爺同住，等待艾斯特雷回去。

艾斯特雷又在倫敦的普萊爾先生家裡住了一年。那是一種很有啟發性的生活經驗。在普萊爾先生的書房裡，兩人共飲一瓶酒，同時吃著檸檬，普萊爾先生向他說明，艾普萊大爺對他安排了很特別的計畫。大爺打算讓他以後扮演某種重要角色，在西西里的這幾年，就是這個特別計畫的一部分。

艾斯特雷向他問起蘿西的情況。他一直沒有忘記她——她的美麗優雅，她對生活的純享受，她對所有事物的慷慨大方，包括做愛。他想念她。

普萊爾先生揚起眉毛。「那個黑手黨女郎，」他說。「我知道你沒有忘記她。」

「你知道她現在在哪兒嗎？」艾斯特雷問。

「當然知道，」普萊爾先生說。「在紐約。」

艾斯特雷有點猶豫地說，「我一直想著她那件事。畢竟，我那時候已經離開她那麼久的一段時間，她又那麼年輕。會發生那種事是很自然的。我希望能夠再度見到她。」

「當然，」普萊爾先生說。「你有什麼理由不想見她呢？吃完晚餐後，我會把你想知道的資訊全部告訴你。」

因此，那天深夜，在普萊爾先生的書房裡，艾斯特雷知道了蘿西的完整背景。普萊爾先生並且播放蘿西的電話交談內容的錄音帶，顯示她在她的公寓裡和其他男人幽會。從這些錄音帶裡可以清楚聽出來，蘿西和這些男人都有性關係，他們則給她昂貴的禮物和金錢。艾斯特雷很震驚地聽到，她在電話中使用他所熟悉的那種親密音調，他本來以為那種聲調是只有他能夠獨享的——清脆的笑聲，機伶、熱情的妙語如珠。她的談話極其迷人，從來不會粗聲粗氣，也不會出言低俗。她使自己的談話聽起來好像是一位高中女生，正要去參加學校舞會。她的天真無瑕，其實是天才的表現。

普萊爾先生把頭上的小帽戴得低低的，幾乎蓋住了眼睛，但他一直在注視著艾斯特雷。

艾斯特雷說：「她真的很行，不是嗎？」

「天生好手。」普萊爾先生說。

「這些帶子是在我和她交往期間錄下的？」艾斯特雷問。

普萊爾先生做出無奈的手勢。「保護你，是我的責任。是的。」

「為什麼不提醒我？」艾斯特雷說。

「你當時正在熱戀中，」普萊爾先生說。「我何必破壞你的樂趣？她並不貪心，對你也很好。我自己也曾經年輕過，請相信我，對熱戀中的人來說，事實真相並不那麼重要。而且，儘管如此，她仍然是個好女孩。」

「高級妓女。」艾斯特雷幾乎有點痛苦地說。

「不完全是，」普萊爾先生說。「她必須靠她的小聰明維持生活。她在十四歲時離家出走，但她很聰明，而且很想接受良好的教育。她也想過舒服的生活。這一切全都是很自然的。她可以讓男人快樂，這是很難得的天份。男人付點代價，這很公平。」

艾斯特雷哈哈大笑。「你真是很開明的西西里人。但是，和一具情人的屍體共處二十四小時，這又怎麼說呢？」

普萊爾先生也高興得哈哈大笑。「但這才是她最可貴的部分。很像是真正的黑手黨人。她內心熱情，但頭腦冷靜。真是絕佳組合。太讓人敬佩了。但話說回來，你一定要時時小心她。像這樣的人，一向都很危險。」

「亞硝酸呢？那是怎麼回事？」艾斯特雷問。

「這一部分，她是無辜的。她和教授之間的來往，早在你認識她之前，而且是他堅持要用這種藥物。她只是很單純地想要追求自己的快樂，完全沒有想到別的任何事情。她沒有社會壓力。我對你的建議是，和她保持聯絡。你可能有一天會需要利用到她的這項專長。」

「我同意。」艾斯特雷說。他很驚訝自己竟然對蘿西沒有任何怨恨。只有她的迷人媚力是需要原諒的。他會接受他的建議，他如此告訴普萊爾先生。

「好極了，」普萊爾先生說。「你在這兒再待上一年後，就要回去艾普萊大爺那兒了。」

「畢安柯會怎麼樣呢？」艾斯特雷說。

普萊爾先生搖搖頭，嘆口氣。「畢安柯一定要讓步。科里昂家族勢力太強大。他們不會追殺你。大爺已經跟他們講和了。事實上，畢安柯的成就，反而使他自己變得太文明。」

* * *

艾斯特雷持續注意蘿西的動態。部分原因是出於小心，另一部分則是因為忘不了他這一生當中最轟轟烈烈的這場戀愛。他知道，她又回去唸書，目前在紐約大學修習心理學博士學位，住在大學附近一棟隱密的高級公寓大樓裡，而且，她的職業手法越來越高明，能夠輕易對付那些更老和更富有的男人。

她很聰明。她一次同時和三個男人維持親密關係，收取的報酬包括昂貴的禮物、金錢和珠寶等，並且到有錢人的度假中心度假，然後又在那些地方釣男人。沒有人可以說她是職業妓女，因為她從不會向男人要求什麼，但也從來不拒絕男人送她禮物。

這些男人都會愛上她，這是不容懷疑的。但她從來不接受他們的求婚。她堅持說，他們是彼此相愛的好朋友，婚姻並不適合她或他們。大部分的男士都接受這種決定，並且大大鬆了一口氣。她不是淘金客，不會向男人強要金錢，也不會露出貪婪的跡象。她想要的只是過著豪華的生活，不要有任何拖累。但她也很本能地把錢存起來，準備以後不時之需。她有五個不同的銀行帳戶，還有兩個銀行保險櫃。

在大爺遇刺身亡幾個月後，艾斯特雷決定再跟蘿西見個面。他肯定這次見面只是為了找她，請她在他的計畫中幫個忙。他告訴自己，他知道她的秘密，所以她無法再迷惑他。她欠他人情，而且他又知道她最要命的秘密。

他也知道，從某種方面來說，她沒有道德觀念。她把她自己及她的享樂擺在極高的層次，幾乎已經像是一種宗教信念。她全心全意地相信，她有幸福快樂的權利，而且這遠遠優先於別的任何事物。

但最重要的是，他想再跟她見一次面。跟很多男人一樣，隨著時間的過去，她的背叛所帶來的恨意已經大為減少，但她的媚力卻相對大為增加。現在看來，她的罪過好像只是年輕人的一時疏忽，而不是表示她不愛他。他回憶起她的美乳，以及在做愛時，它們是如何呈現出粉紅色的色澤；她如何羞怯地低著頭；她那種會感染別人的興奮情緒；她的溫柔和幽默。她那修長的玉腿優雅走動的樣子，以及她的玉唇貼住他的嘴唇時，產生的那種難以置信的熱氣。儘管想起如此多的甜美回憶，艾斯特雷還是提醒自己，這次拜訪純粹是談公事。他有件任務要交代她。

蘿西正要走進她的公寓大樓時，他突然出現在她面前，微笑著，說了一聲哈囉。她右手臂裡本來抱著幾本書，這時全掉到人行道了。她高興得臉都紅了；兩眼發亮。她摟著他，用力吻著他的嘴。

「我知道我還會再見到你，」她說。「我知道你會原諒我。」接著，她拉著他走進公寓大樓裡，並領著他走上台階，進入她的公寓。

她替他們兩人各倒一杯飲料，她的是葡萄酒，他的則是白蘭地。她和他一起坐在沙發上。房間裝璜得很華麗，他知道這些錢是怎麼來的。

「你為什麼這麼久才來看我？」蘿西問道。她一面說話，一面從手指上脫下戒指，從耳上拔下耳環。她還從左手臂脫下三個手鐲，全都是黃金和鑽石材質。

「我很忙，」艾斯特雷說。「而且，我花了很久的時間才找到妳。」

蘿西以深情、溫柔的眼光看著他。「你還在唱歌嗎？你還是穿著那身好笑的紅衣服騎馬嗎？」她再度吻他，艾斯特雷感到腦中產生溫馨的感覺，這是一種絕望的反應。

「不行，」他說。「蘿西，我們不能再像以前那樣子。」

蘿西拉著他站起來。「那是我一生當中最幸福的一段日子。」她說。接著，他們已經來到臥室，不到幾秒，他們身上的衣服全都不見。

蘿西從床頭櫃上拿起一瓶香水，先是噴向自己，然後噴向他。「來不及洗澡了。」她笑著說。接著，兩人一起上了床，他再度看到她乳房上的那團粉紅色澤，正緩慢地擴展開來。

對艾斯特雷來說，這是一種跟肉體脫離的經驗。他享受著性愛，但無法享受蘿西。他腦海中浮現出這樣的景像：她守著教授的屍體，一日一夜。要是他還未斷氣，是不是可以找人幫忙救活他？蘿西一個人如何面對死亡和教授？

蘿西俯臥在床上，伸手撫摸他的臉頰。她低下頭，溫柔地低語，「以前那套魔咒再也無法發揮效果了。」她玩弄他頸子上的那塊金牌，看到那處難看的紫色傷痕，吻了它一下。

艾斯特雷說：「還好。」

蘿西坐起身來，裸露的胴體和乳房懸在他身體上方。「你無法原諒我和教授的事，你認為我故意讓他死去，並且守著他，是不是？」

艾斯特雷沒有回答。他不會告訴她，他現在已經知道她的秘密。她一直沒有改變。

蘿西下了床，開始穿衣服。他也一樣。

「你這個人真可怕，」蘿西說。「艾普萊大爺的姪子。還有你那位在倫敦幫我處理事情的朋友。對一位英國銀行家來說，他處理這種事情的手法未免太過專業了，但如果你知道他是從義大利移民過去的，那就不難猜出其中的道理。」

他們回到客廳，她又替他們倒了酒。她誠摯地看著他。「我知道你是什麼人。我不介意，真的。我們真的很相配，這豈不是太完美了？」

艾斯特雷哈哈大笑。「我才不想什麼配不配的呢，」他說。「但我這次來看妳，是來談生意的。」

蘿西現在面無表情。她臉上所有的媚力全都不見。她開始把戒指套回手指上。「我做一次收費五百大元，」她說。「我可以收支票。」她淘氣地對他露出微笑——她是在開玩笑。他知道她只在假日和生日收禮物，而那些禮物可貴重多了。事實上，他們現在所在的這間公寓，就是一位仰慕者贈送的生日禮物。

「不，我是說真的，」艾斯特雷說。然後，他告訴她有關於史周若兄弟的事，以及他想要她幹什麼。他並且說出他的豐厚報酬。「我先給妳兩萬元的零用錢，」他說，「事成後，再給妳十萬元。」

蘿西若有所思地看著他。「以後呢？」她問。

「妳不用擔心。」艾斯特雷說。

「我懂了，」蘿西說。「如果我拒絕呢？」

艾斯特雷聳聳肩。他不想去思考這個可能性。「沒關係。」他說。

「你不會把我送交英國當局？」她說。

「我永遠不會那樣子對妳。」艾斯特雷說，她無法懷疑他聲音中流露出來的真誠。

蘿西嘆了一口氣。「好吧。」接著，他看到她眼中閃閃發光。她含笑望著他。「又一次冒險行動。」她說。

* * *

現在，在前往目的地途中，艾斯特雷突然從回憶中被驚醒。奧爾多・蒙薩正用力推他的腿。「再半小時就到了，」蒙薩說。「你必須清醒一下，準備對付史周若兄弟。」

艾斯特雷看著車窗外飄落的雪花。他們經過的這片鄉下地區十分荒涼，只看到一些光禿禿的大樹，閃閃發亮的樹枝向外伸展，好像魔法師的魔杖。路邊的石塊被那些好像會發光的白雪覆蓋，看起來好像一顆顆閃亮的星星。在那一刻，艾斯特雷突然覺得心中一陣淒涼。過了這個晚上，他的世界將會改變，他會改變，而從某方面來說，他的真實生活才剛要開始。

艾斯特雷在清晨三點到達那棟隱密的屋子，那時，大地一片白茫茫，雪下得極大。

屋內，史周若兄弟被用手銬銬住，腳上被套上腳鐐，身上也被套上特製的緊身衣。他們躺在一間臥室的地板上，兩名武裝漢子守著他們。

艾斯特雷對他們表示同情。「這是對你們的一種恭維，」他告訴他們。「這表示，我們認為你們是十分危險的人物。」

兩兄弟的態度完全不同。史代斯看來很冷靜，沈著，但法蘭基則狠狠地瞪著他們，眼中充滿怒火，濃厚的恨意，使得他原來和靄的面目變得極其猙獰。

艾斯特雷坐在床上。「我想，你們兩位已經猜出這是怎麼回事。」他說。

史代斯平靜地說：「蘿西是誘餌。她很不錯，對嗎，法蘭基？」

「太棒了。」法蘭基說。他盡量克制自己，不讓他的聲音因為憤怒而變成歇斯底里式的尖叫。

「那是因為她真的很喜歡你們兩位，」艾斯特雷說。「她對你們很著迷，尤其是法蘭基。這對她來說是很痛苦的事。太痛苦了。」

法蘭基不屑地說：「那她為什麼還要這樣做？」

「因為我給了她一大筆錢，」艾斯特雷說。「真的很大的一筆錢，你知道的，那是怎麼一回事，法蘭基。」

「不，我不知道。」法蘭基說。

「我猜想，一定是很高的代價，才會誘使像你們這麼聰明的傢伙接下這筆生意，幹掉大爺，」艾斯特雷說。「一百萬？兩百萬？」

史代斯說：「你全猜錯了。那件事跟我們無關。我們才沒有那麼笨。」

艾斯特雷說：「我知道是你們開槍的。你們只接大生意。而且我查過你們的底細。現在，我只想向你們打聽那位居中拉線者的姓名。」

「你弄錯了，」史代斯說。「你無法誣賴我們的。還有，你到底是什麼人物？」

「我是大爺的姪子，」艾斯特雷說。「替他打點事情的人。我已經花了將近六個月的時間查過你們的活動情況。槍擊案發生的時候，你們並不在洛杉磯。你們有一個多禮拜沒有露面。法蘭基，你有兩次沒有去指導小孩子打球。史代斯，你一直沒有到店裡查看生意。甚至連電話也沒打。所以，請告訴我，那時候你們在什麼地方。」

「我在拉斯維加斯賭博，」法蘭基說。「如果你把我們身上的這些鬼東西拿掉，我們就可以好好談一談。我們可不是魔術逃脫大師胡迪尼。」

艾斯特雷對他們報以同情的微笑。「不要急，」他說。「史代斯，你呢？」

「我跟女朋友到塔荷湖度假，」史代斯說。「但有誰會記得呢？」

艾斯特雷說：「也許，把你們分開來問，我的運氣會好一點。」

他離開他們，來到廚房，蒙薩已經泡好咖啡等他。他告訴蒙薩，把兩兄弟分開帶到不同的臥室裡，每一間隨時派兩個人看守。蒙薩手下共有六個人。

「你確定抓對了人嗎？」蒙薩問。

「我認為如此，」艾斯特雷說。「如果不是他們，那只能算他們倒霉。我並不想請你幫忙，但是，奧爾多，也許你可以幫忙讓他們說話。」

「哦，他們不一定會說，」蒙薩說。「很難以相信，但人類的意志是很堅強的。在我看來，這兩人似乎很難搞定。」

「我只是不想採取太可怕的逼供手段。」艾斯特雷說。

他等了一個小時，才上樓到關著法蘭基的房間。天色還很暗，但透過檯燈的反射光，他可以看到屋外的降雪已經小多了。他發現法蘭基躺在地板上，全身被綁得緊緊的。

「很簡單，」艾斯特雷對他說。「告訴我，仲介人的姓名，你們就可以活著離開這兒。」

法蘭基以充滿恨意的眼光看著他。「我他媽的什麼也不告訴你，你這個笨蛋。你抓錯人了。我會牢牢記住你的臉孔，也會記住蘿西的。」

「你這樣說就不對了。」艾斯特雷告訴他。

「你也操她嗎？」法蘭基說。「你是拉皮條的？」

艾斯特雷明白，法蘭基永遠不會原諒蘿西出賣他。在如此嚴重的情況下，他竟然還會有如此愚蠢的反應。

「我覺得你很笨，」艾斯特雷說。「但大家都說，你們兩兄弟很聰明。」

「我才不理你他媽的說什麼，」法蘭基說。「只要你沒有證據，你就不能對我們怎麼樣。」

「真的？那我跟你說話，只是在浪費我的時間，」艾斯特雷說。「我去跟史代斯談談。」

艾斯特雷回到廚房，又喝了一杯咖啡，然後再上樓去找史代斯。他想到，在被五花大綁的情況下，法蘭基竟然還能表現得如此自信，並且出言極其狂妄。好吧，他最好從史代斯身上下手。他發現，史代斯很不舒服地坐在床上。

「把他的緊身衣解開，」艾斯特雷對他的手下說。「但不要打開手銬和腳鐐。」

「我知道了，」史代斯冷靜地對他說。「你知道我們藏了一些錢。我可以安排讓你去拿錢，然後結束這件荒唐事。」

「我剛和法蘭基談過了，」艾斯特雷說。「我對他很失望。你和你弟弟應該都是聰明人。現在你卻跟我談起錢來，你知道我們抓你們到這兒來，是因為你們槍殺大爺。」

「你們弄錯了。」史代斯說。

艾斯特雷柔聲說道：「我知道你沒有去舊金山，法蘭基也沒去拉斯維加斯。你們是唯一有膽子接下這件生意的兩名殺手。那天開槍的兩名槍手都是左撇子，就像你和法蘭基。因此，我想知道的是，居中拉線的人是誰？」

「我為什麼要告訴你？」史代斯說。「我知道我們已經玩完了。你們這些人都沒有戴面罩，你還讓蘿西曝光，因此，你們本來就不打算讓我們活著離開這兒。不管你答應我們什麼。」

艾斯特雷嘆了一口氣。「我也不想騙你了。確實就是這麼回事。但你還是有一件事是可以跟我們討價還價的。死得輕鬆，或是死得很痛苦。我有一個很內行的行家在這兒，我打算讓他去對付法蘭基。」他這樣說的時候，覺得自己胃裡有一種想要嘔吐的感覺。他想起奧爾多・蒙薩是如何對付費索里尼的。

「你只是在浪費時間，」史代斯說。「法蘭基不會說的。」

「他也許不會說，」艾斯特雷說。「但他會被切成一塊又一塊，每一塊都會送來讓你過目。我猜想，到那時候，你就會說了。但是，何必這樣子呢？還有，史代斯，你為什麼要保護那位中間人呢？他應該掩護你們的，但他沒做到。」

史代斯沒有回答。然後，他說道：「你為什麼不放法蘭基走？」

艾斯特雷說：「你比我更清楚為什麼。」

「你怎麼知道我有沒有騙你？」史代斯說。

「你何必騙我？這對你有什麼好處？史代斯，你可能會讓法蘭基經歷很可怕的痛苦。你必須想清楚。」

「我們只是開槍的人，盡我們的本份而已，」史代斯說。「更高層的人，才是你要找的人。你為什麼不乾脆放我們走？」

艾斯特雷很有耐心。「史代斯，你和你弟弟接下這筆大生意，幹掉一名偉大人物。報酬很高，又很有面子。得了吧。這筆生意讓你們聲名大噪。你們決定冒險一搏，但到頭來，最後還是失敗，現在，你們必須付出代價，否則，就要天下大亂了。一定是要這樣子。你們現在只有兩種選擇，好死或是死得痛苦無比。距現在一個小時後，你就會看到法蘭基身上很重要的一個部位被擺在那張桌子上。請相信我，我不想那樣做，我真的不想。」

史代斯說：「我怎麼知道你不是在胡說八道？」

艾斯特雷說：「想想看，史代斯。想想我是如何安排蘿西讓你們掉進陷阱的。我花了很多時間和耐心。想想看，我把你們騙到這兒來，並找了八個武裝人員看著你們。這要花很多錢，而且很費事的。又是在耶誕夜前夕。我是很認真的。史代斯，你可以看得出來。我給你一個小時的時間，讓你想一想。我向你保證，只要你說了，法蘭基將永遠不知道他是怎麼走的。」

＊　＊　＊

艾斯特雷又下樓來到廚房。蒙薩等著他。

「怎麼樣？」蒙薩問。

「我不知道，」艾斯特雷說。「但我明天必須去參加妮可的耶誕夜舞會，所以，我們必須在今晚之前結束這件事。」

「我不需要超過一個小時，」蒙薩說。「到那時候，他不是招供，就是死了。」

＊　＊　＊

艾斯特雷坐在熊熊爐火邊休息了一會兒，然後又上樓去看史代斯。那人看來很疲憊，而且很馴服的樣子。他已經想過了。他知道法蘭基絕不會說——因為法蘭基以為，還有希望的。史代斯深信，艾斯特雷已經把所有的事情都調查得一清二楚。史代斯現在可以理解到，以前被他殺害的那些人的恐懼，他們希望有人會來救他們，但那畢竟只是一種絕望的期望，到頭來終究會落空。所有可能性都不存在。他不想讓法蘭基那樣子死去，被切成一塊又一塊。他仔細端詳艾斯特雷的臉孔。儘管很年輕，但卻是一張嚴厲、不妥協的臉孔。他擁有法官般的威嚴。

漫天飄下的雪花好像白色的動物皮毛，把窗框包了起來。在被監禁的房間裡，法蘭基還在作白日夢，夢想著和蘿西在歐洲遊覽的情景：白雪覆蓋著巴黎大道，雪花飄落在威尼斯的運河裡。雪花好像魔術表演。蘿西喜歡魔術表演。

史代斯躺在床上，心裡卻擔心著法蘭基。他們和對手過了一招，結果落敗。現在一切都完了。但他可以幫助法蘭基，讓他以為，他們只落後二十分而已。

「我現在要招了，」史代斯說。「但不要讓法蘭基知道，好嗎？」

「我答應你，」艾斯特雷說。「但如果你騙我，我馬上就會知道。」

「不會的，」史代斯說。「騙你有什麼用？仲介人是一位名叫賀斯柯的傢伙，他住的那個小鎮叫明水鎮，就在巴比倫過去一點。他離婚了，自己一個人住，有個十六歲大的兒子，長得高頭大馬，籃球打得很好。過去幾年來，賀斯柯找我們做了幾筆生意。我們從小就認識，都是童年時的玩伴。價錢是一百萬美元，但我和法蘭基一開始並不敢接這筆生意。太大了。我們後來還是接了，因為他說，我們不必擔心聯邦調查局，也不必擔心警察。一切都打點好了。他也告訴我們，大爺已經沒有任何勢力，也沒有朋友。但他顯然錯了。我們最後還是被你抓到這兒來了。」

「你認為我是在胡說八道，現在卻又告訴我這麼多消息。」艾斯特雷說。

「我只是想讓你相信，我說的是實話，」史代斯說。「我想清楚了。該結束了。我不想讓法蘭基知道。」

「不要擔心，」艾斯特雷說。「我相信你。」

他離開房間，下樓來到廚房，對蒙薩做了一些指示。他要蒙薩把兩兄弟的身份證件、駕駛執照、信用卡，等等，全都收集起來，然後交給他。他信守對史代斯的承諾：在事先不做任何警告的情況下，他們將對著法蘭基的腦後開上一槍。史代斯也將在沒有痛苦的情況下被處死。

艾斯特雷離開小屋，開車回紐約。降雪已經變成下雨，雨水洗淨了院子裡的積雪。

* * *

蒙薩很少違背命令，但現在，身為執刑者，他覺得自己有權保護他自己及他的手下。他決定不用槍，改用繩子。

首先，他找了四名手下幫助他勒死史代斯。那人甚至放棄抵抗。但在處死法蘭基時，就不一樣了。他一連反抗二十分鐘，企圖掙脫繩子。而在那可怕的二十分鐘裡，法蘭基・史周若終於知道，對方確定要置他於死地。

接著，這兩具屍體被用毯子包起來，被抬到濃密的樹林空地裡，這時，下雨又變回下雪。他們被埋在屋後的樹林裡。在很濃密的灌木叢裡挖一個大洞，這就是他們葬身之處，可能要一直到春天時才會被發現——如果會被發現的話。蒙薩希望，到那時候，屍體可能已經自然腐壞，再也查不出他們真正的死因。

但蒙薩違背命令，並不僅僅是為了這個實際的原因。因為，跟艾普萊大爺一樣，他深深相信，慈悲只能來自上帝。他痛恨這些出賣自己、替別人擔任殺手的人，他不願對這些人施捨任何慈悲。要一個人去原諒另一個人，那是很不敬的行為。那是上帝的職責。他不想自己擁有這樣的任何慈悲。

MARIO
PUZO

OMERTA

CHAPTER 9

柯特・希爾克對法律有信心，他認為，人們制定這些規則，就是為了讓人類能夠過著和平的生活。他一直努力要避免那些會破壞社會公平的各種妥協，並且毫不留情地打擊國家的敵人。但在經過二十年的辛苦奮鬥後，他的信心已經大量喪失。

唯一沒有讓他失望的，只有他的妻子。政客都是騙子，富人對權利貪得無厭，窮人卻又邪惡無比。然後，還有一些天生的騙子，詐欺犯，殺人兇手。執法人員也好不到那兒去，但他全心全意相信，聯邦調查局是所有執法機構當中最好的。

過去一年裡，他一再重複作著同一個夢。在夢中，有一個十二歲大的小男孩，他必須去參加一項重要的考試，而這項考試要花上一整天時間。當他離家去上學時，他的母親眼中都是淚水，夢中的他，知道這是為什麼。如果他沒有通過這項考試，他將再也永遠見不到他的母親。

在夢中，他知道，由於謀殺案件層出不窮，因此政府請來精神病和心理學專家設計一套心理健康測驗，可以從這項測驗中預測出，某一個十二歲大的小男孩將來長大後，是否會成為殺人兇手。通不過這項測驗的，將會被消滅。因為科學家已經證明，殺人犯是為了殺人的樂趣而去殺人。政治犯罪、叛變、恐怖主義、嫉妒和偷竊，只是表面上的藉口。因此有必要把這些帶有殺人遺傳基因的人，早早處理掉。

夢境接著跳到另一個畫面：他在考完試後，回到家裡，母親摟著他，吻他。他的叔叔和表兄弟們替他舉行一場盛大的慶祝會。接著，他自己一個人躲在臥室裡，嚇得渾身發抖。因為他知道，這裡面發生了錯誤。他本來不應該會通過這項考試的，他長大後一定會成為殺人犯。

這個夢境一連出現兩次，他並沒向他的妻子提及，因為他知道這夢代表什麼意義，或者，至少，他認為他應該知道。

希爾克和提莫納・波特拉的關係，到現在已經持續了六年多。這項關係開始於，波特拉有一次在盛怒下，失手殺死一名手下。希爾克在得知這項消息後，馬上看出來，這可以加以利用。他安排波特拉當他的線民，幫他掃蕩黑手黨，以交換不起訴他這項殺人罪。局長同意他的這項計畫，一切進行得很順利。在波特拉的協助下，希爾克一舉粉碎了紐約的黑手黨，但卻不得不對波特拉的種種不法行為視若無睹，包括他從事販毒在內。

但現在，在局長同意下，希爾克計畫扳倒波特拉。波特拉企圖利用艾普萊大爺的銀行，清洗他販毒得到的黑錢。但艾普萊大爺很難搞定。在一次關係重大的會面中，波特拉問希爾克，「艾普萊大爺參加他孫子的堅信禮時，聯調局會不會派人監視他？」希爾克馬上了解他的意思，但他在回答前卻猶豫了一下子。然後，他才緩緩回答說，「我向你保證，局裡不會派人監視。但紐約警局呢？」

「都已經處理好了。」波特拉說。

希爾克知道，這下子他成了殺人幫兇。但大爺不也該死嗎？他這輩子的大部分時間裡，一直都是無情的罪犯。他在積聚龐大財富後，才宣告退休，完全不受法律制裁。而且，這樣做也對他有利。波特拉如果買下艾普萊的銀行，那等於是直接步入他設下的圈套裡。當然，背後還有英吉歐這號人物，此人一直夢想擁有屬於他個人的核子武器。希爾克知道，運氣好的話，他可以把這些人一網打盡，而政府也可以根據掃黑法案，沒收價值一百億美元的艾普萊銀行，因為他肯定大爺的子女一定會賣掉銀行，和波特拉的秘密代理人達成交易。而這一百億或一百一十億美元本身，將成為政府打擊犯罪的最有效工具。

但嬌姬蒂會因此看不起他，所以，這件事絕對不能讓她知道。畢竟，她生活在一個不同的世界裡。

但現在，他必須再跟波特拉見一次面。他想要弄清楚，他的德國牧羊犬為什麼慘遭殺害，以及是誰在幕後主導。他打算先從波特拉那兒著手。

* * *

提莫納・波特拉是那種很罕見的，很有成就的義大利男士：五十多歲的單身漢。但他絕不是為了宗教理由而保持單身。每個周五晚上，大部分時間，他都是和他手下控制的其中一家伴遊服務公司的一名漂亮女郎度過。他的指示是，這個女孩子要很年輕，進入這一行還不太久，要很漂亮，五官細緻。她必須要很樂觀、開朗，但不要太聰明，而且要識大體，不能對他糾纏不休。提莫納只注重純粹的性愛。他有一些小怪癖，但都是不傷大雅的毛病。其中一項就是，這個女孩子一定要有個純盎格魯撒克遜人的名字，像是珍或蘇珊；如果是蒂芬妮或甚至是梅兒，他也還可以接受，但他絕不能接受任何帶有異族色彩的名字。他很少要同一位女孩陪他兩次。

這些聚會的地點，通常是在東區一家很小的旅館，是由他手下的一家公司經營的。旅館的某個樓層全歸他使用，包括兩間相連的套房，其中之一有一間設備齊全的廚房，因為波特拉是很有天份的業餘廚師，奇怪的是，他最擅長的是義大利北方菜，但他的父母卻是在西西里出生的。他很喜歡下廚。

今晚，這名女孩由伴遊公司的負責人親自帶到套房來，這位負責人還留下來喝了一杯，然後就消失不見。波特拉一面準備兩人的晚餐，一面和女孩交談，彼此熟識一番。她名叫珍妮特。波特拉烹調的速度很快。今晚他做的是他的拿手菜：米蘭小牛肉，布魯耶起司醬通心麵，旁邊擺上小小的烤茄子，外加一盤綠沙拉和蕃茄。甜點是從附近一家著名的法國糕餅店買來的各色糕餅。

他和珍妮特共進晚餐時，顯得十分隆重，這和他的外表極其不調和；他身材高大，全身多毛，頭很大，皮膚粗糙，但他用餐時總是全身穿戴得整整齊齊的，襯衫、領帶和小背心，一應俱全。用餐的時候，他向珍妮特問起她生活中的各種問題，而且表現出很關心的樣子，對於像他這樣生性殘暴的人來說，這是很讓人料想不到的。他很高興聽到她訴說她的悲慘遭遇，說她如何被她的父親、兄弟、情人所遺棄，以及那些黑社會人物如何利用金錢壓力和讓她意外懷孕，逼迫她走上這條罪惡生活之路，如此她才可以挽救她貧苦的家人。他很驚訝自己的手下竟然會做出如此不光彩的行為，同時也很驕傲自己對女人很好。因為他對她們極其大方，不僅給她們大筆金錢而已。

吃完晚餐，他帶了一瓶酒到客廳，拿出六盒珠寶讓珍妮特過目：一隻金錶，一枚紅寶石戒指，一對鑽石耳環，一條玉項鍊，一個珠寶手鐲，和一串極其完美的珍珠。他告訴她，她可以挑選其中一樣，當做是他送給她的禮物。這些珠寶，每樣都價值幾千美元——那些女孩子通常都會在事後拿去估價。

幾年前，他的一名手下偷了一卡車的珠寶，他把車上的珠寶全部收藏起來，而沒有拿去銷贓。因此，這些禮物其實不花他一毛錢。

在珍妮特考慮要挑選那一樣禮物時（她後來選了那隻金錶），他去替她放洗澡水，很小心地試試水溫，並且替她準備好他最喜歡的香水和沐浴乳。在她洗完澡，完全放鬆自己之後，他們才上床去，享受美好、正常的性愛，如同任何幸福的已婚夫婦一般。

如果他那天晚上特別興奮，他可能會把女孩留到清晨四或五點，但當女孩還在套房裡時，他從不會入睡。今晚，他很早就把珍妮特送走了。

他這樣做，全是為了自己的健康著想。他知道自己的脾氣很狂暴，很可能替自己惹來大麻煩。這種每周一次的性幽會，可以讓他冷靜下來。對他來說，這些女人具有鎮靜的效果，為了證明他的這種做法是正確的，他每周六都會看他的醫師，並且很滿意地聽到他的血壓又回復正常。他把這種情況告訴他的醫師，但那人只是喃喃說道：「很有趣。」這使得波特拉對他感到相當失望。

這樣的安排還有另外一項好處。波特拉的保鑣單獨在套房前面守衛。但套房的後門則通往相連的那間套房，而那間套房的房門是開在相反方向的走廊裡，波特拉就在那間較小的套房裡會見某些人，即使是他最親近的顧問，他也不想讓他們知道他的這些秘密會面。因為，一位黑手黨頭目私下會見一位聯邦調查局的特別探員，那是相當危險的事。他會被懷疑是線民，而希爾克則會被局裡懷疑他在收賄。

那都是波特拉的傑作：他提供電話號碼讓希爾克去監聽，他說出那幾個黑手黨人會在壓力下屈服，他提供一些黑道謀殺案的線索，並且說明某些黑手黨行動的內幕。波特拉還進行一些見不得人的活動，都是聯邦調查局不敢做的。

過去幾年裡，他們已經有固定的見面方式。希爾克有鑰匙，可以從另一頭的走廊裡打開那間套房的房門，如此，他就可以進入套房內，而不會被波特拉的保鑣發現，然後他就在那兒等著。波特拉把女孩送走之後，兩人就可展開會談。今天晚上比較特別，是波特拉等待希爾克。

在這樣的會面裡，希爾克總是有點緊張。他知道，即使是波特拉，也不敢傷害調查局探員，但此人的脾氣壞得近乎瘋狂。希爾克身上帶著槍，但為了保護線民的身份，他不能帶保鑣來。

波特拉手中拿著一杯酒，他見面的第一句話就是，「你他媽的這次又怎麼了？」但他笑得很開心，並且摟了希爾克一下。波特拉在他的白色睡衣外面套了一件精美的中國式長袍，正好蓋住他的大肚子。

希爾克拒絕喝酒，他在沙發上坐下來，冷靜地說：「幾個星期前，我下班回到家裡，發現我的兩條狗被挖出心臟。我想，你可能會有點線索。」他很用心地注意波特拉的反應。

波特拉的驚訝似乎不是裝出來的。他坐在一張有扶手的椅子上，這時好像觸電一般，差點從他的座位上彈起來。他的臉孔充滿怒氣。希爾克不為所動，根據他的經驗，罪惡感有時候反而會造成好像完全無辜的反應。他說：「如果你想警告我什麼，何不直接告訴我？」

聽到希爾克這兩句話，波特拉幾乎淚流滿面地說：「柯特，你全副武裝到這兒來，我可以感覺到你身上帶了槍。我身上沒槍。你可以把我打死，然後說我拒捕。我信任你。我已經在你的開曼群島帳戶裡存進一百多萬美元。我們是夥伴。我何必對你玩這種西西里的老把戲？有人企圖分化我們。你一定要弄清楚。」

「誰？」希爾克問。

波特拉想了一會兒。「只有艾斯特雷這小子有此可能。他誤認自己無所不能，因為他曾經逃過我的一次毒手。查查他的底細，同時，我會找人再做掉他。」

希爾克終於相信他的話。「好吧，」他說，「但我認為我們應該特別小心。不可低估了這傢伙。」

「不要擔心，」波特拉說，「嗨，你吃了嗎？我有一些小牛肉和通心麵，還有沙拉和一些好酒。」

希爾克笑了。「謝謝，但我沒時間吃晚餐。」

事實上，他是不想和即將被他送進監獄的這個人共進晚餐。

* * *

艾斯特雷現在已經收集到足夠的資訊，可以擬定出作戰計畫了。他深信，大爺的死，聯邦調查局也脫不了關係。而負責這項行動的，則是希爾克本人。他現在已經知道，仲介人是誰。他也知道，是波特拉出錢的。然而，還是有一些疑團存在。那位總領事透過妮可表示，有幾位外國投資者想買下銀行。希爾克則提議和他合作，以便吸引波特拉留下犯罪證據。這些變化都令人擔心，而且危險。他決定再和芝加哥的克拉克西商量看看，並且帶著普萊爾先生同去。

艾斯特雷早已邀請普萊爾先生前來美國，替他管理艾普萊銀行。普萊爾先生接受這項要求，並且很出人意料之外的，在很短時間內就從英國紳士轉變成美國企業界的高級主管。他現在已不再戴著英國紳士那種圓頂硬禮帽，改而戴起美國主管那種翹邊帽；他不再隨身拿著褶得很整齊的雨傘，改而手拿褶好的報紙，而且，他帶了他的妻子和兩名姪子一起來到美國。他的妻子也從樸素的英國婦人改變成衣著光鮮的美國婦人，相當時髦。他的兩個姪子是西西里人，卻說得一口道地的英語，並且獲有會計學位。兩人都是很狂熱的獵人，隨時把打獵的行頭放在一輛大轎車的行李廂內，並由其中一人負責開車。事實上，他們兩人也是普萊爾先生的保鑣。

普萊爾先生住在上西區一排連棟房屋中的其中一棟裡，由一家私人保全公司負責安全巡邏，及保護他們的住家安全。妮可本來很反對這項人事任命的，但也很快對普萊爾先生產生好感，尤其是當他告訴她，他們是遠親的表兄妹時，妮可更喜歡他了。毫無疑問的，普萊爾先生對女人有一種父執輩似的魅力，連蘿西也很喜歡他。更不用懷疑的是，他確實有管理銀行的能力——他對國際銀行業務的熟悉與豐富知識，甚至連妮可也大為佩服。光只是從事金融交易，他就已經使銀行的利潤大為增加。艾斯特雷也知道，普萊爾先生是艾普萊大爺很好的朋友。事實上，就是普萊爾先生說服大爺買下銀行，並由普萊爾先生管理英國和義大利分行的業務。普萊爾先生曾經描述他們的關係。

「我告訴過你叔叔，」普萊爾先生說，「銀行可以賺進更多財富，而且其風險比他從事的那一行低得多。那些舊時代的行業已經過時，政府目前的力量太強力，而且盯緊我們的人。該是退出這一行的時候。銀行是賺錢的最主要途徑，只要你有經驗、人員和政商關係。

不是我誇口，我可以用錢取得義大利那些政治人物的合作。每個人都賺大錢，而且沒有人會受到傷害，或被送進監獄去。我可以當一名大學教授，專門教學生如何致富，不必違反法律，也不必採取暴力。你只需促使一些正確的法律獲得通過就行了。畢竟，教育是通往更高層文明的鑰匙。」

普萊爾先生的語氣有點半開玩笑，但他其實很真誠。艾斯特雷十分同意他的觀點，並且對他百分之百信任。克拉克西大爺和普萊爾先生是他可以倚賴的長輩。不僅是因為他們和艾普萊大爺有深厚友誼，更是因為大爺的銀行使他們成為富翁。

* * *

艾斯特雷和普萊爾先生抵達芝加哥克拉克西大爺家中時，艾斯特雷很驚訝地發現，普萊爾和克拉克西很熱情地相互擁抱。他們顯然早就相識。

克拉克西準備了一頓包括水果和乳酪的晚餐招待他們，並和普萊爾先生邊吃邊談。艾斯特雷很好奇地在一旁傾聽；他喜歡聽老人說故事。克拉克西和普萊爾先生一致認為，以前那種做生意的方式，危險性太大。「每個人都有高血壓，每個人的心臟都有問題，」克拉克西說。「那種生活真是可怕。而這些新人又沒有幽默感。很高興看到他們被一一除掉。」

「呀，」普萊爾先生說。「但我們全都必須從某處再起爐灶。看看我們現在這樣子吧。」

這些談話，使得艾斯特雷不敢提起他手邊的生意問題。這兩個老傢伙認為他們現在在幹什麼呢？看到艾斯特雷的困惑神情，普萊爾先生忍不住輕聲笑了起來。「不要擔心，我們不是聖人。眼前這種情況威脅到我們自己的利益。所以請告訴我們，你需要什麼。我們已經準備好採取行動。」

「我需要你們的建議，但不是行動計畫，」艾斯特雷說。「那是我的工作。」

克拉克西說：「如果純是為了報仇，我會建議你乾脆回到你唱歌的老本行。但我看得出來——我希望你真的能夠看出來——你現在這樣做，是為了保護你家人的安全，使他們不致遭遇危險。」

「兩種理由都有，」艾斯特雷說。「任何一種理由都很充足。但我叔叔這樣子訓練我，就是為了處理這種情況。我不能讓他失望。」

「好極了，」普萊爾先生說。「但請認清這個事實：你所做的，都和你的個性有關。千萬小心，你將冒著很大的危險。但也不要做得太過份。」

克拉克西大爺溫和地問：「要我怎麼幫你？」

「關於史周若兄弟的事，你猜對了，」艾斯特雷說。「他們已經承認那件事是他們幹的，他們還告訴我，居中拉線的是約翰•賀斯柯，我以前未曾聽說過這個人，所以，我現在必須把他找出來。」

「史周若兄弟呢？」克拉克西問。

「他們已經不存在了。」

兩位老人都沈默不語。接著，克拉克西說：「我知道賀斯柯這個人。他擔任殺手的仲介人已經有二十年之久。外面盛傳，他仲介了幾樁政治謀殺案，但我並不相信。聽著，不管你是用什麼方法讓史周若兄弟承認，這些方法都對賀斯柯沒用。他是談判高手，他一定會看出來，他可以和你談判，讓他免去一死。他將會知道，你必須要從他口中得到一些情報，而這些情報只有他知道。」

「他有一個兒子，是他最心愛的，」艾斯特雷說，「他是籃球選手，是賀斯柯的生命。」

「那是一張老牌，他會當作王牌來打，」普萊爾先生說，「他會保留最重要的情報，只給你一些次要的消息。你必須了解賀斯柯的為人。他這輩子一直都在為他的生命討價還價。採取其他的法子吧。」

「有很多事情是我想要先知道的，這樣子，我才能更進一步行動，」艾斯特雷說。「誰是狙殺案的幕後主使人，還有，最重要的，為什麼？對此，我有我的想法。一定跟銀行有關。有人需要這些銀行。」

「賀斯柯也許知道其中部分原因。」克拉克西說。

「我覺得很奇怪的是，」艾斯特雷說，「堅信禮當天，警方或聯邦調查局竟然沒有派人監視著教堂。史周若兄弟告訴我，他們事先得到保證，不會有人監視。我可以相信，警方和聯調局事先知道這件狙殺案嗎？這有可能嗎？」

「有此可能，」克拉克西大爺說。「如果是這樣子，你一定要很小心。尤其是在對付賀斯柯時。」

普萊爾先生冷冷地說：「艾斯特雷，你的首要目標是挽救銀行和保護艾普萊大爺的家人。報仇只是小目標，可以放棄。」

「我不知道，」艾斯特雷這時有點含糊地說。「關於這一點，我必須好好想一想。」他很真誠地對兩人笑笑。「但我們馬上就會看到事情將如何發展了。」

兩位老人一時還不相信他。在他們這輩子裡，他們曾經看過像艾斯特雷這樣的年輕人。他們覺得，他就像是早期黑手黨偉大領袖的翻版，他們自己就不是那樣的人物，因為他們缺乏某種領袖氣質，而這樣的氣質，只有一些偉大的人物才擁有：廣受尊敬的人物，控制整個省分，反抗中央政府的統治，並且獲得最後勝利。他們看得出來，艾斯特雷擁有連他自己都不知道的那樣的意志，那樣的魅力，那種一心一意的堅忍毅力。甚至連他的愚蠢、他的歌唱、他的騎馬等等這些缺點，也不能破壞他的這項命運。這些只是年輕人的喜悅，並且顯示出他的善良。

艾斯特雷向他們提起那位總領事，馬里安諾•魯比歐，以及英吉歐•杜利帕企圖收買銀行的事。還提到希爾克企圖利用他來讓波特拉掉入陷阱。兩位老人很用心聆聽。

「下一次，要他們來找我，」普萊爾先生說。「根據我得到的消息，魯比歐是全球販毒集團的財政管理人。」

「我不打算出售銀行，」艾斯特雷說。「大爺對我做過這樣的指示。」

「當然，」克拉克西說。「這些銀行是你們的未來，並且可以保護你們。」他停頓了一下，接著說。「我來告訴你們一個小故事。在我退休前，我有一位商業夥伴，很正直的一位商人，是社會菁英。有一次，他邀請我到他的辦公大樓，到他的私人餐廳裡共進午餐。用完餐後，他帶我參觀他的公司，有好幾間很大的辦公室，裡面有成百上千的辦公小隔間，每個隔間都有電腦和年輕的男女職員在工作。

「他對我說，『這些房間一年替我賺進十億美元。這個國家共有將近三億人口，我們很努力要讓他們購買我們的產品。我們設計了特別摸彩、各種獎品和獎金，還作出一些很誇張的承諾，這些都是合法的，目的是要吸引他們把錢花在我們所有的公司產品上。你知道這裡面的關鍵在哪兒嗎？我們一定要有一些銀行，提供信用卡給這三億人口，讓他們即使沒錢也可以先行購買各種產品。』銀行是最重要的，你一定要擁有自己的銀行。」

「沒錯，」普萊爾先生說。「而且各方面都可從銀行得到利益。雖然利率那麼高，但這些債務反而會迫使人們努力，賺更多的錢。」

艾斯特雷哈哈大笑。「我很高興，想不到保留銀行竟是很聰明的決定。我本來不管的。大爺告訴我不要出售。那對我來說，已經夠了。但他們卻殺害他，這使得情況為之改變。」

克拉克西很堅定地對艾斯特雷說：「你不可以傷害那個人，希爾克。目前的政府，力量太強大，絕不會容忍這樣的大膽行為。但我同意你的看法，從某種方面來說，他是危險人物。你一定要放聰明一點。」

「你的下一步是賀斯柯，」普萊爾先生說。「他也是關鍵人物，但同樣的，你要特別小心。記住，你可以請求克拉克西大爺協助，我自己也有一些資源。我們並不是完全退休。銀行更關係到我們的利益——更別提我們對艾普萊大爺的深厚感情了，願他安息。」

「好吧，」艾斯特雷說。「在我見過賀斯柯後，我們可以再見一次面。」

* * *

艾斯特雷很清楚自己正處於極危險的境地。他知道，他成功的機會仍然很小，儘管他已經懲處了開槍的刺客。這只是艾普萊大爺神秘遇害事件中的一條小線索而已。但他很相信他絕對正確的妄想症，而這正是他那幾年在西西里接受訓練時，目睹永無止境的相互背叛後，慢慢培養出來的。他現在必須特別小心。賀斯柯似乎是很容易對付的目標，但也有可能是敵方設下的陷阱。

有一件事令他感到很驚訝。他本來一直認為，自己只是一名小商人和業餘歌手，這輩子活得很快樂，但現在，他卻感受到以前未曾有過的一種欣喜，覺得又回到了屬於他自己的那個世界。他有一項任務，就是保護艾普萊大爺的子女，以及替他敬愛的人的死亡報仇。他必須摧毀敵人的意志。奧爾多‧蒙薩從他的西西里故鄉的村子裡帶來十名好手。他並且遵從艾斯特雷的指示，妥善安排這些人家人的生活，不管他們發生什麼事，他們的家人一輩子都會受到很好的照顧。

「不要期待別人會因為過去你替他們所做的好事，而感激你，」他記得大爺曾經如此教訓他。「你一定要讓他們因為你將來會替他們做的好事，而感激你。」這些銀行就是艾普萊家人、艾斯特雷，以及人數越來越多的他手下大軍的未來保障。這是值得為它去戰鬥的未來，不管要花什麼代價，都很值得。

克拉克西大爺另外派了六個人給他，並且一再保證這些人忠實可靠。艾斯特雷把他的住處變得好像堡壘一樣安全，除了部署這些人手之外，另外還裝上最先進的電子偵測儀器。他也在別的地方安排了一處安全處所，如果執法當局為了某種原因想要抓他，他可以暫時躲到這處隱密的安全地點。

他並沒有安排貼身保鑣，改而依賴自己的快速反應，而把他的保鑣當做先頭偵察隊使用，讓他們先前往他準備要去的路線上偵察一番。

他打算暫時不去碰賀斯柯。希爾克一向以為人正直而聞名，甚至連艾普萊大爺也如此稱許他，但艾斯特雷現在卻對希爾克的正直名聲覺得有點懷疑。

「有些正直的人，一輩子卻都在準備進行一項最可怕的背叛行為。」普萊爾先生曾經對他這樣說過。但儘管如此，艾斯特雷還是覺得信心十足。他必須要做的就是，保住自己的性命，等待這個謎團慢慢拼湊起來。

真正的考驗，將來自賀斯柯、波特拉、杜利帕、和希爾克這些人。他可能必須讓自己再度手染鮮血。

* * *

艾斯特雷花了一個月的時間，才想出要如何對付賀斯柯。這人很難對付，很狡猾，雖然很容易就可奪走他的生命，但卻很難從他口中套出消息。以他的兒子來威脅他，這樣做十分危險——這會迫使賀斯柯表面上裝成很合作的樣子，但實際上卻會陰謀設計陷害艾斯特雷。他決心不讓賀斯柯知道，史周若兄弟已經告訴他，賀斯柯就是狙擊案中的司機。這可能會把他嚇壞了。

在此同時，他收集了有關於賀斯柯日常習性的一些必要資訊。他看來似乎是很溫和的人，主要樂趣是種花，並且把花批發給花店，他個人甚至在漢普頓路邊設有一個賣花的攤位。他唯一的嗜好是去觀看他兒子就讀的維拉諾瓦大學校隊的籃球比賽，並且很狂熱地注意這支校隊的賽程，狂熱得近乎宗教般虔誠。

* * *

就在一月時的某個星期六晚上，賀斯柯前往紐約麥迪遜廣場花園看維拉諾瓦大學和坦普大學的比賽。他離開家時，順手開啟他那套精密的安全警報系統。他對生活的各項細節一直都很小心，並且深信，對於可能發生的各種意外，他都已經做了萬全的預防措施。在艾斯特雷計畫裡，在他們一開始交手之初，他要破壞的，就是賀斯柯的這種自信。

約翰•賀斯柯開車進入城裡，獨自在花園附近的一家中國餐廳吃了頓晚餐。他出外時都是吃中國菜，因為這是他在家裡唯一不會做得更好的一種菜色。他喜歡這些中國餐館在每一盤菜上都蓋上銀蓋子，好像盤裡裝著會令人驚喜的東西。他喜歡中國人。他們只管自己的事情，不會跟你說悄悄話，也不會向你做出一些逢迎的親膩動作。而且，他從來不曾——從來沒有過，一次也沒有──在他們的帳單裡發現過任何錯誤，因為他每次都點很多道菜，所以，他都會很細心地核對菜單。

今晚，他吃得更多。他尤其喜歡北京烤鴨和小溪蝦，以及廣東龍蝦醬。他還點了一盤炒飯，當然，他還點了一些餛飩和糖醋排骨。他點的甜點是綠茶冰淇淋，他也是經過好一陣子才習慣這種冰淇淋的味道，但這也顯示，他確實是東方美食的老饕。

他抵達廣場花園時，球場裡只坐滿一半的球迷，但是，坦普隊今晚排出的陣容卻是相當堅強。賀斯柯找到自己的位置坐下，那是他的兒子傑柯特別替他挑選的，很靠近球場，並且就在中央地帶。這使得他對傑柯感到很驕傲。

比賽過程並不很精彩。坦普隊大敗維拉諾瓦隊，但傑柯卻在比賽中多次進球，個人拿了好多分。球賽結束後，賀斯柯到球員更衣室。

他的兒子很熱情地抱住他。「嗨，老爹，很高興你來了。想不想跟我們一起出去吃東西？」

賀斯柯覺得很欣慰。他的兒子真有紳士風度。當然了，這些小孩子是不會喜歡像他這樣的古怪老頭子跟他們一起到城裡去瘋狂的。他們會去喝酒，好好玩一玩，也許還釣個馬子，風流一下。

「謝了，」賀斯柯說。「我已經吃過晚餐，而且還要開很長的路回家。你今晚打得很好。我以你為榮。去吧，跟大家去玩玩。」他向他兒子吻別，心想，他怎會如此幸運，有這麼好的兒子。也許，他的兒子有個好母親，不過，她倒不是個好妻子。

賀斯柯只開了一個小時的車就回到明水鎮——長島公路在這時刻幾乎看不到一輛車子。他到家時覺得很累，但在進入屋子前，他檢查了花房的溫度和濕度，看看是否正確。

在花房玻璃屋頂反射下來的月光的照耀下，花兒顯示出一種狂野、夢魘似的美，紅色幾乎變成黑色，白色則成為如鬼魅般的朦朧光輝。他很喜歡在晚上看著這些花兒，尤其是在入睡前。

他踏著碎石子車道走到屋子大門前，拿出鑰匙，打開大門。一進入屋內，他快速地在一個機板上按下一組密碼，關掉安全警報系統，接著，他走進客廳。

他的心猛然一沈。兩個人站在那兒等他；他認出其中一人是艾斯特雷。他跟死神常打交道，所以很快就認出它來。這些人是死神的使者。

但他還是擺出防衛的姿態。「你們兩個是怎麼進來的？想幹什麼？」

「不要慌。」艾斯特雷說。他先來一段自我介紹，最後又加了一句，說他是艾普萊大爺的姪子。

賀斯柯要自己鎮定下來。他以前也曾遇到多次驚險場面，在經歷一開始的緊張對峙後，最後總能安然脫險。他在沙發上坐下來，把手放在木製的扶手上，準備隨時取出事先藏在扶手密洞中的手槍。「請問你們有何貴幹？」

艾斯特雷臉上露出嘲笑的笑容，這令賀斯柯覺得很生氣，他原來準備等待適當時機再採取行動的，但這時，他忍耐不住了，於是快速打開扶手，伸手拿槍。扶手的密洞是空的。

這時，三輛汽車突然出現在車道上，車頭燈照進客廳。又有兩人走進屋內。

艾斯特雷很高興地說：「我不敢低估你，約翰。我們把整個屋子都搜過了，找到好幾把手槍，有一把藏在咖啡盒裡，另外有一把用膠帶黏在床底下，那個假的信箱裡也藏了一把，浴室馬桶後也用膠帶黏了一把。我們有沒有漏掉什麼？」

賀斯柯沒有回答，他的心又再度恢復跳動。他覺得那顆心好像跳到他的喉嚨裡。

「你花房裡到底都種了些什麼？」艾斯特雷笑著問道。「鑽石，大麻，古柯葉嗎？我本來以為你會一直留在那兒，不進來了。哦，對了，以一個種杜鵑花的人來說，你的火力未免太強大了。」

「不必再嘲笑我了。」賀斯柯平靜地說。

艾斯特雷在賀斯柯對面的椅子上坐下來，接著，把兩個皮夾——都是Gucci牌，一個是金色，一個是棕色——丟在他們之間的咖啡桌上。「你看看。」他說。

賀斯柯拿起皮夾，將它們打開。他首先看到的是史周若兄弟的駕駛執照，以及執照上的兩兄弟人頭照片。他感到喉中的膽汁很酸，酸得他幾乎想吐。

「他們把你供出來了，」艾斯特雷說。「說你是艾普萊大爺狙殺案的仲介人。他們也說，你向他們保證，紐約警局和聯邦調查局都不會派人監視教堂的儀式。」

賀斯柯思索眼前的所有狀況。他們並沒有立即要他的命，不過，史周若兄弟肯定已經斃命。他對他們的背叛行為覺得有點兒失望。但艾斯特雷似乎並不知道他就是開車的人。這方面有談判的空間，也是他這一生最重要的一次。

賀斯柯聳聳肩。「我不知道你在說什麼。」

奧爾多・蒙薩一直很注意聽，並且嚴密監視著賀斯柯。這時，他走進廚房，回來時帶著兩杯咖啡，把其中一杯遞給艾斯特雷，另一杯給賀斯柯。他說：「嗨，你有義大利咖啡──太好了。」賀斯柯輕蔑地看了他一眼。

艾斯特雷喝了一口咖啡，然後慢慢地對賀斯柯說：「我聽說你很聰明，這也是你能活到現在的唯一原因。所以，請你聽我說，好好想一想。我是來替艾普萊大爺清理門戶的。我擁有他退休前的所有資源。你知道他的為人，所以你一定知道，這是怎麼回事。如果他還未退休，你絕對不敢仲介這筆生意。對不對？」

賀斯柯沒說什麼，只是繼續看著艾斯特雷，試著弄清楚他的意向。

「史周若兄弟已經死了，」艾斯特雷繼續說道。「你也可以去跟他們作伴。但我有個提議，你必須表現得機靈一點。在接下來的三十分鐘裡，你必須說服我，讓我相信，你是站在我這一邊的，你將充當我的代理人。如果你做不到，將被埋葬在花房的花兒下面。現在，我來告訴你一個好消息。我絕不會把你的兒子扯進來。我不幹這種事，此外，這樣做只會使你成為我的敵人，並且出賣我。但你一定要明白，是我讓你的兒子活命的。我的敵人想要置我於死地。如果他們成功了，我的朋友是不會饒過你兒子的。他的命運和我的生命息息相關。」

「那麼，你想要什麼？」賀斯柯問。

「我想要點情報，」艾斯特雷說。「請你告訴我，只要我滿意，我們就成交了。如果我覺得不滿意，你就死定了。所以，你眼前最大的問題就是，今晚要如何保住你的性命。開始。」

賀斯柯大約有五分鐘沒有說話。首先，他評估眼前的艾斯特雷——很英俊的傢伙，看來不是殘忍、兇暴之人。但史周若兄弟死了。接著，就是他們竟然能夠突破他的安全系統，進入屋內，並且找出他藏好的手槍。最可怕的是，艾斯特雷竟然坐在那兒，等著他伸手去拿早已被取走的槍。所以，艾斯特雷並不是在嚇唬他，而且，就算是只是在嚇唬他，也不是他能夠避得掉的。最後，賀斯柯喝掉他的咖啡，做出他的決定，但仍然有點保留。

「我必須站在你這邊，」他對艾斯特雷說。「我必須相信你，相信你會做出正確的決定。要我仲介這件狙殺案，並且給我錢的，就是提莫納・波特拉。紐約警局之所以沒派人監視，是因為我用錢打通關節。我替波特拉行賄，給了紐約警局刑警隊長狄・班尼雷托五萬美元，另外又給他的副隊長愛絲碧妮雅・華盛頓二萬五千美元。至於聯邦調查局，是波特拉告訴我的，他說，他保證調查局不會派人在場。我堅持要有更好的保證，他於是告訴我，他已經收買了這個傢伙，希爾克，聯調局的紐約辦事處主任。是希爾克准許刺殺大爺的。」

「你以前替波特拉做過事？」

「哦，是的，」賀斯柯說。「他在紐約販毒，所以要我替他介紹殺手，暗殺掉很多人。但沒有一件是跟大爺有關係的。我沒有那方面的關係。就是這樣子。」

「很好，」艾斯特雷說。他的臉孔很真誠。「現在，我要你很仔細地再想一想。這是為了你自己的性命著想。是不是還有什麼事情，是你可以再告訴我的？」

突然之間，賀斯柯知道自己已經站在鬼門關前。他顯然未能說服艾斯特雷。他很相信自己的直覺。他對艾斯特雷苦笑。「還有一件事，」他說得很慢很慢。「波特拉目前和我又有一筆生意要談。目標是你。我要付給兩名警探五十萬美元，要他們幹掉你。他們會前去逮捕你，你拒捕，於是，他們當場將你射殺。」

艾斯特雷似乎有點困惑。「為什麼如此複雜，而且還花這麼多錢？」他說。「何不直接去請個殺手？」

賀斯柯搖搖頭。「他們更重視你。而且，在大爺被狙殺後，再找人刺殺你，會引來太多的注意。你是大爺的姪子。媒體會瘋狂報導的。我們的做法可以掩飾過去，不會讓人生疑。」

「你已經付錢給他們了？」艾斯特雷問。

「還沒，」賀斯柯說。「我們必須先安排見面。」

「很好，」艾斯特雷說，「安排在偏僻的地方和他們見面。事先讓我知道詳細的情形。還有，見面之後，不要跟他們一起離去。」

「哦，媽的，」賀斯柯說，「你打算這麼幹？那會引起很大的風波。」

艾斯特雷身子往後仰，靠在椅背上。「我們就這麼幹，」他說。他站起身，摟住賀斯柯，表示友誼。「記住，」他說，「我們必須設法讓我們兩人都能活命。」

「我可以留下一點錢嗎？」賀斯柯問。

艾斯特雷哈哈大笑。「不行，這是最重要的。警察怎麼解釋他們身上有五十萬美元？」

「只留二萬元。」賀斯柯說。

「好吧，」艾斯特雷很爽快地說。「但不能再多了。只是讓你嚐點甜頭而已。」

* * *

艾斯特雷現在被迫必須和克拉克西大爺和普萊爾先生再見一面，對他必須執行的這項大規模行動計畫，尋求他們的建議。

但環境已經改變。普萊爾先生堅持要帶著他的兩個姪兒前往芝加哥，充當保鑣。當他們來到芝加哥郊區時，發現克拉克西大爺那處樸素的宅第，已經變成如堡壘般。通往屋子的車道上被一棟綠色的臨時小屋攔腰擋住，小屋內有幾名看來很兇悍的漢子守著。果園裡停了一輛裝有通訊裝備的小貨車。有三名年輕小伙子出來應門鈴和接聽電話，並且檢查訪客的身份。

普萊爾先生的兩個姪子，伊萊思和羅伯托，身材瘦削，如運動員般健壯，都是火器專家，而且顯然很尊敬他們的叔叔。他們似乎也知道艾斯特雷在西西里的歷史，並且對他極其尊敬，十分周到地服侍他。他們扛著他的行李上飛機，吃飯時替他倒酒，用他們的餐巾替他擦拭身上的灰塵；他們替他付小費，替他開門，很明白地表示，他們認為他是很偉大的人物。艾斯特雷很幽默地想要他們放輕鬆點，但他們從來不敢造次。

守衛在克拉克西身邊的那些人則沒有那麼禮貌。他們都是一些表面上很有禮貌，但表情僵硬、態度堅定的五十多歲男子，專心於他們的工作。而且他們個個全副武裝。

那天晚上，當克拉克西大爺、普萊爾先生和艾斯特雷吃完晚餐，正吃著甜點的水果時，艾斯特雷對大爺說：「為什麼如此緊張？」

「只是預防措施，」他的主人鎮靜地說。「我聽到一些不好的消息。我的一位老敵人，英吉歐•杜利帕，已經來到美國。他脾氣很火爆，而且貪得無厭，所以，最好預防一下。他是來會見我們那位提莫納•波特拉的。他們正在密謀如何瓜分販毒所得的黑錢，以及如何消滅他們的敵人。最好事先準備一下。但你現在有什麼打算呢，我親愛的艾斯特雷？」

艾斯特雷向他們報告，他打聽到的消息，以及他如何策反賀斯柯。他告訴他們，有關於波特拉、希爾克和兩位警探的事情。

「我現在必須採取行動，」他說，「我需要一個懂得炸藥的人，以及至少再給我十名好手。我知道你們兩位可以提供這些人手，你們可以召集大爺的老朋友。」他很仔細地剝下他手中那顆青黃色梨子的皮。「你們知道的，這次行動十分危險，所以，你們不會想要太過於介入此事的。」

「胡說，」普萊爾先生不耐地說。「我們現在的一切都是艾普萊大爺給的。我們當然很樂於幫忙。但要記住，這不是報復。這只是自衛。所以，你不能傷害希爾克。否則，聯邦政府會讓我們以後的日子很難過。」

「但那人一定要除掉，」克拉克西說。「他一直是個危險人物。不過，不妨考慮這個。賣掉銀行，所有的人都會很高興。」

「所有的人，除了我和我的表兄姊之外。」艾斯特雷說。

「這件事有考慮的必要，」普萊爾先生說。「雖然我知道這些銀行將來的利潤將會成長得極其驚人，但我仍然願意和克拉克西大爺一起放棄我們在銀行中的股份。當然，這樣做是可以換來比較安定的生活。」

「我不出售銀行，」艾斯特雷說。「他們殺害我的叔叔，他們必須付出代價，不能讓他們達到目標。我不能生活在必須靠著他們的憐憫才能生存下去的這樣一個世界裡。大爺如此教導過我。」

艾斯特雷很驚訝地發現，對於他的這項決定，克拉克西大爺和普萊爾先生似乎鬆了一口氣。他們甚至還想隱藏起他們的小小笑容。他了解到，這兩位老人，雖然權勢如此大，但還是十分尊敬他，顯然已經在他身上看出他們永遠沒有的長處。

克拉克西說：「我們知道你對艾普萊大爺有份責任，願他安息。我們知道，我們對你有什麼責任。但為了謹慎起見：如果你太燥進，結果發生什麼不幸，我們將被迫出售銀行。」

「是的，」普萊爾先生說。「小心為上。」

艾斯特雷哈哈大笑。「不要擔心，如果我倒下了，其他人也別想活命。」

他們吃著梨子和桃子。克拉克西大爺似乎在思索著什麼，久久沒有說話。過了好一會兒，他方才說道：「杜利帕是全球販毒集團的首腦。波特拉是他在美國的合夥人。他們一定很想取得銀行，以便用它們來洗販毒的黑錢。」

「那麼，希爾克怎會介入其中呢？」艾斯特雷問。

「我不知道，」克拉克西說。「但是，還是一樣，你不可以攻擊希爾克。」

「不然，會替我們帶來大災難。」普萊爾先生說。

「我會記得的。」艾斯特雷說。

但如果希爾克真的有罪，他該怎麼辦呢？

* * *

愛絲碧妮雅・華盛頓副隊長先確定她的八歲大的女兒吃了一頓很豐盛的晚餐，做完了功課，並且也禱告完了，然後才要她上床睡覺。她很疼這個女兒，而且，很久以前就把她的父親排除在她的生活之外。臨時褓姆——是一位穿制服警察的十幾歲女兒——在晚上八點來到她家中。愛絲碧妮雅指示她，要她注意看著女兒，並且說，她會在十二點前回到家裡。

不久，樓下大廳的電鈴響了，愛絲碧妮雅跑下樓，很快來到大街上。她從來沒搭過電梯。保羅・狄・班尼雷托坐在他那輛沒有警察標記的雪佛蘭裡等她。她跳上車，綁好安全帶。他是個很糟糕的夜間駕駛人。

狄．班尼雷托抽著一根長長的雪茄，因此，愛絲碧妮雅只好打開她旁邊的車窗。「大約要一小時的車程，」他說。「這件事我們必須好好考慮一下。」他知道，對他們來說，這是他們的一大步。收賄款和黑錢是一回事，但去執行殺人的任務則是另一回事。

「有什麼好考慮的？」愛絲碧妮雅問。「我們可以拿到五十萬美元，只須去殺死一個本來就應該被送上死刑台的傢伙。你知道，我可以拿二十五萬美元幹什麼嗎？」

「不知道，」狄．班尼雷托說。「但我知道，我可以幹什麼。當我退休時，在邁阿密買一棟豪華別墅。但是，我們這輩子可能都會覺得良心不安。」

「以前收毒販的賄款，本來就已經越線了，」愛絲碧妮雅說。「現在，什麼也不必多想。」

「是呀，」狄．班尼雷托說。「今晚，我們只需要確定一下，賀斯柯這傢伙真的有這筆錢，而不是在耍我們。」

「他一向很可靠，」愛絲碧妮雅說。「他是我的耶誕老人。如果他沒有拿一大袋的錢來見我們，那他將會是一個死去的耶誕老人。」

狄．班尼雷托哈哈大笑。「這才是我的乖女孩。妳一直在監視這個叫艾斯特雷的傢伙，好讓我們馬上就可以幹掉他嗎？」

「是的，我派人監視他。我知道可以到那兒去幹掉他——他的通心麵倉庫。大部分晚上，他都在那兒工作到很晚。」

「妳身上有多帶一把槍，準備在槍殺他之後，放在他手中，假裝是他拒捕嗎？」狄・班尼雷托問。

「當然，」愛絲碧妮雅說。「身上如果不多帶一把沒有標記的槍，就不算是警察。」

他們默默開了十分鐘的車。接著，狄・班尼雷托以故意裝得很冷靜、不帶感情的聲音說道：「由誰來開槍呢？」

愛絲碧妮雅以好笑的眼光看著他。「保羅，」她說，「過去十年來，你一直坐在辦公室裡。你看到的番茄醬多過鮮血。我來開槍。」她可以看得出來，他露出鬆了一口氣的神情。男人──真是他媽的沒用。

他們再度陷入沈默中，各自回想著，是什麼使得他們的生活落到眼前這步田地。狄・班尼雷托是在年輕時就進入警界服務，那已經是三十年前的往事。他的貪瀆是逐漸累積的，但也是無可避免的。他一開始也抱有很偉大的理想──認為他將因為冒著生命危險保護大眾安全，而受到尊敬和愛戴。但隨著歲月的過去，這個理想慢慢被消磨殆盡。起初，是街頭小販和小店家送的一些小小賄款。接著，作偽證，讓某個傢伙得以逃脫重罪的刑罰。接受一個高級毒販致送的黑錢，似乎只是一小步。最後，就是接受賀斯柯送出來的賄款，而賀斯柯則是代表提莫納・波特拉──紐約僅存的一位勢力最大的黑手黨頭目。

當然，總是會有一些聽來很合理的好藉口。人們很容易就可以說服自己相信任何事情。

他看到一些高階警官因為收受毒販的賄款而致富，低階警官更是貪得無厭。畢竟，他有三個孩子要上大學。但最重要的是，他冒著生命危險保護的那些老百姓，竟然毫不感激。如果你不小心打了一位黑人小偷耳光，民權團體就會抗議警察暴力。新聞媒體只要一逮到機會，就拚命修理警察局。老百姓也經常控告警察。很多警察在服務多年後慘遭免職，連退休金也泡湯，有的甚至還入牢服刑。他自己也曾遭到申誡，罪名是他專門找黑人罪犯的麻煩，但他知道自己並沒有種族偏見。紐約的大部分罪犯都是黑人，這難道是他的錯？你能怎麼辦呢——難道發給他們執照，准許他們去偷去搶，並且表示嘉獎？他也提拔黑人警官。他是愛絲碧妮雅在局裡的啟蒙導師，並且讓她昇級，但她能夠昇級，這也是她努力得來的，因為她的強悍作風，甚至連那些黑人罪犯也聞風喪膽。雖然她對付的也是同樣的黑人罪犯，但卻不會有人指責她種族主義。總而言之，保護這個社會的警察，卻反而被社會罵成是垃圾。當然，除非他們在執勤時喪生，那才另當別論。到那時候，什麼亂七八糟的讚美辭都會加到你頭上。結論呢？當一名奉公守法的警察實在很不值得。然而——然而，他從來沒有想到竟會淪落到充當殺手的地步。但不管如何，他不會出任何差錯；也不會有任何風險；況且還有一大筆錢可拿；他們要除掉的那個人是殺人兇手。但是……

愛絲碧妮雅也正在沈思，她的生活怎會來到這地步。老天爺很清楚，她是多麼熱誠而無情地打擊紐約的黑社會，結果使她自己成了紐約的傳奇人物之一。當然，她也收賄，作偽證。但她一直到後來才被狄•班尼雷托說服，開始收取毒梟的黑錢。一連好幾年，他一直在指導她，並且還成為她的情人，不過只維持了幾個月，但感覺還不算太差——他就像一頭大笨熊，把性當做冬眠時的一種衝動。

但她的腐化，是在她被晉昇為警探後，第一天上班時發生的。在警察派出所的康樂室裡，一位很傲慢的白人警察，名叫甘吉的，開始開她的玩笑。「嗨，愛絲碧妮雅，」他說，「憑著妳的小騷穴和我的肌肉，我們可以消滅掉文明世界裡的所有罪惡。」房間裡的警察——包括幾位黑人警察在內——全都哈哈大笑。

愛絲碧妮雅冷冷地看著他，說道：「你永遠當不了我夥伴。會侮辱女性的男人都是雞雞很小的懦夫。」

甘吉試著保持友好的氣氛。「只要妳想試試，我的小雞雞隨時可以塞進妳的小騷穴裡。反正，我也想改改運。」

愛絲碧妮雅絲毫不給他留情面。「黑人比你們這些白人強太多了，」她說。「滾開，你這個大笨蛋狗屎。」

由於大家感到太驚訝，以致於房間裡一時鴉雀無聲。甘吉氣得滿臉通紅。像這樣惡毒的嘲笑，除了當場打一架，否則是無法被對方接受的。甘吉開始朝愛絲碧妮雅走過去，他的龐大身軀經過之處，大家紛紛讓開。

愛絲碧妮雅當時已經著裝完畢，正準備出去執勤。她拔出她的手槍，但並未把槍口對著他。「你試試看，我會把你的腦袋轟掉。」她說。在那間房間裡，所有人都深信不疑，她鐵定會扣下板機。甘吉停住腳步，厭惡地搖搖頭。

當然，這件事立即被往上報告。在愛絲碧妮雅這方面，她犯了很嚴重的違紀行為。但狄・班尼雷托很精明，他知道，如果讓局裡出面調查此事，一定會使得整個紐約警察局鬧得人仰馬翻。因此，他把這件事壓了下來，並且做了妥善處理，但愛絲碧妮雅的表現讓他留下很深刻的印象，於是，他把她納入他的個人幕僚中，並且成為她的指導者。

影響愛絲碧妮雅最大的，莫過於當時在那間房間裡，至少有四名黑人警察，但竟然沒有一個出面挺她。事實上，他們還對著那位白人警察的笑話哈哈大笑。性別的忠誠度顯然遠大於種族的忠誠度。

經過那件事後，她開始建立起自己的名聲，使她成為局裡最佳警察之一。她對毒販、小偷、搶犯、武裝搶匪毫不留情。她絕不憐憫他們，不管是黑人或白人，一視同仁。她開槍射殺他們，毆打他們，羞辱他們。很多人投訴她，但罪名一直無法成立，她的英勇記錄是她最好的護身符。但這些投訴，結果激起她對社會本身的憤怒。他們怎麼膽敢懷疑她，難道不知道她正在對抗城裡最壞的壞蛋，為了保護他們而賣命？狄・班尼雷托一路支持她。

曾經發生這麼一次很棘手的情況，她開槍打死兩名十幾歲的小搶匪，當時，他們就在哈林區一條燈光明亮的街道上——就在她的公寓外面——企圖搶她。其中一名大男孩朝她臉上打了一拳，另一個則抓住她的皮包。愛絲碧妮雅拔出手槍，那兩個大男孩當場嚇呆了。她相當故意地朝著他們兩人開槍。她不僅是為了報復臉上被打了一拳，同時也是在警告所有人，不要妄想在她的住家附近搶東西。民權團體發起抗議行動，但局裡認定，她這樣做純是為了自衛。不過，她自己很清楚，其實她是有罪的。

是狄・班尼雷托說服她，要她在一次很重要的毒品交易中接受賄款，那也是她第一次接受這樣的賄款。他說話的口吻很像一位充滿愛心的叔叔。「愛絲碧妮雅，」他說，「現在的警察不必太擔心挨子彈。這方面大概都跟黑道打好交道了。現在的警察反而必須要擔心民權團體，老百姓和罪犯，因為他們都會控告妳，告你傷害。局裡面的那些政客長官，為了選票，會毫不猶豫地把妳送進監獄，特別是像妳這樣的警察。妳是最好的犧牲品，因此，妳打算最後讓妳自己淪落街頭，像那些可憐的毒癮患者一樣，慘遭強暴、搶劫、殺害？或者，妳將保護妳自己？加入我們。妳將會受到局裡那些早已被收買的警官們的保護。再過五或六年，妳就可以帶著一大筆錢退休。不用再擔心會被送進牢裡，或是動到某個小搶犯的那根毛髮。」

因此，她接受了。而且，一筆接一筆，她開始喜歡起把賄款存進秘密銀行帳戶的那種快感。但她並沒有放鬆打擊罪犯。

不過，眼前這件事並不是同一回事。這是共謀殺人，還好，這位叫艾斯特雷的傢伙是個黑手黨大人物，她很樂意幹掉他。好笑的是，她竟然好像是在執行公務。更妙的是，這件任務的風險竟然如此小，報酬卻高得嚇人。二十五萬美元。

狄・班尼雷托把車子駛下南州際高速公路，幾分鐘後就駛進一家二層樓高的購物中心前的停車場。購物中心裡的十幾家商店全都已打烊，甚至連披薩店也一樣，只留下窗戶上的鮮紅色霓虹燈還開著。他們下了車。「這是我第一次看到披薩店這麼早就打烊的。」狄・班尼雷托說。才晚上十點而已。

他領著愛絲碧妮雅來到披薩店的側門。門沒上鎖。他們走上十幾層梯階，來到一處平台。左手邊是有著兩間房間的套房，右邊則是一間房間。他比了一下手勢，愛絲碧妮雅上前察看左手邊的套房，他則站在一旁掩護。接著，他們進入右邊的房間。賀斯柯在那兒等他們。

他坐在一張長木桌的一端，桌子四周有四張東倒西歪的椅子。桌子上放著一個帆布袋，大小像個吊球，袋裡似乎塞得滿滿的。賀斯柯和狄・班尼雷托握了握手，並向愛絲碧妮雅點點頭。她從來沒看過一個白人是像他那麼白的。他的臉孔，甚至他的頸子，都白得嚇人。

房間裡只有一盞黯淡的燈泡，沒有窗子。他們在桌子兩旁坐下來，狄・班尼雷托伸手拍拍那個袋子。「全都在裡面？」他問。

「當然，」賀斯柯以發抖的聲音說道。嗯，一個人帶著裝滿五十萬美元的帆布袋，當然是會緊張，愛絲碧妮雅如此想道。但她仍然用兩眼掃視了一下房間，看看有沒有被監聽。

「讓我們看看。」狄・班尼雷托說。

賀斯柯打開帆布袋袋口的繩子，把裡面的錢倒出一半來。約二十疊用橡皮筋綁著的鈔票，滾落在桌上。大部分鈔票都是百元大鈔，沒有五十元的，只有幾疊是二十元鈔票。

狄・班尼雷托嘆了一口氣。「他媽的二十元券，」他說。「好吧，把它們放回去。」

賀斯柯把鈔票放回袋裡，再把袋口綁好。「我的委託人要求早點辦完事，越快越好。」他說。

「兩個星期之內。」狄・班尼雷托說。

「很好。」賀斯柯說。

愛絲碧妮雅把袋子扛到她肩上。沒有想像中的那麼重，她在心裡想道。五十萬美元原來並不很重。

她看著狄・班尼雷托和賀斯柯又握了一次手，突然覺得有點不耐。她想快點離開這鬼地方。她開始走下樓梯，袋子就放在她肩上，她用一手扶著袋子，另一隻手空著，準備隨時可以拔槍。她聽到狄・班尼雷托緊跟在後的腳步聲。

他們很快來到清涼的夜空下。兩人都是一身大汗。

「把袋子放進後行李廂。」狄・班尼雷托說。他坐上駕駛座，點上一根雪茄。愛絲碧妮雅繞到前面，坐進車內。

「我們到什麼地方去把錢分開來？」狄・班尼雷托問。

「我家裡不行，我請了一位臨時褓姆。」

「我家裡也不行，」狄・班尼雷托說，「老婆在家。找家汽車旅館，如何？」

愛絲碧妮雅露出痛苦的鬼臉，狄・班尼雷托笑著說：「那就到我辦公室去吧。我們把門鎖上。」他們兩人都笑了。「再去檢查一下行李廂，看看車廂蓋是否鎖上。」

愛絲碧妮雅沒有表示反對。她再度下車，打開後行李廂，拿出帆布袋。這時，狄・班尼雷托發動車子。

劇烈的爆炸把玻璃碎片如雨點般灑落在整個購物中心。好像下起一場玻璃雨。車子本身好像飄浮在半空中，然後再化成碎片，帶著狄・班尼雷托的屍體，一起掉落到地面。愛絲碧妮雅・華盛頓被爆炸威力炸到將近十呎外，摔斷一條腿和一隻手臂，但最嚴重的是她的一隻眼睛被炸了出來，痛得讓她昏迷過去。

賀斯柯則是從披薩店後門離開，爆炸造成的空氣壓力使得他的身體猛烈撞上牆壁。接著，他跳上車，快速逃離。二十分鐘後，他已經回到明水鎮家中。他替自己倒了一杯酒，然後檢查一下他從帆布袋裡偷走的兩疊百元大鈔。共是四萬美元——挺不錯的一筆紅利。他打算給兒子兩千元當零用錢。算了，給一千元吧。剩下的錢藏起來。

他收看電視播出的午夜新聞，這件爆炸案被當做即時新聞播出。一名警探當場被炸死，另一位重傷。現場找到一個帆布袋，裡面裝著大量現鈔。但新聞主播並未說出袋裡有多少錢。

* * *

兩天後，愛絲碧妮雅・華盛頓才在醫院裡清醒過來，並且馬上被調查人員緊緊追問，為什麼會有那一袋錢，以及為什麼剛好是差四萬美元就是五十萬美元。對於會遭到這樣的詢問，她並不感到驚訝，但她說她完全不知道那筆錢是怎麼回事。他們質問她，一位刑警隊長帶著他的副手出去幹什麼。她拒絕回答這個問題，理由是，這是私人問題。但她很生氣，因為她很明顯地受到重傷，他們卻還如此毫不留情地追問到底。但局裡並不睬她，也不尊重她過去的輝煌經歷。不過，詢問的結果，一切ＯＫ。局裡不再追問下去，有關那筆錢的調查就此停止。

愛絲碧妮雅又花了一星期的時間才康復，並在療養期間終於推斷出，這究竟是怎麼回事。他們中了別人的圈套。而唯一能夠陷害他們的人，就是賀斯柯。而從袋子裡少了四萬元這一點來看，這頭貪婪的豬竟然連自己人的錢也不放過。好吧，她在心裡想道，等她完全康復後，她會再去找賀斯柯。

MARIO PUZO

OMERTA

CHAPTER 10

艾斯特雷現在對自己的行動十分小心。不僅是為了避免遭到暗殺，也是預防自己被別人以任何原因逮捕。他把自己關在戒備森嚴的房子裡，有五個人二十四小時輪班擔任他的隨身保鑣。他在屋子四周的樹林和土地上裝置感應器，夜間則開啟紅外線偵測。當他外出時，六名保鑣分成三組，兩人一組，貼身保護他。

他有時候也單獨一人出去，靠的是隱密和奇襲，同時也具有信心，萬一碰上一、兩名刺客，他深信自己有能力對付。炸死兩位警探雖然有其必要，但也因而造成很大的困擾。當愛絲碧妮雅・華盛頓康復後，她一定會猜出是賀斯柯出賣她。如果賀斯柯供出內情，她將會找上艾斯特雷本人。

但到現在，他已經知道他面對的問題的嚴重性。他已經知道，那些人應該對大爺的死負責，以及他眼前必須處理的嚴重問題是什麼。這些人包括了，柯特・希爾克，他是絕對碰不得的；提莫納・波特拉，是他下令進行狙殺者；另外還有英吉歐・杜利帕，格拉齊耶拉，以及秘魯的總領事。截至目前為止，他唯一懲處成功的，只有史周若兄弟兩人，而他們兩人只不過是小卒子。

所有這些資訊都來自約翰・賀斯柯，普萊爾先生，克拉克西大爺，以及西西里的歐塔維斯・畢安柯。如果可能的話，他最好同一時間在同一地點裡，把他的所有這些敵人一次全部解決掉。想要一一將他們解決，那絕對不可能。而且，普萊爾先生和克拉克西已經警告過他，絕不可以碰希爾克。

接著，就是那位秘魯總領事，馬里安諾・魯比歐，妮可的伴侶。她對他的忠誠度有多深？她在聯邦調查局的大爺檔案裡究竟塗掉了哪些資料，是不希望讓艾斯特雷看到的？她有什麼事情瞞著他？

艾斯特雷閒暇時，會夢到他以前愛過的那些女人。第一個是妮可，當時是如此年輕和如此任性，她的嬌小、細緻的身體如此熱情，迫使他不得不愛上她。但現在她已經改變很多，她的熱情已被政治和事業消化。

他也回憶起西西里的布姬，她並不完全是妓女，但已經很接近，她的脾氣表面上很好，但事實上很容易發脾氣。他想起她的大床，在溫柔的西西里晚上，他們會去游泳，吃著浸在油簍裡的橄欖。他最高興的是，她從不說謊，她對她的生活極其坦白，也不隱瞞她另外的男人。

還有，當他被槍傷時表現的忠誠度，她如何從水中把他拖上岸，從他喉嚨流出的鮮血染紅了她的身體。接著，就是她贈送的禮物，金項圈吊著一塊大金牌，用來遮住他喉嚨上那個難看的傷口。

他接著想到蘿西，那個背叛他的蘿西，如此甜蜜，如此美麗，如此感情豐富，不斷地說她真心愛著他，但同時卻在背叛他。然而，當他和她在一起時，她卻總是能夠讓他覺得很幸福。他本來想破壞他對她的美好感覺，所以利用她去對付史周若兄弟，結果他很驚訝地發現，她竟然很喜歡這樣的角色，因為那只是把她虛構的生活稍作改變而已。

最後，像鬼魂一樣悄悄進入他腦海中的，竟然是希爾克的妻子——嬌姬蒂——的影像。真是太愚蠢了。他只不過花了一個晚上的時間，從旁邊看著她，聽她說些他不相信的鬼話，像是，聽她提到每個人的靈魂都是無價的。然而，他卻無法忘掉她。真是見鬼了，她怎會嫁給像柯特・希爾克這樣的人？

* * *

有幾個晚上，艾斯特雷會坐車前往蘿西住家附近，從他的車上利用汽車電話打給蘿西。她總是有空，這令他感到意外，但她解釋說，她忙著讀書，忙得無法外出。這很符合他的需求，因為他太小心，不敢帶她到外面的餐廳用餐或帶她去看電影。因此，在半路上，他會在東區的薩巴餐廳停下，買些美味的佳餚，讓蘿西露出愉快的笑容。在此同時，蒙薩會坐在車上，在屋外等著。

蘿西會把這些佳餚擺出來，並且開一瓶葡萄酒。他們在吃東西時，她會親密地把她的腿放在他的膝蓋上，她的兩眼流露出跟他在一起時的幸福感。她似乎很高興聽到他說的每一字每一句，臉上不時浮現著快樂的微笑。那是她的天份，艾斯特雷知道，她跟她的所有男人在一起時，也都是這副模樣。但這並沒有關係。

接著，當他們上床時，她同樣熱情如火，但也同時很甜蜜和小鳥依人。她用手摸遍他的臉孔，吻著他，說道：「我們是真正的親密愛人。」這句話會讓艾斯特雷渾身感到一陣冷意。他不希望她和像他這樣的男人成為親密愛人。但他仍然無法阻止自己去見她。

他會在她那兒停留五或六個小時。到了凌晨三點，他才會離去。有時候，她已經睡著了，他會低頭看著她，看到沈睡中的她，臉部肌肉呈現出一種悲傷的脆弱和掙扎，好像被她禁錮在靈魂最深處的魔鬼正渴望獲得自由。

有一天晚上，他在拜訪蘿西後，提早離開。當他坐進在街上等他的車子時，蒙薩告訴他，剛好有一通緊急電話找他，打電話來的人自稱是「果汁先生」。這是他和賀斯柯約定的密碼，於是他立即拿起車上的電話。

賀斯柯的聲音顯得很緊急。「我不能在電話裡多談。我們必須馬上見面。」

「什麼地方？」艾斯特雷說。

「我會站在麥迪遜廣場花園外面，」賀斯柯說。「一個小時後，到那兒接我。」

艾斯特雷的車子經過廣場花園時，看到賀斯柯站在人行道上。蒙薩把槍放在他的膝上，然後把車子停在賀斯柯前面。賀斯柯跳上車，坐在前座。寒冷的空氣讓他的臉頰出現一串串的水珠。他對艾斯特雷說：「你有大麻煩了。」

艾斯特雷這時覺得心頭一冷。「大爺的子女？」他問。

賀斯柯點點頭。「波特拉抓走你的表哥馬坎托尼歐，把他藏在某個地方，我不知道是哪裡。他邀請你明天跟他見面。他打算用這個人質交換你的某樣東西，但如果你沒有預作準備，他會派出一個四人暗殺小組對付你。這一次，他都是使用他的心腹。他本來要我替他找適當人手，但我拒絕。」

他們這時正停在一條暗暗的街上。「謝了，」艾斯特雷說。「你要在哪兒下車？」

「就在這兒，我的車停在不遠的地方。」

艾斯特雷明白。賀斯柯是不想讓別人看到他和艾斯特雷在一起。

「還有一件事，」賀斯柯說。「你知道波特拉那間私人旅館的套房嗎？他的弟弟，布魯諾，今晚在那兒和幾個妞兒鬼混。沒有保鑣。」

「再次謝謝你。」艾斯特雷說。他打開車門，賀斯柯下了車，很快消失在黑暗中。

*　　*　　*

馬坎托尼歐．艾普萊正在進行他今天最後一次的會議，因此希望會議早點結束。現在已經是晚上七點，九點鐘他還有一場晚餐約會。

會議的對象是他最喜歡的製作人，同時也是他在電影界最好的朋友，名叫史提夫．布洛迪，此人從不會超出預算，對劇情的好壞有很強的直覺，並且經常介紹一些新進、需要在演藝生涯中得到小小幫助的女演員給馬坎托尼歐。

但今晚兩人卻是處於對立狀態。布洛迪帶來這一行最有勢力的一名經紀人，此人名叫馬特‧葛拉吉，對於他旗下的客戶相當死忠。他這次是來推銷一位小說家，這位小說家最新的一本作品剛被改拍成八個小時的電視影集。格拉吉現在企圖向馬坎托尼歐推銷這位小說家以前的三部作品。

「小馬，」格拉吉說，「另外這三本書都寫得很好，但並不暢銷。你也知道那些出版商的能耐——他們不可能以一罐五分錢的價錢來推銷魚子醬。布洛迪打算製作這幾部作品。他的最新作品讓你賺了不少錢，所以，請你大方一點，簽下這三部作品的合約吧。」

「我不明白，」馬坎托尼歐說。「這些都是舊書了，它們從來就不是暢銷書，而且目前也絕版了。」

「這沒有關係，」格拉吉以所有經紀人都有的那種急切、自信語氣說道。「只要我們一簽約，那些出版商馬上就會再版。」

這種論調，馬坎托尼歐聽多了。沒錯，出版商是會把這些書拿出來再版，但這對電視影集的實際幫助並不大。反倒是電視播出後，對這些書的出版商的幫助較大。所以，基本上，這樣的論點是在鬼扯淡。

「撇開這些不談，」馬坎托尼歐說，「這三本書我都看過了，內容並不吸引人。它們的文學味道太重。它們成功的地方是文字，而不是情節。我很喜歡這幾本書。我不是說它們不行，我只是說，不值得花錢又出力去冒這個風險。」

「不要唬我了，」格拉吉說。「你讀的只是書評。你是電視台的節目總管——那有時間去讀這些書。」

馬坎托尼歐哈哈大笑。「你錯了。我很喜歡看書，而且很喜歡這三本書。但它們無法拍成很好的電視影集。」他的聲音熱情、友善。「很抱歉，但我們無法簽約。不過，請保持聯絡，我們很高興跟你合作。」

兩人離去後，馬坎托尼歐在他的辦公室套房的浴室內洗了個澡，換好衣服，準備去赴晚宴。他向他的秘書道聲晚安——她總是等他離開後才下班——然後搭電梯下樓來到大廳。

他的晚宴地點在四季飯店，只有幾條街遠，他決定走路過去。他跟大多數高級主管不一樣，並沒有專屬的轎車和司機，只有在需要用車時，再打電話叫來附帶司機的大禮車。他對自己的節省感到很驕傲，而且知道他這是向自己父親學來的，因為他父親很反對把錢浪費在無用的奢侈上。

他走出大樓的大門，來到大街上，一陣冷風迎面吹來，讓他打了一個冷戰。一輛黑色大轎車駛到他面前，司機下了車，打開車門，請他上車。他有吩咐他的秘書叫車嗎？司機是位高大健壯的漢子，頭上的帽子顯得很滑稽，因為太小了。他彎腰鞠躬，說道，「艾普萊先生？」

「是的，」馬坎托尼歐說。「我今天晚上不用車。」

「不，你需要用車，」司機帶著愉快的笑容說道。「上車，否則就吃顆子彈。」

馬坎托尼歐突然察覺到，有三名男子站在他背後。他不知道該怎麼辦。那位司機說：「不要擔心，有位朋友想跟你談談。」

馬坎托尼歐坐進大轎車的後座，那三名男子也坐進車內，跟他擠在一起。

車子約駛過一兩條街後，其中一位男子給了馬坎托尼歐一副黑眼鏡，要他戴上。馬坎托尼歐戴上眼鏡——結果幾乎看不見任何東西。這副眼鏡的鏡片顏色太深，阻絕了所有的光線。他心想，這倒是很聰明的點子，並且提醒自己，下一次拍電視影集時，可以把這個點子用上。但這也令他心情放鬆不少。如果他們不想讓他看清楚所要去的地方，那就表示，他們並不打算殺害他。然而，這一切看起來，好像跟他所拍的那些電視劇一樣不真實。但他接著突然想到他的父親。他終於進入到他父親的世界，而在此之前，他一直不完全相信，真有這樣的世界存在。

大約一小時後，車子停了，兩名男子扶著他下車。他可以感覺得到腳下是鋪著磚塊的地面，接著，他被引導踏上四階台階，進入屋裡。然後，上樓來到一間房間，在他進入後，房門被關上。一直到這時候，才有人拿掉他的眼鏡。他是在一間小臥室內，所有的窗戶都拉上很厚的窗帘。一名守衛坐在床邊的一張椅子上。

「躺下來，睡一覺，」守衛對他說。「明天有你受的。」馬坎托尼歐看看手錶，將近午夜十二點。

＊　＊　＊

清晨四點剛過，夜色中還隱約可看到如鬼影般的摩天大樓影像，艾斯特雷和蒙薩在萊西歐旅館前下了車，司機留在車上等待。他們跑上三段樓梯，蒙薩身上的鑰匙圈叮噹作響。他們很快來到波特拉套房的房門。

蒙薩用他的鑰匙打開套房的大門，他們進入套房的客廳，看到桌上擺著很多外帶的中國菜紙盒，空酒杯，還有好幾瓶葡萄酒和威士忌。有一個鮮奶油大蛋糕，已經吃了一半，一根抽了一半的香菸插在上面，好像生日蠟燭。他們進入臥室，艾斯特雷打開牆上的電燈開關。躺在床上的，正是只穿著內褲的布魯諾•波特拉。

空氣中充滿濃濃的香水味，但床上現在只有布魯諾一個人。他的樣子實在不敢恭維。他的臉部肌肉又肥又鬆弛，閃爍著汗水的亮光，陣陣腐敗的海鮮臭味從他口中傳出。他的胸膛很肥胖，使他看來像頭大笨熊，艾斯特雷心裡想道，他還真有點小熊維尼的天真味道。床腳下有一瓶打開的紅酒，發出陣陣酒香。把他叫醒，似乎有點過份，但艾斯特雷還是輕輕敲他的額頭，將他喚醒。

布魯諾先睜開一隻眼睛，接著，另一隻。他似乎並不覺得害怕，甚至也不感到驚訝。「搞什麼鬼，你們在這兒幹什麼？」他的聲音還充滿睡意。

「布魯諾，沒有什麼好擔心的，」艾斯特雷輕聲說道。「女孩子呢？」

布魯諾坐了起來。他哈哈大笑。「她必須早點回家，準備送小孩上學。反正，我已經幹了她三次，所以就放她走了。」他說這些話時，顯得洋洋得意，因為這表示他精力充沛，同時又很體諒上班女子的苦楚。他漫不經心地向著床邊的茶几伸出手去。艾斯特雷輕輕抓住他的手，蒙薩打開茶几的抽屜，從裡面拿出一把手槍。

「聽著，布魯諾，」艾斯特雷安慰他。「不會發生什麼可怕的事。我知道你哥哥不會把任何重要的事情告訴你，所以我不會向你逼供，但他昨晚抓走我表哥，馬可。所以，我現在必須用你把他換回來。你哥哥很愛你，布魯諾；他會交換的，你認為他會這樣做，對不對？」

「當然。」布魯諾說。他看來放心不少。

「不要妄想做什麼傻事。喏，起來，穿好衣服。」

布魯諾穿好衣服後，卻似乎不會綁鞋帶。「怎麼回事？」艾斯特雷問。

「這是我第一次穿有鞋帶的鞋子，」布魯諾說。「通常我都是穿沒鞋帶的鞋子。」

「你不會綁鞋帶？」艾斯特雷問。

「這是我第一雙有鞋帶的鞋子。」

艾斯特雷笑了。「老天爺，好吧，我來綁。」他讓布魯諾把腳放在他的膝蓋上。

艾斯特雷綁好鞋帶後，拿起床邊的電話，把它交到布魯諾手中。「打給你哥哥。」他說。

「早上五點鐘？」布魯諾說。「提莫納會殺死我的。」

艾斯特雷終於明白，布魯諾並不是因為還未睡醒而腦筋不清楚，他真的是笨蛋一個。

「只要告訴他，你在我手上，」艾斯特雷說。「然後我來跟他談談。」

布魯諾打了電話，以可憐兮兮的聲音說：「提莫納，你給我惹了不少麻煩，所以，我才會這麼早打電話給你。」

艾斯特雷可以聽到電話中傳來一陣怒吼聲，接著，布魯諾急急說道：「艾斯特雷・維奧拉抓了我，他要跟你說話。」他很快把電話交給艾斯特雷。

艾斯特雷接過電話，他說：「提莫納，很抱歉吵醒你。但我必須把布魯諾抓走，因為你抓走我表哥。」

電話中傳來另一陣怒吼聲，只聽見波特拉在大叫：「那件事我完全不知情。你到底想幹什麼？」

布魯諾可以聽到他說的話，因此，他大叫說：「是你害我被抓的，你這個王八蛋！趕快救我回去。」

艾斯特雷冷靜地說：「提莫納，跟我換人，然後，我們可以談談你要的那筆生意。我知道，你一直認為我很固執，但當我們見面後，我會告訴你這樣做的原因，到時候你就會知道，其實我是在幫你。」

波特拉的聲音現在平靜多了。「好吧，」他說。「我們如何見面？」

「我中午在巴拉丁餐廳跟你見面，」艾斯特雷說。「我在那兒有間私人房間。我會帶著布魯諾過去，你帶著馬可。如果你不放心，可以帶著保鑣，但我們不想在公共場所發生火併。我們把事情說清楚，然後換人。」

波特拉沈默了好一會兒，然後才說：「我會去，但不要想耍任何花樣。」

「不要擔心，」艾斯特雷很開心地說。「這次見面之後，我們會成為好朋友。」

艾斯特雷和蒙薩把布魯諾夾在中間，艾斯特雷並且很友好地和布普諾勾著手臂。他們帶著他走下樓梯，來到街上。另外又有兩輛車子在等待，裡面坐著都是艾斯特雷的手下。「你帶著布普諾坐上其中一輛車，」艾斯特雷告訴蒙薩。「中午時，帶他到巴拉丁餐廳，我會在那兒跟你見面。」

「從現在到那時候，我該怎麼處理他呢？」蒙薩問道。「至少還有好幾個鐘頭。」

「帶他去吃早餐，」艾斯特雷說。「他喜歡吃東西，這至少可以打發一兩個小時。然後帶他到中央公園走走。去動物園。我坐另一輛車，一名司機跟著我。如果他想逃跑，不要打死他，把他抓回來就行。」

「那你只有一個人了，」蒙薩說，「這樣聰明嗎？」

「我不會有問題的。」

在車上，艾斯特雷用他的行動電話撥了妮可的私人電話號碼。這時候已經將近清晨六點鐘，剛升起的太陽映照出城市細長的石頭線條。

妮可接電話的聲音充滿睡意。艾斯特雷記得，當她還是年輕女孩，並且還是她的情人的時候，她就是那樣子。「妮可，醒來，」他說。「知道我是誰嗎？」

這個問題顯然激怒了她。「當然，我知道是誰。還有誰會在這時候打電話來？」

「仔細聽著，」艾斯特雷說。「不要發問。妳替我保管的那份文件，我簽給希爾克的那份，記得嗎，妳要我不要簽字的？」

「記得，」妮可簡短地說，「我當然記得。」

「妳把它放在妳家裡，還是妳辦公室的保險櫃裡？」艾斯特雷問道。

「在我辦公室裡，當然了。」妮可說。

「很好，」艾斯特雷說。「我在三十分後到妳房子那兒。我會按妳的電鈴。要準備好，趕快下來。帶著妳所有的鑰匙。我們到妳的辦公室去。」

* * *

艾斯特雷按妮可的電鈴，她馬上下來，身上穿著一件藍色皮外套，帶著一個大皮包。她吻了一下他的臉頰，但不敢說話。他們一起上車，她並且指示司機怎麼走。接著，她又繼續保持沈默，直到他們進入她的辦公室。

「現在，請告訴我，你為什麼要那份文件？」她說。

「妳用不著知道。」艾斯特雷說。

他看得出來，她對這樣的答案非常生氣，但她還是從附屬於辦公桌的保險櫃裡拿出一個文件夾。

帶。」

「保險櫃不要關，」艾斯特雷說，「我還要我和希爾克會面時，妳錄下來的那捲錄音帶。」

妮可把那份文件夾交給他。「你有權使用這些文件，」她說。「但是，你沒有權利拿走任何帶子，即使有這樣的帶子存在。」

「很久以前，妳告訴過我，妳都會把你辦公室的每次會議內容錄音下來，妮可，」艾斯特雷說。「那次會議，我一直在注意妳。妳自己有點太大意了。」

妮可的笑容帶點嘲笑的味道。「你變了，」她說。「你以前不像那些王八蛋的，自以為可以看穿別人在想什麼。」

艾斯特雷對她露出乞憐的笑容，並且帶點歉意地說：「我認為妳仍然喜歡我。所以我從來沒有問妳，在妳拿給我看之前，妳從妳父親的檔案裡塗掉了哪些內容。」

「我什麼也沒塗掉，」妮可冷冷地說。「而且我不給你帶子，除非你先告訴我，這到底是怎麼回事。」

艾斯特雷沈默了一下子，然後說，「好吧，妳現在已經是大女孩了。」他哈哈大笑，因為他看到她很生氣，眼睛閃閃發亮，嘴唇不屑地撇著。這讓他回憶起，很久以前，她和他及她的父親爭吵時的模樣。

「好吧，妳老是想要和大男孩玩，」艾斯特雷說。「而且妳肯定已經這樣做了。身為律師，妳已經嚇壞了好多大男人，跟妳父親一樣多。」

「他並不像報紙和聯邦調查局說的那般壞。」妮可生氣地說。

「好吧，」艾斯特雷息事寧人地說。「馬可昨晚被提莫納・波特拉綁架。但不必擔心。我抓了他的弟弟布魯諾。現在，我們可以跟他討價還價。」

「你綁了人？」妮可難以置信地說。

「他們也是，」艾斯特雷說。「他們真的希望我們把銀行賣給他們。」

妮可幾乎尖叫起，「那就把那些該死的銀行給他們吧！」

「妳不明白，」艾斯特雷說。「我們什麼也不必給他們，我們手上有布魯諾，他們若是敢傷害馬可，我也不放過布魯諾。」

妮可看著他，眼出露出害怕的神情。艾斯特雷冷靜地凝視著她，同時舉起一隻手，撫摸著他頸上的金項圈。「是的，」他說，「我必須殺了他。」

妮可原本堅強的臉孔這時滿佈憂愁。「不要，艾斯特雷，妳不要也這樣子。」

「妳現在終於明白了，」艾斯特雷說。「我是不會出售這些銀行的，因為他們殺害妳父親和我叔叔。但我需要那捲帶子和文件，才能和對方達成交易，並且在不流血的情況下救回馬可。」

「乾脆把銀行賣給他們，」妮可低聲對他說。「我們會很有錢的，這有什麼關係呢？」

「對我來說，這有關係，」艾斯特雷說。「這也關係到大爺。」

妮可默默地伸手到保險櫃裡，取出一個小包包，把它放在文件夾上面。

「現在就播來聽聽。」艾斯特雷說。

妮可從抽屜裡拿出一架小錄音機。她放入錄音帶，兩人一起聽著希爾克說明他打算如何誘捕波特拉的計畫。然後，艾斯特雷把所有東西都放進口袋裡，說道：「今天稍晚，我會把所有東西送還給你，連馬可也一起帶來。不要擔心。不會有事的。如果有事，他們會死得比我們更難看。」

* * *

中午過後不久，艾斯特雷、奧爾多・蒙薩和布魯諾・波特拉一起坐在東六十街巴拉丁餐廳的私人包廂房裡。

布魯諾似乎完全不擔心自己是個人質。他很高興地跟艾斯特雷聊天。「你知道嗎？我這輩子一直住在紐約，竟然不知道中央公園裡有動物園。應該讓更多人知道，並要他們前去瞧瞧。」

「看來你今天早上玩得很開心。」艾斯特雷以愉快的聲音說道，同時在心裡想著，萬一事情鬧僵了，至少，布魯諾在臨死前還曾經有過一段愉快的記憶。房門被猛然推開，餐廳老板走了進來，後面跟著提莫納・波特拉和馬坎托尼歐。布魯諾衝上前去，投入提莫納懷中，親吻他的兩頰，艾斯特雷很驚訝地看到，提莫納臉上竟然露出愛和滿足的神情。

「你真是我的好哥哥，」布魯諾大聲叫道，「好哥哥。」

不同於波特拉兄弟的熱情團聚，艾斯特雷和馬坎托尼歐只是互相握了握手，然後，艾斯特雷單手摟著馬坎托尼歐，說道：「沒事了，馬可。」

馬坎托尼歐放開艾斯特雷，坐了下來。他兩腿發軟，部分是因為平安獲釋而鬆了一口氣，另一部分原因是看到艾斯特雷出現。以前那位愛唱歌的年輕小男孩，無憂無慮、且充滿愛心的年輕小伙子，現在終於展現出他的「死亡天使」的真實面目。

艾斯特雷在馬坎托尼歐旁邊坐下來，拍拍他的膝蓋。他又再度露出他那和善的笑容，彷彿這只是一次友好的午餐。「你沒事吧？」他問。

馬坎托尼歐直視著他的眼睛。他以前從沒注意到，艾斯特雷的眼睛是如此明亮和無情。他看看布魯諾，那人很可能會為他賠上一條命，現在卻對著他哥哥喋喋不休，談些有關於中央公園動物園的某些事。

艾斯特雷對波特拉說：「我們有些事必須談談。」

「好吧，」波特拉說。「布魯諾，你他媽的給我離開這兒。外面有輛車子等著。我回家後再跟你說話。」

蒙薩走了進來。「送馬坎托尼歐回他家去，」艾斯特雷對他說。「馬可，在家裡等我。」

* * *

波特拉和艾斯特雷兩人面對面在餐桌前坐下來。波特拉打開一瓶酒，倒滿他的杯子。但他沒有替艾斯特雷倒酒。

艾斯特雷伸手到他的口袋裡，拿出一個黃色信封，把裡面的東西全部倒在桌上。那是他在希爾克要求下簽字的機密文件，也就是他被要求出賣波特拉的文件。

接著，就是一架小型錄音機，連同裡面的帶子。

波特拉看看那份有著聯邦調查局標記的文件，把它拿起來讀了一遍，然後丟到一旁去。

「這可能是偽造的，」他說。「你為什麼這麼笨，要在上面簽字？」

艾斯特雷沒有回答，只是按下錄音機的放音鍵，可以聽到希爾克的聲音在請求艾斯特雷和他合作，讓波特拉掉入陷阱。

波特拉用心傾聽，同時企圖控制他所感受到的驚訝和憤怒，但他的臉孔卻漲得通紅，抿著嘴唇，看得出來是在無聲咒罵。艾斯特雷按下停止鍵。

「我知道，過去六年來，你一直和希爾克合作，」艾斯特雷說。「你幫助他消滅紐約的黑手黨家族。我也知道，希爾克因此放你一馬。但現在，他開始找上你了。這些執法的傢伙永遠不會滿足。他們什麼都要。你以為他是你的朋友，所以，你為他違反西西里人最崇高的『奧默塔』誓約，竟然向執法當局告密。你使他成為知名人物，現在，他想送你去坐牢。他再也不需要你了。只要你一買下銀行，他就對你動手。所以我才不答應這項交易。我絕對不會違背『奧默塔』。」

波特拉沈默不語，接著，他好像下定決心。「如果我解決了希爾克的問題，你打算如何處理你的銀行？」

艾斯特雷把所有東西放回大信封裡。「無條件出售，」他說。「只有我例外——我要保留百分之五的股份。」

波特拉似乎已從震驚中恢復過來。「好吧，」他說。「在問題解決後，我們再談銀行的事。」

他們就這樣握手道別，波特拉先行離去。艾斯特雷突然覺得很餓，於是點了一客又厚又鮮嫩的牛排，當做他的午餐。終於解決一個問題了，他心裡如此想道。

* * *

午夜時分，波特拉前去會見馬里安諾・魯比歐、英吉歐・杜利帕、和麥可・格拉齊耶拉，地點就在秘魯領事館。

對杜利帕和格拉齊耶拉來說，魯比歐是個極佳的主人。他陪著他們去看戲、聽歌劇、和芭蕾舞，並且找來一些端莊、美麗的年輕女郎當他們的女伴，而這些年輕女郎都在藝術和音樂方面都已經小有名氣。杜利帕和格拉齊耶拉玩得很高興，甚至已經有點不想回去他們原來的地方，因為，和這兒的生活比起來，他們家鄉的生活未免太單調。他們好像是兩位附庸國家的小國王，前來晉見此地的皇帝，而這位皇帝則竭盡全力招待他們，取悅他們，要他們賓至如歸。

今晚，這位秘魯總領事更是善盡他的地主之誼。會議桌上擺滿各式各樣的美食，還有水果、乳酪、巧克力糖果；除此之外，每張椅子旁邊還擺上一個冰桶，裡面放著一瓶香檳。還有各色精美的小糕餅。一把大咖啡壺不停冒著蒸汽，還有一盒盒最高級的哈瓦那雪茄，隨意擺在會議桌上。

會議一開始，他首先對著波特拉說：「到底是什麼事情如此重要，需要我們取消所有的約會，趕來這兒開會？」儘管他表現出很高雅的禮貌風度，但他的聲音還是略帶高高在上的味道，這令波特拉感到很生氣。而且，波特拉也知道，如果大家知道希爾克原來心存二心，那他在他們眼中的地位將更低落。不過，他還是得把整件事從頭到尾說出來。

杜利帕正在吃一塊夾心糖，他說：「你說，你綁架了他的表哥馬坎托尼歐•艾普萊，但你卻事先和我們商量一下，就和他達成交易，換回你弟弟。」他的聲音充滿不屑的味道。

「我不能害我弟弟送命，」波特拉說。「此外，如果我不和他換人，我們就會掉進希爾克的陷阱。」

「沒錯，」杜利帕說。「但那不是應該由你決定的。」

「是嗎，」波特拉說，「那麼，誰才能決定——」

「我們所有人！」杜利帕大吼。「我們都是你的合夥人。」

波特拉看著他，心裡覺得奇怪，他怎麼沒有立刻殺了這個油頭粉面的王八蛋。但接著，他想到了那五十頂巴拿馬草帽在空中飛舞的情景。

總領事似乎看出了他的想法。他安撫地說，「我們全都來自不同的文化背景，價值觀也不同。我們必須相互體諒、妥協。提莫納是美國人，比較重感情。」

「他的弟弟是大笨蛋一個。」杜利帕說。

魯比歐對著杜利帕搖搖手。「英吉歐，不要再惹事生非了。我們全都有權決定如何處理自己的私事。」

格拉齊耶拉露出嘲諷的淡淡微笑。「說得沒錯。你，英吉歐，從來就沒有向我們透露過你的秘密實驗室。你渴望擁有屬於你自己的私人核子武器。多笨的想法呀。你認為政府會容忍這樣的重大威脅嗎？雖然現在的法律能夠保護我們，並且有利我們擴展生意，但他們到時候一定會改變所有的法律。」

杜利帕哈哈大笑。他太喜歡這次會議了。「我是愛國者，」他說。「我希望南美洲將來能夠自衛，抵抗一些外國的侵略，像是以色列、印度和伊拉克等。」

魯比歐和善地對著他微笑。「我從來不知道你是民族主義者。」

波特拉可一點也不覺得有趣。「我這兒有個大問題。我一直以為希爾克是我的朋友，所以投資了很多錢在他身上。現在，他卻反過頭來追捕我，還有你們各位。」

格拉齊耶拉有力、而且直接了當地說：「我們一定要放棄這整個計畫。我們一定要小心一點。」他再也不是他們以前認識的那個和靄可親的人。「我們一定要找出另一種解決方法。忘了柯特‧希爾克和艾斯特雷‧維奧拉吧。他們都是很危險的敵人。我們不能採取會毀掉我們所有人的行動。」

「這並不能解決我的問題，」波特拉說。「希爾克還是會繼續想法逮捕我。」

杜利帕也卸下他的和善假面具。他對格拉齊耶拉說：「你竟然提出這樣的和平解決方式，一點也不像我們以前聽說的你的為人。你在西西里殺死很多警察和法官。你甚至刺殺了省長和他的夫人。你和你的科里昂家族殺害了政府派去摧毀你的組織的陸軍將領。然而，你現在卻說，放棄這個將為我們賺進幾十億美元的計畫。而且還要我們丟下我們的好朋友，波特拉。」

「我要去幹掉希爾克，」波特拉說，「不管你們說什麼。」

「這樣做，相當危險，」總領事說。「聯邦調查局將會進行報復。他們會動用所有的資源追捕兇手。」

「我同意提莫納的做法，」杜利帕說。「聯邦調查局一切都要按法律規定行事，綁手綁腳的，我們可以對付他們。我將提供一個暗殺小組，行動結束幾個小時後，他們就已經置身在飛往南美的飛機上。」

波特拉說：「我知道這樣做很危險，但卻是唯一可行之道。」

「我同意，」杜利帕說。「為了幾十億美元的利益，我們必須冒險。否則，我們從事這一行幹嗎？」

魯比歐對英吉歐說：「你和我的風險最小，因為我們都是外交官身份。麥可，你暫時先回西西里。提莫納，行動結束後，你一定要躲起來。」

「如果情況不對，」杜利帕說，「我可以把你藏在南美洲。」

波特拉雙手向上伸張，露出無助的神情。「這是我自己找的，」他說。「但是，我希望獲得你的支持。麥可，你同意嗎？」

格拉齊耶拉的臉上沒有任何表情。「是的，我同意，」他說。「但我比較擔心的是艾斯特雷·維奧拉，而不是柯特·希爾克。」

MARIO PUZO

OMERTA

CHAPTER 11

當艾斯特雷接到賀斯柯要求見面的緊急密電時，他採取了預防措施。賀斯柯背叛他的危險一直存在著。因此，他沒有回電話，而是在午夜時分，突然出現在明水鎮賀斯柯家中。他帶著奧爾多・蒙薩同行，另外有一輛車子載了四個人跟著。他同時穿上防彈背心。他來到賀斯柯家門口的車道時，才打電話給他，請他開門。

賀斯柯似乎並不覺得驚訝。他泡好咖啡，請艾斯特雷和他自己各喝一杯。接著，他笑著對艾斯特雷說：「我有好消息和壞消息，哪一個先說？」

「隨便。」艾斯特雷說。

「壞消息是我必須離開這個國家，永遠不回來，而這是因為有一項好消息的緣故。我想要求你遵守你的承諾。那就是你絕對不可以碰我的兒子，即使我已經無法再替你工作。」

「我答應你，」艾斯特雷說。「你為什麼要離開這個國家？」

賀斯柯搖著頭，表現出很滑稽的悲傷神情。他說：

「因為那個大笨蛋波特拉突然抓狂，他竟然想幹掉希爾克，就是聯邦調查局的那個紐約辦公室主任。他要我擔任這個暗殺隊的隊長。」

「你只要拒絕就行了。」艾斯特雷說。

「不行，」賀斯柯說。「這項任務是他所屬的整個集團交代下來的，如果我拒絕，我將死無葬身之地，可能連我兒子也一樣難逃他們的毒手。所以，我將安排整個暗殺行動，但我不會在暗殺現場。我要遠走高飛。而當希爾克被幹掉後，聯調局一定會派出上百名探員到城裡，要求破案。我跟他們提過這種情況，但他們不聽。主要是希爾克出賣他們，或是跟他們有什麼過節。他們認為，他們可以事先抹黑他，因此，就算幹掉他，也不會產生太大的問題。」

艾斯特雷盡量不讓自己洩露出滿意的神情。他的計畫已經奏效。希爾克必死無疑，而他自己則無危險。而且，運氣好的話，聯調局還會除掉波特拉。

他對賀斯柯說：「你想留個住址給我嗎？」

賀斯柯對他笑笑，略微帶點不屑和不信任的神情。「我認為沒有必要，」他說，「並不是我不信任你。而是我隨時都可以跟你連絡。」

「好吧，謝謝你通知我，」艾斯特雷說。「但是，真正做出這項決定的，究竟是誰？」

「提莫納‧波特拉，」賀斯柯說。「但是，英吉歐‧杜利帕和總領事都表示支持。那位科里昂家族頭目，格拉齊耶拉，則不願介入此事。他刻意跟暗殺行動保持距離，我想，他馬上就會回去西西里。這真是很好笑，因為他在那兒幾乎所有人都殺。他們其實並不真正了解美國的情況，而波特拉又很笨。他說，他一直以為他和希爾克是真正的好朋友。」

「你說你要領導暗殺小組，」艾斯特雷說。「這聽來好像不是很聰明的做法。」

「不，我告訴過你了，當他們攻擊希爾克的家裡時，我已經遠走高飛了。」

「希爾克家？」艾斯特雷問。在那一刻裡，他很害怕聽到他接下來就要聽到的。

「是的，」賀斯柯說。「任務完成後，那個人數眾多的暗殺小組馬上就會飛到南美洲，然後消失不見。」

「很專業化，」艾斯特雷說。「這項行動預定在什麼時候進行？」

「明天晚上，你只須站在一旁看著，他們將會解決你所有的問題。這就是我所謂的好消息。」

「原來是這麼回事。」艾斯特雷說。他盡量讓自己保持木無表情，但他的腦海裡出現的，卻都是嬌姬蒂的影像，她那如女神般的美貌。

「我認為你應該事先知道這件事，如此，你才能安排一個好的不在場證明，」賀斯柯說。「所以，你欠我一份人情，我要請你好好照顧我兒子。」

「沒錯，」艾斯特雷說。「不必擔心他。」

離開之前，他和賀斯柯握了握手。「出國避難，我覺得你這樣做實在很聰明。所有的麻煩都不見了。」

「是呀。」賀斯柯說。

一時之間，艾斯特雷不知道他應該如何處置賀斯柯。畢竟，這人在狙殺大爺的行動中，是擔任司機的角色，儘管他幫了這麼多的忙，但他仍然應該為狙殺大爺一事付出代價。但艾斯特雷在聽到希爾克的妻子和孩子也將一起被殺害時，卻突然產生一種無力感。讓他走吧，他在心裡想道。他日後可能還有用處。到那時候再殺他不遲。他看著賀斯柯那張滿面笑容的臉孔，不禁也對他回報微笑。

「你真的很聰明。」他對賀斯柯說。

賀斯柯高興得臉都紅了。「我知道，」他說。「所以，我才能活到現在。」

*　*　*

第二天，早上十一點，艾斯特雷來到聯邦調查局總部，陪伴他的是妮可‧艾普萊，這次會面是她安排的。

昨晚，他一直在思索該採取什麼行動。他策劃這一切，目的就是要波特拉殺死希爾克。但他也知道，他不能讓嬌姬蒂或她的女兒也同時遇害。他知道，艾普萊大爺絕不會干預這種事。但接著，他回想起有關於大爺的一件往事。

艾斯特雷十二歲大時，和大爺一起到西西里度每年一次的假期，某天晚上，卡黛莉娜招呼他們在花園的涼亭裡用晚餐。艾斯特雷突然天真地問他們兩個，「你們兩個怎麼相互認識的？你們是不是從小孩子時候就一起長大的？」大爺和卡黛莉娜相互看了一眼，接著就對他的如此認真發問，哈哈大笑。

大爺把手指放在他的嘴唇上，開玩笑地低聲說：「奧默塔，這是秘密。」卡黛莉娜拿起一根木湯匙，輕輕敲著艾斯特雷的小手。「那不關你的事，你這個小魔鬼，」她說。「此外，我也不覺得那有什麼好驕傲的。」

艾普萊大爺慈祥地看著艾斯特雷。「為什麼不讓他知道？他骨子裡就是西西里人。告訴他。」

「不，」卡黛莉娜說。「但如果你願意，你可以告訴他。」

吃完晚餐後，艾普萊大爺點起雪茄，在杯子裡倒滿茴香酒，開始向艾斯特雷說起那個故事。

「十年以前，這鎮上最重要的一位人物就是席古斯孟都神父，他是很危險的一個人物，但十分和靄可親。當我回來西西里度假時，他常到我家裡，和我的朋友一起打牌。那時候，我的管家並不是卡黛莉娜，而是另外一個人。」

但席古斯孟都並沒有怠忽他的宗教事務，他是很虔誠和認真工作的教士。他會責罵教徒，把他們罵去望彌撒，有一次，他還和一位激進的無神論者大打出手。他最出名的就是替被黑手黨殺害的受害者做臨終前的最後宗教儀式；當這些受害者躺在地上，奄奄一息時，他會赦免他們的靈魂，替他們淨身，好讓他們能夠前往天堂。他這樣做，替他贏得很大的尊敬，但這種情況發生得太頻繁，有些人就開始謠傳，說他之所以老是能夠出現在人們遇害現場，原因就是，他是行兇者之一——他違反職業道德，為了自己的利益，竟然把教友在告解室裡說出來的秘密洩露出去。

卡黛莉娜的丈夫當時是一名警察，很強烈反對黑手黨的作為。即使省裡的黑手黨頭目親自警告他，他還是執意要追查一件謀殺案，這在當時是很嚴重的對抗黑手黨的行為。在黑手黨頭目發出警告的一周後，卡黛莉娜的丈夫在巴勒摩的一條暗巷裡遭到伏擊，躺在地上奄奄一息。席古斯孟都神父果然又出現了，並替他做臨終宗教儀式。這件案子一直沒有破案。

卡黛莉娜這位傷心欲絕的寡婦，整整守喪一年，並且很虔誠地定時上教堂。接著，在某個星期六，她去向席古斯孟都神父告解。當神父從告解室走出來時，在眾目睽睽之下，她用她丈夫的短劍刺穿神父的心臟。

警察把她逮捕下獄，但也僅此而已。倒是那位黑手黨頭目馬上對她宣判死刑。

艾斯特雷瞪大眼睛看著卡黛莉娜。「妳真的那樣做嗎，卡黛莉娜阿姨？」

卡黛莉娜開心地看著他。他充滿好奇心，一點也不覺得害怕。

「但你一定要明白，我為什麼這樣做。不僅是因為他殺死我丈夫。在西西里這兒，男人本來就彼此殺來殺去的。但席古斯孟都神父卻是個假教士，一個不知悔改的殺人犯。他沒有替人做臨終儀式的權利。上帝怎會聽他的？因此，我丈夫不僅慘遭殺害，更被剝奪了上天堂的機會，而被直接下到地獄去。唉，男人就是不懂得節制，有些事情是你不應該做的。所以，我才會殺死那位教士。」

「那麼，妳怎麼又會來到這兒呢？」艾斯特雷問。

「因為艾普萊大爺對這整件事有興趣，」卡黛莉娜說。「因此，很自然地，所有事情都得以解決。」

大爺很鄭重地對艾斯特雷說：「我在鎮上有點地位，也很受到尊敬。當局很容易就可以讓它感到滿意，教會也不想讓大眾太過注意鬧出醜聞的教士。那位黑手黨頭目倒是還搞不清狀況，並且拒絕取消他的死刑判決。結果，後來他被發現陳屍在卡黛莉娜丈夫下葬的墓園裡，喉嚨被切開，他的家族也被摧毀，勢力流散。到那個時候，我已經喜歡上卡黛莉娜，於是我就安排她擔任我的總管家。而在過去這九年當中，每年夏天到西西里度假的這段日子，正是我這一輩子最甜蜜的時光。」

對艾斯特雷來說，這些都太奇妙了。他吃了一大把的橄欖，把子吐出來。「卡黛莉娜是你的女朋友？」他問道。

「當然，」卡黛莉娜說。「你已經是十二歲的大男孩，你會了解的。我在他的保護下生活，好像我是他的妻子，而且我也執行身為妻子的所有職務。」

艾普萊大爺似乎有點兒不好意思，這也是艾斯特雷看到他有此表現的唯一一次。艾斯特雷說，「但是，你們為什麼不結婚呢？」

卡黛莉娜說：「我永遠不會離開西西里。我在這兒過著像皇后般的生活，而且，你叔叔很大方。這兒有我的朋友，家人，兄弟姊妹和表兄弟。而且你叔叔不能一直住在西西里。所以，我們只好採取最好的妥協作法。」

艾斯特雷對艾普萊大爺說，「叔叔，你可以娶卡黛莉娜阿姨，然後在這兒住下來。我也會跟你們住在一起。我本來就不想離開西西里。」說到這兒，他們兩人都笑了。

「聽我說，」大爺說。「我花了很多的功夫，才化解黑手黨對她的報復行動。如果我們結婚，那就會產生一些謠言和不好聽的流言，像是說，這是我們預謀的。他們可以接受這樣的事實：她是我的情婦，不是我的妻子。因此，在這樣的安排下，我們兩人都可以很快樂，而且兩人都很自由。還有，我不想要一個拒絕接受我的決定的妻子，當她拒絕離開西西里時，我就不能算是她的丈夫。」

「而且這將是很不名譽的事。」卡黛莉娜說。她微微低下頭，然後把眼睛轉向漆黑的西西里天空，開始哭泣起來。

艾斯特雷感到很困惑。像他這樣的小孩子是不會明白的。「真的嗎，但是，為什麼，為什麼呢？」他追問。

艾普萊大爺嘆了一口氣。他抽著雪茄，喝一口茴香酒。「你一定要明白，」大爺說。「席古斯孟都神父是我哥哥。」

＊　＊　＊

艾斯特雷現在回想起來，他們當時的解釋，並不能使他信服。對一個充滿浪漫情懷、且意志力堅強的小男孩來說，他當時深信，只要兩個人彼此深深相愛，絕對有權利去做任何事情。一直到現在，他方才明白，如果他的叔叔和阿姨結婚，那將是很嚴重的一項錯誤。如果他娶了卡黛莉娜，大爺的所有親人將會全部成為他的敵人。並不是他們不知道席古斯孟都神父是惡人。但他是大爺的哥哥，光是這一點，就可以讓他的親人原諒他的所有罪惡。像大爺這樣的人，是不可以娶殺死他哥哥的兇手。卡黛莉娜不能要求他做這樣的犧牲。還有，萬一卡黛莉娜認為，她丈夫遇害一事，大爺也有涉及呢？對他們兩人來說，這都是很難以置信的，而且，這也完全背棄了他們所相信的一切事情。

＊　＊　＊

但這兒是美國，不是西西里。終過漫長一夜的苦苦思索，艾斯特雷終於下定決心。他在早上打電話給妮可。

「我去接妳共進早餐，」他說。「然後，你和我去聯邦調查局總部拜訪希爾克。」

妮可說：「一定是發生了很嚴重的事情，是不是？」

「是的，吃早餐的時候，我再告訴妳。」

「你跟他約好見面的時間了？」妮可如此問。

「沒有，那是妳的工作。」

一個小時後，這兩位表姊弟在一家豪華旅館的餐廳裡共進早餐。這兒的餐桌，彼此之間都相隔很遠，給客人很好的私人空間，因為這兒是城裡一些高級業務主管一大早開會時，最常來的地點。

妮可深信，一頓豐盛的早餐，可以帶給她充沛體力，應付她一天十二小時的工作量。艾斯特雷點了橘子汁和咖啡，再加上一小籃子的小麵包，竟然要價二十美元。「真是土匪。」他笑著對妮可說。

妮可顯得很不耐煩。「你付錢是買這兒的氣氛，」她說。「還有進口的桌巾，以及餐具。你這次又有什麼大不了的事情？」

「我要盡我身為好市民的責任，」艾斯特雷說。「我從一位絕對可信的消息人士那兒得到情報，柯特・希爾克和他全家將在明晚遇害身亡。我要警告他。我希望他會記得我事先警告的功勞。他一定想要知道，是誰告訴我這個消息的，但我不能告訴他。」

妮可推開她的盤子，身體向後靠。「究竟是誰那麼笨？」她對艾斯特雷說。「上帝，希望你跟這件事沒有關係。」

「妳為什麼會這麼想？」艾斯特雷問。

「我不知道，」妮可說。「我就是突然有這種想法。為什麼不匿名警告他？」

「我要他記得我的這項善行。我有種感覺，最近這一陣子，好像每個人都很不喜歡我。」他微笑著說。

「我愛你，」妮可說。身子向他靠過去。「好吧，那我們就這麼說吧。今天，我們走進這家旅館時，突然有個陌生男子走上前來，低聲在你耳邊說出這項消息。這人身穿灰色條紋西裝，白襯衫，黑領帶。他是中等身材，皮膚有點黑，可能是義大利裔或是墨西哥裔。剩下來的，你可以隨便說說。我是你的現場目擊證人，他很清楚，他不能向我逼問。」

艾斯特雷笑了。他的笑聲總是會消除別人對他的戒心，因為他的笑聲含有好像小孩子似的無拘無束的歡樂。「原來，他最怕的是妳，而不是我。」他說。

妮可露出微笑。「而且我還認識聯調局的局長。他是個政客，不得不如此。我先打電話給希爾克，要他等我們。」她從皮包中拿出行動電話，打電話給希爾克。

「希爾克先生，」她對著電話說，「我是妮可・艾普萊。我現在跟我表弟艾斯特雷・維奧拉在一起，他剛得到一項重要的消息，想要親自告訴你。」

在停頓了一會兒之後，她說：「那太晚了，我們在一個小時內就會趕到你那兒去。」

一個小時後，妮可和艾斯特雷被引進希爾克的辦公室。那是靠角落的一間很大的辦公室，窗戶裝的是防彈玻璃，無法從裡面向外面看，因此，這間辦公室沒有什麼景觀可言。希爾克已經站在他的大桌子後面，正等著他們。他的辦公桌前面有三張黑皮椅。很奇怪的是，在椅子後面竟然是一塊學校教室用的大黑板。其中一張椅子上坐著比爾・巴斯頓，他並沒有和他們握手。

「你打算把這次會面錄音嗎？」妮可問。

「當然。」希爾克說。

巴斯頓安慰他們說，「沒有關係的，我們什麼事都要錄音，甚至我們打電話叫人送來咖啡和甜甜圈也要錄音。對於我們認為我們必須把他們送進監獄的任何人，我們也會錄音。」

「你真是超級好笑的傢伙，」妮可面無表情地說。「不管你們有多得意，你們這輩子是休想把我抓進監獄去。別作夢了。我的當事人艾斯特雷・維奧拉是自動來見你，向你們提供一項重要的消息。我在此是要保護他，在他這樣做之後，不讓你們濫權逮捕他。」

柯特・希爾克並不像前次跟他們見面時那般和善。他揮揮手，請他們坐下來，自己也在他的辦公桌後落座。「好吧，」他說。「我們開始。」

艾斯特雷覺得此人帶有強烈的敵意，這可能是因為他現在是在自己的勢力範圍內，所以，他覺得沒有表現友善的必要。他會如何反應呢？他直視著希爾克的眼睛，說道：「我得到一項消息，明天晚上會有一隻火力強大的突擊小組，攻擊你家。會是很晚的時候。目的是為了某種原因，而要置你於死地。」

希爾克沒有回答。他坐在椅子上，一動也不動，但巴斯頓馬上跳起來，站在艾斯特雷後面。他對希爾克大叫，「柯特，保持冷靜。」

希爾克站了起來。他的整個身體似乎即將因為憤怒而爆炸。「這是黑手黨的老詭計，」他說。「他自己安排這項突擊行動，然後跑來告密。他以為我會因此感激他。喂，你是怎麼得到這消息的？」

艾斯特雷把他和妮可事先想好的告訴他。希爾克轉頭面向妮可，問道：「妳目睹這整件事？」

「是的，」妮可說：「但我沒聽到那名男子說什麼。」

希爾克對艾斯特雷說：「你現在被捕了。」

「什麼罪名？」妮可問。

「意圖威脅聯邦官員。」希爾克說。

「我想，你最好先打個電話給你的局長。」妮可說。

「打不打，由我自己來決定。」希爾克如此告訴她。

妮可看看她的手錶。

希爾克柔聲說道，「根據總統賦予的行政權力，我獲得授權，不需法律程序就可以扣留妳和妳的當事人四十八小時，理由是對國家安全構成威脅。」

艾斯特雷大吃一驚，眼睛張得大大的，好像小孩子一樣，他說：「真的是這樣子嗎？你可以這樣做？」他真的對這種權力覺得很驚奇。他轉身面對妮可，很高興地說：「嗨，這越來越像西西里了。」

「如果你採取這樣的行動，在今後十年內，聯邦調查局將一直在法庭上解釋個不停，你們兩位將會捲鋪蓋走人，」妮可對希爾克說。「你還有時間把你的家人接出來，並且派人去埋伏、狙擊那些攻擊者。他們不會知道已經有人去告密。只要抓到其中任何一個，你就可以逼問他。我們不會向別人洩露這項消息，也不會去警告他們。」

希爾克似乎在考慮妮可的話。他不屑地艾斯特雷說：「至少我很尊敬你的叔叔。他絕對不會告密的。」

艾斯特雷露出尷尬的微笑。「那是以前的日子，並且也是個古老的國家，此外，你並沒有改變，你還是擁有那種秘密行政授權。」他覺得很好奇，如果他把真正的原因告訴希爾克，不知道他會怎麼想。他之所以決定來救他，只是因為在某個晚上，他和他的妻子共同出席了一項晚宴，並且浪漫而且無奈地愛上了她。

「我不相信你說的鬼話，但如果明晚真有攻擊事件，我們會深入調查。如果發生什麼意外，我會把你關起來，可能連妳也一起，律師大人。但你為什麼要跑來告訴我？」

艾斯特雷露出微笑。「因為我喜歡你。」他說。

「你們滾吧，」希爾克說。他轉身面向巴斯頓。「把特別作戰小組的組長找到這兒來，告訴我的秘書，幫我接通局長的電話。」

他們又被留下來兩個小時，接受希爾克手下的盤問。同時，希爾克在他的辦公室裡，透過保密電話和華府的局長交談。

「在任何情況下，都不可以逮捕他們兩人，」局長告訴他。「否則，事情會全部洩露出去給媒體知道，我們將成為大家的笑柄。而且，絕對不要企圖找妮可•艾普萊的麻煩，除非你有十足的把握。所有這一切都保持最高機密。在我們通電話的這時候，已經通知你家裡的警衛提高警覺，你的家人也全部被接走了。你現在去找比爾來聽電話。由他來指揮伏擊行動。」

「長官，那應該是我的工作。」希爾克提出抗議。

「你將幫忙策劃，」局長說，「但不管在任何情況下，你都不可以參加現場戰鬥行動。對於現場作戰行動，局裡有很嚴格的規定，目的是希望能夠避免不必要的暴力。如果行動出了差錯，你一定會受到懷疑。你明白我的意思嗎？」

「是的，長官，明白。」希爾克最明白不過了。

MARIO PUZO

OMERTA

CHAPTER 12

在醫院休養一個月之後，愛絲碧妮雅・華盛頓終於出院了，但她仍然還需要等到復原得更完整時，才可以植入一顆人造眼睛。她的身體很強健，傷口幾乎全都可以自動癒合。沒錯，她的左腿是還有一點跛，她的眼窩看來也很可怕。

但她戴上一個方形的綠色眼罩，而不是黑色的，那種深綠色更襯托出她的深褐色皮膚的美麗。她銷假回去上班的第一天，穿了一件黑色褲子，綠色套頭衫，外套綠色皮外套。當她看著鏡中的自己時，覺得自己的模樣倒是滿嚇人的。

雖然她還在病假期間，但有時候還是會到組裡走走，協助審問犯人。她的傷勢帶給她一種自由感——讓她覺得，她想幹什麼都可以，並且可以無限擴張她的權力。

她第一次審問犯人時，共有兩名嫌犯，這是很不尋常的犯罪搭檔，其中一個是白人，另一個卻是黑人。白人嫌犯年約三十歲，馬上就被她的外表嚇壞了。但那位黑人嫌犯卻很高興看到這位高大、美麗的女黑人警官，尤其欣賞她的綠眼罩和冷冷的眼神。這是位很炫的酷妹妹。

「狗屎！」他大叫一聲，臉上的表情興奮無比。他是第一次被捕，沒有前科，而且根本不知道自己已經惹上大麻煩。他和他的同夥闖進一處住宅，綑綁屋裡的那對夫婦，然後把屋裡洗劫一空。

一名線民向警方告密，於是，他們就被抓來了。那個黑人小孩手上還戴著屋主的勞力士手錶。他用很羨慕的口吻，而且完全沒有惡意的，很高興地對愛絲碧妮雅說：「嗨，獨眼女警官，你真酷斃了！」

房間裡的其他警官對他的愚蠢行為全都露出冷笑。但愛絲碧妮雅並沒有回答。那孩子手上銬著手銬，因此不能抵擋她的出拳。快得好像毒蛇吐信，她的警棍猛然打在他的臉上，一下子就打斷他的鼻樑，並打碎了頰骨。

他沒有馬上倒下來，只是兩膝發抖，以怨恨的眼光看了她一眼。他的臉孔都是血。接著，他的兩腿一彎，整個人攤倒在地上。在接下來的幾分鐘，愛絲碧妮雅毫不留情地毆打他。鮮血開始從這個黑人男孩耳中流了出來。

「老天爺，」其中一位警探說，「我們現在怎麼審問他呢？」

「我不想跟他說話，」愛絲碧妮雅說，「我要跟這傢伙談談。」她用警棍指著那位白人嫌犯。「吉克，對不對？我要跟你談談，吉克。」她粗魯地抓住他的肩膀，把他丟到她辦公桌對面的椅子上。

他瞪著她，嚇壞了。她突然察覺到，她的眼罩滑到一邊去了，吉克看到的是她的空無一物的眼框。她伸手把眼罩扶正，遮住她的眼眶。

「吉克，」她說，「我要你注意聽著。我想節省一點時間。我想要知道，你是怎麼把這個小男孩拉進來的。你們又是怎麼幹下這案子的。明白嗎？你願意合作嗎？」

吉克臉色蒼白。他毫不遲疑地說：「願意，長官，我什麼都告訴妳。」

「好的，」愛絲碧妮雅對另一位警探說，「把那孩子送到醫療室去，請錄影組的人過來，錄下吉克在自由意志下做出的供辭。」

在錄影機架好之後，愛絲碧妮雅對吉克說：「什麼人替你銷贓？什麼人提供作案目標的資訊給你們？把搶案的經過詳細說出來。你的夥伴看來是個不錯的小孩子，他沒有前科，看來也沒有那麼聰明。所以，我放他一馬。至於你，吉克，你的前科十分可觀，所以，我認為你是主謀，是你把他拉進來的。現在，請你開始對著錄影機預演一下吧。」

* * *

愛絲碧妮雅離開局裡後，開車駛上南州際高速公路，朝著長島的明水鎮駛去。

奇怪的是，她發現，用一隻眼睛開車，比用兩隻眼睛開車，更為愉快得多。

公路兩旁的風景看來更有趣，因為焦點集中，看來有點像是未來派的畫作，邊緣好像逐漸溶入夢中。整個世界——地球本身——好像被分成兩半，她可以看到的那一半，比較受到注意。

她終於駛進明水鎮，並且經過約翰・賀斯柯的房子前。她看到他的車子停在車道上，有一名男子從花房搬了一棵大杜鵑花進屋裡去，另一名男子則從花房裡搬了一個裝滿黃色花朵的大盒子出來。這可有趣了，她在心裡想道。他們正在搬空花房裡的東西。

在醫院休養期間，她對約翰・賀斯柯做了一番研究。她向紐約州監理處查詢，查出賀斯柯的住址。接著，她查遍所有的罪犯資料庫，結果發現，約翰・賀斯柯的真實姓名是路易斯・里齊。

這王八蛋原來是義大利裔，不過，乍看之下，長得倒是很像德國人。但他的犯罪前科倒沒有什麼大不了的。他曾因為敲詐和攻擊的罪名多次被捕，但都沒有定罪。他自家的花房顯然無法產生足夠的利潤，讓他維持目前的生活。

她之所以這麼做，是因為她猜測，能夠陷害她和狄・班尼雷托的，只有賀斯柯一人。唯一令她大惑不解的是，他真的把錢送給他們。從爆炸現場找到的那些錢，令警局督察處盯上她，對她盤問不休，但她很快擺脫了他們的收賄指控，因為他們很樂意把那筆錢沒收充公。現在，她準備好好對付賀斯柯。

* * *

預定攻擊希爾克的二十四小時之前，賀斯柯開車前往甘迺迪機場，準備搭機飛往墨西哥市，到了那兒之後，他將會拿著早在好幾年前就準備妥當的假護照，從文明世界裡消失無蹤。

所有細節都安排好了。花房裡的植物已經清理一空；他的前妻會負責把房子賣掉，把得到的錢存入銀行，作為他們兒子的大學費用。賀斯柯對他的前妻說，他將會出國兩年。他也同樣告訴他的兒子。

他抵達機場時，剛好是傍晚時分。他把兩個皮箱交給航空公司托運，只留下十萬美元的百元大鈔，分裝成幾個小袋子，然後用膠帶把它們黏在他身上。這些錢是他準備馬上花用的。

另外，他在開曼群島還有一個銀行秘密帳戶，裡面有將近五百萬美元的存款。感謝上帝，因為他今後肯定是無法申請社會福利的，這筆錢將是他唯一的生活保障。他很驕傲，過去這幾年，他一直過著很嚴謹的生活，沒有把錢花在賭博、女人或其他蠢事上。

賀斯柯檢查了一下他的航班和登機證。現在，他手上只提著一個手提箱，裡面裝著假的身份證明和護照。他把車子停在長期停車場裡；他的前妻會找時間來把它開走，並暫時替他保管。

距離他的班機的起飛時間，至少還有一個小時。身上沒有帶把手槍，令他覺得有點不自在，但他必須通過金屬探測器才能上機，而且，到了墨西哥市，他就可以透過他的連絡人拿到很多武器。

為了打發時間，他在書店裡買了幾本雜誌，帶著它們來到機場的咖啡座。他點了一盤點心和一杯咖啡，在一張小桌子前坐下來。他一面翻閱雜誌，一面吃著草莓奶油糖。突然，他覺得有人在他的桌子對面坐了下來。他抬起頭，一眼就看到愛絲碧妮雅‧華盛頓警探。跟所有人一樣，他馬上就被她那個方形的深綠色眼罩所吸引。這讓他覺得有點驚慌。她看來比他記憶中的更為美麗得多。

「嗨，約翰，」她說。「你一直沒到醫院看我。」

他太緊張了，竟然認為她是說正經的。「妳知道我不能去看妳，警官。但聽到妳的不幸遭遇，我覺得很難過。」

愛絲碧妮雅對他甜甜一笑。「我是在開玩笑的，約翰。但我倒是很想在你起飛之前，和你聊聊。」

「當然可以，」賀斯柯說。他猜想，他可能必須花錢消災，他的手提箱裡有一萬美元，就是準備應付這種突發狀況的。「很高興看到妳的氣色這麼好。我真的很擔心妳。」

「沒騙我？」愛絲碧妮雅說。她的眼睛像老鷹般閃閃發亮。「保羅真不幸。我們是好朋友，你知道的，此外，他還是我的上司。」

「真是不幸。」賀斯柯說。他甚至發出同情的嘆氣聲，惹得愛絲碧妮雅露出微笑。

「我不用向你出示我的警徽，」愛絲碧妮雅說。「對嗎？」她停了一下。「我希望你跟我到我們設在機場這兒的小小偵詢室。給我幾個有趣的答案，然後，你就可以搭上你的飛機。」

「好的。」賀斯柯說。他站起身，拿著他的手提箱。

「不要耍花樣，否則，我一槍打死你。好笑的是，我只用一隻眼睛反而射得更準。」她站起身，拉著他的手臂，領著他走向通往一處夾層樓板的樓梯。這個夾層裡都是航空公司的辦公室。她領著賀斯柯沿著長長的走廊走下去，來到一間辦公室前，打開房門。看到房裡的情景，賀斯柯大吃一驚，不僅是因為這間辦公室大得嚇人，而且牆上有一大片的電視監視螢幕，至少有二十具之多，兩名男警察坐在柔軟的扶手椅上，一面監看這些螢幕，一面吃著三明治，喝咖啡。其中一人站了起來，說道，「嗨，愛絲碧妮雅，怎麼回事？」

「我要到偵訊室裡和這個傢伙私下談談，讓我們進去。」

「沒問題，」那人說。「要不要我們其中一個進去陪妳？」

「不用，這只是好朋友聊聊而已。」

「哦，明白了，就是妳那種最著名的『好朋友聊天』，」那人說完，接著哈哈大笑。他很仔細地打量賀斯柯。「我在電視螢幕上看到你，就坐在大廳咖啡座，草莓夾心糖，對嗎？」他領著他們來到房間後頭的一扇門前，取出鑰匙，把門打開。在賀斯柯和愛絲碧妮雅進去後，他隨即再把門鎖上。

偵訊室的裝璜，很會讓人失去戒心。裡面有一張沙發，一張桌子，和三張看來很舒服的椅子。在角落裡，有一台飲水機和紙杯。粉紅色的牆壁裝飾著飛機的照片和圖片。

愛絲碧妮雅要賀斯柯坐在桌子對面的一張椅子上，她自己則坐在辦公桌後，低頭望著他。

「我們可以開始了嗎？」賀斯柯問。「我可不能沒搭上這班飛機。」

愛絲碧妮雅沒有回答。她伸出手，把手提箱從賀斯柯的膝上拿過來。她把箱子打開，翻了一下裡面的東西，包括那幾疊百元大鈔。她特別翻閱了其中一本假護照，然後把所有東西都放回箱子裡，再把箱子交還給他。

「你這人很聰明，」她說。「你知道現在該逃之夭夭。是誰告訴你，說我在追捕你？」

「妳為什麼要抓我？」賀斯柯問。他現在變得有自信得多，因為她把手提箱還給他。

愛絲碧妮雅掀起她的眼罩，讓他可以看到她那醜陋的眼洞。但賀斯柯並不害怕，他這輩子看過太多比這更可怕得多的東西。

「你害我失去這隻眼睛，」她說。「只有你有可能出賣我們，並且設計陷害保羅和我。」

賀斯柯以最真誠的語氣說話，這是他在他那一行裡最厲害的武器之一。「妳錯了，錯得厲害。如果是我幹的，我會把錢留下來——妳應該可以看得出來。喏，我真的必須去趕搭飛機了。」他解開襯衫，撕下一條膠帶。他把膠帶上的兩小袋鈔票放在桌上。「這些都是妳的，皮箱裡的錢也給妳，一共是三萬美元。」

「嘻，」愛絲碧妮雅說。「三萬美元哩。對一個獨眼龍來說，這可是一大筆錢。好吧。但是，你一定要告訴我，那個付錢要你陷害我們的人的姓名。」

賀斯柯下定決心。這是他搭上這班飛機的唯一機會了。他知道她不是在嚇唬他。在他這一行的工作裡，他和太多瘋狂的警探打過交道了，應該不會把她看錯了。

「聽著，請相信我，」他說。「我從來沒有預料到，這傢伙竟然會想要做掉兩名高階警官。我只是答應替艾斯特雷・維奧拉跑跑腿，讓他不必出面而已。我沒有想到，他竟然會幹這種事。」

「很好，」愛絲碧妮雅說。「現在，再請你告訴我，誰付錢讓你去殺艾斯特雷？」

「保羅知道的，」賀斯柯說。「他沒告訴你？提莫納・波特拉。」

聽到這兒，愛絲碧妮雅不禁怒火中燒。她那位胖夥伴不僅是個差勁的傢伙，還是個愛說謊的王八蛋。

「站起來。」她對賀斯柯說。突然，她手中出現一把手槍。

賀斯柯嚇壞了。他以前看過那種眼神，只是他一直不是受害者。在那一瞬間，他想起了他藏起來的那五百萬美元，那些錢將隨著他一起死去，不會有人去領，那五百萬美元好像就是活生生的人一般。真是悲劇。「不，」他大叫，並且在椅子上蜷曲著他的身體。愛絲碧妮雅用她空著的那隻手抓住他的頭髮，用力拉著他站起來。她拿著槍，舉在距他的頸子不遠處，然後開槍。

賀斯柯好像從她的掌握中飛了出去，然後墜落在地板上。她在他的屍體旁蹲下來。他的半個喉嚨都被轟掉了。接著，她從她的腳踝槍套裡拿出她那把沒有標記的槍，把它放在賀斯柯手中，然後站了起來。她聽到門鎖被打開的聲音，接著，那兩名監看螢幕的警察衝了進來，槍都已經拔在手上。

「我不得不殺他，」她說。「他企圖行賄我，然後又拔出槍來。打電話叫機場的救護車來，我自己打電話給組裡。什麼都不要動，不要讓我離開你們的視線。」

* * *

第二天晚上，波特拉發動攻擊。希爾克的妻子和女兒早已被送到加州一處戒備森嚴的聯邦調查局安全地點。

根據局長的命令，希爾克和他的所有手下在紐約的調查局總部留守。比爾‧巴斯頓則奉命全權指揮特別行動小組，先行在希爾克的住家埋伏，等待攻擊者上門。但局裡的現場行動規定卻很嚴格。局裡不希望造成流血傷亡，以免引發民權團體的抗議。因此，聯調局的特別行動小組不會輕易開槍，除非遭到攻擊。小組的目的是要給攻擊者各種機會，並勸導攻擊者投降。

身為這次行動的策劃者，柯特‧希爾克和巴斯頓及特別行動小組的指揮官開了一次會。指揮官很年輕，只有三十五歲，臉部線條很堅定，充分流露出指揮官的威嚴。但他的皮膚有點灰白，下巴還有個酒渦，破壞了一些威嚴感。他名叫塞斯塔克，說得一口純哈佛腔的英語。他們在希爾克的辦公室裡開會。

「希望你在在整個行動期間，不斷和我保持連絡，」希爾克說。「行動規定一定要嚴格遵守。」

「不要擔心，」巴斯頓說。「我們共有一百多人，火力又遠比他們強大。他們一定會投降的。」

塞斯塔克以柔和的聲音說道：「我另外還有一百人部署在外圍。我們會讓攻擊者進得去，但不會讓他們出來。」

「很好，」希爾克說。「抓到之後，馬上把他們送到紐約的偵訊中心。上級不准我參加偵詢行動，但一問出任何消息，馬上通知我。」

「萬一出了什麼差錯，造成他們有人死亡呢？」塞斯塔克問。

「那麼，我們將進行內部調查，局長會很不高興。聽著，實際情況將會是這樣子：他們將以共謀殺人的罪名被捕，並將交保候傳。然後，他們就會逃往南美洲，從此消失不見。所以，我們只有幾天的時間可以偵訊他們。」

巴斯頓對著希爾克淺淺一笑。塞斯塔克以他一貫的文化語調對希爾克說：「我想，這一定會讓你很不高興。」

「當然，我是很不爽，」希爾克說。「但局長必須擔心政治上的後遺症。這種共謀殺人的罪名一向很難處理。」

「我明白了，」塞斯塔克說。「你被綁手綁腳的。」

「沒錯。」希爾克說。

巴斯頓平靜地說：「這真是很可悲，他們可以計畫殺害聯邦官員，而卻能夠逍遙法外。」

塞斯塔克看著他們兩個，臉上露出怪異的微笑。他的灰色皮膚這時略微出現紅色色調。「你是在向唱詩班傳教，」他說。「不過，這些行動老是會出錯。手上拿著槍的傢伙總是認為，別人不可以對他們開槍。這是人性當中很好笑的一面。」

* * *

那天晚上，巴斯頓陪伴塞斯塔克前往新澤西州希爾克住家四周的行動區。房子裡還開著燈，讓它看起來好像還有人在家。同時，還有三輛車子停在門前的車道裡，造成守衛還在房子裡的印象。這三輛車子都已裝上炸藥，只要一發動，就會爆炸。除此之外，巴斯頓什麼也看不到。

「你那一百個人在哪兒？」巴斯頓問塞斯塔克。

塞斯塔克對他露齒一笑。「很不錯，對不對？他們全部署在這附近，即使是你，也看不出他們藏在什麼地方。他們已經部署在射擊線上。攻擊者一進來，他們的後路馬上就被封鎖。我們一下子就可捉到滿滿一袋子的老鼠。」

巴斯頓和塞斯塔克一直停留在距房子五十碼處的指揮部裡。跟他們在一起的，還有一個通訊小組，共有四個人，全都穿著迷彩裝，和他們用來掩護的樹林的樹影十分相似。塞斯塔克和他的小組成員都帶著長槍，但巴斯頓只拿著他自己的手槍。

「我不要你參加槍戰，」塞斯塔克告訴巴斯頓。「此外，你帶的那把武器，在這兒一點用處也沒有。」

「為什麼？」巴斯頓說。「我這輩子就是一直在等這樣機會：向壞人開槍。」

塞斯塔克哈哈大笑。「今天不行。我的小組受總統行政命令的保護，不會遭到任何司法調查或起訴。你則不一樣。」

「但這兒由我指揮。」巴斯頓說。

「當我們展開行動後，就不是了，」塞斯塔克冷靜地告訴他。「到那時候，就完全由我一人負責指揮。由我來做出所有決定。連局長也不能違背我的決定。」

他們一起在黑暗中等待著。巴斯頓看看他的手錶。差十分鐘就是半夜十二點。通訊小組的一名組員輕聲對塞斯塔克說：「五輛坐滿人的車子，正向房子接近。他們後面的道路已經封鎖。估計抵達時間是五分鐘。」

塞斯塔克戴上紅外線夜視眼鏡，讓他可以看清楚黑暗中的情景。「好吧，」他說。「傳話下去。不要開槍，除非遭到射擊，或是得到我的命令。」

他們等待著。突然間，五輛車子駛上車道，從車上跳下來很多人。其中一人馬上丟了一枚燃燒彈進入希爾克屋裡，砸破了一扇窗戶玻璃，並且立即在房間內引發一場小小的紅色火舌。

突然之間，整個地區充滿明亮的探照燈光，全都照在那二十名攻擊者身上。在此同時，一架直升機出現在半空中，發出隆隆聲，並且投射出眩目的燈光。從頭上傳來震耳欲聾的擴大器叫聲。「我們是聯邦調查局。放下武器，臥倒在地上。」

這些落入陷阱中的攻擊者，被強光和直升機嚇呆了，全都站著不動。巴斯頓發現他們並沒有抵抗的意思，不禁鬆了一口氣。

因此，接下來發生的事情，馬上讓他大吃一驚。塞斯塔克此時竟然舉起他的步槍，對著攻擊者人群開槍。攻擊者馬上開槍還擊。接著，槍聲大作，猛烈的砲火向著車道集中射擊，巴斯頓差點被震聾了，而那些攻擊者則一個接一個倒了下來。其中一輛裝上炸藥的車子中彈後發生爆炸，造成好像是一場鐵片颶風，把車道夷為平道。玻璃碎片從天空紛紛落下，好像下了一場銀色的雨。

其餘車輛也傾倒在地面，車身滿是彈痕，外表已經看不出是什麼顏色。車道頓時變成鮮血大噴泉，血流到車子四周，形成一個個漩渦。那二十名攻擊者的屍體被鮮血完全浸透，看起來好像一堆等待洗衣店來收取的送洗衣物。

巴斯頓震驚不已，「他們還來不及投降，你就向他們開槍，」他對塞斯塔克指責說。「我會在報告中這樣寫。」

「我的看法不同，」塞斯塔克微笑著對他說。「他們一旦向屋子裡投擲燃燒彈，那就是意圖殺人的行為。我不能讓我的部下冒險。我的報告會這樣寫。還有，是他們先開槍的。」

「好吧，但我的報告不會這樣寫。」巴斯頓說。

「不要開玩笑了，」塞斯塔克說。「你以為局長會想要看你的報告？你會被列入他的黑名單，永不得超生。」

「他才會找你麻煩呢，因為你沒有遵守他的命令，」巴斯頓說。「我們會一起倒楣。」

「很好，」塞斯塔克說。「但我是現場行動指揮官。我的決定是不能駁回的。一旦找我來，就是如此。我不想讓那些罪犯認為，他們可以任意攻擊聯邦官員。那是事實，你和你的局長去自己玩吧。」

「死了二十個人呀。」巴斯頓說。

「這下子全清理乾淨了，」塞斯塔克說。「你和希爾克本來就是很想除掉這些人，只是，你們沒有膽子這樣做。」

巴斯頓突然明白，他說的沒錯。

* * *

柯特・希爾克再度前往華盛頓和局長開會。他事先做了筆記，把他要講的話寫成大綱，同時還寫了一份報告，詳細說明有關於對他的住宅攻擊行動的各種情況。

跟平常一樣，比爾・巴斯頓陪他前往，但這一次，則是局長表示要巴斯頓也跟著去開會。

希爾克和巴斯頓坐在局長的辦公室裡，裡面有一排電視監視幕，不停播放著聯調局各地辦公室的活動報告。

一向彬彬有禮的局長，和兩人握了握手，請他們坐下，但他同時以冷冰冰、看不出情緒的眼光看了巴斯頓一眼。他的兩位副局長也參加這次會議。

「各位，」他對著辦公室裡所有的人說道。「我們必須解決眼前這件棘手的問題。我們不能讓如此暴力的行為就這麼發生，但沒有用我們所有的資源來提出合理的解釋。希爾克，你要繼續留在局裡，或是提早退休？」

「我要留下來。」希爾克說。

局長轉過頭對著巴斯頓，他那瘦削、帶有貴族氣息的臉孔這時相當嚴肅。「你是現場負責人。為什麼所有的攻擊者全都喪生，沒有留下一個來讓我們偵訊？是誰下令開槍的？你？基於什麼理由？」

巴斯頓在他的座位上挺直了身子。「長官，」他說。「那些攻擊者丟了一顆燃燒彈到屋裡，並且開槍。我們別無選擇。」

局長嘆了一口氣。他的一名副局長發出不屑的冷笑。

「塞斯塔克上尉是局裡最優秀的同仁之一，」局長說。「他有沒有試著要留下一名活口？」

「長官，整個經過不到兩分鐘，」巴斯頓說。「塞斯塔克是很有效率的現場行動指揮官。」

「好吧，媒體或大眾雖然沒有對此事提出任何指責，」局長說。「但我一定要說，我認為這是一次冷血屠殺。」

「是的，沒錯。」其中一位副局長也附和著說。

「好吧，這也是沒辦法的事。」局長說。「希爾克，你擬好接下來的行動計畫了嗎？」

對於他們的批評，希爾克感到怒火中燒，但他還是忍住怒氣，平靜地說：「我要求增派一百名人手給我。我希望你申請對艾普萊銀行進行全面稽核。我正對牽涉在這一件案子中的每個人的背景，進行深入了解。」

局長說：「這位艾斯特雷・維奧拉救了你和你家人的命，你不覺得虧欠他嗎？」

「不，」希爾克說。「你必須了解這些人。他們先是替你惹些麻煩，然後又來幫助你。」

局長說：「記住，我們最主要的目標是要利用艾普萊銀行。不僅因為我們可以從中獲利，而是因為這些銀行將被做為販毒黑錢的洗錢中心。透過它們，我們可以將波特拉和杜利帕逮捕歸案。我們必須全盤看待此事。艾斯特雷・維奧拉拒絕出售銀行，販毒集團因此急於要除掉他。但截至目前為止，他們失敗了。我們並且得到消息，出面聘請兩位殺手去幹掉大爺的那個人已經失蹤。紐約警察局的兩位探員，一個被炸死，一個被炸成重傷。」

「艾斯特雷很狡猾，但他目前並未涉及任何不法行為，」希爾克告訴他們，「所以，我們並不能真正對付他。不過，販毒集團最後可能還是會成功地除掉他，到那時候，艾普萊的子女就會把銀行賣給他們。然後，我確信，這些販毒集團就會在一兩年內利用銀行幹下不法勾當。」

政府執法單位進行長期計畫，這是常有的事，尤其是在對付販毒集團力面。但想要這樣做，他們必須讓眼前的犯罪活動持續下去。

「我們以前也有過長期活動計畫，」局長說。「但那不表示，你可以讓波特拉繼續幹任何壞事。」

「當然。」希爾克說。他知道，在場的每一個人所說的話，都會被列入正式記錄。

「我會給你五十個人，」局長說。「我也會要求對這幾家銀行進行全面稽核，希望事情有所轉機。」

其中一位副局長說，「我們以前對它們稽核過，但從未發現有什麼問題。」

「總會有機會的，」希爾克說。「艾斯特雷不是銀行家，他一定會犯錯的。」

「沒錯，」局長說。「只要犯點小錯，我們的司法部長就可以採取行動。」

*　*　*

回到紐約後，希爾克和巴斯頓及塞斯塔克再度開會，會商希爾克的行動計畫。「我們會再增加五十名人手，幫助我們調查對我住家攻擊的事件，」他對他們說，「我們必須要很小心。我要你們全面調查艾斯特雷・維奧拉。我要調查兩位警探遭到炸彈攻擊的案子。我也要調查史周若兄弟失蹤的案子，同時收集有關於販毒集團的所有情報。特別要監視艾斯特雷，以及華盛頓警探。傳說她收賄，而且行事殘暴，她對於炸彈攻擊和現場那筆錢的說辭，相當可疑。」

「杜利帕這傢伙呢？」巴斯頓問。「他隨時會離開美國。」

「杜利帕正在全國旅行，一方面發表演說，宣傳毒品合法化的主張，一方面向那些大公司收取他的勒索保護費。」

「我們可不可以用這個理由抓他？」塞斯塔克問。

「不行，塞斯塔克，」希爾克說，「他有一家保險公司，這些大公司都有向他投保。當然，我們控告他勒索的案子也許可以成立，但這些大企業會反對我們這樣做。因為他的公司解決了這些大企業派駐南美人員的安全問題。而波特拉則無處可去。」

塞斯塔克對他露出冷笑。「這次的現場行動規定是什麼？」

希爾克平靜地說：「局長下令，不准再屠殺無辜，但要保護你自己，尤其是在對付艾斯特雷的時候。」

「換句話說，我們可以置艾斯特雷於死地。」塞斯塔克說。

希爾克思索了一陣子，方才說道：「如果有這個必要的話。」他如此回答。

* * *

只不過一個星期後，就有一大批聯邦稽核人員湧進艾普萊銀行，檢查銀行的各種資料，希爾克並且親自前往普萊爾先生的辦公室。

希爾克和普萊爾先生握了握手，親切地說：「我一向很喜歡親自和我可能必須把他送進監獄的人見個面。現在，你有什麼可以幫助我們的嗎？這也許可以讓你早點脫身，免得屆時後悔不及。」

普萊爾先生看著眼前這位年輕人，露出很關心的神情。「真的？」他說，「你完全弄錯方向了，我可以向你保證。我管理的這些銀行一點問題也沒有，完全遵守國內及國際法律規定。」

「好吧，我只是要你知道，我正在追查你以及所有人的背景，」希爾克說，「我希望你們全都沒有問題。尤其是在史周若兄弟這件案子上。」

普萊爾先生微笑著對他說：「我們絕無問題。」

希爾克離去後，普萊爾先生向後靠著他的椅背，陷入沈思。

情況開始變得不妙。萬一他們追查到蘿西呢？他嘆了一口氣。真是可惜。他必須對她採取一些行動。

* * *

希爾克通知妮可，說他要她和艾斯特雷明天到他的辦公室來一趟，當時，他對艾斯特雷的個性還沒有真正的了解，他也沒有這個意願。他只是對違反法律的任何人都很瞧不起。他並不了解一個真正的黑手黨人的決心。

艾斯特雷相信舊傳統。他的手下敬愛他，不僅因為他有領袖氣質，更是因為他很重視榮譽。

對於加諸於他個人或家族的任何侮辱，一個真正的黑手黨人的復仇意志是很強烈的。他絕不會屈服於別人或政府執法單位。這也是他的權力基礎。艾斯特雷個人的意志是至高無上的，他認為什麼是正義，那就是正義。他救了希爾克和他的家人，那是他個性上的缺點。然而，他還是跟妮可一起前往希爾克的辦公室，期望獲得某些感激，至少希望希爾克會降低一點敵意。

很明顯的，對方在接待他們兩人時，做了很細心的安排。兩位安全人員很仔細搜查了艾斯特雷和妮可，然後才讓他們進入希爾克的辦公室。希爾克本人站在他的辦公桌後面，瞪著他們兩人。他沒有任何友善的表示，只是示意他們坐下。其中一名警衛把房門鎖上，然後站在門邊守衛。

「這次會面會錄音嗎？」妮可問。

「是的，」希爾克說。「錄音還有錄影。我不希望這次會面造成任何誤解。」他停頓了一會兒，然後對艾斯特雷說：「我要你們明白，什麼也沒有改變。我還是認為你是人渣，我不允許你在這個國家生活。我不相信什麼大爺這一套。我也不相信你說的，有人向你通風報信這回事。我認為是你和他策劃此事，然後你出賣你的同夥，希望我能對你好一點。我很痛恨這樣的詭計。」

艾斯特雷很驚訝，希爾克竟然能夠深入到如此接近事實真相。他看著他，心裡興起一股新的敬意。

然而，他的情感也受到傷害。這人不知感恩圖報，不尊重一個救了他自己和他的家人的人。雖然他內心百味雜陳，但他臉上還是露出微笑。

「你認為這很好笑嗎？是你的黑手黨式的玩笑嗎？」希爾克說。「我在兩秒內就可以讓

Omerta

誓言貞守密的幫會義氣

你的笑容消失。」

他轉過頭，面向妮可。「第一，局裡要求妳告訴我們，妳是如何得到這項情報的。要誠實告訴我們，而不是妳表弟編出來的那個假故事。律師大人，我對妳的行為感到很訝異。我正在考慮告妳同謀的罪名。」

妮可冷冷地說：「你可以試試看，但我建議你先和你的局長大人商量一下。」

「誰告訴你有關於攻擊我住家的情報？」希爾克問，「我們要真正的告密者姓名。」

艾斯特雷聳聳肩。「不相信就拉倒。」他說。

「別耍花樣，」希爾克冷冷地說。「你要搞清楚，你只不過是個廢人。也是個殺人犯。我知道是你叫人炸掉狄·班尼雷托和華盛頓警探的。我們也正在調查洛杉磯的史周若兄弟失蹤的案子。你一共殺死波特拉手下的三名殺手，而且你還參與綁架。我們最後總會逮到你的。那時候，你將只不過是一堆大便而已。」

艾斯特雷首次似乎失去了他的冷靜，他的溫和神態消失不見。他眼角瞄到妮可正用一種嚇壞了的同情神情看著他。於是，他允許自己部分怒氣表現出來。

「我不期待你會對我好一點，」他對希爾克說。「你甚至不了解榮譽是什麼。我救了你的妻子和女兒。如果不是我，他們現在已經躺在地底下。現在，你卻邀請我到這兒來，接受你的奚落。你的妻子和女兒，就是因為我的緣故，現在才能還活著。至少，你要為了這個而表現出一點敬意。」

希爾克瞪著他。「我什麼也不向你表現。」他說。對於自己竟然欠艾斯特雷這個人情，他覺得十分憤怒。

艾斯特雷從他的座位上站起來，向著房門走去，但一位警衛把他推了回去。

「我要讓你活得痛不欲生。」希爾克說。

艾斯特雷聳聳肩。「隨便你。但我要告訴你。我知道你幫忙幹掉艾普萊大爺。那只是因為你和局裡想要掌控他的銀行。」

聽到他這樣說，兩名安全人員向他走了過去，但希爾克揮手要他們退下。「我知道你可以阻止對我家的攻擊，」他說。「我現在鄭重告訴你，我要你對此事負責。」

坐在房間另一頭的比爾・巴斯頓，這時看著艾斯特雷，慢吞吞地說：「你是在威脅聯邦官員？」

妮可插嘴說：「當然不是，他只是在請求他幫忙。」

希爾克現在似乎更冷酷了。「你這樣做，全是為了你所敬愛的大爺。好吧，你顯然未曾看過我交給妮可的檔案。你敬愛的大爺，就是殺死你父親的人，那時候你才三歲大。」

艾斯特雷既驚訝又痛苦，他看著妮可。「那就是被妳塗掉的部分？」

妮可點點頭。「我認為那一部分不是真的，而且，如果是真的，我認為不應該讓你知道。那只會讓你傷心。」

艾斯特雷覺得整個房間開始旋轉，但他還是盡量保持鎮靜。「那並不會有任何差別。」

他說。

妮可對希爾克說：「現在一切都弄清楚了，我們可以走了嗎？」

希爾克很明顯佔了上風，當他從他的辦公桌後走出來時，他開玩笑地拍拍艾斯特雷的頭。這使得希爾克自己和艾斯特雷同樣感到驚訝，因為他以前從未這樣做過。這是為了表現他的蔑視，但這也相對消減了部分真正的怨恨。

他了解到，他永遠忘不了艾斯特雷救了他的家人。至於艾斯特雷，他直視著希爾克的臉孔。他完全明白希爾克的感覺。

* * *

妮可和艾斯特雷回到妮可的公寓，妮可企圖對艾斯特雷的受到羞辱表示同情，但這反而讓他更生氣。

妮可準備了一頓簡單的午餐，並且說服他躺在她的床上，睡個午覺。他在睡到一半時，感覺到妮可躺在他身邊，抱著他。他把她推開。

「妳聽到希爾克如何嘲笑我，」他說。「妳還想跟我的生活產生關係？」

「我並不相信他說的話，也不相信他的報告，」妮可說。「艾斯特雷，我真的認為，我仍然愛著你。」

「我們不能再回到小孩子那個時代，」艾斯特雷柔聲說道。「我已經跟以前不一樣，妳也是一樣。妳只是希望我們還能再回到我們年輕的那時候。」

他們相擁躺在床上。接著，艾斯特雷睡意濃濃地問道：「他們說，大爺殺死我父親，妳認為這是真的嗎？」

＊　＊　＊

第二天，艾斯特雷和普萊爾先生一起飛往芝加哥，再去和班尼托•克拉克西會商。他向他們報導最新的發展，然後問道：「艾普萊大爺真的殺了我父親？」

克拉克西不理會這個問題，而只是問艾斯特雷，「在煽動對希爾克的家人發動攻擊這件事上，跟你有任何關係嗎？」

「沒有。」艾斯特雷說謊。他之所以向他們說謊，是因為他不想讓任何人知道他竟然如此狡猾。而且，他也知道，他們是不會同意他這樣做的。

「但你卻救了他們，」克拉克西大爺說。「為什麼？」

艾斯特雷必須再度說謊。他不能讓他的同伴們知道，他竟然也如此重感情，他無法看著希爾克的妻子和女兒遇害。

「你做得很好。」克拉克西說。

艾斯特雷說：「你沒有回答我的問題。」

「因為這件事很複雜，」克拉克西說。「當年，你是西西里一位黑手黨大頭目剛出生的兒子，那時，他已經八十歲，是當地一個很有勢力家族的頭目。你的母親很年輕，在生你的時候，因為難產而去世。這位年老的大爺臨終前，召集我、艾普萊大爺和畢安柯到他的床邊。他知道，在他死後，他的整個家族將會散去，因此，他很擔心你的將來。他要我們答應照顧你，並且選擇讓艾普萊大爺把你帶去美國。到了美國，因為艾普萊大爺的妻子也因為生病而快死了，他為了不讓你再度感受到親人死亡的痛苦，於是把你交給維奧拉夫婦收養，但那卻是一大錯誤，因為你的養父後來被發現是個叛徒，必須處死。艾普萊大爺很有黑色的幽默感，因此，他把你養父的死，安排成是他在汽車的行李廂自殺。在他自己的所有問題和麻煩都解決之後，他馬上就把你接回他家裡。接著，在你逐漸長大的過程中，你開始展現你生父——偉大的傑諾大爺——的所有特點。於是，艾普萊大爺做出決定，要你將來保衛他的家人。因此，他派你去西西里接受訓練。」

艾斯特雷對此並不感到很驚訝。在他的記憶深處，是有著一個很老的老人和他自己乘坐靈柩馬車的畫面。

「是的，」艾斯特雷緩緩地說，「我是已經接受過訓練，我知道如何發動攻擊。然而，波特拉和杜利帕都受到嚴密的保護。而且，我還必須擔心格拉齊耶拉。我唯一能夠殺死的人，就只有總領事，馬里安諾・魯比歐。同時，希爾克還在對我緊追不捨。我甚至不知道該從何處著手。」

「你絕對不可以攻擊希爾克。」克拉克西大爺說。

「是的，」普萊爾先生說。「那樣做會造成大災難。」

艾斯特雷微笑著向他們保證。「同意。」他說。

「還有一些好消息，」克拉克西告訴他。「科里昂家族的格拉齊耶拉，已經要求巴勒摩的畢安柯安排和你見面。畢安柯可能會在一個月之內傳話，請你過去一趟。他可能是你的關鍵人物。」

* * *

杜利帕、波特拉和魯比歐，再度在秘魯領事館的會議室裡開會。人在西西里的格拉齊耶拉，則傳話過來，對於自己無法參加開會，表達深切的遺憾。

會議一開始，英吉歐・杜利帕首先發言，但已經看不到他平常那種迷人的南美紳士風度。他顯得很不耐煩。「我們一定要解決這個問題：我們到底還要不要這些銀行？我已經投資好幾百萬美元，對這樣的結果，我很失望。」

「艾斯特雷好像鬼一樣，」波特拉說。「我們無法要他出售銀行，也不能用錢收買他。我們必須殺死他。其他人才會把銀行賣掉。」

杜利帕轉過頭對魯比歐說：「你確信你那位小情人會同意？」

「我會說服她。」魯比歐說。

「另外那兩兄弟呢？」杜利帕問。

「他們對替父親報仇並沒有興趣，」魯比歐說。「妮可一再向我保證過。」

「現在只有一種辦法，」波特拉說。「綁架妮可，然後引誘艾斯特雷出面救她。」

魯比歐抗議說：「為什麼不綁架兩兄弟中的某一人？」

「因為馬坎托尼歐現在受到很嚴密的保護，」波特拉說。「而且，我們不能綁架華萊理斯，因為陸軍情報局會找上我們，他們可是很難纏的。」

杜利帕轉過頭對魯比歐說：「我不再聽你的任何狗屎建議了。我們為什麼要放過你的女朋友，這關係到好幾十億美元呀？」

「我只是提醒你們，我們以前也用過綁架這方法，」魯比歐說，「而且，不要忘了，她身邊也有保鑣。」他說話很小心。如果惹得杜利帕對他生起氣來，那可是大難臨頭。

「保鑣不是問題。」波特拉說。

「好吧，我同意你們這樣做，但要保證不會傷害到妮可。」魯比歐說。

* * *

馬里安諾・魯比歐於是著手安排，他邀請妮可參加在領事館內舉行的一年一度秘魯慶祝舞會。

在舞會當天下午，艾斯特雷跑來看她，告訴她，他要去西西里，可能停留幾天。在妮可洗澡、換衣服的時候，艾斯特雷拿起妮可一直替他保存的一把吉他，用他粗啞、但還算動聽的歌聲，唱起了義大利情歌。

妮可從浴室出來時，身上沒穿任何衣服，只有一件白色浴袍搭在她手臂上。艾斯特雷被她美麗的身體——她平常所穿的衣服，把她如此美麗的胴體都掩蓋了——深深吸引，差點把持不住。她走到他面前，他拿起她手上的浴袍，把它披在她身上。

她投入他懷中，嘆了一口氣。「你再也不愛我了。」

「妳根本不知道我的真實面目，」艾斯特雷說，同時忍不住哈哈大笑。「我們再也不是小孩子了。」

「但我知道你心地很好，」妮可歎氣。「你救了希爾克和他的家人。你的線民是誰？」

艾斯特雷再度哈哈大笑。「不關妳的事。」說完，他趕緊走到客廳去，避免妮可再度發問。

* * *

那天晚上，妮可參加秘魯領事館的舞會，海倫陪在她身邊，而且，海倫玩得比她還高興。妮可很了解，魯比歐是舞會主人，所以無法特別招待她。但他還是安排了一輛大轎車接她。

舞會結束後，那輛大轎車送她回到她公寓門口。海倫比她先下車。但在她們還未進入大樓之前，突然出現四名男子將他們團團圍住。海倫彎下身子去拔她腳踝槍套裡的槍，但太遲了。其中一名男子向著她的頭部開了一槍，她腦部開花，鮮血像噴泉一樣迸出。

這時，突然又從黑暗中出現另一群人。三名攻擊者見狀，趕忙逃走，而艾斯特雷——他一直秘密跟蹤妮可，從舞會之前一直到現在——則將身體擋在妮可前面。開槍射殺海倫的那名攻擊者來不及，很快就被抓住和被繳械。

「帶她離開這兒，」艾斯特雷對他的一名手下說。他把手槍指著那名兇手，喝問道：

「好了，是誰派你來的？」

那名兇手似乎一點也不害怕。「×你娘。」他罵了一句。

妮可看到艾斯特雷臉色一沈，朝著那人的胸部開了一槍。接著，他大步向前跨出，在那人即將倒下之際，一把拉住他的頭髮，將他提了起來，然後朝他頭上補上一槍。妮可這時突然想道，她的父親以前一定也是這樣子。

她忍不住嘔吐在海倫的屍體上。艾斯特雷轉身面向她，嘴角露出抱歉的微笑。妮可再也無法看著他。

艾斯特雷帶她上樓來到她的公寓。他指示她如何向警方報案，就說她在看到海倫被槍殺身亡後就嚇得昏了過去，什麼也沒看到。等他離開後，她打電話向警方報案。

* * *

第二天，艾斯特雷先替妮可安排了一位二十四小時的保鑣，然後就飛往西西里的巴勒摩，和格拉齊耶拉及畢安柯見面。他遵照他叔叔的路線，先是飛往墨西哥，再從那兒搭乘一架私人飛機飛往巴勒摩，如此就不會有他前往巴勒摩的記錄。

到了巴勒摩，前來接機的是歐塔維斯•畢安柯。畢安柯現在穿著剪裁合宜、式樣優雅的西服，已經是風度翩翩的巴勒摩紳士，很難讓人記得他就是以前那位留著大鬍子的凶惡土匪頭子。畢安柯很高興看到艾斯特雷，兩人熱烈擁抱。他們隨即搭車前往海邊的畢安柯別莊。

「原來，你在美國遇到了麻煩，」畢安柯在裝飾著古羅馬帝國雕像的別莊庭院裡說道，

「但我有好消息要告訴你。」但他接著卻又突然問道，「你的傷口。有對你造成什麼困擾嗎？」

艾斯特雷伸手摸著他的金項圈。「沒有，」他說。「只是破壞了我的歌聲。我現在是沙啞歌手，而不再是男高音。」

「男中音至少也比女高音強，」畢安柯哈哈大笑地說。「義大利反正已經有很多男高音，少一個也沒什麼關係。你是貨真價實的黑手黨人，這才是我們最需要的。」

艾斯特雷微微一笑，開始回想起很久以前，他去海邊游泳的那一天。現在，他已不再記得當時感受到的被背叛的那種強烈感覺，反而只記得當時他傷後醒來的感覺。他摸著喉嚨前的那個護身符，說道：「什麼好消息？」

「我已經和科里昂家族及格拉齊耶拉講和，」畢安柯說。「他並未參加殺害艾普萊大爺的行動。他是後來才加入波特拉等人的犯罪集團。但現在，他對波特拉和杜利帕很不滿意。他認為，他們太魯莽，而且笨拙，很容易壞事。他不贊成陰謀殺害聯邦探員。而且他很尊敬你。他知道你曾經跟在我身邊。他知道，要取你的性命是相當困難的。因此，他現在要和你盡棄前嫌，並且設法幫助你。」

艾斯特雷覺得大大鬆了一口氣。如果他不必再去擔心格拉齊耶拉，那他的工作將會變得更為容易。

「明天，他要來別莊這兒跟我們見面。」畢安柯說。

「他那麼相信你？」艾斯特雷說。

「他一定要相信我，」畢安柯說。「因為，如果沒有我在巴勒摩這兒坐鎮，他就無法掌控西西里。而且，我們現在比起你以前在這兒時，更為文明多了。」

* * *

第二天下午，麥可・格拉齊耶拉來到別莊，艾斯特雷注意到，他的穿著極其體面，像個備受尊敬的羅馬政客——深色西裝，白襯衫，黑領帶。陪著他來的是兩名保鑣，穿著也跟他類似。格拉齊耶拉個子不高，彬彬有禮，說起話來，輕聲細語——你絕猜不出來，他竟然會下令殺害一些反黑手黨的高等法院法官。他抓住艾斯特雷的手，說道：「我是來這兒幫你的，用以表示我對我們的好朋友畢安柯的敬意。請忘記過去的種種不愉快。我們必須從新開始。」

「謝謝你，」艾斯特雷說，「這是我的榮幸。」

格拉齊耶拉向他的兩名保鑣比了一下手勢，兩人就走了出去，走向外面的海灘。

「那麼，麥可，」畢安柯說。「你可以幫我們什麼忙呢？」

格拉齊耶拉說：「波特拉和杜利帕行事太魯莽，不合我口味。馬里安諾・魯比歐太滑頭。但我發現，你這人很聰明，而且為人正直。還有，尼洛・史巴拉是我姪子，據我所知，你饒了他一命，這可是大恩大德。這些就是我要來幫你的原因。」

艾斯特雷點點頭。他可以看到格拉齊耶拉背後西西里海的墨綠色海浪，以及閃爍在這些海浪上炙熱的西西里陽光。他突然懷念起故鄉來，內心覺得十分痛苦，因為他知道，他必須再度離開這兒。眼前所有的這一切對他是如此熟悉，這樣的感覺，是美國無法給他的。他渴望再回到巴勒摩的街道，聽聽熟悉的義大利語，這是他的母語，對他來說，這遠比英語來得更自然得多。

接著，他把注意力拉回到格拉齊耶拉身上。「你有什麼消息要告訴我？」

「販毒集團要我到美國和他們開會，」格拉齊耶拉說。「我可以通知你開會的地點，以及會場的安全警戒狀況。如果你採取激烈的行動，那時，我可以讓你躲到西西里來，保護你，如果他們想引渡你回美國，我在羅馬有些朋友，可以阻止這項行動。」

「你有那麼大的勢力？」艾斯特雷問。

「當然，」格拉齊耶拉聳聳肩，說道。「否則，我們怎麼在這兒生存？但你也不可以做得太過火。」

艾斯特雷知道他指的是希爾克。他對著格拉齊耶拉笑笑。「我絕對不會採取任何輕率的行動。」

格拉齊耶拉很有禮貌地笑笑，然後說：「你的敵人就是我的敵人，我個人絕對支持你到底。」

「我猜想，你大概不會在會場吧。」艾斯特雷說。

格拉齊耶拉再度對他笑笑。「在最後關頭，我會故意耽擱一下：因此，到時候，我不會出席會議。」

「這大約在什 麼時候？」艾斯特雷問。

「一個月之內。」格拉齊耶拉說。

* * *

在格拉齊耶拉離去後，艾斯特雷對畢安柯說：「說真的，請告訴我，他為什麼要這樣做？」

畢安柯很欣慰地對他微笑著。「你果然很容易就學會怎麼了解西西里人。他所舉的這些理由都是真實的。但有一個最重要的動機，他並沒有提出來。」他猶豫了一下子。「杜利帕和波特拉一直在欺騙他，他們並沒有把販毒所得的黑錢，按照正確的比例分給他，因此他不久就要為這件事和他們反目成仇。他不能容忍這種事情。他很看重你，如果你能夠消滅他的敵人，並且成為他的盟友，那真是太完美了。這位格拉齊耶拉，實在很聰明。」

那天傍晚，艾斯特雷在海灘上散步，思索著他應該怎麼做。這場戰爭終於接近尾聲。

* * *

普萊爾先生本來一點也不擔心要如何管理艾普萊銀行，以及如何對抗當局的高壓。但在有人企圖刺殺希爾克後，紐約突然出現大批聯邦調查局人員，這使他開始擔心，他們可能會挖掘出什麼問題來。尤其是在希爾克親自上門拜訪之後，他更是擔心。

普萊爾先生年輕時候，是巴勒摩黑手黨的一流殺手之一。但他後來急流勇退，轉入銀行界，並且憑著他的天生魅力、智慧和黑道的關係，奠定他的成功基礎。就本質上來說，他成了黑手黨在全世界銀行界的代理人。

他很快成為躲避金融風暴和藏匿黑錢的專家。他同時也擅長於用很好的價錢收購合法企業。後來，他移民到英國，因為公平的英國司法制度，可以對他的財富提供比在義大利行賄更好的保護。

不過，他的業務範圍及於巴勒摩和美國。他是畢安柯家族的重要銀行家，幫助家族控制在西西里的營建業。他也是艾普萊銀行和歐洲之間的連絡人。

現在，在警方加強調查的情況下，他發現到一個可能造成危險的引爆點：蘿西。警方可能從她身上追查到艾斯特雷和史周若兄弟失蹤有關連。還有，普萊爾先生知道艾斯特雷有個弱點，就是他仍然需要從蘿西那兒求得一些慰藉。這並不能使他減少對艾斯特雷的尊敬；因為這種弱點，從有人類以來就一直存在。蘿西又是一個如此具有黑手黨人特質的女孩。有誰抗拒得了她的魅力？但即使他很欣賞這個女孩，他還是認為，讓她留在這兒，並不是很聰明的做法。

於是，他決定介入此事，親自解決這個問題，就如同他以前在倫敦的做法。他知道，艾斯特雷不會贊成他採取這樣的行動——他很了解艾斯特雷的個性，並且不會低估他的危險性。但艾斯特雷很明理。普萊爾先生會說服他接受這樣的事實，而艾斯特雷將會認清楚這樣做是很明智的。

但他必須盡快採取行動。於是，他在某天晚上打電話給蘿西。她很高興聽到他的聲音，尤其是他向她保證，他有好消息要告訴她。當他掛斷電話後，他不禁很惋惜地嘆了一聲。

他帶了他的兩個姪子同行，一個充當司機，一個擔任保鏢。他留下一個在車上，在公寓外面等著，然後帶了另一個上樓來到蘿西的公寓。

蘿西一見到普萊爾先生，就投入他的懷中，這讓他的姪子嚇了一跳，趕忙伸手到他的西裝內，準備拔槍。

她準備了咖啡和一盤餅乾，並且說，這種餅乾是特別從義大利那不勒斯進口的。但普萊爾先生吃起來，卻覺得完全不是那麼回事。在這方面，普萊爾先生自認是專家。

「呀，你真好，」普萊爾先生對蘿西說。接著，他對他的姪子說，「嗨，過來吃一塊吧。」但那位姪子卻退到房間的角落裡，坐在一張椅子上，看著他的叔叔演這一場小小的喜劇。

蘿西敲敲普萊爾先生擺在他身邊的那頂翹邊帽，淘氣地說：「我比較喜歡你在英國戴的圓頂帽。你那時看來沒像現在這麼高不可攀。」

「呀，」普萊爾先生很幽默地說，「一個人一旦換了國家，就要換掉他的帽子。對了，蘿西，我是來請妳幫個大忙的。」

他察覺到她猶豫了一下子，然後才露出很高興的神情。「哦，你知道的，我一定會答應的，」她說。「我欠你太多了。」

看到她如此善解人意，普萊爾先生不禁心軟不少，但該做的，還是要做。

「蘿西，」他說，「我要妳安排一下妳手邊的事情，然後在明天前往西西里，但只是在那兒待很短的一段時間。艾斯特雷在那兒等著妳，妳一定要替我帶一些文件給他，這是極機密的文件。他很想念妳，並且希望帶妳遊覽西西里。」

蘿西臉紅了。「他真的想見我？」

「當然。」普萊爾先生說。

事實上，艾斯特雷當時正從西西里回美國途中，明天晚上就會回到紐約。蘿西和艾斯特雷將坐著不同的飛機，在大西洋上空交會而過。

蘿西這時變得有點風情萬種。「我無法這麼快就動身，」她說。「我必須訂機位，去銀行領錢，很多事情要做。」

「請不要認為我無禮，」普萊爾先生說，「但是，我已經把所有的事情都安排好了。」他從他的西裝的內袋裡拿出一個長長的白色信封。「這是妳的飛機票，」他說，「頭等艙。還有一萬美元，供妳臨時採購一些東西，還有當做零用錢。我的姪兒，就是坐在角落裡發呆的那位，會在明天早上開車來接你。到了巴勒摩，艾斯特雷或他的朋友會去機場接妳。」

「我必須在一個星期後回來，」蘿西說。「我必須參加幾場博士學位的考試。」

「不要擔心，」普萊爾先生說，「不要擔心會趕不上考試。我向妳保證。我曾經讓妳失望過嗎？」他的聲音像叔叔般慈祥。但他心裡卻想著，多可憐呀，蘿西將再也看不到美國了。

他們喝著咖啡，吃餅乾。即使蘿西很有禮貌地請求，那位姪子再度拒絕吃餅乾。這時，電話鈴突然響了起來，打斷他們的談話。蘿西拿起電話。「哦，艾斯特雷，」她說，「你是從西西里打來的嗎？普萊爾先生告訴我的。他現在就坐在這兒喝咖啡呢。」

普萊爾先生繼續鎮靜地喝著他的咖啡，但他的姪子卻從椅子上站了起來，但很快又坐下來，因為普萊爾先生以眼光示意他不要動。

蘿西沒有說話，疑問地看著普萊爾先生，他則向她點點頭。

「是的，他安排我到西西里跟你見面，並在那兒停留一星期，」蘿西說。她停頓了一下，聽著電話裡的聲音。「是的，當然，我有點失望。很遺憾你必須臨時趕回來。你想跟他談話？不要？好的，我會告訴他。」她掛上電話。

「多可惜呀，」她對普萊爾先生說。「他不得不提早回來。但他要你在這兒等他。他說，他大概半小時就到。」

普萊爾先生伸手拿起另一塊餅乾。「真的很可惜。」他說。

「他來了之後，會向你說明的，」蘿西說。「再來點咖啡？」

普萊爾先生點點頭，接著，嘆了一口氣。「你們本來可以在西西里玩得很高興的。太可惜了。」他心裡卻想著要把她埋葬在西西里某處墓地裡，那真的會很讓人傷心。

「到樓下去，在車上等著。」他如此對他的姪子說。

那位年輕人很不情願地站起來，普萊爾先生發出噓聲，要他快走。蘿西開門讓他出去。然後，普萊爾先生對著蘿西露出最關切的微笑，並且問道：「妳這幾年過得還愉快嗎？」

*　　*　　*

艾斯特雷提早一天回到紐約，奧爾多・蒙薩到新澤西州一處小飛機場接他。當然，他是持用假護照搭乘私人飛機。他打電話給蘿西只是一時的衝動，他渴望見到她，和她共度一個輕鬆的晚上。當蘿西告訴他，普萊爾先生就在她公寓內，他馬上感覺到一種危險的訊號。在聽到她要到西西里去時，他馬上了解普萊爾先生的計畫是什麼。他試著控制自己的怒氣。普萊爾先生是根據他自己的經驗，做出他認為正確的決定。但為了安全而這樣做，代價未免太高。

蘿西打開門，馬上飛奔投入艾斯特雷懷中。普萊爾先生從椅子上站了起來，艾斯特雷走向他，和他擁抱。普萊爾先生不得不隱藏起他的驚訝——艾斯特雷平常並沒有如此熱情。

接著，更令普萊爾先生大感驚訝的是，艾斯特雷竟然對蘿西說：「按照我們先前計畫的，妳明天先飛往西西里，我幾天後就過去和妳會合。我們會在那兒玩得很愉快的。」

「好極了，」蘿西說。「我從沒去過西西里。」

艾斯特雷對普萊爾先生說：「謝謝你安排了所有的事情。」

接著，他又轉身面對蘿西。「我不能留下來，」他說。「我會在西西里跟妳見面。今晚，我和普萊爾先生有一些重要的事情要處理。所以，妳馬上就準備動身吧。不必帶太多衣服；到了巴勒摩後，我們再去買。」

「好的，」蘿西說。她吻了一下普萊爾先生的臉頰，並且抱著艾斯特雷久久不放，同時給了他一個纏綿的長吻。接著，她打開大門，讓他們兩人出去。

兩人來到街上後，艾斯特雷對普萊爾先生說：「一起坐我的車走吧。告訴你兩位姪子回家去——你今晚不會再需要他們。」

直到這時候，普萊爾先生才覺得有點兒緊張。「我這樣做是為了你的好處著想。」他對艾斯特雷說。

兩人坐上艾斯特雷的汽車，由蒙薩開車，兩人坐在後座。艾斯特雷轉過頭，面向普萊爾先生。「沒有人比我更感激你，」他說。「但我到底是不是頭兒？」

「你當然是。」普萊爾先生說。

「對於這個問題，我一定要講明白，」艾斯特雷說。「我很清楚我們眼前的危險，我也很高興你促使我採取行動。但我需要她。我們可以冒點小險。所以，以下是我的指示。她到了西西里後，提供一棟豪華住宅給她，並且要有僕人。她可以到巴勒摩大學註冊。她必須有很豐富的零用錢，畢安柯將把她引見給西西里上流社會的名流士紳。我們必須讓她在那兒過著幸福的生活，畢安柯可以處理任何突然發生的問題。我知道你並不贊成我如此對她著迷，但我控制不了自己。我要利用她的弱點，讓她在巴勒摩過得很快樂。她喜歡金錢和享樂，但有哪個人不是這樣子呢？所以，現在我命令你負責她的安全。不准發生任何意外。」

「我自己也很喜歡這位女孩，你知道的，」普萊爾先生說。「她是百分之百的黑手黨女郎。你現在就要回去西西里嗎？」

「不，」艾斯特雷說。「我們有更重要的事情要處理。」

MARIO PUZO

OMERTA

CHAPTER 13

妮可向侍者點好了她要的菜，然後，她就把注意力集中在馬里安諾・魯比歐身上。她今天必須傳達兩項重要訊息，她必須要很小心，才能夠把這兩項訊息都很正確地傳達出去。

這家餐廳是魯比歐挑選的，這是一家很高級的法國餐廳，它的侍者全都很緊張地捧著高高的陶瓷胡椒研磨器，以及裝著鮮脆麵包的長長草籃子，穿梭在各個餐桌之間。魯比歐並不很喜歡這兒的食物，但他認識這家餐廳的領班，一定可以幫他在安靜的角落裡找一張很不錯的桌子。他經常帶他的女人上這兒。

「妳今晚比平常安靜得多，」他說。同時伸手抓住她的手。妮可感到一股寒意穿過她的身體。她終於了解到，她痛恨他企圖控制她，於是，她把手抽開。「妳沒事吧？」他問道。

「我今天累了一整天。」她說。

「呀，」他嘆了一口氣，說道，「這就是和毒蛇共事的代價。」魯比歐很看不起妮可的法律事務所。「妳為什麼還要和那些人共事？妳何不辭掉工作，讓我來照顧妳？」

妮可不禁想到，不知道有多少女人聽信他的甜言蜜語，只為了跟他在一起，而放棄她們的事業。

「不要誘惑我。」她風情萬種地說。

這令魯比歐感到有點驚訝，他知道妮可一向很重視她的事業。但這卻是他所希望的。

「讓我照顧妳吧，」他又說了一遍。「此外，還有多少家公司可以讓妳控告的？」

這時，一位侍者過來打開一瓶冰冷的白酒，把瓶塞拿給魯比歐聞一聞，並且倒了少量的酒到一杯優雅的水晶酒杯裡。魯比歐喝了一小口，點點頭。接著，他又把注意力轉回到妮可身上。

「我現在就可以辭職不幹，」她說，「但有些公益案子，我希望能夠看到它們結案。」她淺嚐了一下她的酒。「最近，我一直在思考銀行的問題，想了很多。」

魯比歐瞇起了眼睛。「哦，」他說，「妳很幸運，家裡有人經營銀行。」

「是的，」妮可表示同意，「但不幸的是，我父親不相信女人有能力經營企業。因此，我現在只能站在一旁，看著我那位瘋狂的表弟把事情搞得亂七八糟。」她抬起頭來看著他，接著說道，「對了，艾斯特雷認為你計畫除掉他。」

魯比歐盡量裝得很感興趣的樣子。「真的？那我要怎麼做，才能除掉他？」

「哦，我不知道，」妮可說。她顯得很懊惱的樣子。「記住，這傢伙是賣通心麵為生的。他腦袋裡都是麵粉。他說，你打算用銀行來洗錢，誰知道他說的是不是真的。他甚至要我相信，你曾經企圖綁架我。」妮可知道，她在這時候要特別小心。「但我不相信他的這番鬼話。我認為，所有發生的這些事情，都是艾斯特雷一個人在後面搞鬼。他知道我和我兩位哥哥都想要控制銀行，所以，他就設法要搞得我們心神不寧。但我們現在已經聽膩了他的各種說法。」

魯比歐仔細觀察妮可臉上的表情。他一向很驕傲，認為自己有分辨真偽的高超能力。在他擔任外交官的這幾年，全世界一些最受尊敬的政治家都曾經對他說過謊，但也都被他一一識破。

現在，他專注看著妮可的眼睛，並且認定，她說的絕對是真話。

「你們有多厭煩？」他問。

「我們全都被他弄得精疲力竭。」妮可說。

幾位侍者同時出現在他們餐桌旁，在他們四周忙來忙去，準備上他們所點的主菜。等到所有的侍者好不容易都退下後，妮可傾身向前，靠近魯比歐，低聲說道：「幾乎每天晚上，我表弟都會在他的倉庫裡工作到很晚。」

「妳在建議我做什麼嗎？」魯比歐問。

妮可拿起她的餐刀，開始切起她的主菜，一隻很漂亮的大烤鴨浸在美味可口的橘子醬裡。「我並沒有在建議你做什麼，」她說。「但是，一家國際性大銀行的最大股東，大部分時間都待在通心麵倉庫裡幹什麼？如果由我來經營銀行，我會經常待在銀行裡，而且，我會努力讓我的合夥人拿到更好的投資報酬。」說完這些，妮可嚐了一下她的鴨子。她對魯比歐露出微笑。「好好吃。」她說。

* * *

除了其他多項優點，嬌姬蒂・希爾克還是一位做事很有規劃的女性。每個周二下午，她都會撥出整整兩個小時的時間，在「廢止死刑運動」的全國總部擔任義工，在那兒接聽電話，研究死刑犯辯護律師送來的請願書。因此，妮可知道她應該到那兒去傳達她這一天的第二個重要訊息。

當嬌姬蒂看到妮可走進辦公室時，她臉上為之一亮。她站起身，上前擁抱她的好朋友。「謝謝老天爺，」她說。「今天真是太可怕了。我很高興妳來了，希望可以得到妳道義上的支持。」

「我不知道我可以幫妳多少忙，」妮可說。「我自己也有一些煩惱，必須和妳討論。」

在他們合作的這麼多年裡，妮可以前從來沒有向嬌姬蒂傾吐過心事，不過，兩人倒是維持著很密切的專業關係。嬌姬蒂從來不和任何人討論她丈夫的工作。妮可也從來不覺得有必要和已婚婦女談到她的情人，因為這些已婚婦女都會勸她早點找個男人一起步上紅毯，而這卻不是她想要的。

妮可比較喜歡談論純性愛，但她注意到，這會使大部分已婚婦女覺得很不舒服。妮可心裡想道，也許，她們不喜歡談論她們失去的東西。

嬌姬蒂問妮可，她是不是想要私下談談，妮可點點頭，兩人於是找了一間沒人的小小辦公室。

「我從沒跟任何人討論過這個問題，」妮可開始說道，「但妳一定知道，我父親是雷蒙得·艾普萊——大家都稱他為艾普萊大爺。妳聽說過他嗎？」

嬌姬蒂站了起來，說道：「我不認為我應該和妳討論這件事——」

「請坐下，」妮可打斷她的話。「妳需要聽聽我怎麼說。」

嬌姬蒂看來很不自在，但她還是聽從妮可的請求。事實上，她一直對妮可的家庭感到很好奇，但她知道，她不能提起這個問題。跟很多人一樣，嬌姬蒂也在猜測，妮可如此熱心公益，目的一定是為了彌補她父親犯下的罪惡。妮可的童年一定很可怕，在罪惡的陰影中成長。而且一定很難為情。

嬌姬蒂想到，妮可一定很不情願被人看到，她和她的父母一起在公開場所出現。她很好奇，妮可是如何熬過這些年的。

妮可知道，嬌姬蒂永遠不會在任何方面背叛她的丈夫，但她也知道，嬌姬蒂為人很熱心，思想開放，所以才願意花時間替死刑犯爭取人權。妮可這時以堅定的眼光注視著嬌姬蒂，說道：「我父親是被跟你丈夫關係密切的某幾個人殺害的。我哥哥和我已經掌握證據，可以證明你丈夫接受這些人的賄款。」

嬌姬蒂的反應，一開始是很震驚，接著是不相信。她沒說什麼。但幾秒後，她開始覺得很憤怒，而且，氣得臉都紅了。「妳胡說，」她低聲說。她勇敢看著妮可的眼睛。「我丈夫寧願死，也不做違法的事。」

對於嬌姬蒂如此強烈的反應，妮可感到很驚訝。她現在可以看得出來，嬌姬蒂是真心相信她的丈夫。妮可繼續說道：「妳丈夫並沒有表裡如一。我知道妳的感受。我剛剛看過聯邦調查局我父親的檔案，雖然我很愛我父親，但我知道，他有秘密瞞著我。就好像柯特也有一些秘密不讓妳知道。」

妮可接著告訴嬌姬蒂，波特拉一共匯了幾百萬美元進入希爾克的銀行帳戶，以及波特拉如何和販毒集團的大頭目合作，如何找來殺手，如何行刺她的父親，而只有在嬌姬蒂丈夫的默許下，他們的行動才能夠成功。「我不期望妳會相信我說的這一切，」妮可說，「我只希望，妳能夠問問妳丈夫，我說的是不是實話。如果他真是妳所說的那樣子，他是不會說謊的。」

嬌姬蒂內心十分激動，但她表面上並沒有表現出來。「妳為什麼告訴我這些？」他問。

「因為，」妮可說，「妳丈夫已經開始對我家人展開報復行動。他打算允許他的同夥殺害我表弟艾斯特雷，然後取得我們家族銀行企業的的控制權。這項謀殺行動將於明天晚上，在我表弟的通心麵倉庫裡發生。」

一聽到通心麵，嬌姬蒂不禁哈哈大笑，說道：「我不相信妳說的話。」接著，她站起身，準備離去。「對不起，妮可，」她說，「我知道妳很煩惱，但我們彼此之間沒有什麼好談的了。」

* * *

那天晚上，在他們新搬進去住的那棟農場住屋的臥室裡，希爾克終於面臨他的惡夢。他和他的妻子剛剛吃完晚餐，兩人面對面坐著，而且都在讀書。突然，嬌姬蒂放下她的書，說道：「我必須和你談談妮可・艾普萊。」

在他們共同生活的這麼多年裡，嬌姬蒂從來沒有要求她丈夫談到他的工作。她不願負起保守聯邦機密的責任。她也知道，希爾克必須承受他自己這一部分的生活。有時候，晚上躺在他身邊時，她會想著，他究竟是如何進行他的工作的——他收集情報的方法，他必須交諸在嫌犯身上的壓力。

但在她的腦海中，她一直把他想像成是一位終極聯邦探員，穿著整潔、燙得筆挺的的西服，後面口袋中放著一份翻了無數遍的美國憲法。但在她內心深處，她聰明得足以了解，這只是她的幻想而已。她丈夫意志極其堅定。為了打敗敵人，他會採取所有必要的行動。但她從來沒有選擇去檢視此一事實。

希爾克正在讀一本偵探小說——這是同一系列作品中的第三本，描述一位連續殺人兇手培養他的兒子成為牧師。當嬌姬蒂提出她的問題時，他馬上把書本閤上。「請說。」他說。

「妮可今天說了一些事情——有關於你和你正在調查的案件，」嬌姬蒂說，「我知道你不喜歡談到你的工作，但她做了一些很嚴重的指控。」

希爾克覺得怒氣正在他心中燃起，越燒越旺，後來簡直要氣爆了。他們先是殺了他的狗，接著，又毀了他的房子。現在，他們又來破壞他們夫妻最純潔的關係。最後，等到他的心臟不再那麼激烈猛跳之後，他才以他所能控制的最冷靜聲音，請嬌姬蒂告訴他，到底發生了什麼事。

嬌姬蒂把她和妮可的交談內容，全部複述一遍，並且密切注意，他在聽取這些資訊時的表情。但從他臉上絲毫看不出驚訝或憤怒。等她說完了，希爾克說：「謝謝妳，親愛的。我知道，要妳告訴我這些事，妳一定很難過。而妳不得不說出來，我也很難過。」說完，他從椅子上站起來，向著大門走去。

「你要去哪兒？」嬌姬蒂問。

「我需要呼吸一點新鮮空氣，」希爾克說。「我需要想一想。」

「柯特，親愛的？」嬌姬蒂的聲音透露出質問的味道；她需要確定一下。

希爾克發誓，絕不欺騙他的妻子。如果她堅持要他說實話，他必須要告訴她，並且承擔所有的後果。他希望她會諒解，並且決定，最好是假裝這些秘密並不存在。

「有什麼事情是你可以告訴我的嗎？」她問道。

他搖搖頭。「不，」他說，「為了妳，我什麼事都會做。妳知道的，不是嗎？」

「是的。但我需要知道這究竟是怎麼回事。為了我們，和我們的女兒。」

希爾克發現，他無法逃避。他知道，如果他把事實真相告訴她，她對他的觀感將再也無法跟以前一樣。在那一刻裡，他真想拿起一把大鐵錘，一錘就把艾斯特雷・維奧拉的頭顱敲碎。他在心裡想道，他怎能告訴他的妻子：我之所以接受賄款，是因為聯邦調查局要我這樣做？我們故意放過一些小犯罪，以便日後能夠破大案？我們幹了一些違法的行為，目的是要進行更重要的案子？他知道，這些答案只會激怒她，他太愛她，和尊敬她，因此不會做出這樣的事。

希爾克走出屋裡，什麼也沒說。等他回來時，他的妻子已經假裝睡著。他就在這時候下定決心。明天晚上，他就要去面對艾斯特雷・維奧拉，討回他的公道。

＊　　＊　　＊

愛絲碧妮雅・華盛頓並不痛恨所有的男人，但卻有這麼多的男人一再讓她失望，令她覺得很驚訝。他們全都如此……沒用。

她在處理掉賀斯柯後，機場安全室的那兩位警官對她進行了短暫的詢問，但這兩人不是太笨，就是不夠強悍，竟然不敢質疑她的說法。這兩位男警官接著發現賀斯柯用膠帶黏在身上的十萬美元，他們於是相信，賀斯柯想要行賄的動機是很明顯的。他們並且認為，從那些錢當中，抽出一部分來稍微獎賞一下他們自己，那是應該的，因為他們必須在救護車來到之前，清理她所造成的混亂場面。他們也拿了一小袋沾滿血跡的錢送給愛絲碧妮雅，她把這袋錢和賀斯柯先前給她的三萬美元放在一起。

對於這些錢，她只有兩種用途。她把所有的錢都放進保險櫃裡，只留下三千美元。她已經跟她母親交代清楚，萬一她發生什麼不幸，保險櫃裡所有的錢——一共三十多萬美元，全是賄款——全都當做她女兒的生活基金。她帶著剩下的三千美元，攔了一輛計程車前往第五街和第五十三街的街口，下了車，她走進城裡最高級的一家皮飾品店，搭乘電扶梯來到三樓一間私人套房。

一位戴著名牌眼鏡、身穿淺藍色細條紋套裝的女士，接下她的錢，領著她沿著走廊來到一間小房間，進去後，她躺進一個浴缸裡，裡面裝滿從中國大陸進口的香油。她在浴缸裡浸了約二十分鐘，一面聽著一張格里高瑞聖歌的CD，一面等待魯道夫——一位領有執照的性按摩治療師。

魯道夫的收費是兩個小時三千美元，他曾經很驕傲地對他的極其滿意的顧客指出，這樣的價錢，甚至比最著名律師的一小時收費還高。「其中的差別是，」他以巴伐利亞的腔調和狡猾的笑容說道，「他們只會幹掉你的錢，但我會幹得你樂得飛上天。」

愛絲碧妮雅是在對城裡的最高級旅館進行一次臥底的風化案調查時，知道有魯道夫這麼一號人物。一位管理員擔心他會被調去作證，於是，他把有關於魯道夫的情報告訴她，以交換不傳他出庭做證。

愛絲碧妮雅本想將魯道夫逮捕，但在她見過魯道夫，並且接受他的按摩服務後，她覺得，如果不讓女士們享受他的特殊服務所帶來的樂趣，那才是更大的罪。

過了幾分鐘，他敲了敲房門，問道：「我可以進來嗎？」

「我正等得心急呢，寶貝。」她說。

他走了進來，從頭到尾將她打量了一遍。「妳的眼罩很帥。」他說。

愛絲碧妮雅第一次光顧這家店時，魯道夫光著身子走進來，把她嚇了一跳，但他當時說：「何必穿衣服？反正等一下就要脫光光了。」他長得極其好看，高大結實，右二頭肌上有一個老虎紋身，胸前有著濃密的金黃色胸毛，看來就好像一塊金黃色的絨毛墊。她特別喜歡他的這些金黃色胸毛，因為唯有這樣才使得魯道夫和雜誌上那些男模特兒有所差別。那些模特兒都很仔細地拔光身上的毛，鬍子也刮得乾乾淨淨的，並且油頭粉面的，讓你分辨不出來，他們究竟是男是女。

「妳這一陣子過得如何？」他問。

「你不會想聽的，」愛絲碧妮雅說。「你需要聽到的是，我需要一些性治療。」

魯道夫從她的背部開始按摩，慢慢用力壓，放鬆她所有的骨頭關節。接著，他輕輕搓揉她的頸部，然後要她轉過身來，輕輕按摩她的乳房和小腹。等到他開始愛撫她的兩腿之間時，她那兒已經潮水泛濫，並且呼吸急促。

「為什麼別的男人不能如此對待我？」愛絲碧妮雅已經陷入幾近狂喜的昏迷中，她忍不住嘆了一口氣說。

魯道夫這時正要展開他的性治療服務的重頭戲——舌頭按摩。他的舌功極其厲害，而且還有驚人的耐力來完成這項服務。這時，他被她的問題問住了。雖然他已經聽過這樣的問題好幾次，但每次都會令他覺得很奇妙。在他看來，這個大城市裡，似乎充滿了太多性不滿足的女性。

「我也覺得很奇怪，為什麼別的男人不能像我這樣做，」他說，「妳認為是什麼原因呢？」

她很痛恨自己的性幻想被打斷，但她可以看得出來，魯道夫需要先來段枕邊細語，然後才會進行最後的重頭戲。「男人都很懦弱，」她說。「所有的重要決定，都是我們女人做的。什麼時候結婚。什麼時候生孩子。我們操控他們，要他們為他們做的事負責。」

魯道夫很有禮貌地微笑著。「但這和性有什麼關係？」

愛絲碧妮雅希望他趕快恢復工作。「我不知道，」她說，「這只是一種理論。」

魯道夫開始再度替她按摩——慢慢的，穩穩的，很有節奏感的。他似乎永遠不會累。每一次，他把她帶到愉悅的最高潮時，她都會幻想著，明天晚上，她將要帶給艾斯特雷・維奧拉和他那一群惡棍多麼可怕的痛苦。

＊　＊　＊

「維奧拉通心麵公司」座落於曼哈坦下東區一棟磚造的大倉庫裡。有一百多人在這兒工作，忙著把裝著義大利進口通心麵的大麻布袋打開，把裡面的通心麵倒在輸送帶上，然後就會自動進行分類和裝箱。

一年以前，艾斯特雷讀到一篇雜誌文章，提到小企業應該如何改善它們的作業流程，於是直接從哈佛商學院聘來一位顧問，請他建議，他的公司應該做那些改變。那位年輕顧問告訴艾斯特雷，把他的通心麵價錢提高一倍，把他的品牌名稱改成「維多大叔自製通心麵」，辭退一半的工人，用工資只有一半的臨時工來取代被辭退的人手。聽到這樣的建議後，艾斯特雷馬上把那名顧問開除。

艾斯特雷的辦公室設在主樓層裡，整個樓層大約有一個美式足球場那麼大，兩邊都排列著閃閃發亮的不鏽鋼機器。倉庫的後門，通向一個裝貨碼頭。倉庫大門外和工廠內都裝有監視錄影鏡頭，因此，從他的辦公室裡，他就可以看到有沒有訪客，同時也可以監看工廠的生產情況。通常，倉庫在下午六點就關門，但在今晚，艾斯特雷留下他最信賴的五個員工，以及奧爾多·蒙薩。他在等待。

前一天晚上，在妮可的公寓裡，艾斯特雷把他的計畫告訴她，她堅決反對。她用力搖著頭。「第一，這計畫行不通。第二，我不想成為殺人共犯。」

「他們殺死妳的助理，還想綁架妳，」艾斯特雷冷靜地說，「我們的處境極其危險，除非我採取反擊行動。」妮可想到了海倫，以及她和她父親多次在餐桌上爭吵的情景，父親一定會進行報復的。她的父親一定會說，她必須替她的朋友報仇，他也會提醒她，採取預防性的行動保護家人，不但很明智，而且，絕對有此必要。

「我們為什麼不向當局報案？」她問。

艾斯特雷的回答很簡略，「那太遲了。」

現在，艾斯特雷坐在他的辦公室裡，充當活餌。感謝格拉齊耶拉提供的情報，讓他知道波特拉和杜利帕目前都在城裡。他無法確定，妮可洩漏給魯比歐的消息，是否會誘使他們前來「拜訪」他，但他希望，他們會再次試圖說服他出售銀行，如果不行，再採取暴力。他猜測，他們會檢查他身上是否帶有武器，所以，他身上不能帶槍，只能帶把小刀，他把小刀藏在襯衫袖子一個特製的秘密口袋裡。

艾斯特雷很小心地注視著電視監視螢幕，果然看到六名男子從裝貨碼頭進入倉庫後門。他已經指示他的手下躲起來，等他發出信號時，再發動攻擊。

他從電視螢幕裡看得出來，波特拉和杜利帕就在那六人當中。接著，當他們從監視螢幕中消失時，艾斯特雷馬上就聽到有腳步聲向他的辦公室接近。如果他們已經決定要殺他，蒙薩和他的手下可以及時救他。

但波特拉卻在這時大喊他的名字。

他沒有回答。

幾秒鐘後，波特拉和杜利帕已經出現在辦公室門口。

「請進，」艾斯特雷帶著熱情的微笑，並且站起來和他們握握手。「太意外了，這個時候，很少有客人來拜訪我，有什麼是我可以替兩位效勞的嗎？」

「有的，」波特拉開玩笑地說，「我們正要辦一場大宴會，但剛好缺通心麵。」

艾斯特雷揮揮手，很大方地說：「我的通心麵，就是你們的通心麵。」

「那你的銀行呢？」杜利帕語帶威脅地問。

艾斯特雷早已準備好了。「該是我們認真談談的時候了。或許我們可以做成這筆交易。但首先，我很高興帶你們兩位參觀我的工廠。我對它感到很驕傲的。」

波特拉和杜利帕交換了一下困惑的眼光。他們都很小心。「好吧，但時間不要拖太久。」杜利帕說。他覺得很奇怪，像這樣的一個小丑，怎能活到現在。

艾斯特雷帶著他們來到大廳。陪伴他們前來的那四名男子，就站在附近。艾斯特雷熱情地和他們打招呼，和他們每一個握手，並且稱讚他們的衣服很好看。

躲在暗處的艾斯特雷手下，密切注意著他，等待他下達攻擊的命令。蒙薩安排三名槍手躲在半樓的夾層裡，正好可以俯視下面的大廳，但從下面卻看不到他們。其他手下則分散在倉庫對面。

艾斯特雷領著他們到工廠各處一一參觀，時間已經過了很久。最後，波特拉終於忍不住說道：「很明顯的，這才是你真正喜歡的事業，你的心都放在這兒。你何不把銀行讓給我們經營？我們會再對你出價一次，同時也讓你保留一定比例的股份。」

艾斯特雷正要向他的手下發出開槍的訊號。但突然之間，他聽到一陣槍聲，並且看到他那三名手下從二十呎高的夾層裡摔下來，面朝下跌落到大廳的水泥地上，而且正好掉在他面前。他環視工廠，想要找出蒙薩，但蒙薩很快溜到一台很大的包裝機器後面，躲了起來。

從那兒，他看到一名戴著綠色眼罩的黑人女性猛然衝到他們面前，並且一把抓住波特拉的頸子。她用她的衝鋒槍的槍托猛力朝波特拉的大肚子打了好幾下，然後，她抽出一把左輪手槍，把衝鋒槍丟到地上。

「好了，」愛絲碧妮雅・華盛頓說，「所有人都把武器放下。快。」沒有人動。她毫不猶豫，立即抓住波特拉的頸子，把他的身體轉過來，對著他的肚子連開了兩槍。波特拉身子往前倒下，她再拿起左輪槍，朝他頭上猛力敲下去，同時一腳向他的牙齒踢去。

接著，她抓住杜利帕，說道：「下一個輪到你，除非所有人都聽我的話，把槍放下。這叫以眼還眼，你他媽的王八蛋。」

波特拉知道，如果沒有趕快送醫，他大概只能再活上幾分鐘。他的視線已經開始模糊。他倒在地上，呼吸急促，他那漂亮的花襯衫被鮮血浸透了。他口中發出喃喃聲。「聽她的指示。」他無力地呻吟著。

波特拉的手下遵命地放下武器。

他以前就聽說過，被子彈打中腹部，是最疼痛的死法。現在，他知道這是為什麼了。每一次他深呼吸，都覺得心臟好像被人刺了一下。他已失去對膀胱的控制，小便在他的藍色新褲子上形成一團深色的汙漬。他試著把眼光集中在眼前的開槍者身上，那是他不認識的一位壯碩的黑人女性。

他努力想要說出「妳是誰？」這幾個字，但卻呼吸不過來。他最後的想法卻是很怪異、而且感傷的：他不知道，誰要去通知他老弟布魯諾，說他死了。

艾斯特雷很快就明白，這是怎麼一回事。在此之前，他一直沒見過愛絲碧妮雅・華盛頓本人，只有在報紙上或電視新聞報導裡見過她的照片或樣子。但他知道，既然她現在找上他來，那她一定先找過賀斯柯。

而且，賀斯柯肯定已經死了。艾斯特雷並沒有替這位狡猾的殺人掮客哀悼。賀斯柯的最大缺點是，為了保命，他什麼都會說，也會做出任何事情。現在，他和他的花兒一起長眠地下，對他來說，這反倒是好事。

杜利帕卻一點也不明白，這名憤怒的黑人婊子為什麼要拿著槍抵住他的頸子。他信任波特拉，所以讓他去負責安全事宜，因此，他今天晚上還讓他那些忠心耿耿的保鏢們放假。笨得要死的一項錯誤。他在心裡想道，美國真是一個奇怪的國家。你永遠不知道，下一個暴徒會從哪兒冒出來。

愛絲碧妮雅把槍口抵住杜利帕，她很用力，槍口甚至深深插入他的皮膚裡，杜利帕在心裡對自己發誓，只要能夠安然逃過今天，並且回到南美，他將加速製造他的核子武器。他要親自盡一切努力，讓他可以炸掉美國的大部分地區，特別是華盛頓特區，那是一個懶惰的惡霸國家的傲慢國都，還有，紐約市，這地方最會製造一些瘋子，就像眼前這位獨眼婊子。

「好吧，」愛絲碧妮雅對杜利帕說，「你付了五十萬美元，要我們做掉這傢伙。」她指指艾斯特雷。「我很樂意接下這工作，但由於我出了意外，被炸掉一隻眼睛，所以，我現在要加倍收費。因為只有一隻眼睛，所以我必須加倍專心。」

＊　＊　＊

柯特・希爾克一整天都在監視艾斯特雷的倉庫。他坐在他那輛藍色雪佛蘭裡，什麼東西也沒有，只有一包口香糖和一本「新聞周刊」，他耐心等待艾斯特雷採取行動。

他只有獨自一個人，不想把任何其他聯邦探員牽扯進來，因為這次的行動，可能就是他公職生涯的結束。當他看到波特拉和杜利帕進入倉庫時，他的怒氣馬上上升。他終於明白，艾斯特雷真的很聰明。希爾克猜測，艾斯特雷的計畫可能是這樣子：如果波特拉和杜利帕攻擊艾斯特雷，那麼，在法律上，希爾克就必須保護他。艾斯特雷將可坐收漁翁之利，並且洗刷他的罪名，而不必向當局洩漏任何機密。希爾克多年來的努力，也將會毀於一旦。

但當希爾克看到愛絲碧妮雅拿著衝鋒槍衝進去時，他開始有了不一樣的感覺——恐懼。他已經聽說過愛絲碧妮雅在機場的那次槍擊事件。他對她在那次事件中的角色有點懷疑，因為那實在太可疑。

他檢查一下他的左輪手槍的子彈，心裡則微微盼望，也許愛絲碧妮雅可以幫他一點小忙。在下車之前，希爾克決定通知局裡。他拿起行動電話，撥了巴斯頓的電話號碼。

「我在艾斯特雷・維奧拉的倉庫外面，」希爾克告訴他。就在這時候，他聽到裡面傳來一陣槍聲。「我現在就要進去，如果發生什麼意外，我要你告訴局長，這是我個人的行動。你有把這通電話錄音下來嗎？」

巴斯頓一時沒有回答，他不確定希爾克是否高興被人錄音。但自從希爾克成為被攻擊的目標後，他的所有電話都被監聽。「有，有錄音。」他說。

「很好，」希爾克回答說。「你們可以把我現在說的話，全都列入記錄。不管是你，或局裡的任何人，都不必對我現在即將採取的行動，負任何責任。我馬上就要進入一個危險的現場，裡面有三名著名的犯罪集團人物，還有一位意圖報仇、並且攜帶重武器的紐約市警察。」

巴斯頓打斷希爾克的話，「柯特，等支援的人到了，再進去。」

「沒有時間了，」希爾克說，「此外，這件事是我搞砸的。我會自行解決。」他本來還想要留言給嬌姬蒂，但後來認為，這樣做未免太病態和自戀。最好讓他的行動說明一切。他掛斷電話，沒有再說什麼。他下車後，方才發現，他竟然還是違規停車。

希爾克進入倉庫後，首先看到的，就是愛絲碧妮雅用槍緊緊抵著杜利帕的脖子。裡面所有的人都沒有人說話，也沒有人動。

「我是聯邦官員，」希爾克大聲宣布，並且揮舞他手中的槍，槍口朝上。「把你們所有的武器全都放下。」

愛絲碧妮雅轉頭看著希爾克，嘲笑地說：「不用嚷嚷，我知道你他媽的是什麼人。這是我的逮捕行動。你們這些娘娘腔的傢伙，去逮捕一些會計師或是股票經紀人，或是，任何你們有興趣的人吧。這是紐約警察局的逮捕行動。」

「警探，」希爾克冷靜地說，「把槍放下，馬上。如果不放下，必要時，我會採取武力。我有理由懷疑，妳涉及一件不法利益陰謀。」

愛絲碧妮雅沒有料到會出現這種情況。從希爾克的眼神和他堅定語氣來判斷，她知道他不是在開玩笑。但她也不打算放手，只要手上有槍，她就不會。希爾克可能有好幾年沒向任何人開過槍了，她心裡這樣想。「你認為我是同謀？」她大叫。「胡說，我認為你才是同謀。我認為這麼多年來，你一直在向他們收賄。」她再度用槍戳杜利帕。「對不對，南美洲先生？」

起初，杜利帕並沒有說什麼，但愛絲碧妮雅用膝蓋往他的鼠蹊部一頂，他身子一彎，並且點點頭。

「多少錢？」愛絲碧妮雅問他。

「超過一百萬美元。」杜利帕疼得差點說不出話來。

希爾克忍住怒氣，說道：「他們匯入我帳戶的每一塊錢，都由聯邦調查局監控。這是聯邦調查行動，華盛頓警探。」他深深吸了一口氣，讓自己冷靜下來，然後對她說，「這是我最後一次警告，放下武器，否則我要開槍了。」

艾斯特雷冷冷地看著他們。奧爾多•蒙薩站在另一部機器後面，未被發現。艾斯特雷看到愛絲碧妮雅臉部一陣抽搐。接著，如同電影中的慢動作，他看到她如同鬼魂般地溜到杜利帕後面，對著希爾克開槍。但在她開槍的同時，杜利帕掙脫開來，趕緊撲向地面，把她推得失去平衡。

希爾克被子彈擊中胸部。但他也對愛絲碧妮雅開了一槍，並且看到她搖搖擺擺地往後退，鮮血從她右肩下方迸出。他們都沒有致對方於死地的意圖。他們都嚴格遵守當初受訓時的規定，都是朝人體最大的部位開槍。但是，當愛絲碧妮雅開始感覺到子彈帶來的劇烈疼痛，並且看到傷口出血時，她知道，應該是忘掉這些規定的時候了。於是，她瞄準希爾克兩眼之間。她一共開了四槍。每顆子彈都命中目標。希爾克的鼻子都被打掉了，她可以看到腦漿從他額頭殘餘的部位噴了出來。

杜利帕看到愛絲碧妮雅受了傷，並且已經站不穩，於是趁機抓住她，用手肘撞擊她的臉孔，把她打昏。但在他還來不及奪下她手中的槍之前，艾斯特雷從機器後面跑了出來，把槍踢到大廳的另一頭。然後，他站在杜利帕上方，向他伸出手來。

杜利帕握住他的手，艾斯特雷把他拉了起來。在此同時，蒙薩和他剩下的一些手下，把波特拉的手下全都捉起來，並把他們綁在倉庫的鐵柱上。沒有人去動希爾克和波特拉。

「好了，」艾斯特雷說，「我相信，我們還有一些事情要解決。」

杜利帕搞不清楚這是怎麼回事。艾斯特雷是很矛盾的組合——很友善的敵人，會唱歌的殺手。像這樣讓人猜不透的對手，可以相信他嗎？

艾斯特雷走向倉庫中央，並且示意杜利帕跟著他。他來到一處空曠的地方，停下來，轉身面對南美先生。「你殺害我叔叔，還想奪走我們的銀行。我甚至不應該浪費口舌和你交談。」接著，艾斯特雷抽出他藏在他袖子裡的短刀，讓杜利帕看，銀色的刀刃閃閃發亮。「我應該切斷你的喉嚨，早點結束此事。但你很無用，而屠殺一位手無寸鐵的老人，不是什麼光彩的事。所以，我要給你公平決鬥的機會。」

說完，艾斯特雷微微對蒙薩點點頭，然後他舉起兩隻手，好像投降一般，並讓短刀掉落到地上，接著，他向後退了幾步。杜利帕年紀較大，也比艾斯特雷胖，但他這一輩子殺人無數，血流成河。他是用刀專家。但是，他還是比不上艾斯特雷。

杜利帕拿起短刀，開始向著艾斯特雷逼進。「你真是大笨蛋，而且做事魯莽，」他說。「我本來打算找你當合夥人。」他持刀對艾斯特雷刺了幾次，但艾斯特雷動作很快，全都躲開了。杜利帕暫時停下來，喘口氣，艾斯特雷扯下頸上的金項圈，把它丟到地上，露出他喉嚨上的紫色傷疤。「我要你在臨死前看到這個。」

杜利帕被艾斯特雷的傷口嚇得說不出話來，他從未看到像那樣的紫色傷口。在他還未恢復清醒之前，艾斯特雷已經踢掉他手中的短刀，並且很精確地繞到他身後，用膝蓋頂著他的背，用手勒住他的頭，然後用力扭轉他的頸子。所有人都聽到頸子被扭斷的聲音。

艾斯特雷並沒有停下來看一眼他的手下敗將，而是逕自撿起他的項圈，掛回頸上，讓金牌再度遮住他的喉嚨傷口，然後，他大步走出倉庫。

五分鐘後，聯邦調查局的車隊來到「維奧拉通心麵公司」。愛絲碧妮雅・華盛頓還未斷氣，於是被緊急送到醫院的加護中心救治。

後來，聯調局官員詳細觀看了蒙薩用錄影機錄下的無聲錄影帶後認為，艾斯特雷先舉起雙手，並且還丟下刀子，所以，他後來被迫殺死杜利帕，被認定是自衛行為。

MARIO PUZO

OMERTA

CHAPTER 14

妮可用力掛斷電話，並且對著她的秘書大叫，「我聽膩了什麼歐元很疲弱的鬼話。快把普萊爾先生找來，他可能正在某家高爾夫球場的第九洞。」

兩年過去了，妮可現在是艾普萊銀行的負責人。當普萊爾先生準備退休時，他堅持說，妮可是出任這項職務的最佳人選。她本來就是技巧純熟的公司捍衛者，不會在銀行管理當局的壓力下屈服，也不怕喜歡吹毛求疵的客戶找麻煩。

今天，妮可急著要清理她的辦公桌，希望早點下班。當天晚上，她和兩位哥哥就要飛往西西里，和艾斯特雷一起舉行某項家庭慶祝會。但在她動身之前，她必須先處理愛絲碧妮雅・華盛頓的事情，因為她正在等待妮可的回音，看看妮可願不願意代表她提出上訴，讓她可以避免被判死刑。想到這件事，就讓她覺得很傷腦筋。

起初，當普萊爾先生提議要讓妮可管理銀行時，艾斯特雷有點猶豫，因為他想起艾普萊大爺生前的吩咐。但普萊爾先生告訴他，妮可是大爺的女兒。當某筆大的貸款到期時，銀行可以讓妮可出面，一方面說盡好話，另一方面則可語帶威脅。她知道銀行要的是什麼，而且一定可以讓銀行得到滿意的結果。

妮可桌上的電話響了，普萊爾先生以他慣有的禮貌語氣向她打聲招呼：「親愛的，有什麼需要我效勞的嗎？」

「我們快被外匯的匯率拖垮了，」她說，「我們多換點德國馬克，你覺得如何？」

「我覺得這是很好的主意。」普萊爾先生說。

「你知道嗎？」妮可說，「這種外匯交易，就好像你到了賭城拉斯維加斯，卻整天只能玩巴卡拉紙牌遊戲。」

普萊爾先生哈哈大笑。「妳說的沒錯，但如果妳玩巴卡拉玩輸了，聯邦儲備局是不會替妳擔保的。」

掛斷電話後，妮可在位子上靜靜坐了一會兒，回想銀行這兩年來的進步。自從接掌銀行以來，她已經購併了六家新興國家的銀行，使得銀行的利潤增加了一倍。但她更高興的是，她的銀行提供了更大金額的貸款給一些開發中國家的新興企業。

她想到第一天到銀行上班的情形，臉上不禁露出微笑。

當天，一等到整套全新的文具送到她的辦公桌後，她馬上起草一封寫給秘魯財政部長的信，要求該國償還積欠已久的所有貸款。果然不出她所料，這項舉動造成秘魯的經濟危機，結果引發政治動亂，舊政府下台。新的執政黨要求秘魯駐美國的總領事——馬里安諾•魯比歐——立即辭職。

在接下來的幾個月裡，妮可很高興地讀到這樣的新聞：魯比歐宣布個人破產。他也被秘魯的幾個投資者提出控告，因為他們全都投資他多項事業中的其中一項：一家主題遊樂園。魯比歐向他們誇口說，如果建成了，這處主題遊樂園將是「拉丁美洲的迪斯尼樂園」，但是，結果他只建成一個摩天輪，和設了幾個飲食攤位。

＊　＊　＊

那件案子被一些煽情的小報冠上「通心麵大屠殺」的名稱，後來還被當成國際性的重大新聞。愛絲碧妮雅・華盛頓被希爾克的子彈射穿肺部，但僥倖未死，而在她傷勢復原後，她就開始對媒體發表一連串的談話。她在等待審判期間，把自己說成是烈士，就好像是聖女貞德那樣。她控告聯邦調查局意圖殺人、誹謗，以及侵犯她的民權。她也控告紐約警察局，要求發還她被停職期間的薪水。

儘管她不斷抗議，陪審團卻只花了三個小時討論，就認定她有罪。在有罪的判決宣布後，她馬上辭退她的律師，改而請求「廢除死刑運動」團體替她上訴。她甚至要求妮可・艾普萊接下她的案子，這更突顯出她確有製造新聞的天份。她在死刑監牢裡向前往訪問的記者說：「她的表弟害我坐牢，因此，現在，她也可以救我出獄。」

起初，妮可拒絕跟愛絲碧妮雅見面。她說，任何正派的律師都不會接受這種有很明顯利益衝突的案子。但接著，愛絲碧妮雅指責妮可有種族偏見，而妮可為了不願得罪銀行的黑人客戶，於是同意跟她見個面。

會面那一天，妮可甚至必須在監獄會客室裡先等上二十分鐘，讓愛絲碧妮雅會見一小群外國貴賓，他們全都稱讚愛絲碧妮雅是偉大的戰士，敢於對抗美國的野蠻司法制度。最後，愛絲碧妮雅方才示意妮可靠近玻璃窗。她這時已經改戴一個黃色眼罩，上面還繡著「自由」字樣。

妮可一口氣把她要說的話全部說完，她說出她不願接受這件案子的所有原因，最後甚至指出，她本來就是艾斯特雷的律師，而艾斯特雷曾經在法庭上作出對她不利的證辭。

愛絲碧妮雅很用心傾聽。「這些我都知道，」她說，「但是，還有很多事情是妳不知道的。艾斯特雷說得對：我是罪有應得，而且我這餘生都要為這些罪行贖罪。但是，求求妳，請幫助我，讓我能夠多活一點時間，讓我能夠開始做出任何補救。」

起初，妮可認為，這又是愛絲碧妮雅想要爭取同情的另一種陰謀，但她的聲音中有某種東西感動了妮可。她仍然相信，沒有任何人類有權處死另一個人類。她仍然相信贖罪這回事。她覺得愛絲碧妮雅應該有人替她辯護，就如同每位死刑犯一樣。但她還是盼望，最好她可以不接這個案子。

她知道，在做出最後決定之前，她必須去跟某個人再見一次面。

* * *

希爾克像英雄似的被風光下葬。葬禮結束後，嬌姬蒂要求和局長見面。她被安排搭機飛到華盛頓，一名調查局人員到機場接她，並護送她來到調查局總部。

她進入局長辦公室時，局長上前擁抱她，向她保證，局裡會盡一切力量，幫助她和她的女兒從哀痛中恢復過來。

「謝謝你，」嬌姬蒂說，「但這不是我來這兒的原因。我想要知道的是，為什麼我丈夫會遇害。」

局長沈默了好一會兒，方才開口說話。他知道，她一定聽到一些謠言。而這些謠言可能會傷害到調查局的形象。他需要讓她感到安心。終於，他說：「我覺得很不好意思，但我必須承認，我們甚至必須展開調查。你丈夫是每個聯調局人員都應該學習的模範。他十分投入他的工作，而且百分之百遵守法律。我知道，他絕不會做出會傷害到局裡或他的家人的任何事情。」

「那麼，他為什麼獨自一人前往倉庫？」嬌姬蒂問道，「他和波特拉又是什麼關係？」

局長按照他在這次會面前和幕僚人員演練的內容，從容說出他的答案。「你丈夫是很偉大的調查員。他傑出的工作表現，使他可以根據自己的調查結果，去獨自行動。他有這樣的自由行動的權力，而且受到局裡的尊重。我們不相信他曾經收賄，或是和波特拉有什麼違法的交易。他的工作成果，可以說明一切。一手瓦解黑手黨的大功臣，就是他。」

離開局長辦公室後，嬌姬蒂十分清楚，她完全不相信局長所說的話。但她也知道，為了要讓自己安心，她必須相信自己內心中那個真實的感覺：儘管她丈夫可能有時候熱心過度，因而採取一些過度的行動，但他一直是個大好人，這是她很肯定的一點。

＊　＊　＊

在丈夫遇害後，嬌姬蒂・希爾克仍然繼續在「廢除死刑運動」的紐約總部擔任義工，但自從先前那一次影響重大的交談之後，妮可就再也沒有見過嬌姬蒂。因為現在擔任了銀行的負責人，所以，妮可可以藉口說，她太忙了，無法再到「廢除死刑運動」總部上班。但事實上，她是不敢和嬌姬蒂面對面。

即使如此，當妮可從大門走進來時，嬌姬蒂還是熱情地擁抱她。「我一直很想念妳呢。」她說。

「很抱歉，一直沒有跟妳連絡，」妮可回答說，「我本想寫封信向妳表達哀悼之意，但想不出應該怎麼下筆。」

嬌姬蒂點點頭，說道：「我了解。」

「不，」妮可說。她覺得喉嚨突然收緊了。「妳不明白。妳丈夫會出這種事，我應該負點責任。如果我沒有在那天下午和妳談話——」

「事情還是會發生，」嬌姬蒂插嘴說，「即使不是為了妳表弟，也會為了其他人。像這樣的事，遲早都會發生。柯特很清楚這一點，我也一樣。」嬌姬蒂只稍微猶豫了一下，就緊接著說，「目前最重要的，就是我們要記著他的好。所以，我們就不要再談過去的事。我相信，我們全都很難過。」

妮可真的希望事情有這麼簡單。她深深吸了一口氣。她說：「但是，我還有一件事必須告訴妳。愛絲碧妮雅・華盛頓要我代表她提出上訴。」

雖然嬌姬蒂極力掩飾，但妮可還是看得出來，嬌姬蒂在聽到愛絲碧妮雅的名字時，她全身畏縮了一下。嬌姬蒂不是很虔誠的教徒，但在這一刻，她肯定上帝一定是在測試她的信心。「可以呀。」嬌姬蒂咬著嘴唇說。

「可以？」妮可十分驚訝，忍不住這樣問道。她本來希望嬌姬蒂會反對，不准她這樣做，那麼，妮可就可以用她必須對朋友忠心做理由，明正言順地拒絕愛絲碧妮雅。妮可彷彿可以聽到她的父親在嘉獎她，「對朋友如此忠心，是很光榮的事。」

「是的，」嬌姬蒂閉上眼睛，說道，「妳應該替她辯護。」

妮可很驚訝。「我不必一定要這樣做。每個人都會諒解的。」

「那是偽君子的行為，」嬌姬蒂說，「生命是神聖的，否則就不是生命了。我們不能只為了可能會造成我們的痛苦，就去改變我們的信念。」

嬌姬蒂不再說話，只是向妮可伸出手，和她道別。這次兩人沒有再擁抱。

妮可一整天都在腦海裡回想這次交談的內容，最後，她終於打電話給愛絲碧妮雅，很不情願地接下她的案子。再過一個小時，妮可就要搭機飛往西西里。

* * *

一個星期後，嬌姬蒂寄了一封信給「廢除死刑運動」的同事們。她在信中說，她和她的女兒已經搬到另一個城市，展開新的生活，她祝福所有的同事幸福快樂。她並沒有留下新的地址。

*　*　*

艾斯特雷果真實現了他對艾普萊大爺的誓言，不但保住銀行，也確保他的家人的安全與幸福。他現在已經沒有任何責任。

在被確定他在倉庫大屠殺事件中，並沒有任何違法行為的一周後，艾斯特雷在倉庫辦公室裡會見克拉克西大爺和歐塔維斯・畢安柯，並且告訴他們，他很想回去西西里。他解釋說，他對西西里土地本身有很深厚的感情，而且，在過去這麼多年來，西西里一直不斷在他的夢中出現。在艾普萊大爺以前度假的格拉齊亞別莊，他有著太多愉快的童年回憶，他一直渴望回去那地方。那兒的生活雖然很簡單，但在很多方面卻更為豐富得多。

畢安柯就在這時候告訴他，「你不必一定要回去格拉齊亞別莊。西西里有一處大產業是屬於你的。那就是名叫戈爾福拉馬瑞堡的村莊，整個村莊都是你的。」

艾斯特雷大為驚訝。「這是怎麼回事？」

班尼托・克拉克西告訴他，當年的那一天，那位偉大的黑手黨頭目——傑諾大爺——在臨終前把他的三位好朋友叫到他床邊。「你是他心愛的兒子，」他說，「現在，你則是他唯一健在的繼承人。你的生父在遺囑中，把這個村莊遺留給你。這是你應得的。」

他接著說：「艾普萊大爺帶你前往美國時，傑諾大爺把村莊的所有權暫時移交給住在村裡的所有人，等到你有一天回去時，那兒將再歸你所有。在你父親去世後，我們根據他生前的希望，對這處村莊提供保護。當村裡的農民遇到不好的收成時，我們就會收購他們的水果，並且贈送穀物讓他們種植——也就是及時助他們一臂之力。」

「你們以前為什麼不告訴我這些？」艾斯特雷問。

「艾普萊大爺要我們發誓保密，」畢安柯說。「你父親希望你平安無事長大，艾普萊大爺則希望你能成為他家中的一份子。他也需要你保護他的子女。因此，事實上，你有兩位父親。你太幸運了。」

* * *

在一個陽光燦爛的日子裡，艾斯特雷終於回到西西里。麥可‧格拉齊耶拉的兩名保鑣在機場迎接，並且護送他坐上一輛深藍色的賓士轎車。

車子行駛在巴勒摩街頭時，艾斯特雷對這個城市的美，發出由衷的讚嘆：到處可見一些古希臘神廟，有著大理石石柱和神話人物的雕像；另外還有西班牙的大教堂，全都雕刻著精美的聖徒和天使像。前往戈爾福拉馬瑞堡村莊的路，是一條滿是石礫的單線道小路，共行駛了兩個多小時。對艾斯特雷來說，跟平常一樣，最能讓他心動的是西西里的鄉間之美，以及令人屏息的地中海美景。

村子座落在深山的山谷中，四周都是山，村裡全都是兩層樓的灰泥房子，排列整齊，從高處往下看，好像是一處圓石建成的大迷宮。為了擋住中午炙熱的陽光，大部份房子都拉下白色的百葉窗，但艾斯特雷發現，有些人從窗子的縫隙往外瞧。

村長特地出來迎接，他是個矮個子，穿著農民服裝，自我介紹說，他名叫里歐‧迪馬可。他很尊敬地向艾斯特雷鞠躬。「歡迎。」他說。

艾斯特雷覺得很不自在，臉上露出微笑，並用西西里語問道：「能不能帶我參觀村裡？」

他們經過幾位坐在木椅上玩紙牌的老人家。在廣場的另一頭是一間宏偉的天主教堂。那是聖西巴斯汀教堂，村長首先引領艾斯特雷進入。自從艾普萊大爺遇害後，艾斯特雷就不曾真正祈禱過。這時，他跪了下來，低下頭，接受村中的迪爾‧維奇歐神父的祝福。

接著，迪馬可村長領著艾斯特雷來到他以後要住的一棟小房子。在前往這棟小房子的路上，艾斯特雷注意到，有幾名義大利國家警察斜靠著屋子站立，手上還拿著步槍。「到了晚上，在村子裡說話會比較安全，」村長解釋說，「但在白天，到田野裡玩玩，是很愉快的事。」

接下來的幾天，艾斯特雷不停地在鄉間散步，享受田野裡瀰漫的橘子與檸檬樹的香氣。他散步的主要目的是要和村民打打交道，以及參觀建造得像羅馬別莊式的古代石刻房屋。他想要找出一間可以作為他今後住家的房屋。

到了第三天，他知道，他以後可以在這兒過著很快樂的生活。一向很小心、謹慎的村民，會在街上和他打招呼，當他坐在廣場的小咖啡店裡，老人和小孩子都會上前跟他開開玩笑。

現在只剩下兩件事，是他必須加以處理的。

* * *

第二天早晨，艾斯特雷請村長告訴他，哪條路可以到達村裡的墓園。

「你想做什麼？」迪馬可村長問。

「向我父親和母親致敬。」艾斯特雷如此回答。

迪馬可點點頭，很快速地從他的辦公室牆上取下一把很大的生鐵鑰匙。

「你認識我父親嗎？」艾斯特雷問他。

迪馬可很快在胸前畫了一個十字。「這兒有誰不認識傑諾大爺？我們的生命全是他賜予的。他用從巴勒摩買來的昂貴藥品，救活我們的小孩子。他保護我們的村子，讓我們不受到搶匪和土匪的騷擾。」

「但他到底是怎樣的一個人呢？」艾斯特雷問。

迪馬可聳聳肩。「村子裡現在只有很少數幾個人是跟他那般熟的，而願意跟你談這個的，那更是少之又少。他已經成為傳奇。因此，有誰會想要去認識真實的他呢？」

我就會這樣，艾斯特雷在心裡如此想。

他們走過鄉間小路，然後爬上一座陡峭的小山，一路上，迪馬可不時停下來喘口氣。最後，艾斯特雷終於看到墓園。但他看到的不是墓碑和墳墓，而是一排排的石頭小建築。事實上，那是一間大陵寢，四周有一道高高的鐵柵欄圍著，並有一扇上鎖的大鐵門。鐵門上有一塊牌子，上面寫著：「凡在此門內者，都是純潔無罪之人。」

村長打開鐵門的鎖，領著艾斯特雷來到他父親的灰色大理石陵寢之前，它的墓誌銘寫著：「文森若・傑諾，善良與大方之人。」艾斯特雷進入陵寢內，首先端詳著祭壇上他父親的照片。這是他第一次看到他父親的照片，但他卻感到很震驚，因為他覺得照片中人物的臉孔太熟悉了。

迪馬可接著引領艾斯特雷來到幾排建築之外的另一棟小建築。這一棟是白色大理石建成的，唯一的色彩是刻在進口拱門的淡藍色聖母瑪莉亞像，而且顏色已經掉得快看不見了。艾斯特雷走了進去，仔細看著裡面的照片。照片中的女孩子看來不超過二十二歲，但她那大大的綠眼睛，和開朗的笑容，讓他覺得無比溫馨。

來到外面，他對迪馬可說：「我小時候，經常夢到一位像她這樣的女孩子，但我一直以為她是天使。」

迪馬可點點頭。「她是位很漂亮的女孩子。我記得曾經在教堂裡見過她。你說得沒錯。她唱起歌來，真像天使。」

* * *

艾斯特雷騎著一匹沒有馬鞍的馬，馳騁在田野間，只有偶爾停下來吃點新鮮羊乳酪和硬皮麵包，這些都是村裡的一位婦人替他準備的。

終於，他來到科里昂鎮。他不能不去見麥可‧格拉齊耶拉。至少禮貌上也應該去拜訪這個人。

他因為這幾天都在田野間活動，因此全身曬得很黑，格拉齊耶拉張開雙臂歡迎他，並且大力摟著他。「西西里的大太陽對你很不錯。」他說。

艾斯特雷適時表達出他的感激之情，「感謝你所做的一切事，尤其是你的支持。」

格拉齊耶拉陪著他走向他的別莊。「是什麼風把你吹到科里昂來的？」他問。

「我想，你知道我為什麼來。」艾斯特雷回答。

格拉齊耶拉笑著說：「像你這麼健壯的年輕小伙子？當然了！我馬上帶你去見她。看到她，就讓人覺得很愉快，你的這位蘿西。她替她所遇到的每個人都帶來無比歡樂。」

由於深知蘿西的性癖好，艾斯特雷一時忍不住在想，格拉齊耶拉是不是在向他暗示什麼。但他馬上否決了這種想法。格拉齊耶拉為人太嚴肅，不會說出這種事情，而且，他也是很守舊的西西里人，絕不容許在他的監視下發生如此不得體的行為。

他的別莊只有幾分鐘路程。當他們到達時，格拉齊耶拉大聲叫道：「蘿西，親愛的，有人來看你。」

她穿著很簡單的藍色無袖涼衫，金黃頭髮全都綁在頸後。她臉上沒有化妝，看起來比他記憶中更為年輕和純真。

她停了一下，看到他時，露出很驚訝的神情。但接著，她大叫一聲，「艾斯特雷！」她奔向他，親吻他，開始興奮地說個不停。「我已經學會說流利的西西里方言。我還學會做一些很出名的義大利菜。你喜歡吃義大利菠菜湯圓嗎？」

他帶著她回到戈爾福拉馬瑞堡，在接下來的一星期當中，他領著她四處參觀他的村子和四周的田野。每一天，他們都會去游泳，談天就談好幾個小時，並且彼此調情、做愛，伴隨著他們的，是只有長時間才能培養出來的那種輕鬆自在。

艾斯特雷很細心觀察著蘿西，看看她是否對他感到厭煩，或是否過膩了如此平淡的生活。但她似乎真的很自在、快樂。他不禁在想，在經過他們一起所經歷過的這麼多事情後，他是否已經可以永遠地真心信任她。接著，他又想到，如此愛一位女人，愛到你可以完全信任她，這樣做是不是聰明？他和蘿西都有自己的秘密要保守——他們不想去回憶或告訴別人的一些事情。但蘿西很了解他，而且仍然愛著他。她會保守他的秘密，他也會保守她的秘密。

只有一件事還在困擾著他。蘿西特別喜歡金錢和昂貴的禮物。艾斯特雷很懷疑，她是否會滿足於他能夠給她的。他需要知道這個問題的答案。

他們一起在科里昂的最後一天，艾斯特雷和蘿西騎著馬到山區遊玩，在田野間奔馳，一直玩到傍晚。最後，他們在一處葡萄園裡停下來，並且摘下葡萄，互相餵著對方。

「真不敢相信，我竟然會在這兒停留這麼久的時間。」蘿西說。他們一起躺在草地上休息。

艾斯特雷的綠眼睛閃爍著急切的眼光。「妳想，妳可以再多待一陣子嗎？」

蘿西顯得有點吃驚。「你有什麼打算嗎？」

艾斯特雷單膝跪下，向著蘿西伸出手。「也許再多待個五十或六十年。」他帶著真誠的笑容說道。在他的手掌心裡，是一枚式樣簡單的銅戒指。

「妳願嫁給我嗎？」他問道。

艾斯特雷想要從蘿西的眼睛中看出一點點的猶豫，或是對戒指品質的些微失望，但她的反應是立即的。她張開雙手，摟住他的脖子，吻，像雨點般落在他的臉頰。接著，他們兩人跌落在地下，一起在山坡上滾來滾去。

* * *

一個月後，艾斯特雷和蘿西在他的一處柑橘果園裡結婚。迪爾・維奇歐神父主持他們的婚禮。兩個村子的所有人都來參加這場婚禮。山坡上長滿紫藤，好像鋪了一層紫色的地毯，檸檬和橘子的香氣充斥整個空氣中。艾斯特雷穿著一件白色的農民西裝，蘿西則身穿粉紅色的絲質長袍。

烤肉架上有一頭豬，底下燒著紅紅的煤炭，和田野裡鮮紅的成熟蕃茄相互輝映。還有熱騰騰的麵包和剛製成的新鮮乳酪。自釀的美酒，像河水一樣，源源不絕地供應。

婚禮結束，以及相互交換誓辭和戒指後，艾斯特雷對著他的新娘子唱出他最喜歡的情歌。大家盡情喝酒、跳舞，婚禮的慶祝活動一直到日出才結束。

＊　＊　＊

第二天早上，蘿西醒來時，看到艾斯特雷正在準備馬匹。「跟我一起騎馬去？」他問。

他們一整天騎著馬馳騁，直到艾斯特雷發現他所要尋找的——格拉齊亞別莊。「我叔叔的秘密天堂。我小時候在這兒度過最快樂的一段時間。」他說。

他走到房子後面的花園，蘿西緊緊跟著。最後，他們來到他的橄欖樹——就是他小時候自己挖一個小坑洞種下的那棵橄欖樹。這棵樹現在已經長得跟他一樣高，樹幹也相當粗了。他從口袋裡拿出一把銳利的小刀，並且抓住一根樹枝。然後，他把那根樹枝切下。

「我們把這個種在我們的花園裡。如此一來，當我們有了小孩子時，他也會有著快樂的記憶。」

一年後，艾斯特雷和蘿西慶祝他們的兒子——雷蒙得・傑諾——的誕生。到了替他受洗的時候，他們邀請艾斯特雷的家人一起來到聖西巴斯汀教堂。

在迪爾・維奇歐神父完成受洗儀式後，身為艾普萊子女中最年長者的華萊理斯，舉起酒杯，向大家敬酒。「祝大家今後事業有成，過著幸福快樂的日子。同時也祝福你的兒子長大後，不但帶有西西里人的熱情，美國人的浪漫情懷也將在他內心裡跳動。」

馬坎托尼歐也舉起他的酒杯，緊接著說：「如果他想參加喜劇演出，你知道的，應該去找誰幫忙。」

由於艾普萊銀行現在十分賺錢，馬坎托尼歐特地貸款二千萬美元，自行製作戲劇節目。

他和華萊理斯目前正根據他們父親的聯邦調查局檔案，準備拍攝一部電影。妮可認為這個計畫很糟糕，但他們全都同意，如果把大爺的犯罪行為製成戲劇後，可以收入一大筆錢，大爺本人一定也會很高興。

「這部電影的結尾，一定要打出這幾個字：以上劇情，純屬虛構。」妮可特別加了一句。

艾斯特雷覺得很奇怪，為什麼還有人對這種事如此介意。老一代的黑手黨人已經死了。那些偉大的大爺們已經實現他們的目標，並且很優雅地溶入現代社會裡，讓人不再覺得他們的存在——最高明的罪犯一向如此。少數一些還留在檯面上的，則大都是冒充者，而且是令人失望的二流罪犯和沒有實力的惡棍。為什麼還有人願意如此大費周章？因為現在很容易就可騙到好幾百萬美元，只要開家公司，把股票賣給大眾就行了。

「嗨，艾斯特雷，你可以擔任我們電影的特別顧問嗎？」馬坎托尼歐問。「我們希望把這部電影盡量拍得真實些。」

「當然可以，」艾斯特雷笑著說，「我會請我的經紀人和你們連絡。」

* * *

那天晚上，兩人躺在床上時，蘿西轉身面向艾斯特雷，「你想，你會回去嗎？」

「回去哪兒？」艾斯特雷問。「紐約？美國？」

「你知道的，」蘿西有點猶豫地說，「回復你以前的生活。」

「我屬於這兒，屬於妳，還有這兒。」

「很好，」蘿西說，「但我們的寶貝呢？他是不是應該有機會去體驗美國所能給予的一切？」

艾斯特雷想像著，小雷蒙得在鄉間小山上奔跑，從桶子裡拿出橄欖，吃得津津有味，聽著有關於黑手黨大爺和西西里的古老故事。他盼望自己能夠親自向他的兒子訴說這些故事。但他也知道，光是這些故事，是不夠的。

終有一天，他的兒子也會前往美國——那是一個恩怨分明，但也充滿無限希望的國度。

奧默塔

西西里人用以自我約束的最高榮譽規章，嚴禁對外透露任何關於黨員從事犯罪活動情事之相關訊息。

……世界圖書辭典

Review

這是一則真實的故事。

想像紐約格林威治村一棟面積不大的公寓裡早晨六點鐘的情景。咖啡正在電動咖啡壺裡沸騰。桌上有一籃黑麥麵包、一塊完整的咖啡蛋糕、幾片乳酪切片和一盤冷肉片。媽媽正在準備早餐——這在我們家是主要的一餐，每天早上我們都會坐下來，把新鮮柳橙汁當做葡萄酒碰杯對酌，互相敬道，「乾杯。祝你今天順利。」

現在，只有我媽媽一個人醒來，但她急著開始一天的活動，所以特意把收音機的WQXR頻道的音量轉大，希望能將其他人吵醒。可是爸爸和我很能睡，軍樂聲根本沒有效果，所以，媽媽乾脆直接闖進臥室，搖醒爸爸。

「親愛的，我需要你幫忙，起床後請到廚房來。」

爸爸是個親切又肯通融的人，他睡眼惺忪、拖拖拉拉地沿著大廳走過去，身上穿著鬆垮垮的睡衣，一撮特意蓋住禿頂的頭髮整個豎了起來，他倚著水槽，輕輕扶穩。我媽說「吃吃看」時，他便乖乖張開嘴巴。

後來他敘述起這個故事，想表達她給他吃的東西有多恐怖。第一回他說那味道像貓腳趾和腐爛的大麥，不過慢慢地他的說法漸有改善。兩年後改成豬鼻子和泥巴，五年後他把那種味道說成陳腐的鯷魚和發霉的巧克力混在一起的怪味。

不管味道像什麼，他說他有生之年從來沒把那麼難吃的東西放進嘴巴過，那味道可怕到難以下嚥，讓他不僅當場探身吐在水槽，還抓起咖啡壺，將噴嘴放進口裡猛灌，企圖去除那股怪味。

我媽站在那兒冷眼旁觀。等我爸終於放下咖啡壺，她笑著說：「不出所料，餿掉了！」

* * *

我一直以為故事是我杜撰的，可是哥哥一口咬定爸爸說過很多回，而且相當得意。就我所知，我媽從未為此感到難為情，甚至不知道她應該難為情。她就是這樣。

也就是說，她分辨不出味道的好壞，也不怕腐朽。許多次她把剩菜端出來當晚餐，我記得她先把上面毛茸茸的藍色物體刮掉，口裡說著，「噢，不過是一點黴菌罷了。」她有一顆鐵胃，卻不瞭解別人的胃沒有她強壯。

我因此領悟到許多事情。第一點，食物可能有危險性，愛吃的人尤其危險。這一點我看得很嚴重。爸媽常常請客，我不到十歲就自封為來賓的守護神，以防止媽媽害死赴宴的客人為己任。

她的朋友們似乎渾然不知每次來我家吃飯就要冒性命的危險。他們病了，總以為是天氣、流行性感冒或者我媽某一道比較稀奇的菜色使然。我想像伯特•蘭納到我們家吃飯後對其妻露絲說：「我再也不吃海膽了，我吃了硬是消化不良。」他不知道害他不舒服的不是海膽，而是我媽抗拒不了誘惑買來的特價牛肉在作怪。

「什麼東西我都能湊出一餐。」媽媽得意洋洋對她的朋友說。她喜歡吹噓她用兩星期的舊火雞肉調配出的自創燉菜，名叫「什錦砂鍋」（我媽招認用兩星期的舊火雞來作菜，由此可看出她的性格）。她把火雞和半罐蘑菇湯放進鍋裡，然後翻冰箱，找到一些剩下的花椰菜，也加了進去；還放了幾條胡蘿蔔，半盒酸奶油。她照例匆匆加入青豆和越蔓莓醬。然後不知怎麼地，半塊蘋果餡餅也滑入這道菜裡。媽一時顯得好驚惶，接著她聳聳肩說：「誰知道呢？說不定不難吃。」她開始把冰箱內的每樣東西——剩麵團、乳酪屑，還有幾顆黏糊糊的蕃茄——全都放進去。

那天晚上我在餐廳紮營，我尤其擔心食量大的人，當我喜歡的親友一靠近自助餐檯，我就瞪他們，要他們別去碰砂鍋。我甚至直接站在伯特・蘭納面前，讓他拿不到那勞什子火雞砂鍋。我喜歡他，而且我知道他喜歡吃東西。

我不知不覺照每個人的口味將他們分門別類。我像聾啞夫婦所生的聽力正常兒童，被母親的障礙左右了日後的發展方向，發現食物也可以成為理解世界的方法。

起先我只注意味道，記住爸爸愛鹽不愛糖，媽媽愛吃甜食等資料。後來我開始記人們怎麼吃，在哪裡吃。例如：哥哥喜歡在優美的環境吃精緻食品，爸爸只重同伴，媽媽只要用餐地點充滿異國情調，吃什麼都無所謂。我慢慢發現若仔細觀察人吃東西，就可發覺他們的身份。

接著我開始聽人討論食物，尋找他們人格的線索。當媽媽吹噓她自創的名菜時，我會自問：「她真正要說的是什麼？」

她說道：「我要請客，我照例把事情留到最後一分鐘。」說到這兒，她看看聽眾，自己柔聲笑著。「我叫恩斯特去買東西，你們知道他多麼心不在焉！他沒買到火腿，卻給我帶回醃牛肉。」她用指責的目光看看爸爸，爸爸露出適度靦腆的樣子。

媽問道，「我有什麼辦法？再過兩個鐘頭客人就要來了。我別無選擇，就當是火腿吧。」爸爸以欽佩的目光望著媽媽拿起切肉刀，開始上菜。

* * *

我早上起床，大抵會先到冰箱前觀察我媽的心情。只要一打開冰箱門就知道了。一九六〇年有一天我發現整隻肥豬瞪著我，我當場往後一跳，用力關上門。接著我再打開（以前我沒見過我們的冷凍庫出現整隻牲口；連雞肉都是分割好的），看到乳豬四周堆滿沙果（後來媽媽糾正我說是「小蘋果」），還有一整叢怪異的蔬菜。

這不是凶兆：冰箱裡的東西愈古怪有趣，我媽可能愈開心。但我不解，我上床睡覺的時候，小廚房的冰箱幾乎還是空的呀。

「妳去哪裡弄來這些玩意兒？店鋪又還沒開門營業。」我問道。a媽拍拍又乾又硬的白髮漫不經心說：「噢，我醒來天色還早，就決定出去散散步。曼哈頓凌晨四點的情景肯定會讓妳大吃一驚的。我到富爾頓魚市場，在布里克街找到非常有趣的農產品店。」

「店門開著？」我問道。

她坦承，「嗯，也不盡然。我看見有人走動，就敲敲門。我正想為請客的事情找些點子。」

「請客？請什麼客？」我機警地問道。

「妳哥哥決定結婚，」她隨口丟出一句，活像我該在睡覺中憑直覺猜中似的。「我們當然要辦個筵席來慶祝訂婚。」

我知道我哥鮑勃一定不太高興聽到這個消息。他比我大十三歲，一向認為能平安長到二十五歲真是奇蹟。他敘述我媽媽跟他父親離婚、還沒認識我爸爸之前他們母子共住的歲月時曾說，「我不知道我怎麼能吃她煮的東西活到現在。她實在是社會的一大威脅。」我出生後，鮑勃到匹茲堡與他父親共同生活，但他經常回來度假。只要他在，他總會運用各種手腕阻攔客人們吃危險的菜餚。

我的阻止手法比較直接。我的好朋友珍妮把湯匙伸進媽媽的一道創新午餐菜色時，我直接下令：「別吃那個。」

我媽主張每個假日都該慶祝，所以在聖派屈克節這天，她準備了綠色酸奶油香蕉。珍妮卻說：「顏色我不介意。」她對人十分信賴，因為她母親不會在萬聖節的時候請人吃全橘色的稀奇玩意兒淋上染成橘色的牛奶。她母親艾達伯母會端出我渴望的完美午餐：方方正正的奶油乳酪和白麵包抹果凍、大紅香腸三明治，以及直接由罐頭拿出的主廚濃湯。

我解釋：「不只是食物色素，酸奶油一開始就是綠的；這盒東西已在冰箱放了好幾個月。」

珍妮趕快放下湯匙，媽媽走進另一個房間接電話的時候，我們溜進洗手間，把午餐沖進馬桶裡……

所有的幽默詼諧、妙趣橫生、嘆為觀止，盡在《天生嫩骨》

Tender At The Bone

全美各大媒體對《天生嫩骨》之全面好評

★「高明的食評家都有幽默感，但像露絲・雷克爾這樣滑稽自然、妙趣橫生的卻不多，而且她詼諧、無偏見又勇氣十足，是個了不起的作家。」……《紐約時報書評》

★「讀露絲・雷克爾的食評幾乎跟享用佳餚一樣過癮。她深具鑑賞力和包容力，所以她筆下的一切變得十分可親，就連克里特島遙遠山麓的一頓餐食也不例外，雷克爾讓讀者自覺同在現場分享那種經驗。」……《華盛頓郵報「書本世界」版》

★「在這本迷人的回憶錄中，我們發現小露絲怕瘋癲老媽的客人上當，拚命設法帶領他們改吃可以吃的東西。如今她寫專欄就是做這種工作，而她這本優美的妙書更闡明了他們密切的需要。」……《紐約客》

★「《天生嫩骨》是一本尖銳卻熱鬧的故事集，描述作者所知所愛的人物，他們知情或不知情地引導她一步步走入世界頂尖食評家的天命。」……《芝加哥太陽時報》

Tender At The Bone

★「讀來無比賞心悅目，我們何其幸運雷克爾有勇氣憑胃口行事。」……《新聞日報》

★「一本很有意思、寫得很風趣的回憶錄，雷克爾描述食物的準備、外觀香味，期待和最後口嘗的過程，吃得再飽的讀者看了都會飢腸轆轆。」……………《奧勒岡週日報》

★「雷克爾寫得很簡單，連回憶錄中所附的食譜都剝枝去葉，只剩精華。本書描寫一個健壯的小孩克服許多障礙和危險，成爲她自己那一界的傑出女性。萬歲！」……………………《紐約時報，露絲．亞當斯．布朗茲》

★「紐約時報餐館評論家打理出一部色香味俱全的學徒生涯回憶錄。雷克爾描寫出自己的經驗，幽默動人，描述每一道絕佳的美味清晰得叫人流口水，而全書散列的食譜更恰當反映了作者個人的探索歷程，果眞是道十分均衡的回憶燉品。」……………《科庫斯評論》

★「雷克爾描述食物的本領使人對上桌用餐的樂趣有了全新的領會。」……《出版人周刊》

★「《天生嫩骨》是個美味可口的經驗。最後一口將令你會心一笑。」……《大草原晨報》

★「《天生嫩骨》是一本有柔情有痛苦，對食物和人生熱情洋溢的故事。這本書以可親又開胃的文風寫成，表現出一位少女成爲廚師和作家的過程。」……………《洛磯山報》

Tender At The Bone

★「雷克爾的文風開朗又風趣，她對一頓好飯和一個好故事的喜愛十分明顯。」……………………《自由雜誌》

★「胃口健旺的餐館評論家的迷人肖像。」……………………《西雅圖週報》

★「從小就知道『人生最重要的莫過於一則好故事』，難怪雷克爾的回憶盡是穿插著美食之樂和美食見聞的好故事。」……………………《紐澤西州川頓時報》

★「了不起的記事，讀來像一本緊湊的小說。」……………………《美國書商雜誌》

★「《天生嫩骨》感人、風趣，甚至叫人吃驚，雷克爾是出色的說書人。」……………………《奧斯丁美國—政治家》

★「雷克爾把一切合宜的成份放進她的回憶錄：包括幽默感、疑慮和一點想像力。」……………………《聖彼得堡時報》

★「雷克爾說故事的絕技使得每個人物都生動突出了起來，她的散文樸實無華，所以她的紐約時報專欄非常成功，她的回憶錄也同樣令人滿意。」……………………《書單雜誌》

請沿虛線剪下裝訂寄回，謝謝

希代出版集團 讀者回函卡

爲提升服務品質，煩請您塡寫下列資料：

1.您此次購買的書名：____________________

2.您的姓名：____________________

3.您的性別：□女 □男

4.您的生日：___年___月___日

5.您的地址：____________________

6.您的E-mail：____________________

7.您對此書的評價：〈1極好2不錯3尙可〉
書名___ 封面___ 內容___ 譯筆___

8.您看後的感覺：
□獲益良多 □嘆爲觀止 □深得我心
□意猶未盡 □不以爲然 □差強人意
□其他：____________________

9.您會推薦本書給朋友嗎：
□會 □不會

◎您還想看誰的作品：____________________〈國外作者〉

◎您對編者要說的話：____________________

※感謝撥冗回函，特於每月抽出三名幸運讀者，致贈下月新書一冊先睹爲快※

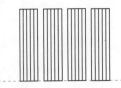